# À l'ombre
# d'une lady

Julie Klassen

# À l'ombre d'une lady

Traduit de l'anglais (États-Unis) par Agnès Jaubert

ÉDITIONS FRANCE LOISIRS

Titre original : *Lady Maybe*
Publié avec l'accord de Berkley Publishing Group, une marque de Penguin Publishing Group, un département de Penguin Random House LLC

Édition du Club France Loisirs,
avec l'autorisation des éditions Bragelonne

Éditions France Loisirs,
123, boulevard de Grenelle, Paris
www.franceloisirs.com

Le Code de la propriété intellectuelle n'autorisant, aux termes des paragraphes 2 et 3 de l'article L. 122-5, d'une part, que les « copies ou reproductions strictement réservées à l'usage privé du copiste et non destinées à une utilisation collective » et, d'autre part, sous réserve du nom de l'auteur et de la source, que les « analyses et les courtes citations justifiées par le caractère critique, polémique, pédagogique, scientifique ou d'information », toute représentation ou reproduction intégrale ou partielle, faite sans le consentement de l'auteur ou de ses ayants droit ou ayants cause, est illicite (article L. 122-4). Cette représentation ou reproduction, par quelque procédé que ce soit, constituerait donc une contrefaçon sanctionnée par les articles L. 335-2 et suivants du Code de la propriété intellectuelle.

© 2015 by Julie Klassen

© Bragelonne 2016, pour la présente traduction
Milady est un label des éditions Bragelonne

ISBN : 978-2-298-12886-4

*À Betsey, Gina, Patty, Suzy et Lori.*

*Je remercie le ciel qui nous a réunies, voilà déjà si longtemps, quand nos bébés étaient des nouveau-nés.*

*À une amitié qui dure depuis leurs premiers pas, leurs premiers rendez-vous, et bien au-delà !*

« Trois choses font trembler la terre,
et il en est quatre qu'elle ne peut supporter :
un esclave qui vient à régner,
un insensé qui est rassasié de pain,
une femme dédaignée qui se marie,
et une servante qui hérite de sa maîtresse… »

Proverbe 30 : 21 – 23

## DEMOISELLE DE COMPAGNIE DÉVOUÉE

Jeune femme de vingt-quatre ans cherche sérieusement la situation ci-dessus.

Musicienne, lectrice accomplie, femme d'intérieur, travailleuse, est en mesure de fournir d'excellentes références. Serait la demoiselle de compagnie idéale pour dame âgée.

S'adresser au A.R.A poste, High Wycombe.

Petite annonce, *Le Times de Londres*, 1847

# Chapitre premier

*Bath, Angleterre, 1819.*

Habillée, les cheveux bouclés, le visage poudré, lady Marianna Mayfield, feignant d'examiner son reflet dans le miroir de sa coiffeuse, regardait la femme de chambre qui, derrière elle, finissait d'emballer ses derniers effets.

Tôt ce matin, sir John était venu la trouver dans sa chambre pour lui annoncer qu'ils quittaient Bath le jour même. De crainte qu'elle ne réussisse d'une manière ou d'une autre à en aviser Anthony Fontaine, il avait refusé de lui préciser leur destination. Il lui avait en outre donné l'ordre de n'emmener aucun des domestiques. Ces derniers n'auraient, bien entendu, pas manqué de demander où ils partaient et auraient pu trahir le but de ce voyage inopiné.

Marianna sentit son estomac se nouer. Sir John pensait-il vraiment qu'un nouveau déménagement suffirait à la faire renoncer ? À le faire renoncer ?

Elle se leva d'un bond, s'avança d'un pas vif vers la fenêtre et tira les voilages. Avec un froncement de sourcils, elle observa le palefrenier et le cocher qui, dans la ruelle des écuries, à l'arrière de la maison, préparaient l'attelage neuf pour leur départ. Après avoir remplacé les longues bougies montées sur ressorts dans les lanternes de cuivre, ils vérifièrent les roues et les suspensions.

Elle comprenait maintenant pourquoi son mari avait commandé une berline adaptée aux longs trajets. C'était un équipage onéreux mais, pour un homme comme John Mayfield, l'argent ne comptait pas. Surtout quand il était déterminé à filer en douce avec elle sans que personne ne puisse les suivre.

*Anthony me trouvera.* Bien sûr, il la trouverait ! N'y était-il pas parvenu sans aucune difficulté la dernière fois qu'ils avaient déménagé pour louer une maison à Bath ? Si seulement il pouvait revenir de Londres plus tôt que prévu, arriver avant leur départ. Peut-être allait-il enfin tenir tête à sir John, lui faire entendre à quel point son plan était vain et mettre un terme à la mascarade qu'était ce mariage.

Un petit coup sur le chambranle de la porte ouverte la fit sursauter. Les sourcils toujours froncés, elle jeta un coup d'œil de côté, s'attendant à voir sir John venu lui intimer un nouvel ordre.

Mais c'était Hopkins, le majordome.

—Madame a une visite.

Marianna sentit son cœur faire un bond dans sa poitrine.

—C'est Miss Rogers, précisa-t-il. Dois-je lui dire que vous êtes disponible ou dois-je la congédier ?

Sa joie subite retomba légèrement.

—Oh, non ! Ne la congédiez pas. Faites-la entrer dans le petit salon.

—Bien, madame.

Elle était perplexe. Après la démission abrupte de Hannah Rogers six mois auparavant, l'arrivée de son ancienne demoiselle de compagnie était certes une surprise. Plutôt bonne, toutefois. Après un dernier regard à ses armoires et à ses tiroirs vides, le cœur serré, Marianna sortit de sa chambre et descendit au rez-de-chaussée.

Quand elle vit la familière silhouette longiligne se lever à son entrée dans le petit salon, une vague d'une affectueuse nostalgie la submergea. Immédiatement suivie par le souvenir de la trahison de Hannah Rogers. La jeune femme n'était-elle pas partie sans un mot ? Elle refoula son amertume et s'exclama :

—Hannah ! Bonté divine. Je n'aurais jamais pensé vous revoir un jour.

—Madame, la salua cette dernière, l'air tendue.

—Vous êtes un véritable don du ciel, poursuivit Marianna avec un sourire radieux. Qui me ferait croire aux miracles ! Vous tombez vraiment à pic !

Les mains crispées sur son réticule, Hannah Rogers baissa les yeux.

—Je… je n'ai jamais reçu mes derniers émoluments.

Le modeste salaire des demoiselles de compagnie portait le nom d'émoluments et non de vulgaires «gages». Dissimulant son étonnement devant cette requête tardive, Marianna ne discuta pas.

— Mais vous devriez les avoir reçus, naturellement. Je n'ai jamais compris pourquoi vous êtes partie sans toucher votre dû.

Elle actionna une sonnette posée sur le guéridon et Hopkins surgit.

— Pourriez-vous prier Mr Ward d'apporter le solde de ce que nous devons à Miss Rogers, s'il vous plaît.

Une fois le majordome sorti, elle s'enquit avec empressement :

— Comment allez-vous ?

— Oh..., murmura Miss Rogers en esquissant un faible sourire. Plutôt bien, je vous remercie.

Peu convaincue, Marianna se redressa et l'observa : le regard était empreint de lassitude, les joues semblaient pâles, les pommettes encore plus saillantes que dans son souvenir.

— Vous avez l'air en bonne santé, fit-elle remarquer. Mais vous me paraissez un peu fatiguée. Et bien maigre.

— Je vous remercie, madame.

— Je vous en prie, asseyez-vous. Je vous aurais proposé un rafraîchissement mais sir John a déjà jugé bon de donner leur congé à la plupart des domestiques. Il ne reste plus que Hopkins, Mr Ward et une femme de chambre.

Voyant que Hannah ne bougeait pas, Marianna n'insista pas. Au lieu de cela, elle poursuivit, hésitante :

— Avez-vous trouvé une nouvelle place ? J'ai attendu de vos nouvelles, ou une demande de références, mais je n'ai jamais rien reçu.

—Oui. J'ai une autre place. Du moins, j'en avais une, jusqu'à ces jours-ci.

L'espoir renaissant en elle, Marianna s'exclama :

—Oh ? Vous n'êtes pas employée en ce moment ?

—Non.

Se levant, elle prit vivement la main de son ancienne demoiselle de compagnie.

—Encore une fois, vous tombez à pic. Voyez-vous, j'ai grand besoin d'une compagne de voyage.

—Une « compagne de voyage » ? s'étonna Hannah.

—Oui. Sir John insiste pour déménager de nouveau. Dire que je commençais tout juste à apprécier la société de Bath. Mais il ne cédera pas. Par conséquent, il faut que nous partions.

Elle ponctua sa phrase d'un petit rire faussement gai.

—Dites-moi que vous acceptez, Hannah. Il refuse même de me laisser emmener ma camériste. Il l'a déjà renvoyée.

Tout comme il refuserait sans doute de laisser Miss Rogers venir avec eux, songea Marianna. Néanmoins, elle ne perdrait rien à essayer de l'en convaincre.

Hannah secoua la tête.

—Je ne pourrais quitter Bath, madame. Pas maintenant.

—Vous le devez. Je vais… doubler vos émoluments pour vous convaincre. Si sir John n'est pas d'accord, j'aurai recours à mes propres fonds.

L'air incertaine, Hannah parut fléchir.

—Mais… je ne sais pas où vous allez.

—Moi non plus. Il n'avise même pas sa propre femme de notre destination. N'est-ce pas à mourir de rire ? Il pense que je le répéterais à une certaine personne, ce que, bien entendu, je m'empresserais de faire.

Hannah secoua de nouveau la tête.

—Je ne pourrais pas partir maintenant. J'ai de la famille ici…

—Votre père habite Bristol, lui rappela Marianna. Et vous l'avez laissé quand vous êtes venue vous installer à Bath.

—Oui, mais… c'était différent.

—Oh, je ne pense pas que ce soit très différent, insista lady Mayfield. Je doute que nous allions bien loin. La dernière fois, nous avons quitté Bristol pour Bath. Comme si douze malheureux miles pouvaient nous séparer.

Elle ne prit pas la peine de s'expliquer. Hannah comprendrait sans peine qu'elle faisait référence à son premier amour. En tant que demoiselle de compagnie, elle l'avait rencontré à de maintes occasions.

Pourtant, cette dernière semblait toujours aussi indécise.

—Je ne sais pas.

—Oh, venez, Hannah! plaida-t-elle. Vous ne serez pas condamnée à y passer votre vie. Si vous n'aimez pas l'endroit, ou que vous deviez aller retrouver votre famille, vous serez libre. Après tout, vous êtes déjà partie une fois sans crier gare, le jour où cela vous a arrangée.

D'un sourire, Marianna adoucit sa pique, lancée avec une grande assurance.

—Je ne peux vraiment pas supporter cette épreuve seule, poursuivit-elle. Voyager avec sir John vers une destination inconnue, sans une présence réconfortante à mes côtés. Un visage amical, familier. Il insiste pour engager de nouveaux domestiques à notre arrivée. Nous ne devons emmener ni Hopkins, ni même Mr Ward.

Comme si elle avait donné un signal, la porte s'ouvrit et le secrétaire de son mari entra. Un peu étonnée, elle perçut la soudaine crispation de Hannah.

— Ah! Mr Ward. Je suppose que vous vous souvenez de Hannah Rogers?

L'homme mince, aux cheveux clairsemés surmontant un visage grêlé, hocha la tête, le regard inexpressif.

— Oui, madame. Elle est partie sans préavis, si je ne m'abuse.

— En effet. Mais cela n'a pas d'importance. Elle est venue chercher les émoluments que nous lui devons, en toute justice. Je vous prierai donc de ne pas discuter.

Les yeux de l'homme étincelèrent de contrariété. Ou peut-être était-ce de la rébellion.

— Oui, madame. Hopkins m'en a avisé.

Raide comme la justice, il se tourna vers Miss Rogers et poursuivit avec condescendance:

— Étant donné que vous êtes partie sans nous donner de préavis, j'ai retenu une pénalité sur vos gages. J'ai aussi déduit vos onze jours d'absence ce trimestre. Voici le solde.

La tête baissée, telle une mendiante, Miss Rogers tendit prestement sa paume. Sans se départir de son sourire chafouin, le secrétaire laissa tomber plusieurs souverains et shillings dans la main ouverte.

— Merci, bredouilla Hannah.

Sans un mot, il tourna les talons et quitta la pièce.

Marianna le regarda sortir et sentit un frisson la traverser.

— Je ne peux pas dire qu'il me manquera. Quel homme abject! Il doit retourner à Bristol pour veiller aux intérêts de sir John.

Avec un coup d'œil aux pièces dans sa main, Hannah reprit :

— Je vous sais gré de votre offre, madame, mais je… j'ai besoin d'y réfléchir.

Marianna Mayfield l'étudia. Quelque chose avait changé chez Miss Rogers. *Quoi au juste ?* Elle aurait été bien incapable de le dire.

— Eh bien, ne réfléchissez pas trop longtemps, lui intimat-elle. D'après sir John, nous partons à 16 heures, cet après-midi. À moins que je ne parvienne à le convaincre d'abandonner cette idée stupide. Un jaloux doublé d'un imbécile! Voilà ce qu'il est.

Hannah la regarda, l'air déchirée. D'une voix empreinte de tristesse, elle déclara :

— Si je ne suis pas là à quinze heures trente, ne m'attendez pas, madame. Cela signifiera que je ne viens pas.

Les heures passaient beaucoup trop vite. Tandis que la femme de chambre mettait la dernière main aux bagages, Marianna faisait les cent pas. Mais aucun signe d'Anthony. Ni de Hannah.

Elle regarda par la fenêtre du salon qui surplombait la rue. La berline attendait maintenant devant la maison. Quatre chevaux y étaient attelés, l'animal de tête frappant de temps en temps le pavé d'un sabot impatient.

La femme de chambre, le majordome et un enfant engagé pour l'occasion empilèrent les affaires dans l'impériale située sur le toit. D'autres bagages furent attachés au siège extérieur, à l'arrière, où deux domestiques auraient pu prendre place si sir John les avait autorisés à venir.

À cet instant, son mari entra dans la pièce d'un pas décidé. Vêtu d'une veste de chasse, il avait une allure très imposante. D'un ton sans réplique, il lui intima de prendre ses bagages à main et de se préparer à partir, afin que Hopkins puisse commencer à fermer la demeure. Sur ces mots, il fit demi-tour et s'éloigna à grandes enjambées, l'expression grave de son visage décourageant toute contestation.

Bien que l'une de ses amies ait évoqué sa chance d'avoir pour époux un homme doté d'un caractère si décidé, Marianna ne trouvait aucun avantage à se voir soumise au bon vouloir de cette personnalité impérieuse. Mais elle savait qu'il serait vain de continuer à protester. La maison était vendue. Elle jeta un coup d'œil à sa montre qui indiquait « 15 h 20 ».

*Encore dix minutes…*

Sans renoncer à tout espoir de voir apparaître Hannah, elle rassembla ses effets personnels et sortit.

À côté de la voiture, sir John s'entretenait avec le postillon engagé pour monter le cheval de tête lors de la première partie du voyage. Ils n'emmenaient ni palefrenier ni garde. Alors qu'elle approchait, il sortit un fusil à silex de l'étui dissimulé à l'intérieur la berline. Après l'avoir vérifié, il le remit en place. Apparemment, son mari comptait faire lui-même office de garde. Peut-être devait-elle se féliciter qu'Anthony ne soit pas encore arrivé, en fin de compte.

Son regard se posa une fois de plus sur sa montre montée en broche. *Quinze heures trente. Juste ciel!* Elle avait espéré que Hannah viendrait.

Soudain, sa frêle silhouette surgit à l'endroit où la rue en arc de cercle de Camden Place rejoignait Lansdown Street. Le cœur de Marianna se gonfla de joie. Elle remarqua soudain l'homme qui courait après la demoiselle. Jeune, grand, les cheveux bruns, il l'attrapa par l'épaule. La distance ne lui permettait pas d'entendre leur conversation mais elle vit Hannah secouer la tête et dégager doucement son bras de son emprise. Puis, se détournant de lui, elle s'avança vers l'attelage d'un pas vif. Ses traits qui exprimaient la résignation n'avaient rien d'effrayé.

Marianna était perplexe. Sa demoiselle de compagnie avait-elle un soupirant? Si c'était le cas, elle ne s'étonnait plus de sa réticence à l'idée de quitter Bath.

— John, regardez! s'exclama-t-elle. Miss Rogers vient avec nous!

Son mari se retourna et, arborant une expression indéchiffrable, toisa la nouvelle venue de toute sa hauteur.

Hannah Rogers se hâtait vers eux, sa valise cognant contre sa jambe.

— Oh, Hannah, je suis si heureuse de vous voir! s'exclama Marianna, radieuse. Ce voyage que je redoutais me sera beaucoup moins pénible avec vous à mon côté.

— Votre proposition tient toujours? demanda Hannah, essoufflée.

Ignorant son époux qui la foudroyait du regard, lady Mayfield répondit, toujours souriante:

—Cela va sans dire.

—Et je pourrai rentrer si la situation ne me convient pas?

—Vous ne serez pas prisonnière, Hannah. J'aimerais pouvoir en dire autant de moi-même, ajouta-t-elle.

Elle jeta un coup d'œil éloquent à sir John et s'attendit à ce qu'il refuse. N'allait-il pas insister pour qu'ils voyagent seuls?

Marianna vit les mâchoires de l'homme se crisper mais, à sa grande surprise, il garda le silence.

Laissant le jeune postillon attacher la valise de Hannah avec les autres malles, ils montèrent en voiture et prirent place sur les banquettes capitonnées de velours du luxueux intérieur. Marianna effleura de ses doigts les galons dorés des rideaux bleu roi des fenêtres.

—Quelle jolie cage! murmura-t-elle.

La berline s'ébranla et ils voyagèrent toute la nuit dans un silence pesant, s'arrêtant en route pour changer de chevaux dans des relais de poste. Engourdie, somnolente, Marianna était assise aussi loin que possible de sir John sur la banquette qu'ils partageaient. Calée contre le dossier, elle regardait par la fenêtre, évitant de croiser ses yeux.

Derrière les vitres, les lanternes de cuivre brillaient de façon continue. Alors que la nuit s'estompait, leur lumière finit par décliner. À l'ouest, sur le canal de Bristol, les premières lueurs de l'aube teintaient le ciel de traînées roses.

Perchée sur le strapontin à côté d'elle, Miss Rogers semblait de plus en plus agitée à mesure que les miles défilaient. Le front plissé, elle se mordillait la lèvre inférieure, et tordait ses longs doigts sur ses genoux. À l'extérieur, une petite pluie fine se mit à tomber et Marianna remarqua que les yeux de sa compagne paraissaient bien humides aussi.

La berline aborda un nouveau village inconnu et longea le pré communal dans un fracas de roues. Leurs regards furent attirés par une vision qui les laissa tous trois songeurs : sur la pelouse, deux prisonnières, assises derrière des carcans en bois, y étaient attachées par les chevilles. L'une des deux injuriait les passants moqueurs. Silencieuse, l'autre regardait droit devant elle, avec autant de dignité que le permettait une position aussi humiliante. Se demandant de quels crimes ces femmes avaient été jugées coupables, Marianna fut frappée par leur différence de comportement face aux conséquences de leurs actes, quels qu'ils fussent. Un frisson glacé lui parcourut la nuque. Devrait-elle, elle aussi, faire face aux conséquences de ses actions ? D'un haussement d'épaules, elle chassa cette pensée désagréable. Rien ne lui arriverait. Tout cela n'avait été ni sa faute ni son idée. Et depuis plus de deux ans maintenant, n'avaient-ils pas toujours réussi à s'en sortir en toute impunité ?

Un peu plus tard, ils s'arrêtèrent dans un autre relais de poste. Depuis leur départ, ils avaient voyagé avec quatre chevaux, conduits par une succession de postillons. Mais cette auberge ne put leur proposer que deux bêtes qui n'auraient pu être plus mal assorties. Leur dernier cocher, fatigué, prit congé pour être remplacé par un jeune homme d'une vingtaine d'années, frais et alerte. Il s'installa sur le siège à l'avant de la berline et s'empara des rênes.

— Ce ne sera plus très long, annonça sir John en jetant un nouveau coup d'œil plein de méfiance à la route derrière eux. Nous entamons la dernière partie du voyage. La plus courte.

Au moment où ils quittaient la cour de l'auberge, le crachin se transforma en une pluie battante. Au fil des miles, le vent hurlait, gagnant en puissance et faisant cahoter la berline.

Quand le jeune conducteur tira sur les rênes d'un coup sec et que les chevaux s'arrêtèrent sur le bas-côté, les occupants de la voiture vacillèrent. Tournant la tête, il les regarda à travers la lucarne avant. Sir John souleva le rabat pour pouvoir l'entendre. Le vent et la pluie brouillaient ses paroles.

— Les chemins sont très mauvais, monsieur. Et l'orage devient de plus en plus menaçant. Je ne pense pas qu'il soit prudent de continuer.

— Allons, mon garçon. Nous ne devons plus être très loin.

— Trois miles, au bas mot.

— Et aucune auberge d'ici là ?

— Non, monsieur. Mais un fermier pourra nous héberger dans sa grange.

— Une « grange » ? Avec ces dames ? Nous devons absolument continuer. J'ai mes raisons.

— Mais, monsieur...

— Je vous le revaudrai, lui promit sir John en lui tendant une bourse rebondie à travers la lucarne. Et vous aurez le double quand vous nous aurez amenés à bon port.

Le jeune homme écarquilla les yeux.

— Bien, monsieur.

D'un geste, il essuya la pluie sur son visage et se retourna, laissant retomber le rabat.

— John, le garçon a raison, protesta Marianna. Il serait trop dangereux de continuer au risque de nous faire tous tuer.

Soudain, Hannah se redressa.

— Permettez-moi de sortir, je vous en prie. Je n'aurais pas dû venir. C'était une erreur.

Abasourdis, sir John et Marianna la dévisagèrent.

— Je dois rentrer, insista Hannah d'une voix désespérée.

Les lèvres pincées, sir John secoua la tête d'un air résolu.

— Vous ne rentrerez pas.

— Je saurai… je trouverai mon chemin. Laissez-moi juste m'en aller.

Elle se leva et fit un mouvement vers la portière mais, tendant son bras vigoureux, sir John lui bloqua le passage.

— Je ne peux pas, en toute conscience, vous laisser partir seule. Pas sur cette route isolée, par un tel orage.

— Hannah, plaida lady Mayfield. Vous étiez d'accord pour m'accompagner. J'ai besoin de vous.

— Mais je dois…

Le cocher fit claquer son fouet, et l'équipage s'ébranla. Soulagée, Marianna comprit que Miss Rogers avait perdu l'occasion de l'abandonner une seconde fois.

Les yeux de Hannah se remplirent de larmes qui se mirent à ruisseler sur ses joues. Lady Mayfield se tourna vers son mari.

— Êtes-vous content, John ? le rabroua-t-elle. Vous l'avez chagrinée. Elle est ma seule amie au monde et vous lui avez fait de la peine.

D'une voix boudeuse, elle ajouta :

— Cela ne marchera pas, vous savez. Il me retrouvera.

Les mâchoires crispées, sir John regardait droit devant lui. Même s'il n'y avait pas grand-chose à voir, hormis les rabats du manteau du cocher qui volaient au vent.

Marianna observa de nouveau Hannah et remarqua qu'elle détournait la figure pour dissimuler ses larmes. Elle aurait été curieuse de savoir ce qui pouvait bien affliger cette jeune femme qui, par le passé, avait toujours paru si stoïque, si réservée. Qu'importait ! Pour le moment, elle avait ses propres problèmes à considérer. Le regard perdu au loin, elle contempla la pluie battante, le bas-côté herbeux entre la route et la falaise abrupte, les fragments grisâtres du canal de Bristol. *Il va me trouver*, se rassura-t-elle. *Il l'a déjà fait.*

Mais, cette fois, sir John avait pris maintes nouvelles précautions. Il était manifestement plus déterminé que jamais. Les choses avaient changé. Et, désormais, elle devait penser à leur enfant. Un enfant qu'elle aimerait beaucoup plus que son propre père ne l'avait jamais aimée. À cette pensée, son cœur se serra. Si seulement elle avait pu trouver un moyen de prévenir Anthony. Mais il était trop tard.

Soudain, les roues de la voiture glissèrent comme sur de la glace, perdant leur adhérence à la route boueuse. Le véhicule se pencha sur le côté. Les chevaux hennirent de terreur. Marianna poussa un hurlement d'effroi.

L'équipage se renversa sur le flanc. Un craquement résonna, d'autres hennissements retentirent, et, après un moment en équilibre au bord du précipice, le fiacre oscilla. Une seconde plus tard, il basculait dans le vide et tombait vers la mer. La paroi de la falaise se rapprochait à vive allure.

—Dieu tout-puissant, aidez-nous. Protégez-le! s'écria Hannah.

Une énorme secousse fit craquer tous ses os et elle se sentit défaillir. Une roue passa devant la fenêtre. L'instant suivant, la voiture tombait de nouveau en chute libre, jusqu'à ce que le toit aille s'écraser sur les rochers. La berline fit tonneau sur tonneau, et Hannah oublia toute notion de l'envers et l'endroit. Un dernier choc, fulgurant, et, brutalement, le monde bascula.

Elle perdit connaissance.

# Chapitre 2

Elle avait mal. Elle avait froid. Une lourde masse l'écrasait. Elle peinait à respirer.

À travers d'étroites fentes, elle discernait des éclats de couleurs chatoyantes, comme de la lumière à travers un prisme. Le jaune éblouissant du soleil. Le bleu de l'eau. *De l'eau ?* Un éclair de rouge. Du bleu, de nouveau. Une lueur d'or pourpre. L'esprit en pleine confusion, elle sentit une main glisser de la sienne. Du métal lui coupait les doigts.

*Pourquoi ne puis-je me réveiller de ce rêve ?*

Il faisait si froid. Cet énorme poids l'oppressait terriblement. Les ténèbres descendaient…

— Madame. Vous m'entendez ?

*Une voix d'homme. Je dois me dégager de cette masse étouffante.*

Elle aspira des bouffées d'air désespérées.

— Lady Mayfield ? Vous m'entendez ?

Ses yeux s'ouvrirent soudain et elle aperçut des visages flottant au-dessus de sa tête. Son sentiment de confusion empira. Pourquoi se trouvait-elle sous la fenêtre de la portière ?

— Tout va bien. Nous sommes ici pour vous aider. Je suis le docteur Parrish.

D'un signe du menton, l'homme montra le visage plus jeune, à côté de lui, et ajouta :

— Mon fils, Edgar. Nous allons vous tirer de là, votre mari et vous.

*« Votre mari »…*

Elle baissa les yeux et vit sir John avachi en travers de son corps. Il avait les jambes écartées, l'une d'entre elles repliée en un angle peu naturel. Son chapeau flottait dans l'eau qui remplissait la partie inférieure de l'habitacle. Était-il mort ou vivant ?

Elle ne distingua personne d'autre dans ce qui restait de la berline. Où était lady Mayfield ? s'interrogea-t-elle en tournant la tête. Une douleur fulgurante lui vrilla le crâne. Coincée, elle ne pouvait plus bouger sa nuque. À travers le trou béant du toit arraché, elle contempla la surface démontée de la mer.

Au-dessus d'elle, le plus jeune des deux hommes observa dans la même direction.

— Papa. Regardez. Il y a quelqu'un là-bas ! s'exclama-t-il, un doigt pointé en avant.

Le médecin plissa les yeux.

— Je ne vois rien. C'est trop loin.

Mais, elle, elle voyait. Une forme enveloppée dans un manteau rouge flottait sur l'océan, entraînée de plus en plus loin de la côte par la marée descendante.

Le plus âgé la regarda de nouveau.

— Y avait-il quelqu'un d'autre avec vous ?

Elle hocha la tête, la douleur la terrassant derechef. Elle avait l'impression d'avoir le crâne transpercé d'aiguilles.

— Même si nous savions nager, cette personne est déjà trop loin pour la rattraper, reprit l'homme en retirant son chapeau avec révérence.

Un bourdonnement envahit ses oreilles. C'était impossible !

— Une domestique ? s'enquit-il.

Une demoiselle de compagnie était bien plus qu'une domestique, songea-t-elle. C'était une dame de qualité. Elle ouvrit la bouche pour s'expliquer mais aucun son n'en sortit. Son cerveau et sa langue ne semblaient plus être liés. Pressant alors une main sur sa poitrine douloureuse, elle hocha de nouveau la tête.

— Nous ne pouvons rien faire pour elle. Je suis vraiment désolé. Et maintenant, nous allons vous sortir de là.

Un voile noir couvrit sa vision et, encore une fois, elle s'enfonça dans l'obscurité.

Lorsqu'elle rouvrit les paupières, le plus âgé des deux visages flottait au-dessus d'elle, plus proche maintenant. Il ne la regardait pas dans les yeux mais examinait une autre partie de son corps. Qui était-ce ? Elle avait oublié son nom. Pourtant, il s'était présenté. Avec sa tête immobilisée, il lui était difficile de discerner quoi que ce soit. Toutefois, la pièce dans laquelle elle se trouvait ne lui était pas familière. Où était-elle ? Et depuis combien de temps ? Elle avait les idées confuses, le cerveau engourdi, partiellement conscient du reste de son être.

— Elle a ouvert les yeux, annonça une voix féminine qu'elle ne reconnut pas.

Quand elle essaya de tourner la tête vers elle, la douleur fut si vive qu'elle l'aveugla presque.

Son ton trahissant sa tension, l'homme demanda :

— Madame ? Comment vous sentez-vous ?

— Elle souffre, George, répliqua la femme, irritée. Même moi, je le vois.

Elle entrouvrit les lèvres pour essayer de parler.

— Il... allongé...

Il lui prit la main, les yeux écarquillés par l'inquiétude.

— Sir John est grièvement blessé, madame. Mais tout espoir n'est pas perdu. Il est vivant. Je m'en occupe, vous voulez bien ? Ne vous agitez pas. Vous avez vous-même subi plusieurs blessures mais vous vous remettrez.

— Le... le... ?

Il esquissa une grimace comme s'il la comprenait.

— Je crains que le cocher n'ait pas survécu. Quand la voiture s'est renversée, les harnais ont rompu et les chevaux ont pris la fuite. Le jeune homme n'a pas eu autant de chance que vous.

Elle ferma les paupières. *Pauvre garçon !* Même si elle n'avait de lui qu'un vague souvenir, c'était bien triste.

Secouant la tête, le médecin poursuivit d'un ton apaisant :

— Vous n'êtes responsable en rien, madame. Vous ne devez pas vous torturer. C'est en voyant les chevaux galoper en liberté, leurs harnachements volant au vent, que nous avons compris que nous devions partir à la recherche de l'équipage. Le blason a confirmé votre identité, même si, il va sans dire, nous vous attendions. Maintenant, reposez-vous, ajouta-t-il en lui tapotant la main. Mrs Parrish et moi-même allons prendre soin de vous et de votre mari.

« *Mari* »... Elle ferma les yeux et repoussa la pensée importune.

Allongée, elle flottait dans les brumes d'une demi-inconscience, tantôt assoupie, tantôt éveillée. Le bon docteur lui avait donné du laudanum pour apaiser la douleur. Il lui avait dit qu'elle avait le bras cassé. Et une blessure au front... une plaie ainsi qu'une commotion. De temps en temps, quelqu'un lui soulevait la tête avec délicatesse et lui faisait boire de l'eau ou du bouillon par petites gorgées. Mais elle n'avait aucune notion du temps qui passait.

— Sir John est en bien piètre état, observa une voix féminine. Je serais surprise qu'il passe la semaine.

— Chut! Elle va vous entendre, la rabroua une autre femme.

*Pauvre sir John*, songea-t-elle. En dépit de leurs rapports distants, elle ne lui aurait jamais souhaité une telle infortune.

Les yeux ouverts, elle essaya de se rappeler son visage. Lentement, elle remonta le fil de ses pensées et des images éparses vacillèrent dans sa mémoire.

Sir John ramassant un tisonnier et repoussant une bûche dans l'âtre en un geste de frustration.

Sir John la regardant, les mâchoires serrées, et déclarant : « *Ce que je veux, c'est une femme qui me soit fidèle. Est-ce trop demander ?* »

Une autre lueur. Une autre image. Son visage habituellement austère, adouci, gravé dans son esprit comme un portrait peint à l'huile, figé dans ses pensées poussiéreuses. Si elle pouvait se fier à sa mémoire, elle revoyait un beau visage aux traits virils, volontaires, éclairé d'un regard bleu-gris et encadré de cheveux châtain clair.

Elle se rendit compte qu'elle l'avait admiré à une époque. Qu'est-ce qui avait changé entre eux ? Avaient-ils été heureux ?

Elle essaya de se remémorer leur vie d'avant. D'où venaient-ils ? De Bath, songea-t-elle. Et avant cela, de Bristol. Elle se souvint vaguement de sir John annonçant qu'ils déménageaient à Bath. De s'être sentie déchirée. Devait-elle obéir à son souhait ? Devait-elle le suivre ?

Au départ, il avait refusé que la demoiselle de compagnie soit du voyage, mais il avait fini par céder et ils étaient partis tous les trois. Tout comme pour ce voyage. Oui, elle se rappelait Bath, la jolie maison de Camden Place. Et une autre, affreuse, dans la lugubre Trim Street. *Trim Street ?* Pourquoi diable l'aurait-il emmenée là-bas ? Mais son esprit embrumé ne lui donna pas la réponse.

Elle avait dû marmonner quelques sons agités car une voix de femme pleine de bonté murmura :

—Allons. Allons. Tout va bien. Vous êtes en sécurité. Buvez un peu de cela maintenant…

Une main douce lui souleva la tête. Le bord d'un gobelet frôla ses lèvres et elle prit une gorgée.

—Voilà, dit la femme. C'est bien, ma chère.

Le bouillon chaud apaisa la brûlure dans sa gorge. Les paroles chaleureuses apaisèrent son âme troublée.

Elle savait que c'était un rêve mais elle n'arrivait pas à se réveiller. Elle rêvait qu'elle avait laissé un bébé sans défense dans un couffin sur la grève du canal de Bristol. Elle avait eu l'intention de revenir aussitôt chercher l'enfant mais, au lieu de cela, elle était couchée là, comme paralysée, incapable de bouger son corps gelé. La mer montait. Se rapprochait de plus en plus, les vagues léchant les côtés du couffin. Une main se tendit vers lui. Une main de femme. Mais la femme était dans les flots, la marée l'entraînant, l'emportant au large, sa robe et son manteau gonflés d'eau l'attirant vers le fond.

Elle attrapa la main de la femme pour essayer de la sauver mais ses doigts mouillés glissèrent entre les siens. Se rappelant l'enfant, elle se retourna. Hélas! Il était trop tard. Le couffin flottait déjà sur la mer…

Avec un sursaut, elle étouffa un soupir et ouvrit les paupières, clignant des yeux devant le cadre qui l'entourait. Le lit à dais n'était pas le sien. La coiffeuse couverte d'un napperon de dentelle ne lui était pas familière.

Elle ferma les yeux et s'efforça de réfléchir. Où était-elle? Que s'était-il passé? Soudain, elle se remémora: l'accident de la voiture. Ils n'étaient plus à Bath. Ni à Bristol. Ils devaient se trouver quelque part dans l'ouest du pays. Pourquoi ne se souvenait-elle de rien? Elle avait l'impression qu'une chaude couverture noire enveloppait son esprit, bloquant ses souvenirs, obstruant la clarté de ses pensées.

Pourtant, elle avait une certitude qui l'angoissait : elle oubliait quelque chose. Quelque chose d'important.

La porte s'ouvrit et la femme qui respirait la bonté entra, chargée d'une bassine d'eau et de vêtements pliés.

— Bonjour, madame, la salua-t-elle avec son affabilité habituelle.

Elle posa la bassine sur le guéridon, puis se dirigea vers la table de toilette pour prendre le savon.

— Bonjour, madame…, retourna-t-elle. Pardonnez-moi, j'ai oublié votre nom.

— Cela ne fait rien, madame. J'oublie souvent les noms moi-même. Je suis Mrs Turrill.

D'après les nombreuses rides qui traversaient son visage allongé, aux traits plaisants, l'aimable femme semblait avoir un peu plus de soixante ans. Ses cheveux étaient toujours bruns malgré quelques mèches blanchies qui confirmaient qu'elle n'était plus très jeune.

Mrs Turrill l'aida à se débarbouiller, et à se laver les mains et les dents. Puis elle ouvrit le tiroir de l'armoire dont elle sortit une chemise de nuit propre et une étole.

— Quelle bénédiction que toutes vos robes n'aient pas été détruites dans l'accident, madame. Votre malle a dû tomber immédiatement.

Un autre fragment d'image traversa sa mémoire : des malles et des valises attachées sur la banquette extérieure, à l'arrière.

— Oui, murmura-t-elle.

— Ce ne sera pas long. Dans quelques jours, vous serez sur pied et vous vous promènerez dans vos jolis atours. Oh, j'aime celle-là! s'exclama Mrs Turrill en exhibant le bustier d'une robe en satin bleu. Elle paraît neuve.

Elle lui jeta un coup d'œil surpris. L'était-elle? Cela devait être le cas car elle ne se rappelait pas l'avoir déjà vue.

— Et voilà une bien jolie robe de journée.

La gouvernante secoua une mousseline fonctionnelle et plissa les yeux devant son encolure.

— Il lui manque un bouton. Je ne suis pas très douée en couture mais je peux m'en occuper.

Soulagée, elle reconnut la robe, d'une teinte rose pâle. Elle n'était donc pas complètement amnésique.

D'une main, elle repoussa une mèche de son visage et, fascinée, se figea. Pourquoi portait-elle cette bague à son doigt? Elle contempla la main au-dessus d'elle, comme s'il s'agissait d'une entité séparée. De la main d'une autre. Un anneau d'or incrusté d'améthystes et de saphirs mauves y scintillait. Elle la reconnut aussitôt et poussa un soupir de soulagement. Sa mémoire commençait à revenir.

Mais la chape obscure retomba : cette peur qui ne la quittait pas. Peut-être retrouvait-elle des parcelles de son passé mais elle n'arrivait pas à se remémorer ce qui lui était essentiel. Beaucoup plus important qu'une bague ou qu'une robe.

Quand le médecin enjoué passa la voir ce même matin, il la trouva toujours en contemplation devant la bague.

—J'ai failli la perdre, expliqua-t-il. Je l'ai trouvée serrée dans votre main et l'ai glissée à votre doigt moi-même.

Elle hésita.

—Oh... je... merci.

Il la dévisagea.

—Comment vous sentez-vous ?

—J'ai les idées très confuses.

—Ce n'est guère étonnant, madame. Quel choc vous avez subi ! Je ne serais pas surpris que la commotion dont vous avez souffert ne perturbe votre esprit ces prochains jours.

Peut-être cela expliquait-il ses pensées enchevêtrées et ses souvenirs fuyants. Le calme plein d'assurance du médecin la rasséréna un peu. Elle survola du regard la pièce ensoleillée et demanda :

—Où suis-je ?

—À Clifton House, entre Countisbury et Lynton, dans le Devon.

*Le Devon ?* Savait-elle que sir John avait eu l'intention d'aller aussi loin ? Le nom Clifton ne lui évoquait rien.

—C'est votre maison ? demanda-t-elle.

—Seigneur, non ! C'est votre maison. Elle est dans la famille de votre mari depuis des années. Même s'il n'y a jamais vécu. Mon fils s'occupe de la propriété depuis le départ des anciens locataires, l'année dernière.

—Je... vois, murmura-t-elle, même s'il n'en était rien.

—Ne vous inquiétez pas, madame. Tout va vous revenir avec le temps. Bien. Je suppose que vous aimeriez voir votre époux ? poursuivit-il radieux, en se frottant les mains.

Elle esquissa un sourire incertain. Non, elle ne voulait pas le voir. En fait, cette pensée la remplissait d'appréhension.

—Je… je ne sais pas, se déroba-t-elle.

—Je comprends. Ne vous alarmez pas, il ne semble pas en trop mauvaise condition. Il a des bleus et des entailles à la figure, sur la tête, aux mains, mais la plupart de ses blessures sont internes.

Était-elle juste réticente à la perspective de le voir blessé ou avait-elle une autre raison ? Pourtant, elle savait bien que sir John ne lui avait jamais fait de mal. Alors pourquoi avait-elle si peur ?

La prenant par son bras valide, le médecin l'aida à se lever. La pièce se mit à tourner, tanguer, et la convalescente s'appuya sur lui pour ne pas tomber.

—Vous avez le vertige ?

—Oui, acquiesça-t-elle, le souffle court.

Mrs Turrill qui entrait avec son panier à couture le réprimanda :

—Elle n'est pas prête pour se lever, docteur.

—En effet. Je voulais juste lui faire traverser le couloir pour aller voir sir John. Mais je pense que nous allons attendre un jour ou deux.

—En effet, ce serait plus sage. En outre, je souhaite lui brosser les cheveux et l'habiller d'une belle robe avant qu'elle lui rende visite.

—J'ai bien peur que, dans son état, il ne remarque rien.

—Peut-être pas. Mais une femme aime se sentir jolie quand elle va voir l'homme qu'elle aime, rétorqua la gouvernante.

Ensemble, ils l'aidèrent à se recoucher.

Elle savait que Mrs Turrill et le docteur Parrish faisaient référence à sir John. Pourtant, c'était un autre visage qui, s'imposant à son esprit, passait devant ses yeux. Se blottissant sous ses draps, elle essaya de se concentrer sur l'image floue d'un regard bleu scintillant et d'un sourire empreint de tendresse. Hélas, d'autres visions persistaient à la chasser : un manteau rouge flottant sur la mer, une main glissant de la sienne… Était-ce un rêve ou un souvenir réel ?

# Chapitre 3

Le lendemain après-midi, le docteur Parrish entra et vint s'asseoir à son chevet.

— Comment vous sentez-vous aujourd'hui, madame ?

— Mieux, je pense.

— Tout le monde vous traite bien ?

Elle hocha la tête.

— Mrs Turrill est la bonté incarnée.

L'air radieux, il approuva.

— Je suis ravi de l'entendre. Sally Turrill est ma cousine et c'est moi qui l'ai recommandée pour ce poste. Même si tout le monde n'était pas favorable à cet arrangement.

— Je vous en suis fort reconnaissante.

— Vous n'imaginez pas à quel point cela me fait plaisir. Les hommes n'aiment pas se tromper, vous savez, plaisanta-t-il avec un clin d'œil malicieux.

Il entreprit alors de lui expliquer que Mrs Turrill avait préparé la maison pour leur arrivée et que, après l'accident, elle avait proposé de s'occuper d'elle en tant qu'infirmière, femme de chambre, cuisinière et gouvernante.

—Apparemment, sir John avait demandé à Edgar d'engager très peu de personnel. Mais il avait prévu de choisir le reste des domestiques après votre arrivée. Hélas, étant donné les circonstances…, ajouta-t-il en levant les mains en un geste d'impuissance, Sally a dû recruter elle-même un jeune valet et une aide pour la cuisine. Sinon, elle se débrouille seule.

—J'espère que cela ne représente pas trop de travail pour elle, s'inquiéta-t-elle.

—Je n'ai pas entendu une seule plainte de sa part. Sally aime à être occupée.

Son sourire faiblissant soudain, sa main se crispa sur son genou et il s'éclaircit la voix.

—Hum! Et maintenant, j'ai quelque chose à vous dire.

Une femme apparut dans l'embrasure de la porte et, les voyant ensemble, s'arrêta sur le seuil. *Sans doute l'infirmière de sir John*, devina-t-elle, sans connaître son nom. La mine contrariée, la nouvelle venue lança :

—Cela doit être merveilleux de rester assis à bavarder pendant que d'autres changent les draps et les bandages, veillent sur les malades et les nourrissent. J'en ai eu plus qu'assez pour la journée, docteur, maintenant, c'est à votre tour.

Sur ces mots, la femme s'éloigna d'un pas rageur, ses talons résonnant le long du couloir et sur les marches de l'escalier.

— Est-ce l'infirmière de sir John ? demanda-t-elle.

Avec un petit rire penaud, il précisa :

— C'est mon épouse.

— Oh ! Je suis navrée. Je veux dire, je n'avais pas compris…

D'une main levée, il interrompit ses excuses.

— Un malentendu compréhensible, la rassura-t-il. Mrs Parrish a… hum ! a aimablement accepté de faire office de garde-malade. Elle s'occupe de sir John en mon absence, pendant que je rends visite à mes autres patients. C'est temporaire, jusqu'à ce que l'infirmière que j'emploie habituellement soit libérée de son malade actuel.

— Ah ! Je vois.

Il se leva.

— Voilà. Je ferais bien d'aller jeter un coup d'œil à sir John. Nous finirons notre conversation ultérieurement, si vous le voulez bien.

Quelques minutes plus tard, Mrs Turrill entra chargée du plateau du dîner. Elle portait sa tenue habituelle, un tablier noué sur une robe toute simple.

— Bonsoir, madame. Comment vous sentez-vous ?

— Mieux, je crois. Merci. Le docteur Parrish et moi parlions justement de vous.

— Vraiment ? Cela explique le sifflement dans mon oreille. Eh bien, George est un homme très bon, mais s'il vous raconte quelque fable sur ma folle jeunesse, je lui rendrai la monnaie de sa pièce ! Je le connais depuis toujours. Et quel garnement il était ! ajouta-t-elle avec un sourire.

— Mais… vous avez l'accent de Bristol, s'étonna Hannah.

— Vous avez une bonne oreille, madame. En effet, même si je suis née dans ce village, comme George, j'ai été en service à Bristol pendant des années.

Mrs Turrill l'aida à s'asseoir dans son lit, le dos calé contre des oreillers. Elle étala une nappe de lin sur les draps, puis lui fit manger sa soupe et boire son thé. Quand ce fut terminé, elle déclara en tirant un gant noir de la poche de son tablier :

— Edgar a fouillé la carcasse de la voiture pour voir ce qui pouvait être sauvé.

— Il doit appartenir à sir John, fit remarquer Hannah en tendant machinalement la main.

Elle le posa sur ses genoux et effleura le cuir soyeux. Soudain, elle sentit ses joues s'empourprer. Elle avait beau être couverte de sa chemise de nuit, elle avait un gant d'homme sur les jambes. Quelle idiote elle faisait !

Elle ramassa le gant. Avait-elle jamais tenu la main de sir John dans la sienne ? Un fragment de souvenir s'imposa à elle. Sir John prenant sa main, presque brutalement. Elle cligna des yeux. Elle devait se tromper. *Seigneur !* Quand son cerveau se remettrait-il à fonctionner normalement ?

Mrs Turrill fouilla dans sa poche et en sortit un autre objet.

— Reconnaissez-vous cela ? lui demanda-t-elle en lui tendant une broche.

Il s'agissait d'une miniature représentant un œil, sertie de pierres précieuses.

— C'est un œil d'amant, expliqua Mrs Turrill. C'est un objet populaire d'après ce que je sais. Comme il est enchâssé dans des rubis, j'ai pensé qu'il devait être à vous car le rouge est la couleur de l'amour. C'est l'œil de sir John, si je ne m'abuse?

L'était-ce? Elle ne se souvenait pas de l'avoir porté, mais elle se rappelait si peu de choses. Pourtant, elle avait déjà vu ce bijou, elle l'aurait juré. L'épaisseur du sourcil suggérait un œil masculin, aux pupilles noisette. Fermant les paupières, elle tenta de se souvenir de la couleur et de la forme des yeux de sir John. Elle les avait crus gris-bleu. Sa mémoire était-elle encore si défaillante, ou le miniaturiste s'était-il trompé? Ou encore, s'il ne s'agissait pas de l'œil de sir John, était-ce celui d'un amant, comme le suggérait le nom du bijou?

Avait-elle un amant? Était-elle ce genre de femme? Que le ciel lui vienne en aide si son père l'apprenait!

L'esprit de plus en plus confus, la frustration la gagna.

—Je… ne sais pas, murmura-t-elle.

D'un geste réconfortant, Mrs Turrill lui tapota la main.

—Ne vous inquiétez pas, madame. Tout finira par vous revenir. Quand j'aurai le temps, j'essaierai de trouver d'autres objets vous appartenant, poursuivit-elle en débarrassant le plateau. Cela vous aidera peut-être à recouvrer la mémoire. Et peut-être découvrirez-vous que c'est une possession de cette pauvre fille, pour l'envoyer à sa famille.

—Oui… la pauvre fille, répéta Hannah avec compassion.

Le visage souriant de la jeune femme miroita devant ses yeux un instant, avant de s'évanouir. Elle était trop embarrassée pour admettre qu'à cet instant précis, le nom de la malheureuse lui échappait.

Plus tard, quand le docteur Parrish revint dans sa chambre, il la trouva toujours calée contre ses oreillers.

—Comme c'est bon de vous voir assise, madame! s'exclama-t-il en souriant. J'ai pris la liberté d'emprunter un fauteuil roulant que vous pourriez utiliser. Edgar attend en bas pour le monter si vous souhaitez l'essayer. J'ai pensé que nous pourrions vous emmener jusqu'à la chambre de sir John. Je ne doute pas de votre impatience de le voir.

—Je...

Elle humecta ses lèvres desséchées.

—J'aimerais le voir, certes, finit-elle avec un sourire contraint à l'intention de cet homme si bon.

Pourtant, à cette pensée, elle sentait une appréhension inexplicable lui nouer l'estomac. Quelques minutes plus tard, le père et le fils se présentaient à sa porte, une chaise roulante en rotin entre eux. Si l'effort avait un peu essoufflé le docteur, Edgar, qui était un garçon costaud, semblait frais comme un gardon.

—Merci, Edgar, dit-elle avec son sourire le plus cordial.

—Madame, salua timidement ce dernier en portant une main à son chapeau, avant de prendre congé.

Le docteur Parrish fit rouler la chaise à l'intérieur de la pièce et la plaça à l'extrémité du lit. Puis, la soutenant par son bras valide, il l'aida à se lever. La chambre se remit à tourner et la convalescente s'appuya sur lui.

—Vous avez toujours le vertige? s'étonna-t-il, une lueur inquiète dans le regard.

Elle fit un signe d'assentiment et fut soulagée de s'asseoir dans le fauteuil.

— Dans ce cas, nous ne nous attarderons pas. Vous ne devez pas vous fatiguer.

Ils sortirent et traversèrent le couloir lambrissé, le docteur poussant la chaise. Arrivé devant une porte, sur le même palier, il contourna le fauteuil, ouvrit et la poussa à l'intérieur.

La pièce était sombre, les rideaux tirés. Une lampe à huile brûlait sur la table de chevet.

Ses mains moites jointes sur ses genoux, Hannah regarda en direction du lit. Étrangement immobile, sir John y reposait. Ses yeux au regard intense étaient fermés, sa tempe était couverte de bleus, sa pommette se révélait enflée, ses lèvres paraissaient amollies. Si différent de la dernière fois qu'elle l'avait vu, refusant avec pugnacité de céder à sa femme. Pour tout vêtement, il portait une chemise de nuit au col ouvert, au lieu de son habituelle élégante cravate nouée. Son cou exposé était couvert de barbe naissante. Comme il semblait vulnérable! *Faible!*

— Va-t-il vivre? chuchota-t-elle.

Le médecin hésita.

— Dieu seul le sait. J'ai fait mon possible pour lui. J'ai remis en place et bandé la fracture de sa cheville. J'ai pansé sa clavicule et ses côtes cassées. Je prie pour qu'il ne souffre pas d'hémorragie interne. C'est la blessure à la tête qui m'inquiète le plus, poursuivit-il avec une grimace. J'ai envoyé chercher un chirurgien de Barnstaple pour avoir son opinion. Il devrait arriver demain.

Elle hocha la tête en signe d'approbation. Elle éprouvait de la pitié pour sir John. Peut-être même du chagrin. Pourtant, hormis cela, elle peinait à analyser ce qu'elle ressentait. En proie au plus profond désarroi, elle contempla l'homme brisé sous ses yeux. L'aimait-elle ? Elle ne le pensait pas. Elle ferma les paupières, se forçant à se rappeler un mariage, une nuit de noces... mais rien ne revenait à sa mémoire.

Puis... des fragments de souvenirs vinrent obscurcir sa vision. Des boutons, puis des épingles tombèrent à terre. Elle sentit la fraîcheur d'une ondée sur sa peau. Des mains chaudes voguant sur elle. Un homme qui la soulevait dans ses bras. Mais son visage persistait à lui échapper. Était-ce sir John ? Elle ne pouvait en jurer.

Le souvenir s'évanouit. Son union avait plu à son père. Même si cela avait déçu l'autre homme. Car il y avait sûrement eu quelqu'un d'autre ? Encore une fois, elle plissa les yeux et essaya de conjurer le passé. Mais elle en était incapable.

Au lieu de cela, une autre vision surgit dans son esprit. Elle avait l'impression d'assister à une pièce de théâtre où il manquait des scènes. Elle se voyait assise gauchement, dans le petit salon de la maison de Bristol.

Debout devant la fenêtre, bras croisés, sir John regardait au-dehors.

— Êtes-vous intéressée ? demandait-il.

— Oui, acquiesça-t-elle, sachant que son père approuverait.

Il esquissa une grimace et secoua la tête.

— Mais... dois-je accepter ? lança-t-il.

— Seulement si vous le souhaitez.

— Si je le souhaite ? avait-il répété avec un rire dont l'amertume n'avait rien de jovial. Je constate que Dieu exauce bien rarement mes souhaits.

—Dans ce cas, vous en formulez peut-être de mauvais, lui avait-elle fait remarquer avec une profonde gravité.

Il se tourna vers elle et plongea son regard d'acier dans ses yeux.

—Peut-être avez-vous raison. Et vous-même, que souhaitez-vous ?

La scène s'évanouit. Était-elle réelle ou purement imaginaire ? Elle était incapable de savoir ce qu'elle avait répondu à sa question ou si elle y avait même répondu. Pas plus qu'elle ne se souvenait des détails de l'arrangement.

Elle se rappelait sa haute taille, sa présence imposante. Mais l'homme qui se trouvait devant elle, dans ses vêtements de nuit, semblait cruellement diminué. Qu'avait bien pu souhaiter aussi sincèrement sir John ? Il était peu probable que son vœu ait été exaucé. Car personne, sûrement, n'aurait aspiré à pareil sort.

# Chapitre 4

Le lendemain matin, le docteur Parrish et Mrs Turrill entrèrent ensemble, semblant tous deux inhabituellement tendus. Le médecin n'avait pas son sourire habituel. Il était arrivé quelque chose. Ou bien, c'était imminent.

— Que se passe-t-il ? les pressa-t-elle. C'est sir John ?

— Non. Son état est stable, la rassura le médecin.

Il s'assit à son chevet et, après lui avoir demandé comment elle se sentait, lança un regard éloquent à sa cousine. Mrs Turrill expliqua alors :

— Edgar a rapporté d'autres objets de la berline et je pense que nous avons trouvé quelque chose vous appartenant, madame.

— Ah, oui ! Qu'est-ce que c'est ? interrogea-t-elle, sa curiosité piquée.

La gouvernante brandit un sac brodé.

— Il l'a découvert dans les rochers. Apparemment, il s'agit d'une trousse de couture.

Mrs Turrill desserra la sangle qui nouait la trousse, et en tira une pelote de laine et de fines aiguilles de bois attachées à un tricot qu'elle sortit et aplatit.

— Je pense qu'il s'agit d'un bonnet de bébé, reprit-elle. Est-ce vous qui l'avez tricoté?

La jeune femme s'empara de la demi-lune humide et asymétrique, et étudia les mailles lâches, irrégulières.

— Je... ne pense pas.

Elle se demanda s'il appartenait à l'infortunée qui voyageait avec eux dans la voiture.

Le docteur Parrish jeta un nouveau coup d'œil à Mrs Turrill avant de déclarer, hésitant:

— Voyez-vous, quand sir John nous a écrit, il a indiqué que vous attendiez un enfant...

— Vraiment? l'interrompit-elle, surprise.

Le médecin échangea un regard embarrassé avec sa cousine puis poursuivit:

— Mais quand je vous ai examinée, je...

Il se tut, s'efforçant visiblement de trouver les paroles adéquates. Pendant qu'il parlait, distraite, elle examinait le petit bonnet en tricot. Elle ne le reconnaissait pas, et pourtant, à sa vue, elle était saisie d'une angoisse terrifiante.

Avait-elle tricoté ce bonnet? Attendait-elle un enfant? Comment pouvait-elle avoir oublié un événement aussi bouleversant dans une vie? Quel était son problème? Était-ce son cerveau qui défaillait? D'un geste machinal, elle posa sa main sur son ventre. Il était plat. *Trop plat.*

Elle dévisagea le docteur Parrish.

— Je l'ai perdu?

Le regard empreint de tristesse, le docteur hocha la tête et lui pressa la main.

Le chagrin la submergea. Elle sentit une terreur glaciale lui transpercer le cœur comme une multitude de coups de poignard, plongeant son âme dans les ténèbres d'une douleur abyssale. Elle oublia de respirer pendant un moment. Puis, les poumons brûlants, elle ouvrit la bouche et refoula un sanglot.

Elle ravala le hurlement qui enflait dans sa gorge, mais ne put juguler le flot de larmes qui jaillirent de ses yeux.

D'un geste empreint de tendresse, Mrs Turrill repoussa une mèche de cheveux humides de son visage.

— Vous n'imaginez pas à quel point je compatis, madame. C'est une immense perte, certes. J'ai moi-même perdu un enfant, je peux comprendre votre douleur. Mais, grâce au ciel, sir John et vous-même avez survécu et peut-être aurez-vous d'autres enfants.

Elle fut vaguement consciente du regard circonspect du médecin à sa cousine, comme s'il voulait la mettre en garde de ne pas lui donner de faux espoirs. Mais elle l'ignora. Au lieu de cela, elle se rappela son rêve, le bébé dans un couffin, qui s'éloignait en flottant. Avait-elle perdu son enfant? L'avait-elle perdu avant même son premier souffle? Dans ce cas, pourquoi entendait-elle un bébé pleurer dans sa mémoire, avec un son aussi familier que sa propre voix?

Ses pensées se mirent à tournoyer à vive allure.

Ses larmes cessèrent de couler, interrompues par des fragments de souvenirs qui semblaient déchirer sa mémoire comme des éclats de verre, plus affreux les uns que les autres. Elle poussa un profond soupir de soulagement. Sa douleur toujours aussi vive se teintait d'espoir. Elle avait perdu son enfant. Mais cela ne voulait pas dire qu'il était mort.

—Madame? s'enquit Mrs Turrill, les yeux agrandis par l'inquiétude.

—Je vais bien. Ou du moins, je… Nous irons bien, ajouta-t-elle. Je l'espère.

Des pas résonnèrent dans l'escalier et Edgar Parrish se précipita à l'intérieur de la pièce.

—Papa, venez vite! s'exclama-t-il, essoufflé. Le fils Dirksen a fait une mauvaise chute. Il est tombé d'un arbre du cimetière.

Le docteur Parrish se redressa d'un bond.

—Je vais chercher ma trousse. As-tu prévenu ta mère?

—Elle attend déjà dans le cabriolet.

Se tournant vers la blessée, il reprit d'un air penaud, le visage rougissant:

—Je suis désolé d'interrompre ma visite, madame.

—Mais c'est tout naturel, assura-t-elle, en levant les yeux vers lui.

—Accordez-moi une faveur, allez vous enquérir de l'état de sir John, ajouta le docteur Parrish à l'intention de Mrs Turrill.

—Bien sûr.

—Maintenant, reposez-vous, madame, conclut-il en lui tapotant la main. Mrs Turrill va s'occuper de vous et de votre mari jusqu'à mon retour.

Elle hocha la tête puis le regarda sortir, son esprit martelant silencieusement le mot « mari ». Elle n'avait pas de mari.

Que voulait dire le docteur? Les idées de plus en plus confuses, elle se répéta plusieurs fois ses paroles dans sa tête. Ses phrases, celles d'Edgar, de Mrs Turrill lui avaient semblé absurdes. Comme si elles s'adressaient à une personne qui se tenait derrière elle, qu'elle ne voyait pas. Mais même si son cerveau embrumé avait refusé de les assimiler, l'évidence la frappa soudain et tout se mit en place: leurs mots, leurs manières pleines de déférence, la chambre élégante... Ils la prenaient pour lady Mayfield. Et pensaient qu'elle, Hannah Rogers, était la femme de sir John.

Cette même nuit, le sommeil la fuyant, elle se tourna et se retourna dans son lit pendant des heures, incapable de comprendre l'origine de ce malentendu. Elle cherchait la meilleure façon de leur dévoiler la vérité. Elle redoutait la réaction de ces gens si estimables quand ils l'apprendraient.

Lorsque, enfin, elle s'endormit, son rêve revint. Son bébé, dans un couffin, sur la grève. Elle avait eu l'intention de retourner le chercher aussitôt mais, au lieu de cela, elle était couchée là, comme paralysée. La marée montait. Se rapprochait de plus en plus, les vagues léchant le couffin. Une main se tendit vers lui. C'était celle de lady Mayfield. Mais comment l'expliquer? Lady Mayfield était dans les flots, la marée l'entraînant, l'emportant au large où sa robe et son manteau gonflés d'eau l'attiraient vers le fond. Hannah attrapa sa main pour essayer de la sauver, mais ses doigts glissèrent entre les siens. Se rappelant son fils, elle se tourna, affolée. Hélas! Il était trop tard. Le couffin flottait déjà vers le large.

Le cauchemar se métamorphosa. Aux images terrifiantes vint se substituer l'horrible souvenir d'une scène bien trop réelle.

Hannah pressa le pas en direction de la maison de Trim Street où elle avait accouché et frappa à la porte jusqu'à s'en écorcher les jointures. Enfin, une fente étroite s'ouvrit, dévoilant des yeux irrités.

— Je vous en prie, Mrs Beech, plaida-t-elle. J'ai besoin de le voir.

— Vous avez l'argent?

— Pas encore. Mais je l'aurai.

— Quand?

— Bientôt.

— C'est ce que vous m'avez dit hier, et avant-hier, et le jour d'avant.

S'appliquant à garder une voix calme, Hannah supplia:

— Je sais. Je vous en prie.

— Je suis à bout de patience. Quand vous m'aurez payé votre dû, vous le verrez, mais pas avant.

— Vous ne pouvez pas faire cela. Je suis sa mère. J'ai besoin de...

— Et j'ai besoin de l'argent que vous me devez. Je ne gère pas une œuvre de bienfaisance, ma fille. J'ai l'habitude de traiter avec les morveuses comme vous. La compassion ne me mène à rien. Ce ne sont pas des mots faciles à entendre pour des filles qui ont l'habitude d'avoir tout ce qu'elles veulent, d'enjôler leurs parents ou de profiter de la faiblesse de leurs soupirants pour leur extorquer des sous. Eh bien! Je ne suis ni votre mère ni votre amoureux. Donnez-moi ce qui m'appartient et je vous donnerai ce qui vous appartient.

— Mais vous n'avez pas le droit…

— J'ai tous les droits. Vous ne me croyez pas? poursuivit la femme, ses yeux lançant des éclairs. Allez trouver l'agent de police, si vous voulez. Dites-lui que je garde votre enfant et expliquez-lui pourquoi. Mr Green n'a aucune compassion pour les mauvais payeurs. Et vous verrez un peu si, avec lui, vous ne finissez pas à l'hospice. Ou en prison pour dettes.

Hannah étouffa un cri d'effroi.

— Vous ne feriez pas…

— Et pourquoi pas? Je ne garde pas les mioches dont les pensions ne sont pas payées. Et qu'arriverait-il à votre bébé, alors?

Hannah la dévisagea, pétrifiée. Que Mrs Beech menaçait-elle de faire? Elle peinait à croire qu'il s'agissait là de la bienveillante sage-femme qui l'avait reçue avec une telle bonté quelques mois auparavant. Accablée, elle s'empressa de préciser :

— J'ai une nouvelle place mais je ne toucherai pas mes gages avant la fin du mois. Que suggérez-vous? Que j'aille mendier dans les rues?

— Non. Rien de si peu rentable. Je suis une femme d'affaires, après tout. Que font la plupart des filles dans votre situation?

Hannah sentit un frisson de terreur la traverser.

— Je ne m'abaisserais jamais à une telle extrémité, Mrs Beech. Quoi que vous puissiez penser de moi.

— Sauf preuve du contraire, le moment est peut-être venu. Tom Simpkins vous mettrait le pied à l'étrier en moins de deux, sans aucun doute.

— Tom Simpkins est un…

— Tom Simpkins est mon frère, ma fille. Gare à ce que vous dites !

— Je suis désolée, Mrs Beech. Mais je vous en prie…

Les yeux s'éloignèrent de la fente.

— Revenez quand vous aurez l'argent.

— Qui s'occupe de lui ? cria-t-elle.

— Becky.

Elle tressaillit. *Becky… Becky, si douce, mais un peu simple d'esprit, pas très équilibrée.* D'une voix étranglée, elle affirma :

— Je trouverai l'argent. Je le trouverai. Mais promettez-moi de prendre soin de lui jusqu'à mon retour. S'il vous plaît, ce n'est pas sa faute. Je vous en supplie, occupez-vous bien de lui.

— Chaque jour qu'il passe ici coûte 1 shilling de plus. Plus vous avez du retard, plus la somme augmente.

Le clapet de la fente se referma dans un bruit métallique. *Un son si catégorique !*

Hannah frémit. *Un shilling par jour ?* C'était pratiquement tout ce qu'elle gagnait. Elle ne pourrait jamais rembourser sa dette. Engourdie par le froid, elle resta figée. Elle sentait le lait picoter ses seins. Elle avait enveloppé sa poitrine quand elle avait pris sa nouvelle place, et sortait en catimini une fois par jour et deux fois le dimanche pour venir nourrir son fils. Son lait avait déjà diminué mais les montées étaient encore douloureuses. Pourtant, c'était loin d'être comparable à la douleur qui lui vrillait le cœur.

Hannah se réveilla en sursaut et ouvrit les yeux. Elle inspira longuement et balaya la pièce du regard. Où était Danny ? Le cœur battant à tout rompre, elle regarda à droite, puis à gauche. Alors, accablée, elle se souvint que son bébé n'était pas avec elle. Il était chez Mrs Beech, inaccessible.

*Becky s'occupera de lui*, se rassura-t-elle. *Becky s'assurera qu'il n'a pas faim.*

Elle se rappela alors les mains tremblantes, le visage pâle, les immenses yeux vides de la jeune femme quand, hagarde, elle arpentait les rues de Bath à la recherche de son propre bébé : Becky avait oublié ou voulait oublier que sa petite fille était morte.

Et la vie si précieuse de son enfant était entre les mains de cette malheureuse ? *Oh, Seigneur ! Protégez-le. Faites qu'il ne lui arrive rien jusqu'à mon retour.*

Son retour ? Elle devait aller le retrouver. Il n'y avait pas une minute à perdre. Comment avait-elle jamais pu le quitter ? Si elle avait eu la moindre idée que les Mayfield souhaitaient partir si loin, elle n'aurait jamais accepté l'offre de Marianna. Maintenant que sir John était à l'article de la mort et que lady Mayfield s'était noyée, comment toucherait-elle jamais un jour les généreux émoluments promis ? Et retrouverait-elle son fils ?

Des larmes perlèrent à ses paupières. Elle les sentit rouler le long de ses joues, pour aller se perdre dans ses cheveux. D'une main, elle les essuya et son regard se posa sur la grosse bague à son doigt : des améthystes et des saphirs montés sur un anneau d'or.

Une nouvelle fois, elle la reconnut. Mais à présent, elle savait pourquoi. Marianna ne la quittait quasiment jamais. Comment la bague de lady Mayfield avait-elle pu se glisser à son doigt ? Ses souvenirs reprenaient peu à peu forme même s'ils restaient toujours aussi confus. Elle avait pensé qu'il s'agissait d'un simple rêve. Tout cela était-il vraiment arrivé ? Avait-elle eu la présence d'esprit d'attraper la main de lady Mayfield avant qu'elle ne soit entraînée par le ressac ? Sa faiblesse l'ayant empêchée de la retenir, était-il possible qu'elle n'ait pu sauver que sa bague ?

À deux reprises, elle cligna des yeux. Cela ne lui paraissait pas crédible. Comme il était terrifiant, déstabilisant, de ne plus pouvoir faire la différence entre un rêve et la réalité.

Pourtant, elle avait une certitude : elle devait trouver un moyen de retourner à Bath dès que possible. Et munie de la somme qui lui permettrait de régler sa dette à la femme qui tenait la vie de son fils entre ses mains. Car, en réalité, elle craignait autant la cruauté de Mrs Beech que l'instabilité de Becky.

Les facettes des pierres précieuses accrochaient les rayons de soleil qui filtraient par la fenêtre, faisant danser au plafond des taches multicolores.

Était-ce un signe ou une tentation ?

Une telle bague devait avoir une immense valeur. S'il vivait, sir John la croirait au fond de l'océan, perdue à jamais avec son épouse.

Oserait-elle le faire ?

Un peu plus tard, Mr et Mrs Parrish passèrent prendre de ses nouvelles. Toujours aussi enjoué, le bon docteur lui raconta que le jeune garçon qui avait chuté de l'arbre allait déjà beaucoup mieux.

— Le petit chenapan s'est démis une clavicule mais je l'ai remise en place. Il sera vite rétabli.

— Si sa pauvre mère qu'il fait tourner en bourrique parvient à le garder au lit pendant quelque temps, renchérit sa femme d'un air dubitatif.

Malgré son esprit en ébullition et l'angoisse qui lui nouait l'estomac, Hannah esquissa un faible sourire. Puis, d'une voix hésitante, elle demanda :

— Puis-je me permettre de vous poser une question, docteur Parrish ? Connaissez-vous bien sir John ?

Manifestement ravi de converser avec elle, le médecin vint s'asseoir dans le fauteuil à son chevet, tandis que Mrs Parrish attendait sur le seuil de la porte.

— Pas du tout, déclara-t-il. Nous n'avons échangé que des lettres. Je ne l'avais jamais rencontré avant l'accident et je suppose que, par conséquent, je ne l'ai toujours pas rencontré. Pas vraiment.

— Mais je croyais que vous aviez dit que votre fils… ? s'étonna-t-elle, les sourcils froncés par la concentration.

Le docteur fit un signe d'assentiment.

—Edgar l'a rencontré quand sir John est venu visiter la maison il y a quelques mois.

—C'est exact, acquiesça Mrs Parrish. Le docteur Parrish et moi-même étions absents pour un accouchement de jumeaux, ce jour-là.

—Sir John est venu seul ?

—Il était accompagné d'un monsieur. Un homme d'affaires, je crois. Même si je ne me rappelle pas exactement. Mais vous n'étiez pas avec lui, ajouta le docteur, les yeux brillants. Mon fils n'a pas fait référence à la charmante Mrs Mayfield. Sinon, je m'en serais souvenu.

L'air soudain contrariée, Mrs Parrish croisa les bras.

Sur le point de le détromper, Hannah ouvrit la bouche, mais se contint. Le pressentiment que la demoiselle de compagnie de lady Mayfield serait renvoyée promptement une fois le pot aux roses découvert donnait à réfléchir. La précieuse bague aussi donnait à réfléchir. Mais aussitôt, sa conscience la sermonna, la pressant d'avouer la vérité et de trouver un moyen honnête de récupérer Danny.

—Docteur Parrish, quand pensez-vous que je serai suffisamment rétablie pour voyager ?

Les yeux écarquillés par la surprise, il répéta :

—« Voyager » ? Mais vous venez à peine d'arriver.

—Je sais. Mais je dois retourner à Bath dès que possible.

Son froncement de sourcils s'accentuant, Mrs Parrish s'enquit :

—Puis-je me permettre de vous demander : « Pourquoi ? » Si vous avez oublié quelque chose, nous nous ferons un plaisir de l'envoyer chercher pour vous.

59

— Je n'ai pas oublié quelque chose, précisa Hannah en secouant la tête, l'ironie de sa réponse la faisant ciller. Mais j'ai laissé à Bath quelqu'un qui compte plus que tout pour moi, et il est essentiel que j'aille le retrouver.

Tous deux la dévisagèrent, perplexes, attendant son explication.

D'une voix étranglée, elle poursuivit :

— Mon fils. Je crains de devoir avouer que, pendant un moment, je l'avais oublié.

Les yeux du médecin s'agrandirent encore.

— Seigneur ! Quand je vous ai examinée, j'ai pensé que vous aviez perdu le petit. Et pourtant, tout bien considéré, j'aurais dû voir à plusieurs signes que vous l'aviez déjà mis au monde. Pardonnez-moi de vous avoir annoncé que vous aviez perdu l'enfant. Vous n'imaginez pas combien je m'en veux de mon indélicatesse. Vous devez me trouver d'une incompétence !

— Pas le moins du monde, bafouilla Hannah. Pouvez-vous me rappeler comment vous saviez que j'avais un enfant ?

— Sir John a fait référence au fait que sa femme était enceinte dans l'une de ses lettres.

— Ah ! approuva-t-elle d'un signe de tête.

Pourtant, son esprit était encore une fois en pleine ébullition. Comment le fait que Marianna attende un enfant avait-il pu lui échapper ?

— Dieu soit loué, vous n'avez pas emmené l'enfant ! Je tremble à la pensée d'un bébé dans pareil accident. Vous avez bien dit que c'était un garçon ?

— Oui. Je… je l'ai confié à sa nourrice.

— Jusqu'à ce que vous soyez installée et que vous ayez préparé la maison? demanda Mrs Parrish. Clifton n'a pas de chambre d'enfant. Je m'étonne que sir John n'ait pas chargé Edgar d'en installer une pour votre arrivée.

Hannah ne savait plus quoi dire. Au moment où elle avait été sur le point d'avouer toute la vérité, elle avait découvert que les Parrish savaient déjà que «lady Mayfield» attendait un enfant. Même s'ils avaient compris qu'il devait naître plus tard. Bouleversée, elle se sentait de plus en plus désorientée. Aurait-elle l'audace de persister à les entretenir dans leur illusion? Si l'enjeu était de sauver son fils, peut-être était-il légitime de continuer à se faire passer pour lady Mayfield pour quelques jours encore. Juste assez longtemps pour pouvoir tenir son petit garçon dans ses bras?

— Je suis tout aussi étonnée que vous, finit-elle par bégayer. Tout ce que je sais, c'est que j'ai besoin de retourner chercher mon fils.

Le docteur hocha la tête avec bonté.

— Et le ramener ici dès que possible. Certes, quel réconfort il sera pour vous en ces temps d'incertitude!

— Un immense réconfort, renchérit-elle.

— Même si je comprends votre impatience, je dois insister pour que vous patientiez encore quelques jours avant d'entreprendre ce voyage. Vous devez laisser le temps à cette blessure à la tête de cicatriser un peu. J'ai soigné votre bras avec des attelles et des bandes mouillées de solution à l'amidon. Mais il leur faut encore quelques jours pour bien sécher et immobiliser l'os. Si vous allez trop vite, il ne se consolidera pas suffisamment. Vous ne voulez pas risquer de perdre un bras.

Non, elle ne pouvait se permettre de perdre l'usage de son bras. Sinon, comment pourrait-elle travailler pour les faire vivre, son fils et elle ?

Et si elle laissait le malentendu persister encore un peu ? Puis elle partirait, vendrait la bague, irait chercher Danny et disparaîtrait pour ne jamais revenir.

Dieu lui pardonnerait-il une telle imposture ? Un seul dessein la pousserait à s'abaisser à une telle ruse : le bonheur de son fils. Elle était prête à tout – ou presque – pour le sauver.

—Bonjour, madame, la salua Mrs Turrill le lendemain, en lui apportant le plateau du petit déjeuner.

Hannah lui répondit par un faible sourire. C'était le salut habituel de la gouvernante. Néanmoins, ce matin-là, il lui paraissait soudain discordant.

Ce jour-là, Mrs Turrill était vêtue d'une longue robe d'un mauve profond, d'un châle rouge à ruchés et d'un long tablier. Après avoir posé le plateau sur la table de chevet, elle se tourna vers elle.

—Voulez-vous essayer de vous asseoir dans un fauteuil, aujourd'hui, madame. Si vous êtes d'accord, bien entendu.

Sa voix mélodieuse changeait d'intonation au gré de ses humeurs. En l'entendant, Hannah était saisie de nostalgie de la ville où elle avait grandi. Car si sa mère avait l'accent aristocratique de sa classe, et que son père avait vécu à Oxford pendant les années où il avait été professeur et vicaire, la plupart de ses voisins et amis d'enfance parlaient comme Mrs Turrill. Elle aurait été curieuse de savoir pendant combien de temps la gouvernante avait habité Bristol, la raison de son retour et d'en apprendre plus sur l'enfant qu'elle avait dit avoir perdu. Mais elle ne posa pas de questions. Elle ne voulait pas aggraver ses péchés en nouant des amitiés, ni offrir à l'employée la tentation de lui poser à son tour des questions personnelles.

Se forçant donc à esquisser un mince sourire, elle accepta :

— Oui, je pense que je peux y arriver.

Tout en babillant gaiement sans répit, Mrs Turrill l'aida à se lever et à s'installer dans le fauteuil où elle commença son petit déjeuner.

Combien elle aurait aimé feindre le sommeil, ou l'amnésie qui excusait sa duplicité ! Mais elle devait prouver qu'elle se rétablissait et qu'elle était assez solide pour voyager dès que possible.

Plus tard dans la matinée, quand le docteur Parrish s'arrêta dans sa chambre, muni de sa trousse médicale, elle était toujours dans son fauteuil.

— Quel plaisir de vous voir levée ! s'exclama-t-il avec un sourire radieux.

Après avoir examiné la blessure à sa tête, il déclara qu'elle cicatrisait bien et qu'il était temps d'enlever les points de suture. Sa patiente se mordit l'intérieur de la joue pour surmonter la douleur et poussa un soupir de soulagement quand la désagréable procédure fut finie.

— Bravo, vous êtes très courageuse! la complimenta le médecin en lui tapotant la main.

Puis, après avoir rangé ses instruments, il lui demanda:

— Voulez-vous essayer de marcher une nouvelle fois, madame? Je suppose que vous avez hâte de revoir votre mari.

La gorge nouée, Hannah répondit:

— Je ne sais pas. Croyez-vous que ce serait… prudent?

— «Prudent»? s'étonna le médecin.

Elle réfléchit hâtivement à une réponse plausible.

— Avec mon bras, j'entends, finit-elle par dire.

— Oui, je le pense. Nous irons doucement et ferons bien attention à ne pas heurter votre bras.

À court de prétextes polis pour refuser de voir son «mari», elle céda:

— Très bien.

Le docteur l'aida à se lever. Comme d'habitude, elle se sentit flageoler sur ses jambes et la pièce se mit à tourner autour d'elle.

Il resserra son emprise sur son bras valide.

— Vous avez le vertige ou vous sentez-vous faible?

— Un peu les deux, admit-elle avec un petit sourire.

— Dans ce cas, nous devrions peut-être attendre jusqu'à demain, suggéra-t-il. Ou bien nous pourrions de nouveau utiliser le fauteuil roulant.

Un instant, elle fut tentée d'invoquer la fatigue pour remettre la visite. Mais, déterminée, elle s'arma de courage: plus vite elle prouverait qu'elle était rétablie, plus vite elle pourrait partir.

— Donnez-moi juste un instant, le pria-t-elle.

Il attendit patiemment, tout en étudiant son visage. Que voyait-il ? Se disait-il qu'il imaginait une « lady » plus belle. Plus distinguée ? Elle inspira profondément à deux reprises.

— Voilà. Mon vertige est passé. Je suis prête.

La prenant par le coude pour la soutenir, il l'entraîna doucement pour franchir la porte et remonter le corridor. À mesure qu'ils approchaient, pas à pas, de la chambre de sir John, Hannah sentait les battements de son cœur s'accélérer, ses nerfs se tendre comme des cordes. Elle ignorait ce qu'elle craignait le plus : le voir brisé, couvert d'hématomes, à l'article de la mort, ou le voir reprendre conscience, ouvrir les yeux et dévoiler sa supercherie.

Lorsqu'ils arrivèrent devant la porte de sa chambre, le docteur Parrish l'ouvrit et poussa la jeune femme à l'intérieur. Assise au pied du lit, Mrs Parrish, les traits anguleux, des aiguilles et une pelote de laine sur les genoux, surveillait sir John.

— Avez-vous constaté un changement, Mrs Parrish ?
— Aucun, docteur Parrish.

Sachant ce qui était attendu d'elle, Hannah se tourna vers le lit, sa main valide pressée sur son ventre. Se maudissant pour son manque de compassion, elle se réjouit de voir sir John toujours inconscient. Allongé, les yeux fermés, il était toujours immobile. Les bleus sur sa figure commençaient à changer de couleur, ses pommettes étaient peut-être un peu moins enflées, ses mâchoires toujours molles. Personne ne l'avait rasé, et une barbe naissante bronze et argent ombrait la partie inférieure de son visage. Si elle avait toujours estimé qu'il ne paraissait pas ses quarante ans, aujourd'hui, ce n'était plus le cas. Seuls ses épais cheveux restaient inchangés : d'un châtain clair, avec quelques taches argentées dans ses favoris.

Elle était consciente de la présence du docteur à côté d'elle et devinait la curiosité impatiente de son épouse. N'ayant pas la moindre idée de ce qu'elle devait dire, Hannah murmura :

— Il semble… différent.

Le médecin hocha la tête.

— Je suppose que vous avez raison.

— Qu'a dit le chirurgien ? chuchota-t-elle.

D'un ton de regret, il répondit :

— Il semble affirmer qu'il faut attendre pour opérer. Il n'est pas convaincu que le cerveau de sir John ait suffisamment enflé pour que ce soit dangereux. J'ai bien peur qu'il ne craigne que votre mari ne survive pas à cette opération, même si elle se révèle nécessaire. Il est trop faible.

Soudain gagnée par une inexplicable tristesse, elle murmura :

— Je vois.

La tête penchée, Mrs Parrish souligna avec perplexité :

— Il est étrange qu'il ait subi des blessures si graves comparées aux vôtres, madame. Je devine que son corps vous a servi de coussin au moment du premier choc, avant que la berline se retourne.

Hannah se revit se réveillant et trouvant sir John allongé sur elle. Mais si la théorie de Mrs Parrish était correcte, elle se sentait reconnaissante et même un peu coupable de s'en être sortie presque indemne.

—Le pasteur est venu le voir, ajouta Mrs Parrish. J'espère que vous ne m'en voudrez pas de l'avoir fait appeler.

—Bien sûr que non, chuchota Hannah.

—Il a prié pour vous aussi.

Elle tourna vivement la tête.

—Vraiment ? Je n'en ai aucun souvenir.

—Vous dormiez. Nous ne voulions pas vous réveiller.

—Oh ! fit-elle, un frisson d'embarras la traversant à cette pensée.

—Vous pouvez le toucher, madame, si vous le souhaitez, lui suggéra le docteur avec douceur. Vous ne lui ferez pas mal.

Hannah sentit sa bouche se dessécher. Une épouse voudrait sans doute toucher son mari, repousser ses cheveux de son front. Serrer sa main dans la sienne. Lui chuchoter à l'oreille qu'elle l'aimait. Mais elle n'était pas sa femme. Et elle savait que si lady Mayfield en personne était là, elle n'en ferait rien non plus. En outre, elle était réticente à l'idée de le toucher sous les regards attentifs du docteur et de son épouse. Cela pousserait son « rôle » trop loin. Se rappelleraient-ils qu'elle avait pris une telle liberté après son départ, une fois que la vérité aurait éclaté ?

Elle resta immobile telle une statue, sans même battre un cil. Mais elle sentait le regard sévère de Mrs Parrish sur elle.

Se mordant la lèvre inférieure, elle s'approcha d'un pas et avança une main hésitante. Remarqueraient-ils qu'elle tremblait ? D'un geste hâtif, elle frôla le bras de sir John et, apeurée à la pensée de le réveiller, recula.

— J'espère qu'il se rétablira un jour et je prie pour cela, déclara le médecin qui se trouvait derrière elle.

— Moi aussi, acquiesça-t-elle du fond du cœur.

Car, même si elle avait bien l'intention d'être loin d'ici là, elle était sincère.

# Chapitre 5

Le lendemain matin, Hannah annonça à Mrs Turrill qu'elle aimerait s'habiller. Elle était lasse de sa chemise de nuit et de son châle. Son visage s'éclairant d'un grand sourire, la gouvernante déclara son idée excellente. Elle ne pouvait remettre la robe du jour de l'accident qui était tachée, et sa valise ne se trouvait pas parmi les bagages empilés dans le coin. Elle avait apparemment été emportée par la mer. En revanche, elle n'avait pas perdu son réticule, qu'elle portait noué au poignet et qu'elle voyait, posé sur la table de chevet.

Elle pria donc la gouvernante de l'aider à passer l'une des vieilles robes en mousseline les plus souples de Marianna, qu'elle pouvait enfiler sans peine en dépit de son bras bandé. Les robes plus élégantes et plus ajustées de lady Mayfield auraient probablement été trop grandes pour elle. En outre, il aurait été bien présomptueux de sa part d'en porter une.

Assise sur le tabouret de la coiffeuse, elle laissa Mrs Turrill l'aider à enfiler ses bas. Puis la gouvernante exhiba une paire de mules en cuir pointues à petits talons. Hannah étouffa un léger cri d'étonnement.

— Hum! Je préférerais mes bottines. Celles que je portais en... arrivant?

— Oh, non! s'exclama la gouvernante en secouant la tête. Elles ont été totalement détruites, madame. L'eau salée est très mauvaise pour le cuir.

Mrs Turrill s'agenouilla devant elle et essaya d'ajuster la chaussure à son pied. Mais elle était trop étroite. Son sang battant à ses tempes, Hannah retint son souffle. Allait-elle se voir démasquée si vite?

L'air perplexe, Mrs Turrill demeura en contemplation devant son pied.

— Vous avez les pieds enflés, madame. De l'accident ou d'être restée allongée trop longtemps. Dois-je les envoyer chez le cordonnier pour les faire élargir?

Avec un soupir de soulagement, Hannah répondit:

— Oui, s'il vous plaît.

Jamais à court de solution, Mrs Turrill dénoua les lacets des mules de satin et les lui fit enfiler.

Déclarant alors qu'elle n'était plus une invalide à qui on devait monter ses plateaux au lit, Hannah demanda à descendre prendre son petit déjeuner au rez-de-chaussée. Mrs Turrill accéda chaleureusement à son souhait. Elle se réjouissait de voir enfin utiliser la salle à manger ensoleillée. Néanmoins, elle insista pour soutenir la convalescente dans l'escalier.

Une semaine s'était écoulée depuis l'accident mais c'était la première fois que Hannah visitait le rez-de-chaussée de Clifton House. Elle admira le vestibule à deux paliers et jeta au passage un regard au grand salon, avec ses murs tendus de vert et d'ivoire, puis au petit salon lambrissé d'acajou.

Quand elles furent arrivées dans la salle à manger, Mrs Turrill lui avança une chaise et la présenta à Ben Jones, un domestique qui paraissait avoir dix-sept ans. Après avoir ouvert les rideaux, le jeune homme alluma une belle flambée dans l'âtre pour dissiper l'humidité ambiante.

Une fois restaurée, Hannah remercia la gouvernante et Ben. Puis, regagnant le vestibule, elle s'installa dans un fauteuil pour attendre le docteur Parrish et lui soumettre sa requête.

Un peu plus tard, lorsque le médecin franchit la porte d'entrée, il s'arrêta net, stupéfait.

— Bonjour, madame. Quelle surprise de vous voir en bas ! Je dois reconnaître que vous avez bonne mine.

— Merci. Je me sens tout à fait bien.

— Vous avez enfin pu visiter votre nouvelle maison. J'espère qu'elle vous satisfait.

— Oui, elle est très jolie. Mais j'ai grande hâte de retourner à Bath, chercher mon fils. Vous devez imaginer combien il me manque. Si quelqu'un pouvait me conduire au relais de poste le plus proche, de là, je prendrais la diligence.

— Bien entendu, vous avez hâte de retrouver votre petit garçon. Et je ne peux vous en blâmer. Mais je ne peux vous laisser voyager seule. Une dame de votre qualité… Cela ne se fait pas, tout simplement.

—J'apprécie votre sollicitude, docteur Parrish, mais tout ira bien. Je l'ai déjà fait.

Décontenancé, il haussa les sourcils.

—Vraiment ? Je suis étonné... étonné que sir John vous y ait autorisée.

—C'était avant... avant que je le connaisse.

—Je vois. Mais maintenant, vous êtes lady Mayfield et, en toute conscience, je ne peux vous permettre de vous aventurer seule sur les routes, surtout après la commotion que vous avez subie, sans parler de votre bras cassé. Et, avec Mr Higgerson mourant, le pauvre homme, je ne peux m'y rendre en personne. En revanche, nous pouvons louer un attelage privé au relais de poste et vous faire escorter par Edgar. Il a quelques notions médicales au cas où vous feriez une rechute, ou si le moindre problème se présentait.

—Docteur Parrish, vous êtes vraiment très bon. Mais je ne saurais accepter...

—Nous sommes heureux de pouvoir vous aider. Depuis que nous avons appris l'existence de votre petit garçon, mon épouse et moi avons envisagé plusieurs solutions. Comme elle a jugé que voyager avec un jeune homme que vous connaissez à peine pourrait vous mettre mal à l'aise, j'ai demandé à Nancy, la promise d'Edgar, d'être du voyage. Vous verrez, c'est une jeune fille délicieuse.

—Je vous assure que ce n'est pas nécessaire.

Visiblement dérouté et peiné par la véhémence de ses protestations, il la dévisagea.

—Vraiment, cela ne nous dérange en rien. Nous insistons.

Elle se sentit comme prise au piège de l'amabilité et des bonnes manières du brave homme. Tout comme de l'idée qu'il se faisait de la gracieuse attitude que lady Mayfield adopterait, face à cette situation. Si seulement ils avaient connu la vraie Marianna !

— Dans ce cas, je vous remercie, docteur Parrish. Même si je me sens horriblement embarrassée de vous causer à tous un si grand dérangement.

— Vous ne devez vous inquiéter en rien, madame. C'est à cela que servent les voisins. D'autant que Nancy, j'en suis sûr, appréciera beaucoup l'excursion.

Hannah esquissa un sourire forcé. Et maintenant, comment allait-elle s'y prendre ? Comment pourrait-elle échapper à Edgar et à Nancy, une fois arrivée à Bath ? Elle ne pouvait pas envisager de les emmener dans le quartier immonde de Trim Street. Son mensonge serait immédiatement dévoilé.

— Puis-je également vous suggérer, madame, d'entrer en contact avec l'avoué ou l'homme d'affaires de sir John pendant que vous serez à Bath, ajouta le médecin. Ou tout au moins de lui écrire et de l'informer de la situation ici ?

— Bien, dit-elle sans s'engager.

Elle acquiesça d'un signe de tête même si elle n'avait pas la moindre intention de donner suite à l'une ou l'autre de ces propositions.

Le voyage fut décidé pour le lendemain. Il serait long. Il fut donc convenu de faire étape dans un relais de poste pour une nuit à l'aller et une autre au retour. Mrs Turrill remplit un panier de victuailles et, malgré la douceur du temps, rassembla quelques couvertures. Hannah prit son réticule, et prépara une petite valise qui, ostensiblement, contenait du linge de nuit et des effets de bébé. En réalité, elle emballa l'essentiel de ce qui lui serait nécessaire pour vivre seule : une chemise et une robe de rechange, un bonnet, la paire de mules élargies, une brosse à dents et de la poudre de dentifrice. En dépit de leur rigidité et du cuir taché, elle portait ses propres bottines. Sans oublier la bague sous ses gants.

Tôt, le lendemain matin, la berline de location et quatre chevaux, un postillon à califourchon sur le premier, remontèrent l'allée dans un fracas de roues pour venir s'arrêter devant la maison. Edgar poussa la portière de l'intérieur, en descendit, puis tendit la main à une jeune femme au visage plaisant qui, quoique vêtue simplement, arborait une tenue impeccable.

Alors qu'elle s'avançait pour les accueillir, Hannah se rendit compte que c'était la première fois qu'elle sortait de la demeure depuis son arrivée à Clifton. Elle s'immobilisa pour contempler la bâtisse à tourelles dans son écrin de buis et d'alisiers blancs en pleine floraison. Elle savoura la caresse du soleil printanier sur sa figure ainsi que le parfum des muscaris et des jacinthes sauvages.

Arrivant de la Grange, leur maison voisine, Mr et Mrs Parrish s'approchaient pour leur souhaiter bon voyage.

La prenant en aparté, le docteur Parrish lui demanda :
—Madame, avez-vous assez d'argent pour le voyage ?

Elle hésita, jeta un coup d'œil en coin à la bague qui formait une bosse sous son gant, puis ouvrit son réticule avec un empressement exagéré. Il lui restait quelques pièces du salaire que lui avait versé Mr Ward à contrecœur. Comme elle avait réglé une partie de sa dette à Mrs Beech avant de quitter Bath en compagnie des Mayfield, sa fortune était maigre.

— De combien devrais-je avoir besoin, croyez-vous? murmura-t-elle.

— Il vous faudrait une somme suffisante pour vous acquitter des auberges, des péages, des chevaux et des postillons, mais pas trop importante, pour éviter de vous attirer des ennuis.

— Je n'avais pas pensé à cela, fit-elle remarquer, soudain préoccupée. Et je crains de ne pas avoir suffisamment pour couvrir mes dépenses.

— Avec votre permission, je vais retirer 10 livres ou plus de la bourse de votre mari, à supposer qu'il ait suffisamment d'argent liquide.

Elle réprima une exclamation de surprise. Cela représentait une coquette somme. Voyager par voiture de location devait être onéreux.

— Si vous estimez que c'est… ce qu'il me faut.

— Ce sera amplement suffisant, j'en suis sûr.

— Dans ce cas, oui. Faites, je vous en prie, docteur. Merci.

Elle ignora son pincement de culpabilité et la pensée de la réaction du docteur Parrish s'il apprenait un jour qu'il avait donné ce pécule à une simple demoiselle de compagnie. Quelques minutes plus tard, après lui avoir remis l'argent et lui avoir dit « au revoir », le docteur Parrish lui offrit sa main pour l'aider à monter dans la berline. Bientôt, elle se trouva installée sur la banquette entre Nancy et Edgar. Ben, le jeune domestique, avait pris place sur le siège extérieur, à l'arrière.

La perspective de partager cet espace confiné avec deux personnes qu'elle connaissait à peine et qui la prenaient pour une autre ne réjouissait pas particulièrement Hannah. Elle redoutait de deviser de banalités et d'augmenter ainsi les risques de se trahir. Néanmoins, garder le silence pendant des heures serait très discourtois de sa part.

Aussi après s'être enquise de la famille de Nancy, elle interrogea Edgar sur les autres domaines dont il avait la charge en l'absence de leurs propriétaires. La côte du Devon était une villégiature de prédilection pour les artistes, les aristocrates et les grands bourgeois, qui y possédaient des résidences secondaires. À son tour, elle répondit à leurs questions sur Bath et ses charmes mais se montra peu loquace sur les sujets plus personnels.

Ils finirent par s'arrêter dans une auberge pour changer de chevaux. Hannah fut heureuse du répit. Elle souffrait de son bras en écharpe qui avait été très secoué pendant le voyage.

À la suggestion d'Edgar, ils entrèrent se désaltérer. Tandis qu'ils prenaient le thé dans le salon, il fit une tentative polie pour reprendre la conversation avec elle. Mais, devant sa réserve et ses réponses succinctes, il tourna son attention vers la douce et gentille Nancy qui bouillonnait d'impatience de voir, pour la première fois de sa vie, le Somerset.

Plus tard, revenue sur la banquette sur laquelle elle oscillait de droite à gauche, Hannah immobilisa son bras douloureux et feignit le sommeil. Elle voulait éviter une nouvelle conversation.

Les paupières closes, elle réfléchit à un plan d'action, à l'arrivée à Bath. Il n'était pas envisageable qu'Edgar Parrish et sa jeune fiancée voient dans quel genre de maison et de quartier elle avait laissé son enfant. Mais comment les dissuader de l'escorter jusqu'à la porte de Mrs Beech ? Ou comment leur fausser compagnie s'ils refusaient de la quitter ?

Elle décida qu'après les avoir remerciés de l'avoir accompagnée, elle insisterait pour aller chercher Danny seule. Elle paierait alors un messager pour leur apporter une missive de sa part les informant qu'en raison d'un imprévu, elle se ferait raccompagner à Clifton par un membre de sa propre famille, d'ici quelques jours.

Si sir John venait à mourir, « lady Mayfield » n'aurait aucune obligation morale de retourner dans le Devon, dans cette propriété qu'elle n'avait jamais vue avant l'accident. Elle pourrait invoquer son besoin de retourner vivre dans son ancienne demeure, soutenue par ses amis et sa famille. Mais quel genre d'épouse abandonnerait son mari mourant ? Elle tremblait d'imaginer ce qu'on penserait d'elle.

Elle abhorrait tous ces mensonges. Et si elle avouait à Edgar et à Nancy qu'elle n'était pas celle qu'elle prétendait être ? Mais ensuite… Ne serait-elle pas déclarée coupable d'avoir volé de l'argent de la bourse de sir John puis, qui sait ? Soupçonnée d'autres forfaits et vraisemblablement arrêtée ? Et que deviendrait alors Danny ?

Son seul souhait était de reprendre son fils à Mrs Beech et de disparaître. Laisser Mrs Beech, sir John, et même le bon docteur Parrish ainsi que sa famille loin derrière elle.

Même si elle n'avait pas la moindre idée de la façon dont elle subviendrait à ses besoins et à ceux de Danny, surtout avec un bras coincé dans des attelles. Elle s'empressa de chasser cette pensée. Elle aviserait en temps voulu. Elle avait assez d'argent pour récupérer Danny. C'était tout ce qui comptait à présent.

Encore une fois, elle pria pour que Becky le protège jusqu'à son arrivée. Elle savait que la jeune fille lui portait un intérêt tout particulier. Cette réflexion la ramena à moins de deux semaines auparavant, quand Becky s'était présentée sur le pas de la porte de service de sa nouvelle employeuse. Sa vie avait changé de manière tellement drastique, depuis.

Lorsque Danny avait environ un mois, Hannah avait accepté une place chez une douairière aigrie. La veuve habitait assez près de chez Mrs Beech pour que la jeune femme puisse s'échapper en catimini pour le voir et le nourrir de temps en temps. Si l'idée de le laisser lui était odieuse, elle savait qu'elle n'avait d'autre choix.

Un jour où elle se tenait dans la bibliothèque, occupée à choisir sans grande conviction des livres pour faire la lecture à la veuve qui souffrait de presbytie, la gouvernante vint la trouver. D'un ton aussi guindé que sa personne, elle lui avait annoncé :

— Il y a une fille pour vous à l'entrée des domestiques, Miss Rogers. Une certaine Becky Brown.

Alarmée, Hannah avait senti son cœur faire un bond dans sa poitrine.

— Becky ?

*Seigneur, pourvu que rien ne soit arrivé à Danny.*

Après avoir remercié la gouvernante, elle s'était hâtée de descendre à l'entrée des domestiques où elle avait trouvé la jeune fille, recroquevillée contre la porte, sous les regards scrutateurs de la cuisinière et de son aide.

—Becky, siffla-t-elle. Tu n'étais pas censée venir ici. Qu'y a-t-il ? Que s'est-il passé ?

—Le petit Jones a une mauvaise fièvre et maintenant la petite Molly pleure. J'ai peur. J'ai peur que la fièvre se propage dans toute la maisonnée.

Sentant une atroce prémonition lui nouer le ventre, Hannah s'exclama :

—Et Danny ? Comment va Danny ?

—Il va bien, je crois. Du moins, il allait bien jusqu'ici. Je l'ai bien nourri ce matin. J'en ai laissé à peine assez pour les autres. Je m'occupe d'abord de votre bébé, vous savez. Pour vous.

Son cœur se gonflant de gratitude, elle avait répondu, néanmoins méfiante :

—Merci, Becky. J'apprécie. Beaucoup. Mais tu es sûre qu'il n'est pas malade ?

—Oui, mademoiselle, pas encore. Mais j'ai pensé que vous voudriez que je vous mette au courant.

—Eh bien, Miss Rogers !

La voix pincée la fit se retourner vivement. Elle n'avait pas entendu la sournoise gouvernante la suivre.

Ses yeux plissés en deux fentes lançant des éclairs, elle lui assena :

—Quand Madame apprendra que vous avez un bébé et pas de mari, vous allez faire vos bagages en moins de temps qu'il n'en faut pour le dire.

Sur ces mots, la gouvernante tourna les talons et remonta l'escalier de service au pas de charge.

Chagrinée, Becky murmura :

— Pardon, Miss Hannah.

— Je t'avais dit de ne pas venir ici ! Tu aurais pu m'envoyer un mot pour me prévenir et je t'aurais retrouvée quelque part.

— Je suis désolée. J'étais juste inquiète, dit la jeune fille, ses yeux se remplissant de larmes.

Hannah se fit violence pour refouler une nouvelle semonce.

— Je sais. C'était gentil de ta part de te soucier de Danny. Et de moi. Allons. Ne pleure pas. Cela partait d'une bonne intention.

— Mais comment allez-vous payer Mrs Beech si vous perdez votre place ?

Refoulant ses propres larmes, Hannah répliqua :

— Je ne sais pas.

Une idée lui traversa soudain l'esprit. Néanmoins, c'était une solution à laquelle elle avait toujours évité de songer auparavant.

Comme l'avait prédit la gouvernante, la douairière renvoya Hannah peu après le départ de Becky, jurant ses grands dieux qu'aucune des dames convenables de ses relations ne lui offrirait jamais de place à Bath.

Ravalant son amertume, Hannah écouta sans ciller les cruelles paroles que lui assena sa patronne : « indigne, fourbe » et pire encore.

Ses bagages prêts, elle partit, le cœur lourd. Elle savait ce qu'il lui restait à faire. Et même si elle s'était promis de ne jamais revenir, elle se surprit à se diriger vers le nord, remonta Lansdown Street et tourna dans Camden Place. Pour arriver devant cette grille en fer forgé, cette porte, cette maison qu'elle avait quittée six mois auparavant.

Priant pour ne pas rencontrer Mr Ward qui l'accueillerait probablement avec un regard lubrique ou la renverrait d'un mot sévère avant même qu'elle ait eu le temps de voir lady Mayfield, elle poussa le portillon.

Elle hésita à frapper à la porte d'entrée. Mais elle devait se rappeler qu'elle n'était pas une domestique : elle était la demoiselle de compagnie de lady Mayfield. Une dame de qualité, en dépit de sa pauvreté.

Le visage impassible, Hopkins, le stoïque majordome, la fit entrer. Après lui avoir permis de laisser sa valise dans le placard du vestibule, il l'introduisit dans le petit salon pendant qu'il allait demander si lady Mayfield pouvait recevoir. Heureusement, Mr Ward n'était nulle part en vue. Cela n'empêchait pas Hannah de tordre ses gants avec nervosité. Et si son ancienne maîtresse refusait de la voir ? Elle était partie de manière si abrupte.

Quelques instants plus tard, lady Mayfield fit irruption dans la pièce.

—Hannah. Bonté Divine ! Je n'aurais jamais pensé vous revoir un jour.

Marianna continua, affirmant à quel point elle était heureuse de sa visite. Puis elle l'étudia de la tête aux pieds, une lueur scrutatrice dans le regard.

—Vous avez l'air en bonne santé, fit-elle remarquer. Mais vous me paraissez un peu fatiguée. Et bien maigre.

*Et pour cause !* Elle était beaucoup plus mince aujourd'hui que la dernière fois que Marianna l'avait vue.

Elle joignit les mains, le cœur battant de se trouver de nouveau en présence de lady Mayfield. Puis, d'une voix penaude, Hannah demanda à son ex-employeuse si elle aurait la bonté de lui régler ses derniers émoluments.

Marianna acquiesça et s'empressa de sonner Hopkins pour faire quérir Mr Ward.

En entendant le nom de l'homme d'affaires, Hannah frissonna. Comme nombre des domestiques, Mr Ward était venu de l'ancienne résidence de Bristol avec les Mayfield. Combien elle avait haï ses regards lascifs et ses mains baladeuses !

Tandis qu'elles attendaient, Hannah écouta dans un silence stupéfait la proposition de lady Mayfield de devenir sa compagne de voyage, allant jusqu'à offrir de doubler son salaire initial. Hannah hésita. C'était une offre tellement tentante. Mais non ! Où avait-elle la tête ? Elle ne pouvait pas partir. Elle avait un enfant maintenant, même si elle était incapable de rassembler le courage de l'annoncer à Marianna Mayfield.

D'un autre côté, pouvait-elle se permettre de refuser une telle offre ? Surtout quand Marianna lui promettait qu'elle serait libre de démissionner quand elle le souhaiterait. Ce qui signifiait dès l'instant où elle aurait gagné suffisamment pour payer Mrs Beech. Et vu le salaire que lui proposait Marianna, ce ne serait pas long, à supposer que la mégère n'augmente pas encore ses tarifs. Mais si Becky revenait la chercher avec d'autres nouvelles inquiétantes et qu'elle soit introuvable ? Et si quelque chose arrivait à Danny avant qu'elle soit revenue ? Que se passerait-il alors ?

Mr Ward se présenta avec son salaire, moins ce qu'il avait soustrait en raison de son départ prématuré sans préavis. Évitant son regard glacial, elle tendit la main, avec l'impression d'être une mendiante. *J'ai gagné cet argent honnêtement*, se rappela-t-elle, même si son malaise persistait. Il laissa tomber plusieurs souverains et shillings dans sa paume ouverte, prenant grand soin de ne pas la frôler. Il n'avait pas fait preuve d'autant de circonspection par le passé.

Après son départ, elle contempla les pièces dans sa main. Si cet argent allait l'aider à réduire le montant de son dû à la très cupide Mrs Beech, ce n'était pas suffisant. Néanmoins, cela pourrait lui faire gagner un peu de temps. Assurer des jours de sécurité à son fils, jusqu'à ce qu'elle puisse réunir le solde.

Elle déclara à lady Mayfield qu'elle lui était reconnaissante pour son offre mais qu'elle avait besoin de temps pour réfléchir. Marianna l'étudia un instant, avant de rétorquer :

— Eh bien, ne réfléchissez pas trop longtemps. D'après sir John, nous partons à 16 heures, cet après-midi. À moins que je ne parvienne à le convaincre d'abandonner cette idée stupide. Un jaloux doublé d'un imbécile ! Voilà ce qu'il est.

Hannah savait que sir John avait le droit d'être jaloux. Elle se perdit un instant dans ses réflexions. Oserait-elle confier son sort à la turbulente lady Mayfield, à son perfide amant et à son mari si imposant ? Elle s'était fait la promesse de ne plus jamais croiser leur chemin. Mais avait-elle le choix ?

— Si je ne suis pas là à quinze heures trente, ne m'attendez pas, madame. Cela voudra dire que je ne viens pas.

Elle se rendit ensuite à Trim Street. Comme l'air était suffocant dans cette ruelle sombre! Pas étonnant que le quartier ait la réputation de nourrir des fièvres putrides. À cette pensée, elle sentit un poids oppresser sa poitrine.

En arrivant devant la maison de Mrs Beech, elle frappa à la porte.

— Qui est là? demanda cette dernière en soulevant le clapet de l'œil-de-bœuf.

Hannah glissa les pièces dans l'ouverture et les entendit tomber en un tintement sur le sol.

— J'en aurai davantage bientôt.

Les yeux de Mrs Beech apparurent à travers la fente.

— Vous avez suivi mon conseil, c'est ça?

Hannah refoula une réplique acerbe. Elle ne pouvait se permettre de dire ce qu'elle pensait.

— J'ai accepté une autre place. Une place plus rentable.

— Manifestement.

— S'il vous plaît, puis-je voir Danny avant de partir? Je ne pourrai peut-être pas revenir avant quelque temps.

— Désolée, je vous l'ai déjà dit. Vous me payez ce que vous me devez ou vous vous passez de votre rejeton.

— Je veux juste le voir. De mes propres yeux. M'assurer qu'il va bien.

La mégère hésita. Avait-elle un cœur après tout?

— Oh, bien. Mais juste un instant. Becky! Descends le garçon Rogers.

Hannah attendit que la porte s'ouvre, en vain. Elle plaqua un œil sur le trou de la serrure, et aperçut la jupe et le tablier d'une femme qui descendait l'escalier, un bébé emmailloté dans les bras. *Becky sans doute.* À cette vue, une douleur fulgurante la terrassa. C'étaient ses bras qui auraient dû porter cet enfant.

—Laisse-la le regarder. À travers la fente, ordonna Mrs Beech.

Le corps mince se tourna, hissa son fardeau et, enfin, elle le vit. Son minois adoré, vif, éveillé ; la peau si claire qu'elle laissait paraître des vaisseaux mauves sous ses yeux, rehaussant le bleu de ses prunelles ; les petites lèvres qui s'agitaient, réclamant son prochain repas ; les joues roses, les cheveux fins comme de la soie. Hannah avait le cœur gros soudain, des larmes lui montaient aux yeux. Même si elle n'avait plus de lait, ses seins étaient parcourus de picotements. Elle avait besoin de lui, de sentir son petit garçon contre elle, de son odeur. De toutes les fibres de son être, elle le réclamait.

Se moquant éperdument de paraître ridicule aux yeux des passants ou de la cruelle sage-femme, elle murmura avec douceur à travers la fente :

—Bonjour, Danny, mon chéri. Maman t'aime. N'oublie jamais qu'elle t'aime. Je vais revenir bientôt, ajouta-t-elle, sa voix se brisant. Dès que possible.

—Assez, Becky ! Emmène le petit ! ordonna Mrs Beech.

Après une hésitation, la jeune fille tourna les talons.

Malgré les larmes qui ruisselaient sur ses joues, Hannah resta penchée, les yeux dans le judas, dans l'espoir d'apercevoir une dernière fois son bébé. Pour l'aider à tenir. Pour donner des forces à son âme.

Mais les prunelles étincelantes réapparurent dans la fente, bloquant sa vue.

—Et c'est la dernière fois que vous le verrez jusqu'à ce que vous ayez tout payé.

Le son du clapet de l'œil-de-bœuf de Mrs Beech résonnant à ses oreilles, Hannah tituba en pleurant jusqu'à la cour de l'abbaye de Bath pour voir Fred Bonner qui y faisait étape deux fois par semaine, en chemin pour ses livraisons à Bristol.

Elle trouva un banc libre et s'assit pour l'attendre. Enfin, sa carriole apparut. Assis droit comme un «I» sur son siège, Fred tenait les rênes. Elle le reconnut immédiatement à sa haute taille. Arrivé dans la cour, il sauta à terre et attacha ses chevaux. Se levant, elle s'avança vers lui. Quand il l'aperçut, son visage s'illumina. Un sourire juvénile illuminant ses traits, il bondit à sa rencontre.

—Hannah!

Mais son sourire s'évanouit aussitôt.

—Que se passe-t-il, Han? s'enquit-il, soudain alarmé en remarquant sa figure baignée de larmes.

—J'ai besoin de te parler.

Elle s'arma de courage. Elle était presque aussi réticente à l'idée de solliciter son aide qu'elle l'aurait été d'en solliciter de son père.

—Ça a l'air sérieux, observa Fred en regardant sa valise d'un air soucieux.

—Ça l'est. J'ai besoin d'aide.

— Tu sais que je ferais n'importe quoi pour toi, si je le peux. N'importe quoi.

Elle le savait. Il lui avait demandé de l'épouser plus d'une fois. S'il lui proposait de l'aider maintenant, elle accepterait d'être sa femme. Elle lui expliqua que Mrs Beech refusait de lui rendre Danny. Et lui parla de la fièvre qui se propageait dans la maison.

Le jeune homme l'écouta, ses yeux noisette s'écarquillant d'inquiétude.

— Freddie, j'ai besoin d'argent, lâcha Hannah. Cela me fait honte de l'admettre, mais c'est ainsi. Si tu veux m'aider… nous aider, c'est ce dont j'ai besoin. Je ne t'ai jamais demandé un penny mais, maintenant, je te le demande.

Sa bouche se tordit en une grimace.

— Oh, Han! Je veux tant t'aider. Vous aider tous les deux. Mais j'ai mis les quelques livres que j'avais économisées dans cette carriole.

Ses yeux se remplissant à nouveau de larmes, elle tourna les talons et s'éloigna dans la cour. Fred lui emboîta le pas.

— Je vais gagner davantage en étant à mon compte, tu comprends. Dès que j'aurai remboursé papa pour le cheval, tout ce que je gagnerai sera à moi et je pourrai subvenir à vos besoins correctement.

— Ce sera quand?

— Dans six mois. Plus ou moins. Ensuite, nous pourrons nous marier. Dis que tu m'épouseras, Han. Tu sais que je t'aime.

Elle le savait. Fred Bonner l'aimait depuis qu'ils étaient enfants et qu'ils avaient grandi ensemble à Bristol. Mais l'amour ne suffisait pas.

— Oh ! Freddie. Pardonne-moi. Mais Danny et moi ne pouvons attendre aussi longtemps.

Les jambes lourdes comme du plomb, elle prit la direction du nord, et commença à remonter Lansdown Street. Toujours sur ses talons, il lui cria :

— Ton père ne pourrait pas t'aider ?

— Non.

Elle ferait son possible pour éviter de lui demander le moindre secours.

Comme ils arrivaient à l'entrée de Camden Crescent, Fred lui agrippa le bras et la força à s'arrêter.

— Dans ce cas, laisse-moi aller parler à mon père. Peut-être nous aidera-t-il.

— Le crois-tu vraiment ? persifla-t-elle en se tournant vers lui. Quand tu lui auras tout dévoilé ?

Un muscle tressauta dans son menton mais il ne répondit rien. Baissant la voix, il s'enquit :

— Qu'as-tu l'intention de faire, Han ?

En douceur, elle se dégagea de son emprise.

— Ce que je dois faire. Mon devoir.

Et, d'un pas résolu, elle s'engagea dans Camden Crescent, laissant Fred la suivre des yeux, seul, accablé.

Hannah se réveilla en sursaut. Bercée par le cahotement de la berline, elle s'était endormie et ses souvenirs s'étaient transformés en rêves. Sa main s'était engourdie aussi. À côté d'elle, Edgar ronflait doucement. Nancy, en revanche, la regardait d'un air étrange. Elle se redressa sur la banquette et adressa un sourire penaud à la jeune fille. Avait-elle murmuré quelque chose de compromettant dans son sommeil ? Pourvu qu'elle n'ait rien dit qui puisse la trahir.

# Chapitre 6

Quand ils atteignirent les abords de Bath, Hannah, pleine d'appréhension, sentit son pouls s'accélérer. Elle se raisonna. Après tout, elle n'était partie que depuis un peu plus d'une semaine. Danny se portait sûrement comme un charme.

Le postillon fit prendre à la berline la direction du Westgate, un vieux relais de poste à l'entrée de la ville. Les aubergistes le relevèrent de sa mission et conduisirent les chevaux loués jusqu'à l'écurie pour un repos bien mérité.

Ben aida Hannah et Nancy à descendre de voiture. Après avoir passé de longues heures enfermées, les deux femmes avaient hâte de se dégourdir les jambes.

Edgar pria le jeune valet d'attendre devant l'auberge et de surveiller l'équipage pendant qu'il escortait ses deux compagnes de voyage. Tandis qu'il lui donnait ses dernières instructions, Hannah se redressa de toute sa taille et inspecta les alentours du regard.

Prenant une profonde inspiration, elle désigna du menton l'autre côté de la rue.

—Ah! les bains romains se trouvent là-bas, s'exclama-t-elle d'une voix enjouée.

Elle se tourna vers Edgar et plaça plusieurs pièces au creux de sa paume.

—Vous ne pouvez pas avoir fait faire à Nancy toute cette route jusqu'à Bath sans, maintenant, lui montrer la *Pump Room* et les bains romains. J'irai chercher Danny seule. Cela me prendra un peu de temps car, avant de revenir avec lui, je vais devoir expliquer la situation et l'état de sir John.

Son froncement de sourcils trahissant sa désapprobation, Edgar rétorqua:

—Mais papa a dit que je devais vous y emmener dès notre arrivée, et vous aider à porter vos affaires.

—Vous m'avez accompagnée jusqu'à Bath, comme vous l'avez promis, et j'apprécie votre aide, répliqua Hannah. Ne vous inquiétez pas, mon enfant se trouve juste au coin de la rue et je n'aurai pas grand-chose à porter. Et maintenant, allez, tous les deux, et passez un bon moment. Je vous retrouve ici dans… disons… deux heures.

L'air de plus en plus contrarié, Edgar semblait sur le point de refuser mais, souriante, Nancy le prit par le bras. L'entraînant impatiemment à travers la cour, elle se dirigea en babillant avec excitation vers la *Pump Room*. Arrivé au milieu de la cour, Edgar se retourna vers Hannah, la mine incertaine. À cet instant précis, avec son expression soucieuse, il ressemblait à s'y méprendre à son père. Lui souriant, elle lui adressa un signe d'encouragement. Puis elle les suivit du regard jusqu'à ce qu'ils aient disparu sous le porche voûté de l'élégant établissement.

Elle jeta alors des coups d'œil furtifs dans la cour, puis dans la rue. Même si elle se doutait que ce n'était pas l'un de ses jours de livraison réguliers, elle ne tenait pas à croiser Freddie. À son grand soulagement, lui et sa carriole n'étaient nulle part en vue.

Satisfaite, elle s'élança d'un pas preste. Sa destination n'était pas juste « au coin de la rue » mais à sept ou huit rues de là. Elle traversa Westgate Street et remonta précipitamment Bridewell avant de tourner dans l'exiguë Trim Street. Essoufflée, elle arriva devant la porte de la vieille maison et frappa. Les battements précipités de son cœur n'étaient pas simplement dus au rythme effréné de son allure. Elle craignait aussi qu'en son absence, Danny ait pu être frappé par la fièvre ou par quelque autre terrible fatalité.

De l'autre côté de la porte, elle distingua un pas pesant. Le battant s'entrouvrit, dévoilant des yeux sous des sourcils broussailleux. *Des yeux masculins.*

— Oui ? Qu'est-ce que vous voulez ?

Interdite, Hannah répondit en battant des paupières :

— Je suis venue voir Mrs Beech.

Les yeux la toisèrent et, soudain, l'individu ouvrit la porte en grand. Hannah recula prudemment et fit une grimace : sur le seuil se tenait un homme débraillé, à la bedaine proéminente.

— Elle n'est pas là, dit-il en la détaillant de la tête aux pieds. Mais je parie que je peux vous aider.

—« Elle n'est pas là » ? répéta Hannah, le souffle coupé. Mais elle a mon fils. Je suis venue le chercher.

—Comment vous appelez-vous, ma fille ?

—Hannah Rogers.

—Ah ! fit-il, son regard s'illuminant. La femme qui doit beaucoup d'argent à Bertha.

—J'ai cet argent, monsieur. Quand Mrs Beech doit-elle revenir ?

—Elle ne reviendra pas. Mais je vais prendre l'argent.

Aussitôt soupçonneuse, Hannah rétorqua :

—Excusez-moi, monsieur, mais c'est avec Mrs Beech que je suis en affaires.

—Dans ce cas, vous êtes en affaires avec moi. Je m'appelle Tom Simpkins. Vous avez peut-être entendu parler de moi.

Un frisson de dégoût la parcourut. Ainsi, elle était devant le maquereau qui entraînait les filles désespérées à se prostituer pour son compte.

—Elle a fait référence à son frère mais…

—C'est moi. Désormais, je gère l'endroit.

*Oh, non…* Elle n'osait pas lui faire confiance. Mais avait-elle le choix ? Elle devait récupérer Danny. *À n'importe quel prix.*

Ouvrant son réticule, elle lui tendit l'argent qu'elle lui devait. Il s'en empara avec avidité.

—C'est tout ce que vous nous devez ? Vous êtes bien sûre ?

C'était tout ce qu'elle était disposée à donner à cet homme. Elle n'avait nulle intention de lui suggérer d'aller vérifier dans les archives de sa sœur ni de lui apprendre que Mrs Beech avait encore augmenté ses tarifs.

— Oui, affirma-t-elle. Et maintenant, s'il vous plaît, faites venir mon fils ou laissez-moi entrer pour que j'aille le chercher moi-même.

Il empocha l'argent puis, les bras croisés, s'appuya au chambranle de la porte.

— J'ai bien peur de ne pouvoir accéder à votre souhait.

Sentant un mélange de panique et de colère enfler en elle, elle s'exclama :

— Et pourquoi cela ?

Derrière le souteneur au regard lubrique, elle aperçut une femme vêtue d'une simple chemise et d'un corset à baleines trottiner vers l'escalier en entraînant un homme par la main.

Avec un haussement d'épaules dégagé, il répondit :

— Il n'est pas là. Tous les mioches sont partis. Leurs nourrices aussi. Je vous ai dit que c'était chez moi maintenant. Bertha a eu quelques ennuis, voyez-vous. Elle est à l'ombre pour quelque temps, en attendant son procès.

Interloquée, Hannah le dévisagea. Elle pouvait comprendre que Mrs Beech ait été démasquée pour sa corruption, mais que tous ses pensionnaires se soient envolés ?

— Mais où sont les enfants ? bredouilla-t-elle.

— Oh, dispersés par-ci par-là.

— Mais où ? insista-t-elle, le cœur battant plus vite. Où est Daniel Rogers ? Vous avez sûrement un registre ?

— Non. Tout ce que je sais, c'est que ses pensionnaires ont été séparés. Certains ont été envoyés à l'asile de Walcot sur London Road. D'autres dans les hospices de Bradford ou de Bristol.

Le défiant du menton, Hannah lança :

— Je ne vous crois pas.

Puis, repoussant brusquement l'individu aux cheveux gras, elle entra en trombe dans le vestibule et grimpa l'escalier quatre à quatre pour gagner la pouponnière. Elle ouvrit la porte à la volée, et devant l'homme et la prostituée dans le lit, elle eut un mouvement de recul. Pas le moindre signe de berceaux ni de bébés.

Affolée, elle courut à la porte suivante et fit de même. À l'intérieur, une femme négligée, assise devant une coiffeuse, la regarda, bouche bée. Son visage était poudré à outrance, ses joues étaient fardées de rouge, pour tenter de dissimuler les signes du temps et la faire paraître plus jeune que son âge.

— Où sont les enfants ? Les bébés ? la pressa Hannah.

— Des bébés ici, ma belle ? Il n'y en a pas, répondit la femme en secouant la tête. Il ne te l'a pas dit ?

Elle étudia Hannah de ses yeux injectés de sang.

— J'espère que tu ne cherches pas de travail. Tu n'es pas une grande beauté mais, avec une fille fraîche et jeune comme toi, il me remplacerait en un clin d'œil !

— Je cherche seulement mon enfant.

— Tu arrives trop tard, ma belle. Les derniers marmots sont partis ce matin.

*Trop tard ? Dieu du ciel ! Non !* Pourquoi avait-elle tant traîné ? Pourquoi avait-elle écouté le conseil du docteur Parrish et avait-elle attendu pour revenir ? Qu'était un bras comparé à son enfant ? Sa chair et son sang, sa vie ?

Tremblante de terreur, Hannah redescendit et, ignorant sa proposition de rester et de savourer une existence d'opulence sous sa protection, passa devant le malotru qui, toujours souriant, n'avait pas bougé du pas de la porte. Elle devait s'éloigner de cet endroit avant d'être malade. Avant de perdre les ultimes fragments de son sang-froid et de s'écrouler sur le sol crasseux de cette maison immonde, en vains sanglots.

Elle se rua à travers la porte ouverte et tourna précipitamment au coin de la bâtisse, dans une ruelle. Entre deux haut-le-cœur, essayant de juguler sa nausée, elle avala des bouffées d'air désespérées. Peine perdue. Une terreur inexorable lui tordait l'estomac et la bile remontait dans sa gorge. Elle se courba pour vomir.

Pendant un moment, elle demeura penchée, la peau moite de transpiration, l'esprit tournoyant. Et maintenant qu'allait-elle faire ? Elle pouvait marcher jusqu'à l'asile de Walcot sur London Road, mais elle doutait que l'endroit prenne des pensionnaires si petits. En revanche, l'hospice de Bristol devait avoir une pouponnière. Devrait-elle accepter que Fred la conduise à la demeure familiale, tout avouer à son père et le supplier de l'aider ? Elle le ferait si c'était la seule solution pour sauver son fils. Mais elle doutait que le pasteur lui vienne en aide. La mortification pour lui aurait été cuisante.

*Oh, Danny, où es-tu ? À la garde de qui ?*

Combien il devait se sentir perdu ! Abandonné.

*Oh, Seigneur, est-ce ma punition ? Pardonnez-moi. Je la mérite. Mais pas Danny. Il est innocent. Protégez-le. Je vous en prie, aidez-moi à le retrouver.*

Elle sentit ses poumons la brûler, rétrécir, jusqu'à ce qu'elle puisse à peine respirer. Des spasmes silencieux secouaient son corps.

Soudain, elle distingua un son. Comme un bruit de sanglots. Un instant, elle pensa que c'était son propre chagrin. Mais non. Les pleurs venaient de plus loin dans l'allée. Une autre mère qui avait découvert que son enfant avait disparu? Combien de mères versaient des larmes en ce moment?

Laissant ses yeux s'accoutumer à l'obscurité de l'impasse sombre, elle discerna une silhouette recroquevillée sur un perron, à l'arrière d'une maison. La tête penchée, elle entourait ses genoux de ses bras.

En dépit du chagrin qui la tétanisait, la femme lui sembla vaguement familière. D'une voix hésitante, elle appela:

— Becky?

La silhouette grelottante leva le regard, son visage pâle formant une tache claire dans l'obscurité du seuil. Les yeux de Becky s'écarquillèrent. Ses tremblements s'apaisèrent.

Sentant une lueur d'espoir poindre dans son cœur meurtri, Hannah s'avança vivement. Becky saurait peut-être où se trouvait Danny.

— Becky. J'arrive tout juste de chez Mrs Beech. Où est Danny? Tu le sais?

La jeune fille ouvrit la bouche mais ne répondit rien. S'approchant d'elle, Hannah remarqua soudain qu'en plus de serrer son corps mince, ses bras tenaient un paquet emmailloté.

Son espoir se teinta de répulsion. La fille s'était-elle rabattue sur une poupée langée pour compenser la perte qui parfois perturbait son sens de la réalité ?

— Becky, la pressa-t-elle.

La jeune fille se leva.

— Miss Hannah ! Je... je ne pensais pas vous revoir un jour, bégaya-t-elle. Mrs Beech avait affirmé que vous ne reviendriez jamais.

— J'ai dit que j'allais revenir et me voilà. J'ai été blessée dans un accident de voiture, ajouta-t-elle en montrant son bras soutenu par les attelles. Sinon, je serais sans doute venue avant.

Sans accorder la moindre attention à sa blessure, Becky, le regard perdu dans le vide, murmura :

— C'est mon préféré, vous savez. Mrs Beech a dit que je n'étais pas capable de m'occuper d'un enfant, et que c'était pour ça que Dieu m'avait pris le mien. Elle a dit qu'il serait beaucoup mieux à l'hospice.

Une nouvelle nausée menaça Hannah.

— Elle a emmené Danny dans un hospice ? Lequel ?

— C'était son projet. Mais je le lui ai pris avant qu'elle n'y parvienne. J'ai fait semblant d'avoir l'intention de travailler pour ce Mr Simpkins et ils m'ont laissée rentrer.

Le paquet dans ses bras émit un petit cri et le cœur de Hannah se mit à battre la chamade. *Danny ?* Elle hésita. Comment allait-elle s'y prendre ? Comment extirper l'enfant des bras de la jeune fille sans les blesser ni l'un ni l'autre ?

Se forçant à sourire, elle poursuivit :

— Becky, tu as sauvé Danny pour moi. C'est ça ?

La jeune fille la dévisagea sans répondre.

—Oh, Becky ! reprit-elle, enthousiaste. Mrs Beech se trompait. Tu vois comme tu t'y prends bien avec les enfants. Tiens ! Tu as sauvé Danny !

Indifférente à son bras sensible, elle fit mine d'embrasser Becky. Cette dernière se raidit. Hannah enlaça vivement la frêle silhouette et sentit Danny entre elles deux. Du moins, elle priait que ce fût Danny. Il fallait encore qu'elle s'en assure.

—Chère, chère Becky. Comment pourrai-je jamais assez te remercier ? Quand je suis revenue chez Mrs Beech et que j'ai vu que tous les enfants étaient partis, j'ai cru que mon cœur allait se briser. Je sais que tu connais ce sentiment, ma pauvre. Toi qui as perdu ta petite fille.

—Ma « petite fille », répéta Becky.

—Oui, elle est allée au ciel. Elle est en sécurité auprès de Dieu. Et maintenant, tu as sauvé mon fils. Mon Danny. Combien je te suis reconnaissante.

Becky baissa les yeux vers l'enfant qui se tortillait maintenant dans ses bras. Quand elle aperçut le petit visage adoré, Hannah sentit son cœur bondir de joie.

—Bonjour, Danny. Comme je suis heureuse de te revoir. Comme Becky a bien pris soin de toi. Laisse-moi voir comme tu es grand.

Elle posa des mains hésitantes sur le minuscule corps que Becky, de ses bras maigres, pressait contre sa taille fine. Un instant, elles restèrent immobiles.

—Il doit être lourd, Becky. Je vais te laisser te reposer, d'accord ?

Elle se força de nouveau à sourire, et glissa ses doigts entre le bébé et sa nourrice.

Enfin, Becky céda, et Danny fut dans ses bras. Ignorant la douleur, elle prit son petit garçon au creux de son bras blessé et, fébrile, le tourna vers elle. Elle avait tellement hâte de le contempler. Son visage grimaçant de l'inconfort de sa position, son petit crâne presque chauve et ses joues marbrées de rouge étaient pour elle un chef-d'œuvre de beauté. Elle dut se faire violence pour ne pas s'effondrer de soulagement. *Merci, mon Dieu, merci, mon Dieu, merci, mon Dieu!* Elle plaqua son frêle corps chaud contre elle, tapotant son dos, se mettant machinalement à osciller d'avant en arrière pour le bercer. *Merci.*

Un coup d'œil à Becky tempéra son enthousiasme. Le visage livide, les yeux hagards, la jeune fille, presque une enfant elle-même, serrait maintenant ses bras vides contre elle. Saisie de compassion, elle demanda :

— Becky, que vas-tu faire maintenant ? Où vas-tu aller ?

— Je ne sais pas, répondit la pauvrette avec un haussement d'épaules indifférent.

Pour la première fois, Hannah remarqua le petit sac en tapisserie à ses pieds. Sans doute les seules possessions de la jeune fille.

— Vas-tu essayer de trouver une nouvelle place ?

Becky haussa derechef les épaules.

— Mrs Beech ne m'a donné aucune référence. Peut-être vais-je aussi travailler pour Mr Beech.

— Oh ! Becky, non…, supplia Hannah.

Elle réfléchit un instant puis la questionna, songeuse :
— Tu as toujours du lait ?

Becky opina.

— J'ai nourri Danny, vous savez bien ? Je le nourrissais en premier, pour qu'il n'ait jamais faim.

Calant les fesses du bébé au creux de sa main valide, Hannah sortit l'autre de l'attelle, et tapota gauchement le bras de Becky.

— Et je t'en suis tellement reconnaissante.

Elle était partagée. Que devait-elle faire ? D'un côté, elle voulait prendre ses distances aussi vite que possible avec cette fille pitoyable et partir, seule avec son fils. Mais force lui était d'admettre la réalité : elle n'avait plus de lait. Et elle ne pouvait pas se permettre de nourrir Danny. Sans parler de se nourrir elle-même.

Elle ne savait même pas où elle allait loger, ni comment elle allait subvenir à leurs besoins à tous les deux. Alors comment envisager de nourrir une troisième personne ?

Becky leva vers elle ses petits yeux noirs pleins d'espoir.

— Et vous, Miss Hannah ? Où allez-vous aller ?

— Je ne sais pas non plus.

Becky attendit un instant de plus, les sourcils haussés, l'air interrogatrice. Comme Hannah n'ajoutait rien, les épaules de la malheureuse s'affaissèrent avec accablement.

Hannah était toujours aussi désorientée. Que devait-elle faire ? Trouver Fred, retourner à Bristol avec lui et se présenter sur le seuil de la porte de son père, pour sans doute se voir renvoyée ? Ou bien aller dans l'un de ces asiles ou de ces hospices où étaient partis les autres enfants ? À la simple pensée de l'un ou l'autre de ces destins, un frisson d'effroi la traversa.

Avec un soupir de résignation, elle déclara :

—Tu peux venir avec moi si tu le souhaites, Becky. Je ne peux pas te garantir que nous mangerons à notre faim ni que nous dormirons dans un lieu décent, mais si tu es sûre de ne pas pouvoir trouver une autre situation ici…

—Oh, merci, Miss Hannah ! Merci.

Le visage de l'infortunée s'illumina comme si Hannah venait de lui faire le plus précieux des cadeaux. Elle se pencha pour ramasser son bagage qui semblait léger comme une plume. *Pourvu simplement qu'elle ait pensé à prendre une ou deux couches de rechange pour Danny.*

À peine étaient-elles sorties de l'impasse que Hannah se figea, bouche bée. Elles étaient nez à nez avec Edgar Parrish et Nancy.

Que devait-elle faire maintenant ? Tourner les talons et s'enfuir avec l'enfant dans ses bras ? Tout avouer ?

—Ah ! madame, vous voilà ! dit Edgar en poussant un soupir de soulagement.

Elle restait immobile, le souffle court. *Prise sur le fait.*

—Edgar. Que faites-vous ici ? Pourquoi n'êtes-vous pas à la *Pump Room* tous les deux ?

—Après votre départ… vous avoir laissée partir seule me mettait mal à l'aise. Je savais que cela n'aurait pas plu à papa. J'ai eu peur de ne pas vous trouver. J'ai failli ne pas regarder dans cette ruelle.

Se forçant à prendre un ton enjoué, elle répliqua :

— Eh bien, cela n'aurait pas été bien grave.

Les yeux d'Edgar s'attardèrent sur le bébé dans ses bras.

— C'est votre fils ?

— Oui, c'est Daniel.

— C'est un beau garçon, la complimenta-t-il, son visage s'adoucissant.

— Je vous remercie.

Son regard se posa alors sur Becky avant de revenir sur elle. Les lèvres pincées, elle déclara :

— Edgar, je vous présente Becky Brown, la nourrice de mon bébé.

— Ah ! se contenta-t-il de dire en hochant la tête.

— Becky, je vous présente Edgar Parrish et son… amie, Nancy Smith.

En guise de salut, les deux jeunes femmes esquissèrent une révérence.

Les sourcils froncés, Edgar observait la sordide bâtisse derrière elle, dont la peinture de la façade s'écaillait.

— Je suppose que vous n'habitiez pas ici.

Espérant justifier sa présence dans un quartier aussi pauvre, Hannah répliqua :

— Non. Becky était venue rentre visite à un parent sans le sou. C'est pourquoi il m'a fallu un peu de temps pour la trouver.

— Ramenons-nous votre nourrice avec nous ? Pour le retour, je peux voyager avec Ben sur la banquette de l'arrière, proposa alors le jeune Parrish. Ce ne sera pas un problème.

Le regard de Hannah alla d'Edgar à Becky.

— Je n'en suis pas certaine. Nous étions justement en train d'en discuter.

— Mais je devais venir avec vous, s'écria Becky, d'une voix stridente de frayeur. Vous venez de le dire.

*Mais c'était avant que je me fasse surprendre et me vois contrainte de retourner dans le Devon*, expliqua Hannah en son for intérieur.

À voix haute, elle approuva, vouvoyant Becky devant ses compagnons de voyage.

— Je sais. Mais vous devez comprendre que Lynton est loin d'ici. Êtes-vous bien sûre de vouloir quitter Bath et tous ceux que vous connaissez ?

— Je n'ai pas d'amis ici. Je n'en ai plus.

Hannah se sentait prise au piège. Pressée de toutes parts.

— Si vous voulez bien nous excuser un instant, Mr Parrish ? C'est une décision très importante à prendre pour Becky. Je dois lui parler en privé.

Une expression ahurie se peignit sur les traits d'Edgar.

— Votre nourrice ignorait dans quelle région sir John et vous-même aviez déménagé ?

— Je… je veux juste m'assurer qu'elle souhaite vraiment venir avec nous.

Edgar lui tendit les bras.

— Nous vous attendrons ici même. Donnez-moi Danny, je vais le porter. Papa ne serait pas content de vous voir vous fatiguer.

— Oh ! lâcha-t-elle, hésitante. Merci, mais cela ne me gêne aucunement. Il m'a tellement manqué.

Elle s'interrogea. Edgar avait-il lu dans son regard qu'elle avait l'intention de fuir ?

—Juste le temps que vous parliez avec Becky. Comme ça, Danny et moi ferons connaissance, ajouta-t-il avec un sourire jovial. Je n'en aurai pas l'occasion pendant le voyage du retour puisque je serai assis sur la banquette extérieure.

Comment pouvait-elle refuser ? Réprimant sa nervosité, elle lui tendit son fils à contrecœur. Nancy s'approcha aussitôt et, penchée sur le visage du bébé, roucoula en souriant.

Prenant Becky par le bras, Hannah l'entraîna à plusieurs mètres de distance et s'arrêta devant un tonneau abandonné. D'une voix étouffée, elle chuchota :

—Becky, si tu viens avec nous, il y a quelque chose que tu dois savoir. Tu te souviens de l'accident de voiture dont je t'ai parlé ?

La jeune fille hocha la tête d'un air vague.

—C'est comme ça que vous vous êtes blessée au bras ?

—Oui. Je voyageais avec mon ancien employeur et sa femme. Elle est morte dans l'accident. Le médecin qui nous a trouvés m'a prise pour l'épouse de l'homme. Je suis restée inconsciente quelque temps et, pendant plusieurs jours, je ne savais même pas qui j'étais. Finalement, je me suis rendu compte qu'on me prenait pour la maîtresse de maison.

—C'est pour ça qu'il vous a appelée « Madame » ?

—Oui.

—Ça m'a intriguée.

—Je n'ai pas contredit ces gens. C'est le seul moyen que j'aie trouvé pour pouvoir récupérer Danny. Ce que tu dois comprendre, c'est qu'ils me prennent tous pour lady Mayfield. Si tu viens avec moi, tu ne dois pas me trahir. Ni m'appeler par mon vrai nom. Jamais !

Perplexe, la jeune fille fronça les sourcils.

—Mais vous ne pourrez pas toujours les duper ?

—Je le sais. Telle n'est pas mon intention. Je veux juste prendre soin de Danny, ajouta-t-elle, la réalité de sa situation la rattrapant soudain. Ici, seule, je n'ai pas de travail, nulle part où dormir et rien à manger. À Lynton, je suis lady Mayfield. J'ai une maison. Je peux te proposer une place rémunérée, et de la nourriture à volonté pour nous trois. Cela ne durera que le temps que mon bras guérisse, et que je puisse trouver du travail et un endroit où nous pourrons habiter. Néanmoins, j'ai bien conscience de me comporter d'une manière aussi déloyale que répréhensible. Et je comprendrais parfaitement que tu veuilles te tenir en dehors de cette supercherie. Si tu veux rester ici, reste. Je ne t'en voudrai pas. Mais je t'en supplie, pas un mot ! À personne. Tu me le promets ?

De plus en plus désorientée, Becky s'étonna :

—Mais le mari ? Il doit bien savoir que vous n'êtes pas sa femme ?

Hannah secoua la tête.

—Il ne s'est pas réveillé. Le médecin ne sait même pas s'il vivra. Même s'il l'espère.

—Mais dès qu'il se réveillera ?

—Danny, toi et moi devrons partir sur-le-champ. Je ne pense pas que m'avoir suivie t'attirera des ennuis, mais moi, j'en aurai assurément.

Songeuse, Becky reprit :

— Peut-être trouverons-nous de nouvelles places là-bas, où personne ne nous connaît.

— C'est ce que j'espère. Mais, pour commencer, tu dois venir avec nous en qualité de nourrice de Danny. Tu es toujours partante ?

— Je n'ai nul autre endroit où aller.

Avec un coup d'œil à son fils dans les bras d'Edgar Parrish, Hannah murmura :

— Moi non plus.

Elle se tourna alors vers ses compagnons de voyage et annonça avec une gaieté feinte :

— Becky a décidé de nous accompagner, finalement, si vous n'y voyez pas d'inconvénients.

— Pas le moins du monde. Devons-nous aller chercher les affaires du bébé ?

— Ce ne sera pas nécessaire, répondit-elle d'un air dégagé. Nous avons ce qu'il faut pour le voyage et je lui achèterai le nécessaire quand nous arriverons.

Un instant, Nancy et Edgar la dévisagèrent, indécis.

— Un nouveau départ dans sa nouvelle maison, reprit Hannah avec enjouement.

Sur ces mots, elle s'éloigna prestement en direction du relais de poste sans leur laisser le temps de poser d'autres questions. Le trio lui emboîta le pas et elle surprit Nancy chuchotant quelque chose à Edgar. Sans doute lui faisait-elle remarquer à quel point les riches étaient dépensiers. Elle préférait les laisser s'imaginer cette version de l'histoire au lieu d'éveiller leurs soupçons.

Lorsqu'ils arrivèrent au relais de poste de la Westgate, des chevaux en forme étaient attelés à leur berline de location. Quand tout fut prêt, Ben les aida, Becky, Nancy et elle, à monter en voiture.

Puis Edgar lui tendit Danny.

— Et maintenant, ramenons ce beau jeune homme chez lui ! déclara-t-il avec un sourire radieux.

« *Chez lui.* » Les mots résonnèrent dans l'esprit de Hannah. Lynton n'était pas chez eux. Pas plus que Bath. Elle avait été chez elle dans la maison de son père, à Bristol, mais c'était fini. Danny et elle auraient-ils jamais leur « chez eux » ?

Son fils emmailloté dans une petite couverture sur ses genoux, ils se mirent en route. Bientôt, Bath fut loin derrière eux. Quand le soleil commença à décliner, annonçant le crépuscule, ils firent halte dans une auberge pour la nuit. Avant de rejoindre ses compagnons pour un dîner tardif, elle les pria de l'excuser et se rendit dans une boutique proche pour acheter du linge de bébé : une chemise de nuit propre, un bonnet et des couches de tissu. Elle envisagea une nouvelle fois de fausser compagnie au jeune Mr Parrish et sa compagne. Mais l'auberge était située aux abords d'un village qui ne semblait pas très prometteur en termes d'emploi. En outre, son bras n'étant toujours pas valide, elle ne pourrait pas encore travailler. Et elle ne devait pas oublier Becky. Elle n'avait donc pas d'autre choix que de se résigner à retourner à Clifton House, la maison de sir John Mayfield, et de tenter sa chance là-bas.

Et si sir John s'était réveillé ? Elle frémit à la pensée du docteur Parrish lui annonçant que lady Mayfield était retournée chercher leur enfant à Bath.

*« Chercher notre enfant ? répéterait-il, abasourdi. Mais notre enfant n'est pas encore né ! »*

Suivraient les questions, les descriptions et la découverte de l'ahurissante évidence que Hannah, la demoiselle de compagnie, avait eu l'audace d'usurper l'identité de son épouse.

Et que cette dernière était morte. Elle préférait ne pas imaginer l'étendue de la déception et du chagrin du bon docteur Parrish. Ni la fureur de sir John ! Allait-elle rentrer « chez elle » juste pour se voir jetée dehors ou, pire, arrêtée pour sa perfidie ? Quel serait alors le sort de Danny ?

# Chapitre 7

S'ÉLANÇANT DE NOUVEAU SUR LES ROUTES LE LENDEMAIN, ils repassèrent par le village où, à l'aller, ils avaient vu les deux femmes prisonnières des carcans. Ils étaient maintenant vides mais un frisson parcourut le dos de Hannah.

Quand ils traversèrent Countisbury et approchèrent de Clifton, Hannah remarqua que ses paumes étaient moites, que sa respiration se faisait un peu saccadée. À cet endroit, la route semblait longer la falaise de très près et la berline frôler le bord. Des souvenirs s'imposèrent, la faisant tressaillir : la voiture qui faisait des tonneaux, les hurlements, la cape rouge claquant au vent, les vitres éclatées, des fragments d'océan dans le vide.

Elle se raidit et, cherchant la poignée, l'agrippa.

— Est-ce ici que l'accident s'est produit ? demanda-t-elle d'une voix étranglée.

Nancy regarda le paysage qui défilait derrière la fenêtre et répondit :

— En effet, madame, tout près d'ici.

Secouée de nouveaux tremblements, elle serra encore Danny contre elle.

Quand, enfin, ils arrivèrent à Clifton House, son cœur battait si fort qu'elle s'étonna que Nancy ne puisse l'entendre. Le cocher fit ralentir les chevaux et la berline vint s'arrêter devant la maison. Ben sauta de son siège pour leur ouvrir la portière. Il abaissa le marchepied, et Edgar offrit sa main à Nancy. Quand vint le tour de Hannah, elle descendit et, les jambes flageolantes, tendit les bras à Becky pour reprendre Danny.

Tenant fermement l'enfant, elle se tourna vers Clifton en retenant son souffle. Son pouls battait de façon irrégulière, et elle était prête à prendre ses jambes à son cou si nécessaire. Becky descendit à son tour, sans s'éloigner d'elle. Hannah devina ses yeux craintifs se poser à plusieurs reprises sur elle mais elle se sentait bien trop agitée pour la rassurer d'une manière ou d'une autre.

Lorsque le docteur et Mrs Parrish sortirent de la demeure, suivis de Mrs Turrill, elle fut incapable de déchiffrer leurs expressions : allaient-ils l'incriminer ou l'accueillir à bras ouverts ?

Nancy salua les arrivants de la main et Edgar leva un pouce victorieux.

— Vous voilà ! s'exclama le docteur. Vous avez dû partir tôt. Nous commencions à peine à guetter votre arrivée.

Toujours aussi angoissée, Hannah murmura :

—Comment va sir John ?

Le médecin la dévisagea. Malgré la gravité de ses traits, il n'avait pas l'air de nourrir le moindre grief à son égard.

—Son état est stable. J'espérais une amélioration, j'aurais souhaité pouvoir vous recevoir avec de bonnes nouvelles, mais...

—Il ne s'est pas réveillé ?

—Je crains que non.

Le soulagement l'inonda. Avait-elle souri ? Elle n'en avait pas eu l'intention mais elle remarqua que Mrs Parrish l'observait d'un œil désapprobateur.

Elle ajouta à la hâte :

—Mais il est vivant et, en soi, c'est une bonne nouvelle. Vous n'imaginez pas combien je redoutais ce qui aurait pu se produire.

Elle ne disait que la vérité.

—Oui, nous pouvons rendre grâce au Seigneur pour cela, approuva Mrs Turrill avec un sourire. Tant qu'il est vivant, nous pouvons espérer.

Sur ces mots, elle s'avança, les bras tendus.

—Et voilà donc le petit bonhomme ! Donnez-le-moi, madame. J'étais impatiente de le connaître.

Malgré sa réticence, Hannah s'exécuta. Rayonnante, la gouvernante s'exclama :

—Bonjour, mon ange ! Que tu es beau ! Il ressemble à sa maman. Oh ! Et il a un peu de son papa dans le nez et les yeux.

Hannah sentit ses joues s'empourprer. Elle ne devait pas oublier que, selon toute logique, Mrs Turrill pensait que Danny était le fils de sir John.

S'avançant vers la porte, Mrs Turrill emporta le petit à l'intérieur. Une pensée traversa soudain Hannah. Elle s'apprêtait à installer son bébé sous le toit de John Mayfield. Faible, elle fut prise de vertige.

En un instant, le docteur Parrish fut à son côté.

— Remettez-vous, madame.

— Attention, docteur Parrish, elle semble près de défaillir, le mit en garde Mrs Parrish.

— Je suis désolée, murmura Hannah, gênée. Tout va bien, vraiment.

— Cela n'a rien d'étonnant. Un si long voyage avec vos blessures. Entrez, madame, nous allons nous occuper de vous. Un bon repas et une bonne nuit dans votre lit, voilà ce que je vous prescris.

*Mon lit*, répéta-t-elle intérieurement. *Le lit que j'ai fait moi-même et dans lequel il faut que je me couche, désormais…*

Les Parrish l'invitèrent à dîner chez eux, à la Grange, leur maison au toit de chaume contiguë au parc de Clifton. Mais, invoquant sa fatigue, elle déclina poliment. Elle remercia chaleureusement Edgar et Nancy de l'avoir accompagnée dans ce voyage pour aller chercher son fils. Puis Mrs Parrish, Edgar et Nancy prirent congé, après lui avoir tous souhaité la bienvenue et lui avoir recommandé du repos.

Le docteur s'attarda pour aller vérifier une dernière fois l'état de sir John. Galant, il ouvrit la porte aux deux femmes et les suivit à l'intérieur. Mrs Turrill, Danny toujours dans ses bras, inspecta la silhouette efflanquée de Becky, et la pressa de descendre à la cuisine où elle allait lui servir un bon thé et des toasts.

Le docteur Parrish invita alors Hannah à l'accompagner au premier étage. Sachant qu'il ne serait pas naturel de refuser de voir son mari, elle prit le bras que lui offrait le médecin et se laissa conduire en haut de l'escalier, jusqu'à la chambre de sir John. Là, elle fit la connaissance de la nouvelle garde-malade, Mrs Weaver, arrivée en leur absence. Elle salua d'un pâle sourire l'infirmière qui, après leur avoir dit «bonsoir», les laissa seuls.

Le docteur Parrish s'approcha du lit. Restée à distance respectueuse, Hannah le regarda suivre sa routine habituelle: il vérifia les yeux, le rythme cardiaque et la respiration de son malade.

Quand il eut fini, elle s'avança et observa le blessé. Ses favoris avaient poussé et, curieusement, sa pommette était toujours enflée. Même en sachant qu'elle aurait dû se féliciter qu'il soit toujours inconscient, elle était sincèrement heureuse qu'il soit vivant. *Tout va bien*, dit-elle silencieusement. *J'ai récupéré mon fils. Vous pouvez vous réveiller maintenant.*

Le docteur Parrish se tourna alors vers elle.

—Il faut que j'examine votre bras, si vous voulez bien. Pour m'assurer qu'il n'a pas été malmené pendant le voyage.

—Très bien, acquiesça-t-elle.

Prenant place sur la chaise qu'il lui indiqua, docile, elle le laissa inspecter l'état des bandages ainsi que sa main, et palper son avant-bras au-dessus de l'écharpe.

— Est-ce toujours sensible ?

Elle retint un petit cri.

— Un peu.

Plaçant un doigt sous son menton, il lui fit pencher la tête en arrière et lui demanda :

— Avez-vous des maux de tête ?

Toute la journée, la tension lui avait vrillé le crâne.

— Oui.

— Je vais vous donner quelque chose pour les calmer. Prenez-le lors du repas et essayez de bien dormir.

— Je vais essayer. Merci.

Avec un sourire bienveillant, il tapota son bras valide, puis, après lui avoir souhaité une bonne soirée, partit retrouver sa famille.

Hannah alla rejoindre Danny. Elle le trouva en bas, dans la cuisine, où l'aide-cuisinière et Mrs Turrill étaient affairées à remplir une petite bassine d'eau chaude. Ensemble, elles donnèrent un bain au bébé et l'habillèrent des vêtements neufs que Hannah lui avait achetés. Si la gouvernante avait remarqué que Danny dégageait une odeur vraiment nauséabonde, elle était trop polie pour le relever.

— Nous allons être obligées de faire un peu de couture et quelques emplettes, annonça cette dernière. Acheter quelques effets supplémentaires à ce garçon. J'ai pris la liberté d'apporter le vieux berceau que je garde dans le cottage où j'habite avec ma sœur. Je ne doute pas que vous voudrez faire l'acquisition d'un lit plus élégant mais, en attendant, celui-là conviendra.

—Je suis sûre qu'il sera parfait, Mrs Turrill. Merci infiniment.

Quel soulagement elle éprouvait à constater que la gouvernante ne tentait pas de savoir pourquoi elles avaient apporté si peu de bagages pour Danny. Pas plus qu'elle ne s'étonnait que Hannah ne lui ait pas demandé de préparer une chambre de bébé avant leur arrivée ! Manifestement, cette femme au cœur d'or supposait que le fait qu'ils soient arrivés si peu chargés était lié à la décision de sir John de venir sans domestiques. Elle devait néanmoins les trouver bien étranges et irréfléchis.

Laissant l'aide-cuisinière vider l'eau du bain, elles montèrent dans la petite chambre que Mrs Turrill avait commencé à aménager en chambre de bébé. Elle y avait fait installer le berceau, une table à langer, une commode et un rocking-chair. Ben l'avait aidé à y transporter un lit simple pour Becky. Des rideaux de dentelle blanche et un tapis aux couleurs vives égayaient la pièce.

—C'est charmant, Mrs Turrill, la complimenta Hannah. Je vous remercie.

—Becky, que pensez-vous d'utiliser aussi cette commode pour ranger vos affaires ? Sinon, nous pouvons vous en apporter une autre.

Becky secoua la tête et répondit avec timidité :

—Tout va bien. Je ne veux pas poser plus de problèmes.

—Ce n'est pas du tout un problème, Becky, la rassura la gouvernante. Désormais, cette chambre est la vôtre et celle de Danny. Ou si vous préférez votre propre chambre, vous en avez une à disposition juste à côté.

— Une chambre pour moi toute seule ? s'étonna la jeune fille. Oh, non ! Je ne saurais que faire de moi-même.

Hannah remarqua que la gouvernante observait de nouveau Becky avant de tourner vers elle un regard interrogateur. Hannah l'ignora.

Une fois qu'elles eurent rangé les quelques effets de Danny, Mrs Turrill pria la jeune femme de descendre remplir le broc à eau. Lorsque, obéissant à sa requête, elle fut sortie de la pièce, la gouvernante se tourna vers Hannah et demanda :

— Madame, je suis curieuse. Une fille comme Becky. Gentille, certes, mais un peu... disons, perdue. Un peu simple. Comment se fait-il que vous l'ayez engagée comme nourrice de Danny ?

Hannah sentit son pouls s'accélérer. Elle avait beau vivre une supercherie, elle détestait chacun des mensonges qu'elle proférait. Que pouvait-elle dire qui fût vrai sans faire référence à la pension ? Se rappelant l'expression hagarde sur le visage de sa jeune compagne quand elle l'avait trouvée dans la ruelle, elle répondit, la gorge sèche :

— Becky avait besoin de nous... avait besoin de Danny... autant que nous avions besoin d'elle.

Se rembrunissant, Mrs Turrill réfléchit un instant.

— Son bébé est mort, c'est ça ?

Hannah fit un signe d'assentiment.

— C'était une petite fille.

D'un hochement de tête, la gouvernante lui indiqua qu'elle comprenait.

— Elle est elle-même à peine sortie de l'enfance. Je suis surprise que sa famille ait pu se séparer d'elle.

— D'après ce que je sais, elle n'a pas de famille. Je crois qu'elle est seule au monde.

Ses yeux s'embuant, la gouvernante lança :

— Eh bien, désormais, elle n'est plus seule.

Plus tard dans la soirée, Hannah dîna dans la salle à manger. Elle avait proposé de prendre son repas dans la salle dédiée aux domestiques, mais Mrs Turrill n'avait pas voulu en entendre parler.

Elle monta ensuite rejoindre Becky qui nourrissait Danny. Lorsque la jeune fille entreprit de reboutonner sa robe, Hannah se leva et, avec délicatesse, lui prit son enfant.

— Va te coucher Becky. Je vais bercer Danny jusqu'à ce qu'il s'endorme.

— Mais je suis sa nourrice. C'est à moi de le faire. Mrs Turrill a dit que je devais apprendre les devoirs d'une vraie nourrice.

— Et tu vas le faire. Mais, ce soir, tu sembles sur le point de t'écrouler d'épuisement. Va te coucher et repose-toi.

Becky céda. Laissant Hannah prendre place dans le rocking-chair, Danny au creux de son bras valide, elle retira sa robe. Une fois en chemise, elle se glissa dans le lit. Hannah nota mentalement de lui fournir une vraie tenue de nuit dès que possible.

Remontant les couvertures jusqu'à son cou, la jeune fille déclara d'une voix pensive :

— Mrs Turrill est gentille, vous ne trouvez pas ?

— Oui, très gentille.

— C'est étrange de l'entendre vous appeler « Madame », ou « lady Mayfield ».

Avec un coup d'œil à la dérobée vers la porte, Hannah répliqua en chuchotant :

— Becky, il ne faut pas en parler, rappelle-toi. C'est mon nom ici. Toi aussi, tu dois m'appeler « Madame ».

— J'essaierai, Miss Hannah, acquiesça-t-elle dans un soupir. Puis fermant les yeux, elle s'endormit.

*Que le ciel me vienne en aide !* pria Hannah. Dire que, désormais, son secret était entre les mains de Becky !

La nuit ayant été d'un calme absolu, Hannah commençait à se tranquilliser un peu. Elle savoura son petit déjeuner dans la salle à manger ensoleillée, sortit faire un tour au jardin, puis rentra voir Danny. Quand Mrs Turrill monta, un peu plus tard, elle la trouva dans la chambre du bébé. Son fils niché dans son bras indemne, elle se balançait doucement dans le rocking-chair tout en bavardant avec Becky.

— Un monsieur est ici, madame, annonça la gouvernante, son habituel sourire absent. Il demande à voir la maîtresse de céans.

Faisant son possible pour dissimuler son effroi, Hannah sursauta.

— Qui est-ce ?

— Il refuse de dire son nom. Dois-je le renvoyer ?

*Qui refuserait de s'identifier ? Et pourquoi ?* s'étonna-t-elle. Elle sentit le regard apeuré de Becky mais, l'ignorant, s'appliqua à s'enquérir calmement :

— Lui avez-vous parlé de l'accident ? Lui avez-vous dit que sir John était… inconscient ?

—Je ne lui ai rien dit, madame. Il n'a jamais demandé à voir sir John. Juste vous.

*Comme c'est étrange*, songea Hannah, ses pensées s'affolant.

—À quoi ressemble-t-il ?

Avec un haussement d'épaules indifférent, la gouvernante répondit :

—Brun, les cheveux bouclés. Bel homme dans son genre. Il est habillé comme un gentleman, bien que ses manières contredisent cette impression, ajouta-t-elle avec un reniflement de dédain.

Hannah sentit l'angoisse lui nouer l'estomac. Serait-ce possible ? La description, même si elle était un peu vague, correspondait à celle d'Anthony Fontaine l'amant de lady Mayfield. Si c'était lui, comment avait-il découvert où ils étaient allés, et si vite ? Elle savait qu'elle ne pouvait refuser de le voir car Marianna n'aurait jamais agi ainsi. En outre, il était peu probable qu'il se laisse décourager par ce refus. Il supposerait que sir John interdisait à sa femme de le recevoir et sa détermination s'en trouverait renforcée.

Mr Fontaine méritait-il d'apprendre que sa maîtresse avait péri ? Hannah ne lui devait rien. Néanmoins, elle ne voulait pas qu'il prolonge sa visite et leur cause des problèmes à tous.

Se levant, elle tendit Danny à Becky.

—Je vais le recevoir, Mrs Turrill.

La gouvernante la dévisagea avec attention.

—Voulez-vous que je vous accompagne ?

—Non, merci. Si c'est le gentleman auquel je pense, il est préférable que je parle avec lui en privé. Il me faut trouver une façon de lui annoncer l'accident en douceur. La… noyade.

L'expression de la gouvernante s'adoucissant, elle demanda :

— C'est un ami de cette pauvre fille, c'est ça ?

— Si je ne me trompe pas sur son identité, en effet.

Mrs Turrill lui emboîta le pas jusqu'au salon. Avant d'entrer, Hannah jeta un coup d'œil à travers la fente étroite entre les deux battants de la double porte. À l'intérieur, face à la fenêtre, elle reconnut le profil caractéristique d'Anthony Fontaine. Le nez romain, les mèches sombres tombant sur ses sourcils, le visage grave mais indéniablement séduisant.

Se tournant vers Mrs Turrill, elle chuchota :

— Tout va bien. Je le connais.

Avec un signe de tête entendu, la gouvernante s'éloigna et Hannah attendit un instant. Elle n'espérait qu'une chose, que Mrs Turrill n'écouterait pas à la porte.

Elle repassa en esprit les occasions où elle s'était trouvée en compagnie de Mr Fontaine. En général, lady Mayfield sortait en invoquant un prétexte et allait le retrouver. Mais les rares soirs où sir John était en déplacement sur ses terres, ou était sorti pour aller à son club, elle invitait des amis. En général, des amies féminines ou des couples. Pourtant, il lui était parfois arrivé d'avoir l'audace de recevoir son amant dans la demeure de sir John, à Bristol.

Hannah ne se souvenait que trop bien de l'une de ces soirées.

Lorsque Hopkins avait annoncé son arrivée, Mr Fontaine s'était incliné devant lady Mayfield comme devant une simple connaissance.

— Bonsoir, lady Mayfield. Merci de votre aimable invitation.

— Où est Mrs Fontaine ? avait demandé Marianna d'un air innocent.

— Ma chère épouse est à la maison et a l'intention de se coucher tôt. Mais elle a insisté pour que je vienne, ajouta-t-il avec un coup d'œil en direction du valet de pied qui disposait des carafes de vin sur la desserte. « Il serait discourtois de notre part de décevoir tous les deux lady Mayfield qui a eu la bonté de nous inviter de façon si impromptue », a-t-elle dit.

— J'espère que Mrs Fontaine n'est pas souffrante.

— Un tout petit refroidissement, je vous assure. Une bonne boisson et un lit bien chaud sont tout ce à quoi elle aspire par cette soirée glaciale.

Lady Mayfield pencha la tête avec coquetterie.

— « Tout ce à quoi elle aspire » ?

Hannah se leva pour prendre congé mais Marianna insista pour qu'elle reste. Elle devinait bien pourquoi. Lady Mayfield voulait éviter que les domestiques aillent tout raconter de son tête-à-tête dans la salle à manger du personnel. S'ils le faisaient, tout Bristol ne tarderait pas à savoir qu'elle avait reçu un homme seul en l'absence de son mari.

À contrecœur, Hannah avait accepté et, s'enfonçant dans son fauteuil, avait repris son ouvrage. Mais il était difficile de se concentrer. Son regard se posait sur le couple plus souvent qu'il ne l'aurait dû. Tous deux étaient assis sur le canapé, sirotant du porto, leurs têtes rapprochées, en conversation privée. Venait-il de déposer un baiser sur la joue de Marianna ? Sur son oreille ? Elle baissa les yeux sur sa broderie et vit qu'elle avait manqué plusieurs points qu'elle allait devoir reprendre.

La main de Mr Fontaine quitta le canapé pour caresser le genou de lady Mayfield sous sa robe. Marianna jeta un coup d'œil furtif à Hannah et la surprit les observant. Pourtant, elle ne la réprimanda pas, ne lui demanda pas de sortir. Au lieu de cela, elle sourit, une lueur malicieuse dans ses prunelles noisette.

Hannah détourna le regard la première.

Lady Mayfield n'était pas simplement très belle, elle était aussi très bien faite. Un atout que mettaient en valeur le décolleté plongeant de sa robe du soir et les excellentes baleines de son corset. Lorsque Hannah leva de nouveau les yeux, elle remarqua que le regard d'Anthony s'attardait sur les seins de Marianna. Quand son doigt prit le relais de ses yeux, elle se leva d'un bond.

— Je suis désolée, madame, mais je souhaiterais me retirer.

— Oh, allons, Hannah ! Quelle prude vous faites ! Très bien, si vous le devez. Mais sortez discrètement par la porte de côté pour éviter que les domestiques ne vous voient.

Anthony Fontaine la salua d'un clin d'œil entendu.

Fonçant vers la porte du salon, Hannah s'éclipsa. Elle regagna sa chambre à l'étage faisant son possible pour ne pas imaginer ce qui se passait plus bas…

Et maintenant, Anthony Fontaine était là, dans le salon de Clifton House. Espérant voir Marianna. Comment pourrait-il ne pas la trahir ? Que le ciel lui vienne en aide : elle allait devoir se montrer fine.

Elle prit une profonde inspiration, ouvrit la porte à double battant, la referma derrière elle, prête à affronter l'amant de lady Mayfield. Elle se félicitait de porter une robe en mousseline banale et non l'une des mémorables tenues de Marianna.

Mr Fontaine se retourna, la surprise se peignant sur son beau visage.

— Miss Rogers, la salua-t-il en fronçant les sourcils, avant de s'incliner scrupuleusement. Je ne m'attendais pas à vous trouver ici. J'ai demandé à voir la maîtresse de céans.

Hannah porta un doigt à ses lèvres.

— Je vous en prie, parlez moins fort.

— Où est-elle ? interrogea-t-il, les poings sur les hanches.

— Voulez-vous vous asseoir ?

— Certainement pas ! refusa-t-il avec agitation en passant une main dans ses cheveux. Lui interdit-il de descendre ?

— Si par « il », vous entendez sir John, il ne lui interdit rien.

Sans pouvoir se l'expliquer, Hannah ne tenait pas à dévoiler l'état de faiblesse de lord Mayfield à cet homme qui était son ennemi.

— Elle ne peut pas venir parce qu'elle n'est pas là, précisa-t-elle alors.

L'air menaçant, il riposta :

— N'essayez pas de me berner ! Je sais que c'est ici qu'il l'a amenée. J'ai déjà fait le tour de ses autres propriétés. Allez l'informer que je suis ici.

— Je vous en prie, asseyez-vous.

— Je n'en ferai rien. Pas tant que vous ne m'aurez pas dit où elle se trouve.

Avec un soupir accablé, elle céda :

—Je crains qu'il n'y ait eu un terrible accident.

Soudainement attentif, il l'enveloppa d'un regard anxieux.

—Pendant le voyage pour venir ici, nous avons été surpris par une effroyable tempête. La voiture a dérapé, a chuté par-dessus la falaise, et s'est à moitié écrasée dans la mer.

—Juste ciel !

Il s'était raidi, se préparant à un choc.

Redoutant de lui annoncer la nouvelle, Hannah poursuivit :

—D'après le médecin, elle serait morte sur le coup et n'aurait pas souffert.

Un moment, il la contempla, interdit, puis s'enfonça lentement dans le canapé, écrasant le bord de son chapeau entre ses mains. Son regard se durcissant soudain, il lâcha :

—Avez-vous inventé toute cette histoire pour vous débarrasser de moi ?

Elle souleva son bras en écharpe puis repoussa ses cheveux pour lui montrer la cicatrice qui lui barrait le front.

—Non. L'accident a bel et bien eu lieu.

Demeurant silencieux, il baissa les yeux sur ses mains. Quand il parla à nouveau, il chuchota :

—Où est-elle ?

Même si la question était la même qu'à son arrivée, il attendait à présent une réponse bien différente.

Après une hésitation, elle répondit :

—J'ai bien peur que son corps n'ait pas encore été retrouvé.

—Dans ce cas, comment savez-vous qu'elle est morte ? s'exclama-t-il en relevant brusquement la tête.

— Le docteur et son fils ont vu une silhouette flotter au large, à marée descendante. Une silhouette dans un manteau rouge. Je me souviens que Marianna portait le sien, ce jour-là. Ils pensent qu'elle a été projetée hors de la voiture quand elle est tombée, ou bien que la mer l'a entraînée par le trou béant sur le côté.

Sa bouche esquissant une moue incrédule, il demanda :

— Et où était-il ? Sans doute l'a-t-il balancée par-dessus la falaise lui-même, ajouta-t-il avec un sourire amer.

Elle secoua la tête.

— Sir John était totalement inconscient. En fait… il est toujours inconscient, lâcha-t-elle après une hésitation.

— Mais l'accident remonterait à… onze ou douze jours…

— À peu près, acquiesça-t-elle.

— Va-t-il vivre ?

— Le médecin l'espère mais ne peut l'affirmer.

Son beau visage se tordant, il siffla entre ses dents :

— J'espère qu'il va mourir. Qu'il souffrira pour l'éternité.

Plusieurs minutes s'écoulèrent dans un silence que seul venait rompre le « tic-tac » de l'horloge. Soudain, il la regarda, l'air défiant :

— Elle n'a pas parlé de vous. Quand êtes-vous revenue ?

— Le jour où ils ont quitté Bath.

Le regard perdu dans le vague, il hocha la tête.

— Je suis content que vous ayez été avec elle. Elle a toujours eu de l'affection pour vous.

Hannah sentit la culpabilité l'envahir. Elle ne pouvait en dire autant.

Il se leva, écrasant toujours le bord de son chapeau.

— C'est sir John qui est responsable de sa mort, vous savez. Ce n'est pas moi. Je n'y suis pour rien.

Elle le dévisagea avec surprise. Cette culpabilité lui paraissait si étrange. Même si, bien sûr, il était sans doute le premier à blâmer pour le voyage et pour la rapidité avec laquelle il avait été organisé. Mais il n'était certainement pas responsable de l'accident. Elle se rabroua. Elle n'était pas vraiment en position d'absoudre quiconque !

Il se tourna vers la fenêtre et reprit, l'air lugubre :

— Marianna ne peut être… morte. Je le saurais. Au fond de mon cœur, je le sentirais.

En dépit de tout, la sincérité de son chagrin la stupéfiait. Et si Marianna et lui avaient vécu bien plus qu'une liaison ? Plus qu'une histoire fondée sur une simple attirance physique ? Après tout, si elle en voulait à cet homme d'avoir fait preuve de malhonnêteté envers sir John, il ne lui avait rien fait personnellement.

— Je suis désolée, Mr Fontaine, murmura-t-elle. Sincèrement.

Debout devant la fenêtre à la vitre sale, il regardait fixement au-dehors.

Voyant qu'il ne semblait pas décidé à partir, elle proposa d'une voix incertaine :

— Puis-je vous offrir un rafraîchissement avant que vous ne preniez congé ? Vous devez être fatigué, après votre voyage.

— Non. Je ne pourrais rien avaler.

Il fouilla dans sa poche et en tira une carte qu'il lui tendit d'une main tremblante.

— Si vous avez la moindre nouvelle à me communiquer. Si elle est retrouvée, je vous en prie, écrivez-moi pour m'en aviser.

Même si elle n'avait pas l'intention de rester à Clifton très longtemps encore, il lui était difficile de refuser la requête de cet être brisé par le chagrin.

— Très bien.

— Merci, chuchota-t-il.

Puis il quitta le salon d'un pas pesant. Debout devant la fenêtre, elle le vit sortir de la maison, l'air hagard, perdu.

Elle le regardait s'éloigner en direction du village quand Mrs Turrill la rejoignit.

— La nouvelle l'a anéanti ? demanda la gouvernante.

— Oui, acquiesça-t-elle. Totalement !

# Chapitre 8

Le lendemain matin, quand Hannah se réveilla, Mrs Turrill était en train d'ouvrir les volets. Puis la gouvernante se dirigea vers l'armoire et passa en revue son contenu.

Attentive à son bras bandé, Hannah s'assit dans son lit. Sur sa table de chevet, elle avisa un plateau sur lequel se trouvaient du chocolat chaud et du pain grillé.

— J'ai pensé que vous aimeriez prendre quelque chose dès le réveil. Vous avez si peu mangé hier.

— Merci. Vous en faites trop pour moi, Mrs Turrill.

Elle commença à boire le breuvage chaud, à petites gorgées.

— En effet, approuva la gouvernante avec un clin d'œil malicieux. C'est pourquoi j'ai engagé une femme de chambre qui doit commencer demain. Elle s'appelle Kitty. J'espère que vous ne m'en tiendrez pas rigueur.

— Bien sûr que non. Vous avez besoin d'aide pour tenir la maison et pour vous occuper de moi aussi bien que vous le faites, assura-t-elle en grignotant son pain grillé.

— Tout le plaisir est pour moi. Vous portez les mêmes robes depuis que vous êtes ici, madame, ajouta la domestique, changeant de sujet. Et si vous passiez l'une de vos autres jolies robes, aujourd'hui.

*Les jolies robes de Marianna*, se rappela Hannah. Depuis l'accident, invoquant le prétexte qu'elles étaient plus faciles à enfiler avec son bras bandé, elle avait porté en alternance deux tenues toutes simples parmi les plus vieilles de lady Mayfield.

Mrs Turrill sortit une robe de fine soie lilas.

— Que pensez-vous de celle-ci ? Elle doit être seyante à votre teint.

Hannah examina le bustier à croisillons avec circonspection.

— Merci, Mrs Turrill. Mais je n'ai aucune raison particulière de me faire élégante aujourd'hui.

— J'insiste. Mrs Parrish et la femme du vicaire viennent prendre le thé cet après-midi. Vous vous en souvenez ?

Elle lança un regard surpris à la gouvernante. Comment avait-elle pu oublier ?

— Je… je ne suis pas sûre…

— Oh ! Je vous en prie, faites-moi plaisir, madame. Négliger d'aussi jolies toilettes relève du gâchis.

Hannah se leva, un peu chancelante, et procéda à sa toilette. Puis elle laissa Mrs Turrill lacer son corset et lui mettre ses bas. Lorsque la gouvernante exhiba la robe lilas, elle tenta une nouvelle fois d'objecter :

— Vraiment, je ne pense pas que la robe m'ira… je…

Ignorant ses protestations, la domestique la lui fit passer par la tête et les épaules. Nerveuse, elle glissa son bras valide dans une manche puis Mrs Turrill l'aida à introduire avec précaution son bras blessé dans l'autre. Debout devant le miroir, Hannah la regarda ensuite s'affairer à la boutonner dans le dos.

Soudain anxieuse, elle sentit ses paumes devenir moites. Lady Mayfield et elle n'avaient pas la même silhouette. Elle était plus grande et plus mince que Marianna. Si les chemises de nuit, de jour et les corsets baleinés ajustables ne laissaient rien deviner de leur différence de taille, cette toilette moulante, coupée et confectionnée sur mesure pour Marianna, ne pouvait que la trahir.

— C'est la première fois que je porte cette robe, bredouilla-t-elle.

Ce qui était la stricte vérité.

— Elle a été faite récemment ? s'enquit Mrs Turrill.

Elle se contenta de marmonner une réponse évasive.

Après être venue à bout des boutons, Mrs Turrill l'observa par-dessus son épaule dans la psyché. Puis, tirant sur la taille festonnée d'un ruban et sur le tissu qui flottait sur sa poitrine menue, elle constata d'un air préoccupé :

— Elle ne vous va pas très bien, madame. Vous avez maigri depuis votre dernière séance d'essayage ?

— J'ai perdu du poids depuis l'accouchement, oui. Surtout de la poitrine.

Les sourcils toujours froncés, la gouvernante poursuivit :

— J'ai bien peur de ne pas être très douée en couture. Surtout pour un travail d'une telle délicatesse.

—Ne vous tourmentez pas, Mrs Turrill. J'essaierai moi-même dès que je récupérerai l'usage de mes deux mains. Mais, pour ce matin, nous allons peut-être opter pour une mousseline imprimée de petites fleurs. Celle-là devrait… toujours m'aller, je pense.

Un peu plus tard dans la matinée, après avoir frappé, Edgar Parrish se présenta à la porte de la chambre du bébé. Il était chargé d'une boîte de petits vêtements qui lui avaient appartenu. Des robes, des bonnets, des chaussons, une couverture délicatement tricotée, et un lapin en peluche usé.

—Mais ne voulez-vous pas les garder pour vos propres enfants, un jour ? s'étonna Hannah.

—Un jour, madame. Mais je n'en ai pas besoin pour l'instant.

—C'est très gentil à vous, Edgar. Mais j'ai peur que nous ne les abîmions.

Avec un haussement d'épaules dégagé, il inspecta la pièce.

—Je sais qu'il n'a pas été facile pour vous d'installer Danny ici, avec votre bras et vos maux de tête.

Son sentiment de culpabilité allait croissant. Pourquoi s'évertuaient-ils tous à faire preuve de la même bonté ?

—J'espère que votre mère est d'accord, ajouta-t-elle.

Un ombre d'incertitude passa sur le visage du jeune homme.

—Oui… Même si elle ne pensait pas qu'une dame de votre condition accepterait des présents aussi humbles.

—Bien sûr que je les accepte. Et avec reconnaissance, renchérit-elle, radieuse.

Il lui rendit son sourire.

Quelques minutes après son départ, Becky s'approcha de la fenêtre pour le regarder s'éloigner dans la cour.

—Edgar est vraiment beau, vous ne trouvez pas ?

—Je suppose que oui, convint Hannah.

Elle avait commencé à trier le contenu de la boîte. Intriguée par le silence de Becky, elle releva la tête. Devant l'expression absente de la jeune fille, elle lui rappela, non sans inquiétude :

—Becky, tu sais que Nancy et lui se fréquentent ?

—Et alors ? Ils ne sont pas encore mariés ! répliqua-t-elle en haussant ses frêles épaules.

—Non, pas encore.

—Et si j'arrive à mes fins, ils ne se marieront jamais, ajouta la nourrice dans un petit rire.

—Tu dois être prudente, Becky. Les Parrish ont fait preuve d'une grande générosité envers nous.

—Quel est le rapport avec notre conversation ? Mrs Parrish n'approuve pas Nancy. C'est aussi évident que le nez au milieu de la figure. Alors qui dit qu'ils vont se marier ?

*Mrs Parrish n'approuve personne*, songea Hannah. Sans rien dévoiler de ses pensées, elle se contenta de souligner :

—Rappelle-toi, nous n'allons pas rester ici très longtemps. Ne commence pas à t'attacher. Cela ne pourra pas durer.

Peut-être ferait-elle elle aussi bien de suivre son propre conseil. N'éprouvait-elle pas une affection grandissante pour le docteur Parrish et pour Mrs Turrill ? Et elle savait que tous les deux l'adoraient. La perspective de les décevoir bientôt et de perdre leur estime lui était odieuse. Mais plus cette comédie se prolongerait, plus cela deviendrait difficile. Si seulement son bras guérissait et qu'elle puisse partir. Hélas, le praticien pensait que son rétablissement pourrait demander six semaines. Or, à peine quinze jours s'étaient écoulés depuis l'accident. Et même remise, pourrait-elle vraiment fuir avec Danny et Becky, sans un mot à quiconque ? Elle n'osait imaginer l'inquiétude dans laquelle leur disparition plongerait le docteur Parrish et Mrs Turrill. Peut-être lanceraient-ils même une battue pour les retrouver. Non. Elle devrait au moins laisser une lettre d'explications. D'excuses. Et espérer qu'ils comprennent et que, d'une façon ou d'une autre, ils lui pardonnent.

Mais une simple lettre semblait d'une telle lâcheté ! Ne serait-il pas infiniment plus décent d'avouer toute la vérité, d'admettre qu'elle avait eu tort mais qu'elle espérait qu'ils comprenaient que, loin d'être motivée par la cupidité, elle n'avait eu à cœur que de protéger son enfant ? Elle imaginait déjà Mrs Parrish triompher et vitupérer. Edgar et son père auraient du chagrin. Quant à Mrs Turrill, si Hannah n'avait pas la moindre idée de sa réaction, elle avait le pressentiment que, de tous, la gouvernante se montrerait la plus compréhensive. Tout au moins, elle l'espérait.

Après avoir passé la matinée à lutter avec sa conscience, Hannah prit sa décision. Elle allait tout avouer au docteur Parrish. Elle espérait le croiser dans le vestibule avant sa visite du matin à son patient. Mais, alors qu'elle rassemblait son courage, elle entendit la porte de la chambre de sir John s'ouvrir et se refermer. Elle prit une profonde inspiration, sortit de sa propre chambre et traversa le palier. Après avoir frappé, elle entra.

Elle trouva le médecin, une oreille pressée contre le torse du malade. En l'entendant arriver, il lui jeta un coup d'œil.

Esquissant un sourire d'excuse, elle attendit sur le seuil. Sir John avait les yeux fermés. Selon toute apparence, son état ne semblait guère s'être amélioré depuis la dernière fois.

Quelques instants plus tard, le docteur leva la tête et se redressa.

— Bonjour, madame. Vous êtes venue voir comment se portait sir John cet après-midi ?

Il se tourna pour prendre quelque chose dans sa trousse médicale. Voyant qu'elle ne répondait rien et qu'elle ne faisait pas mine de le rejoindre à côté du lit, il lui jeta un regard par-dessus son épaule.

— En quoi puis-je vous être utile ?

Le cœur battant la chamade, elle s'humecta les lèvres.

Il pivota pour la dévisager. À son expression inquiète, elle comprit qu'il devinait sa détresse.

— Tout va bien ?

— Non, dit-elle d'une voix étranglée en secouant la tête. Docteur Parrish, je dois vous parler.

— Oh ? s'étonna-t-il, le menton levé.

Les mains crispées, elle poursuivit :

— Vous rappelez-vous nous avoir trouvés dans la berline renversée, sir John et moi ? Nous avoir sauvés ?

— Bien sûr que je m'en souviens. Beaucoup mieux que vous, l'assura-t-il avec un sourire bienveillant.

— Oui, naturellement. Mais vous souvenez-vous de la première fois où vous m'avez appelée lady Mayfield ?

L'air songeur, il fronça les sourcils.

— Pas précisément. Mais je me rappelle vous avoir alertée en vous disant qu'Edgar et moi étions là pour vous aider.

— Oui, voyez-vous, vous avez aimablement supposé que j'étais lady Mayfield alors que…

Le souffle coupé, elle s'interrompit. Derrière le bon médecin, sir John Mayfield la regardait fixement dans les yeux.

— Alors que vous étiez… quoi ? la pressa le docteur, affable.

Mais Hannah ne pouvait décrocher son regard de celui de sir John. Elle agrippa le bras du médecin.

— Il a ouvert les yeux.

Le praticien se tourna vivement vers le lit.

— Bonté divine ! Vous avez raison. Bonjour, sir John, le salua-t-il en s'avançant d'un pas. Madame, auriez-vous la bonté de faire les présentations ?

De plus en plus désorientée, Hannah hésita :

— Oh ! Bien entendu. Sir John, permettez-moi de vous présenter le docteur George Parrish qui prend soin de vous depuis l'accident. Docteur Parrish, sir John Mayfield.

— Enchanté, monsieur, dit le praticien, souriant.

Mais elle remarqua que ses yeux étudiaient le visage du malade, en quête de sa réaction. En vain. Sir John paraissait totalement indifférent.

— Si vous le permettez, sir John, je vais prendre votre main. Si vous en êtes capable, pouvez-vous, s'il vous plaît, presser la mienne en retour ?

Les yeux de lord Mayfield ne suivirent pas le mouvement du médecin. Ils semblaient rivés sur elle. Ou étaient-ils simplement fixés dans sa direction sans la voir ? Malgré son désir de s'éloigner de ce regard vide, si perturbant, elle avait l'impression d'être figée.

Manifestement, il n'accéda pas à la requête du docteur.

— Cela ne fait rien, tempéra ce dernier. Nous avons tout le temps. Nous sommes très heureux de vous voir ouvrir les yeux. Vous êtes, disons, endormi, depuis presque deux semaines.

Hannah guetta la réaction de sir John. Il lui sembla distinguer une infime lueur dans ses prunelles. Ou était-ce dû à un clignement machinal des paupières.

— Est-il conscient ? chuchota-t-elle.

Avançant une main devant son visage, le médecin fit claquer ses doigts sans provoquer la moindre réaction.

— Je ne pense pas. Peut-être est-ce dû à une contraction des muscles de ses paupières qui se sont soulevées toutes seules.

Comme si ces paroles lui en donnaient le signal, sir John referma les yeux.

— Toutefois, c'est un nouveau symptôme. Un bon signe, je crois.

Il poursuivit son examen, tandis que Hannah, sans cesser de se mordre la lèvre inférieure, passait mentalement en revue ses options.

Enfin, le médecin se redressa.

— Bien, nous devons aller avertir son infirmière et Mrs Parrish. Puis-je vous demander de rester à son chevet jusqu'au retour de Mrs Weaver ? Je la ferai monter directement.

Sur le pas de la porte, il se retourna.

— Je suis désolé, madame. Vous souhaitiez me parler ?

Hannah entrouvrit les lèvres puis les referma.

— Ce n'est rien, bredouilla-t-elle. Étant donné ce qui vient de se passer, cela n'a pas d'importance. Je vous le dirai plus tard.

Il lui décocha un sourire distrait et sortit à la hâte.

Elle poussa un soupir accablé. Elle avait laissé passer l'occasion. Et elle avait perdu son courage.

Peut-être était-ce un signe. Le signe qu'elle devait laisser une lettre plutôt que de parler au docteur en personne.

En attendant, elle devait d'abord affronter la visite de Mrs Parrish et la rencontre avec la femme du pasteur. Elle avait proposé à Mrs Turrill qui, après tout, était une parente des Parrish, de se joindre à elles pour le thé. Mais la gouvernante avait répondu que ce n'était pas sa place.

À l'heure convenue, ces dames arrivèrent et furent introduites dans le salon. Ignorant le sourire plein de condescendance de Mrs Parrish, Mrs Turrill servit le thé en silence et s'empressa de sortir.

Mrs Barton, l'épouse du pasteur, était une petite femme timide qui semblait charmante. Le pendant parfait de l'assurance et de la verve de Mrs Parrish.

Elles burent leur thé à petites gorgées tout en dégustant des biscuits du bout des lèvres.

— Puis-je vous demander quelle paroisse vous fréquentiez à Bath, madame ? s'enquit Mrs Barton pour engager la conversation.

Prise au dépourvu, Hannah répondit :

— Oh ! En fait... nous allions rarement à l'église à Bath, j'en ai peur. Mais quand j'étais enfant, j'ai passé beaucoup de temps dans une église de Bristol, s'empressa-t-elle d'ajouter. Mon père était…

Elle se tut. Oubliant un instant qu'elles la prenaient pour Marianna, elle avait été sur le point de parler en son propre nom.

—… très pratiquant, finit-elle sans conviction.

—Ah! fit Mrs Barton en hochant la tête.

Devant son manque de loquacité, Mrs Parrish leva les yeux au ciel.

Pendant le reste de leur visite, de peur de commettre un nouvel impair, Hannah parla aussi peu que possible. Elle ne doutait pas de la déception de ses invitées et de son image déplorable en tant qu'hôtesse.

Prenant le relais, Mrs Parrish mena la conversation. Elle lui raconta qu'elle avait quelques amis à Bath et se dit sûre que lady Mayfield devait les connaître de nom.

«Lady Mayfield» n'avait jamais entendu parler d'eux. Hannah put néanmoins évoquer avec assurance la vie des Mayfield à Bristol et le quartier de Bath où ils habitaient, l'élégante Camden Place. Mais quand la femme du médecin la pria de leur raconter les potins de la Saison dernière et des réceptions mondaines, elle dut avouer qu'elle n'était pas au courant.

Après une heure de discussion fastidieuse sur la vie qu'elle était censée avoir connue à Bath et ses mondanités, elle était à bout de nerfs, épuisée. Se rendant peut-être compte de son émoi, l'épouse du pasteur changea de sujet et lui demanda si elle pourrait voir son fils. Soulagée, Hannah monta chercher

Danny et les deux femmes le couvrirent poliment d'éloges. Peu après, elles prirent congé.

—Comment cela s'est-il passé ? s'enquit Mrs Turrill, pleine de sollicitude.

—Je crains fort de ne pas être parvenue à les impressionner.

—Vous n'avez nul besoin d'impressionner quiconque ici, madame. Contentez-vous d'être vous-même et tout ira bien.

Ah! Mrs Turrill ne croyait pas si bien dire. Si seulement, elle pouvait être elle-même.

Ce soir-là, quand elle se coucha, elle souffrait de la pire des migraines.

Le lendemain matin, elle entreprit de rédiger sa lettre.

*Chers Mr et Mrs Parrish, et Mrs Turrill,*

*J'ai quitté Clifton en emmenant Danny et Becky. Vous serez sans nul doute surpris mais, je vous en prie, n'ayez pas d'inquiétude.*

Elle marqua une pause. Pourquoi ne devraient-ils pas s'inquiéter? Elle-même n'était-elle pas emplie d'appréhension? Elle ignorait encore leur destination. Où pourrait-elle trouver du travail, un salaire lui permettant de les loger et les nourrir?

Un petit coup sec à la porte la fit sursauter. Elle s'empressa de cacher la lettre sous le sous-main.

—Lady Mayfield? dit la voix du docteur. C'est sir John. Il a rouvert les yeux. Il semble plus réceptif.

La peur lui noua l'estomac. Des frissons glacés lui parcoururent le dos. Pourquoi ne s'était-elle pas encore dévoilée au médecin ? Les jambes en coton, elle tituba jusqu'à la porte et l'ouvrit.

— Il est réveillé ?

— Venez voir.

Le regard plein d'espoir, il lui fit signe de le précéder dans le couloir. Tous les instincts de la jeune femme lui hurlaient de fuir, de faire demi-tour et de partir dans l'autre sens. D'aller chercher Danny et Becky, et de quitter Clifton juste avant que sir John puisse la dénoncer. Au lieu de cela, hébétée, elle laissa le docteur l'entraîner dans la chambre du malade, vers la divulgation de son secret.

La garde-malade les laissa de nouveau seuls. Comme la fois précédente, sir John avait les paupières ouvertes et le regard vague.

— Bien, ses yeux sont toujours ouverts, déclara le praticien. Je ne suis pas sûr qu'il soit vraiment conscient. Il faut encore qu'il parle. Mais il avait l'air agité quand je suis arrivé tout à l'heure.

Hannah serra son poing valide, ses ongles s'enfonçant dans sa paume. Si le médecin ne l'avait pas doucement poussée en avant, elle serait restée à plusieurs mètres du lit.

— La voilà, sir John. Voilà votre épouse. Comme vous pouvez le constater, elle va bien. Vous ne devez vous inquiéter de rien, hormis de vous rétablir.

Hannah sentit sa gorge se nouer. Le regard de sir John se posa sur elle et l'angoisse fit battre son cœur plus fort.

Elle pressa une main moite sur son ventre et s'exhorta à respirer lentement.

Elle allait essayer d'expliquer. Si elle n'avait pas d'excuse, elle pouvait demander pardon.

Il la dévisagea de ses yeux bleu argenté, la couleur d'un lac aux profondeurs glacées. Une fraction de seconde, ses sourcils tressaillirent imperceptiblement. *De contrariété ? De confusion ? Ou des deux ?*

Droite comme un « I », ses muscles tendus comme des cordes, elle s'attendait à l'entendre rugir, menaçant : « Ce n'est pas ma femme. »

— Allez, madame, la pressa le docteur. Parlez-lui.

Elle bafouilla :

— Je... je ne sais pas quoi lui dire. Pourquoi ne parle-t-il pas ?

— Peut-être ne le peut-il pas. Peut-être lutte-t-il encore pour recouvrer la mémoire, comme vous l'avez fait. Encouragez-le. Rappelez-lui qui il est. Qui vous êtes.

Si elle avait été en tête à tête avec sir John, elle aurait prononcé des paroles bien différentes. Elle aurait fait des aveux, l'aurait supplié de lui pardonner, de garder le secret jusqu'à ce qu'elle puisse partir en toute discrétion...

Au lieu de cela, elle commença :

— Vous êtes sir John Mayfield. Vous habitiez Bath et avant cela Bristol. Vous souvenez-vous de Bath ? La jolie maison de Camden Place ? Et de Bristol ? La maison sur Great George Street ? C'est là que j'ai rencontré pour la première fois... votre... maisonnée.

Il se contenta de la regarder d'un air morne.

— Rappelez-lui qui vous êtes, lui chuchota le docteur Parrish.

Après une hésitation, elle murmura :

— Et, bien sûr, vous me connaissez.

Les mots « je suis votre femme », « je suis Marianna, lady Mayfield » refusaient de franchir ses lèvres. Elle avait l'impression que les prononcer lui donnerait la nausée.

Toujours inexpressifs, les yeux de sir John allèrent lentement de son visage à celui du docteur.

Le médecin se tourna vers elle.

— Parlez-lui de Danny, dites-lui comment il se porte, qu'il est ici…

— Oh !

Elle sentit sa bouche se dessécher. Le devait-elle ? Sir John ignorait tout de l'existence de cet enfant.

— Oui, voyez-vous, je suis retournée à Bristol pour ramener le petit Danny et sa nourrice. J'ai été si soulagée de le retrouver.

Sentant le regard ébahi du docteur Parrish sur elle, elle s'empressa de préciser :

— En bonne santé. Je suis si reconnaissante qu'il soit ici, avec moi, avec nous, de nouveau. Mrs Turrill s'est prise d'affection pour lui. D'un autre côté, vous ne connaissez pas encore notre gouvernante. Aussi ne vais-je rien ajouter sur elle pour le moment.

Elle maudit sa stupidité. Son esprit lui semblait aussi flou que le regard vitreux de sir John.

—Peut-être devrions-nous amener le petit Danny voir son père ?

Après une nouvelle hésitation, elle répondit :

—Euh… il fait la sieste. Une autre fois, si vous le voulez bien.

—Oui, vous avez raison. Je crains que nous n'ayons suffisamment fatigué sir John. Reposez-vous maintenant, conclut le médecin en tapotant le bras de son patient. Et ne vous inquiétez pas. Le cerveau humain est une chose merveilleuse et vous serez sans nul doute en parfaite santé en un rien de temps. Et, quand vous serez rétabli, votre épouse et votre fils seront là pour vous accueillir.

Il lança un regard encourageant à Hannah qui esquissa un sourire en retour. Contrairement à l'affirmation du praticien, elle était bien certaine que ni la femme ni le fils de sir John ne seraient là pour le voir recouvrer ses esprits.

Après avoir remercié le docteur Parrish, elle regagna sa chambre, tremblant de tous ses membres. Elle avait évité de justesse la catastrophe… pour le moment. Elle était désormais une scélérate confirmée. *Seigneur ! Me pardonnerez-vous jamais ?* pria-t-elle silencieusement. Car elle savait très bien qu'elle n'échapperait plus très longtemps à la vérité. Chaque heure passée dans cette maison aggravait sa faute et le sort qui l'attendait.

# Chapitre 9

Hannah se dirigea vers la chambre du bébé avec l'intention de parler à Becky et de la préparer à leur départ inévitable. Mais elle la trouva en compagnie de Mrs Turrill qui, souriant à Danny, le faisait sautiller sur ses genoux.

— Bonjour, Miss Hannah, la salua Becky en se tournant vers elle.

Hannah resta pétrifiée. Elle échangea un regard abasourdi avec la jeune fille qui devint livide.

L'air indignée, Mrs Turrill se tourna vers Becky. Devant l'expression sur son visage, le froncement de sourcils de la gouvernante s'accentua.

— Pourquoi appelez-vous lady Mayfield « Miss Hannah » ?

Bouche bée, battant des paupières, sa protégée semblait soudain muette.

— Nous n'appelons pas nos employeurs par leurs prénoms à moins d'y avoir été invités. En outre, je crois que le prénom de lady Mayfield est Marianna.

— J'avais… j'avais oublié, bafouilla Becky.

Hannah réfléchit à la hâte. Elle devait trouver une explication plausible.

— A-t-elle dit Hannah ? demanda-t-elle soudain. J'ai cru entendre Anna… Un diminutif de Marianna peut-être. Ou Anna était-il le prénom de votre fillette, Becky ? C'est cela ? Vous pensiez à elle et vous avez dit son prénom par erreur ?

Mrs Turrill tourna vers elle un regard perplexe. Pleine d'appréhension, Hannah sentit les battements de son pouls s'accélérer. *Quel imbroglio !*

— Anna, répéta Becky comme si elle dégustait ce prénom. Anna est un joli prénom mais il ne lui aurait pas rendu justice. Je n'ai jamais vu une créature de la beauté de ma petite fille.

— Et vous la reverrez, Becky. Au paradis, lui promit Hannah d'une voix apaisante. Elle est aux côtés du Seigneur, désormais, en bonne santé et heureuse.

— Comment peut-elle être heureuse ? Sans moi ? gémit la jeune fille, au bord des larmes, le menton tremblotant.

Aussitôt, Hannah regretta ses paroles. Elle n'aurait pas dû employer ce mot.

— Parce qu'elle sait qu'elle va vous revoir un jour, s'empressa-t-elle d'ajouter. Comme elle doit avoir hâte que ce jour arrive !

— Dans ce cas, je devrais peut-être la rejoindre bientôt. Peut-être devrais-je…

— Non, Becky ! Ne dites jamais une chose pareille, s'écria Hannah. Danny et moi, nous avons besoin de vous ici.

— Moi aussi, renchérit Mrs Turrill avec conviction. Vous êtes comme ma fille.

La jeune nourrice se tourna vers la gouvernante, les yeux écarquillés par la surprise.

—Vraiment ? Vous êtes si bonne, Mrs Turrill. Ma mère n'a jamais été aussi gentille avec moi. Même si je ne dois pas dire du mal des morts, je sais.

—Et maintenant, venez, petite Becky, l'invita la gouvernante. Aujourd'hui, nous n'allons plus parler que de choses heureuses, vous voulez bien ? Et vous aurez le droit d'être la première à déguster ma fournée de caramels tout frais.

—C'est vrai ? Oh ! Merci.

Hannah laissa échapper un long soupir de soulagement. Pour la seconde fois en deux jours, elle avait évité le pire. Mais la lueur scrutatrice dans le regard de Mrs Turrill l'avait troublée. Elle n'était pas sûre que la gouvernante ait été dupe.

En sortant de la chambre, elle faillit se heurter à Mrs Parrish, dans le couloir. Sentant son cœur se serrer, Hannah s'arrêta net. Depuis combien de temps l'épouse du médecin était-elle devant la porte ?

—Je voulais juste vous informer que je vais en ville, si vous avez besoin de quoi que ce soit, lui déclara celle-ci en jetant un coup d'œil dans la pièce.

—Non, je vous remercie, nous avons tout ce qu'il nous faut, répondit Hannah avec un sourire crispé.

Avec un hochement de tête, Mrs Parrish tourna les talons. La mort dans l'âme, Hannah la regarda s'éloigner vers l'escalier. Qu'avait-elle surpris de leur conversation ?

Qu'importait ! Elle savait qu'il était temps d'organiser leur fuite, que son bras soit guéri ou pas.

Elle était partagée. D'un côté, la perspective de s'en aller vers un avenir inconnu l'angoissait. De l'autre, elle était aussi impatiente de fuir qu'un animal pris au piège.

Au cours des deux journées suivantes, Hannah ajusta à sa taille deux spencers appartenant à Marianna. Puis elle commença à rassembler discrètement les objets qu'elle comptait emporter : seulement l'essentiel, et aussi peu d'effets de Marianna que nécessaire. Si elle n'avait pas perdu ses propres affaires dans l'accident, elle n'aurait rien pris qui ne lui appartenait pas. Mais elle ne pouvait partir sans vêtements appropriés. En outre, ils n'étaient plus d'aucune utilité à son ancienne maîtresse.

Le lendemain après-midi, Mrs Turrill frappa et annonça, à travers la porte :

— Un visiteur demande à voir sir John, madame.

Soudain fébrile, Hannah s'étonna. Mr Fontaine était-il revenu ? D'un pied, elle poussa la valise à moitié pleine sous le lit et alla ouvrir. Faisant signe à Mrs Turrill d'entrer, elle referma derrière elle.

— Est-ce l'homme de l'autre jour ? la pressa-t-elle.

— Non. C'est un certain Mr James Lowden.

*Lowden ?* Le nom lui disait vaguement quelque chose mais elle était incapable de le situer. Ce n'était sûrement pas une des relations des Mayfield. Sir John n'avait-il pas tenu leur destination secrète ? Il était vrai que, malgré cela, Mr Fontaine n'avait pas été bien long à les retrouver.

— Vous lui avez expliqué pour quelle raison sir John ne pouvait le recevoir ?

— Non, madame. J'ai pensé préférable de vous laisser faire.

Hannah était songeuse. Elle aurait été curieuse de savoir si ce Mr Lowden connaissait lady Mayfield.

— Dites à Mr Lowden que sir John est incapable de le recevoir pour le moment et demandez-lui la raison de sa visite, je vous prie.

Mrs Turrill resta un instant indécise, son léger froncement de sourcils dénotant sa perplexité. Elle s'étonnait probablement que sa maîtresse n'aille pas s'entretenir en personne avec le visiteur. Mais elle était trop polie pour lui poser la question.

— Très bien, madame.

Une fois la gouvernante partie, Hannah se mit à faire les cent pas. Et maintenant qu'allait-il se passer ? Pourquoi n'était-elle pas déjà loin, comme elle l'aurait dû ?

Quelques instants plus tard, Mrs Turrill revint et lui remit une carte de visite.

— Il dit être l'avoué de sir John. De Bristol.

Hannah fut prise de panique. Sir John avait-il donc indiqué à son avoué l'endroit où il comptait s'installer ? Ou l'accident avait-il été rapporté dans les journaux et cet homme avait-il fait le voyage de sa propre initiative ?

— Comment a-t-il entendu parler de l'accident ? questionna-t-elle.

— Je ne pense pas qu'il en ait entendu parler. Il dit être ici pour affaires. Quand je lui ai annoncé que sir John ne pourrait le recevoir, il a paru désorienté et a demandé à vous voir à sa place. À propos, il a parcouru le trajet sur son propre cheval que Ben a conduit aux écuries pour s'en occuper. Je ne sais même pas si nous avons du foin pour le nourrir. Nous allons peut-être devoir en emprunter aux Parrish.

Hannah ne l'écoutait plus. Le cœur battant à tout rompre, elle étudiait la carte de visite.

> **JAMES LOWDEN**
>
> Messrs Lowden & Lowden
> Avocats et Avoués
> 7, Queens Parade, Bristol

Les yeux plissés, elle scruta les lettres gravées, comme pour faire apparaître le visage de l'homme sur le bristol. Avait-elle jamais rencontré l'avoué de sir John ? Encore une fois, un lointain souvenir surgit du fond de sa mémoire. Il lui semblait avoir aperçu l'homme de dos, chez les Mayfield, à Bristol. Mais seule une image très vague subsistait dans son esprit : un gentleman d'un certain âge, vêtu avec élégance. L'avait-il vue ? Sans doute pas. Avait-il rencontré lady Mayfield ? C'était fort probable.

*Et maintenant, que décider ?*

Il était impossible d'aller chercher Danny, Becky et leurs affaires dans la chambre du bébé, et de sortir en catimini de la maison. Pas avec Mrs Turrill qui, debout devant elle, la regardait d'un air anxieux, et Mr Lowden qui attendait au rez-de-chaussée.

Elle n'avait aucune issue. Refoulant sa peur, elle déclara :

—Très bien, Mrs Turrill. Je vais le voir. J'espère qu'il ne regrettera pas d'avoir fait tout ce chemin en vain, ajouta-t-elle d'un ton aussi dégagé que possible.

Opinant, Mrs Turrill lui ouvrit la porte.

Posément, Hannah descendit l'escalier. Son cœur cognait fort. Quand elle entra dans le salon, elle pressa une main sur sa poitrine et réprima un soupir tremblant. Le visiteur n'était ni âgé ni grisonnant, pas plus qu'il ne lui était vaguement familier. Elle aurait juré ne l'avoir jamais vu de sa vie. Le très bel homme d'une trentaine d'années était vêtu d'un manteau noir et chaussé de bottes de cavalier. Des favoris presque bruns encadraient un visage couronné d'une chevelure châtaine aux reflets dorés, mais ses sourcils froncés assombrissaient le vert étincelant de ses yeux.

Un moment, il se contenta de la dévisager. Elle sentit sa gorge se nouer. Savait-il qu'elle n'était pas Marianna Mayfield ?

—Mr Lowden, commença-t-elle d'une voix altérée. Bonjour.

Manifestement incrédule, il hésita.

—Lady… Mayfield.

De sa main libre, elle soutint son bras bandé.

—J'ai bien peur que le moment ne soit mal choisi pour une visite.

—Votre gouvernante a évoqué le fait que sir John était souffrant. Malade, ai-je cru comprendre. Rien de sérieux, j'espère ?

—Hélas, je dois vous décevoir. Nous avons eu un accident de voiture en venant ici. Sir John a souffert de très graves blessures. Il n'a ouvert les yeux que très récemment et il ne parle toujours pas.

L'homme parut abasourdi.

— Seigneur ! Pourquoi n'ai-je pas été prévenu ? Va-t-il se rétablir ? A-t-on fait venir un médecin ?

Sous ce torrent de questions, Hannah répondit posément, prenant grand soin de bien choisir chacune de ses paroles. Finalement, Mr Lowden laissa échapper un profond soupir.

— Dieu merci, personne n'a péri.

Hésitante, Hannah répliqua :

— En fait, le cocher a été tué. Et…

— C'est ce qui vous a valu cette blessure au bras ?

Elle baissa les yeux vers son membre disgracieux.

— Oui. Je n'ai eu qu'un bras cassé et une blessure à la tête qui, heureusement, est cicatrisée.

D'un geste gauche, elle effleura sa tempe. La plaie s'était transformée en une trace rouge qui laisserait assurément une cicatrice.

— Mais ce n'est rien comparé aux blessures de sir John, ajouta-t-elle alors.

Un sourire plein d'amertume flottant sur ses lèvres, l'avoué persifla :

— Certes. Sir John est toujours celui qui se retrouve blessé. N'êtes-vous pas d'accord ?

Elle le regarda, ahurie. À quoi diable faisait-il allusion ?

— Nous sommes-nous déjà rencontrés, Mr Lowden ? s'enquit-elle alors.

— Non.

— Je n'en avais pas le souvenir, en effet.

— Mon père a été l'avoué de sir John pendant des années mais il est mort il y a deux mois.

— Ah ! Il me semblait bien que l'avoué de sir John était plus âgé.

Ses yeux verts scintillant d'une lueur étrange, il répliqua sur un ton loin d'être flatteur :

— Et moi, je me rappelle fort bien la description que mon père faisait de vous, lady Mayfield.

— Oh ?

— Vous n'êtes pas du tout comme je vous imaginais.

— Vous m'en voyez navrée.

Haussant les sourcils, il s'étonna :

— Vraiment ? Et pourquoi ?

Elle s'empressa de se reprendre :

— Navrée de votre deuil.

Il hocha légèrement la tête tout en l'observant avec une franchise déconcertante et, si elle ne se trompait pas, avec une certaine désapprobation.

— Comment nous avez-vous trouvés ? s'enquit-elle alors.

Avec un haussement d'épaules, il expliqua :

— Sir John m'avait informé de sa venue à Lynton et m'avait prié de lui faire une visite dès que je le pourrais.

— Vraiment ? interrogea-t-elle étonnée.

Devait-elle avouer qu'elle – ou du moins Marianna – avait cru que leur destination était un secret ?

— Vous paraissez surprise ?

— En effet.

Scrutant sa réaction, il poursuivit :

— Il m'a tout confié sur ce déménagement et sur les raisons qui l'y avaient poussé.

Se sentant aussi coupable que si elle était l'infidèle Marianna, bien que sa propre culpabilité ait une autre origine, elle murmura, la gorge nouée :

— Je vois.

Puis, impatiente de changer de sujet, elle lui demanda :

— Sir John est-il au courant de la disparition de votre père ?

— Oui. Je lui ai écrit pour l'en informer et il m'a répondu en me chargeant de continuer à gérer ses intérêts à sa place.

— Vraiment ?

*Quelle infortune*, songea-t-elle.

La contrariété creusant encore les plis qui barraient son front, il rétorqua :

— Si vous ne me croyez pas, je peux vous montrer sa lettre.

— Pourquoi ne vous croirais-je pas ?

— Vous ne le souhaiterez peut-être pas, une fois que vous aurez entendu ce qu'il me prie de faire dans cette lettre.

— Oh…, se contenta-t-elle de dire, perplexe.

— Mais cela peut attendre. Nous n'avons pas besoin d'en discuter pour le moment. Puis-je le voir ?

Elle réfléchit un instant à sa requête.

— Je ne vois aucune raison de vous en empêcher. Mais pourriez-vous patienter un peu ? Son médecin, notre voisin, vient habituellement faire sa visite à cette heure-ci, et je préférerais lui demander d'abord son opinion.

— Très bien.

Elle prit place dans un fauteuil et il s'installa sur le canapé. Un moment, ils demeurèrent dans un silence pesant.

Hannah entrelaçait ses doigts et lissait sa jupe d'un air emprunté. Finalement, n'y tenant plus, elle se leva et déclara :

— Je vais vous faire servir une collation. Vous devez être fatigué et avoir soif après votre voyage.

— Je ne refuserais pas une tasse de thé. Je vous remercie.

Avec un signe de tête, elle se dirigea vers la porte. Pourquoi n'avait-elle pas pensé plus tôt à le lui proposer ? Elle aurait pu se contenter de tirer le cordon à côté de la cheminée, mais à cet instant précis, elle ne souhaitait qu'une chose, fuir l'avoué, qui la toisait de son regard perçant.

Un quart d'heure plus tard, le thé servi, elle buvait le sien à petites gorgées nerveuses quand, à son grand soulagement, elle entendit enfin le docteur Parrish arriver. Il expliqua qu'une femme de fermier souffrante avait requis plus de soins et de temps que prévu.

Hannah lui présenta le visiteur.

— Docteur Parrish, voici Mr Lowden. L'avoué de sir John, de Bristol.

— Je vois que vous avez suivi mon conseil et l'avez averti. C'est bien.

Elle esquissa un sourire sans conviction, ignora le regard étonné de Mr Lowden, et poursuivit :

— Le docteur Parrish et son épouse sont nos voisins et, depuis notre arrivée, ils sont la générosité incarnée. C'est le docteur Parrish et son fils qui nous ont trouvés après l'accident. Ils nous ont sauvés, nous ont transportés jusqu'à la maison et n'ont cessé de prendre soin de nous, depuis.

—C'était très bon de votre part, monsieur, approuva Mr Lowden. Très noble.

Manifestement flatté de l'éloge, le docteur leva le menton d'un air satisfait.

—Combien je remercie le ciel d'avoir aperçu ces chevaux galopant crinière au vent. Je frémis à l'idée de ce qui aurait pu arriver à sir John et à lady Marianna, sinon. Ils auraient connu le même sort que le pauvre cocher et l'infortunée domestique, j'en ai peur.

Mr Lowden tourna vivement la tête vers elle.

—Une « domestique » ? Vous n'aviez pas parlé d'une domestique.

—Tiens donc ? murmura-t-elle d'un air innocent. En fait, il s'agissait d'une demoiselle de compagnie.

Voilà maintenant qu'elle mentait à l'avoué ? Que le ciel lui vienne en aide !

—La pauvre fille s'est noyée, expliqua le médecin. La berline est tombée de la route de la falaise et s'est retrouvée à moitié dans l'eau.

—Dans sa dernière lettre, sir John n'a fait aucune référence à une femme de chambre, ni à une demoiselle de compagnie, fit remarquer l'avoué. Il disait ne vouloir engager que de nouveaux domestiques.

—C'était son intention, en effet, acquiesça Hannah. Mais je... Ce fut un arrangement de dernière minute.

—A-t-on informé la famille de cette femme ?

—Lady Mayfield ne savait rien de sa famille, souligna le docteur, mais j'ai envoyé une annonce aux journaux de Bath.

—Et la famille du cocher ?

—Oui. Lui, je le connaissais. Ses parents sont aubergistes et tiennent un relais de poste à Porlock. J'ai ramené moi-même le pauvre garçon chez lui, dans ma carriole. Une affreuse histoire, ajouta-t-il avec une grimace accablée. Ils étaient éperdus de douleur.

La mine toujours aussi grave, Mr Lowden la dévisagea.

—Comment cet accident s'est-il produit ? Étiez-vous poursuivis par quelqu'un que sir John souhaitait éviter ?

Hannah secoua la tête.

—Personne ne nous suivait. C'était un accident, Mr Lowden, affirma-t-elle. Nous avons été surpris par une effroyable tempête. Néanmoins, sir John a insisté pour continuer coûte que coûte.

—Certes, dit l'avoué, il avait ses raisons pour quitter Bath, et le plus vite possible.

Il ponctua sa phrase d'un regard éloquent, avant de se tourner vers le médecin.

—Puis-je le voir ?

—Bien sûr, acquiesça le docteur Parrish. Vous n'avez pas encore rencontré le jeune maître Mayfield ?

Une expression ahurie se peignant sur son visage, l'avoué répéta :

—« Le jeune maître Mayfield » ?

—Le fils de sir John et de lady Mayfield, précisa le médecin.

Un instant bouche bée, Mr Lowden finit par dire :

—Leur fils ? Je n'en ai jamais entendu parler.

Devant l'air abasourdi du médecin, Hannah s'empressa d'expliquer :

— Mr Lowden n'a repris les affaires de sir John que depuis peu, à la suite du décès de son père. Il n'est pas au courant de tous les événements récents.

— Ah !

De plus en plus perplexe, Mr Lowden renchérit :

— Sir John a fait référence au fait que sa femme attendait un enfant mais je pensais…

— Je pensais comme vous, l'interrompit le docteur Parrish. Aussi, quelle n'a pas été ma surprise d'apprendre que le jeune monsieur était déjà né. Et c'est un beau garçon. Voulez-vous le voir ?

Mr Lowden la dévisagea de nouveau, une lueur de défi dans le regard.

— Absolument.

Le médecin le précédant, les deux hommes sortirent du salon en conversant à voix basse. Se refusant à envisager que sir John puisse se réveiller et la démasquer d'une phrase malencontreuse, ce qui l'aurait aussitôt alertée sur le danger, Hannah décida de les attendre. Mr Lowden, s'il n'était pas juge, était avoué. En tant que juriste, il connaissait et représentait la loi. Son arrivée accroissait les risques pour elle et, par ricochet, menaçait la sécurité de Daniel. Elle allait devoir faire preuve de la plus grande sagacité et s'en aller en prenant encore plus de précautions.

Un moment plus tard, Mr Lowden revenait dans le salon, l'air pensif.

En le voyant entrer, elle se leva, maniant nerveusement de sa main libre l'écharpe qui soutenait son bras.

— Comment l'avez-vous trouvé ?

— En bien piteux état, certes. C'est un choc terrible.

— Oui, ces événements nous ont tous profondément bouleversés.

Il demeurait immobile, sans donner signe de vouloir récupérer son chapeau sur la console et prendre congé. S'attendait-il à ce qu'elle l'invite à rester à Clifton House ? Sans doute l'aurait-elle dû. Et elle l'aurait fait, si elle avait été Marianna Mayfield que rien ne ravissait plus que la compagnie d'un bel homme. Mais elle ne voulait pas de cet avoué sous son toit, surveillant ses moindres gestes, jaugeant et notant ses moindres paroles, pour les utiliser contre elle par la suite. Pour la surprendre en train de partir…

Mr Lowden toussota, interrompant le fil de sa réflexion.

— Pardonnez-moi de vous poser cette question, mais votre mari a-t-il fait référence à l'invitation qu'il m'avait faite, de descendre chez vous lors de mon voyage dans le Devon ?

Le cœur serré, elle répondit :

— Non, je suis désolée. Il n'a même pas évoqué votre venue.

— Je lui ai adressé une lettre ici. L'avez-vous reçue ?

— D'après ce que je sais, nous n'avons reçu aucun courrier depuis notre arrivée.

— Comme c'est étrange. Je lui ai écrit pour l'informer de la date de ma venue et pour le remercier de m'avoir invité à séjourner à Clifton.

Après une hésitation, Hannah, sentant son agitation croître, repartit d'une voix un peu rauque :

— Eh bien, dans ce cas, il va sans dire que vous êtes le bienvenu, Mr Lowden. Je vais demander à Mrs Turrill de préparer l'une des chambres d'amis. Je dois vous prévenir que nous avons très peu de domestiques en ce moment. Avec l'accident, nous n'avons pas encore pu en engager d'autres.

— Ce n'est pas un problème. Je suis habitué à me débrouiller seul. Mais je ne souhaite pas vous importuner. Si le moment n'est pas opportun, je suppose que je trouverai une auberge à proximité… ?

— Mais non, Mr Lowden, le rassura-t-elle avec un sourire crispé. Bien entendu, vous pouvez vous installer ici. Je n'ai pas faim mais je vais vous faire porter votre dîner sur un plateau, par Mrs Turrill.

Elle brûlait d'envie de lui demander combien de temps il comptait rester. Mais elle craignait de paraître discourtoise. Serait-il plus sage d'attendre son départ pour organiser sa propre fuite ?

Après avoir chargé Mrs Turrill de montrer sa chambre à Mr Lowden, elle guetta le pas du médecin et le rattrapa devant la porte d'entrée, alors qu'il se préparait à sortir.

— Docteur Parrish, je voudrais vous poser une question. Mr Lowden m'apprend qu'il a écrit à sir John ici, pour l'informer de son arrivée. Mais je n'ai vu aucune lettre depuis que nous sommes à Clifton. Avez-vous une idée des arrangements qui ont été décidés avec la poste ?

Avec une moue pensive, le bon docteur répondit :

— Pourtant, nous recevons notre courrier régulièrement, à la Grange. Et je suis sûr qu'Edgar a informé le directeur de la poste du nom des nouveaux occupants de Clifton House. J'irai au village demain matin, à la première heure, pour m'entretenir en personne avec Mr Mason.

— Uniquement si cela ne vous dérange pas.

— Pas le moins du monde, madame.

— Merci, docteur Parrish. Vous êtes très aimable.

— Tout le plaisir est pour moi, l'assura-t-il en portant une main à son chapeau.

# Chapitre 10

Le lendemain matin, Hannah se leva tôt, s'habilla avec l'aide de Mrs Turrill et descendit en catimini à la salle à manger. Elle espérait prendre son petit déjeuner seule, avant que Mr Lowden descende. Mais à peine s'était-elle servi des tranches de pain grillé et du café que leur invité arriva, un journal plié sous son bras.

Avec un sourire forcé, elle le salua :

— Bonjour, Mr Lowden. J'espère que vous avez bien dormi.

— Parfaitement, comme toujours. De plus, j'ai l'avantage d'avoir la conscience tranquille.

Elle sentit son sourire se crisper.

Après s'être servi à son tour, il s'assit. Ils prirent leur petit déjeuner dans un silence si embarrassé que les cloches des plats et les couverts d'argent semblaient tinter aussi fort que des cymbales. Puis Mr Lowden se resservit une tasse de café et déplia son journal.

—Vous pourriez peut-être utiliser le petit salon comme bureau pendant votre séjour, offrit-elle.

Elle espérait le voir s'y retirer à l'instant. Hélas, il ne parut pas comprendre l'allusion et, malgré son impatience de se lever de table, elle dut attendre qu'il ait achevé sa troisième tasse de café, pour ne pas manquer à la politesse.

En voyant le docteur Parrish franchir le seuil de la porte, elle poussa un soupir de soulagement.

—Excusez-moi d'interrompre votre repas, déclara-t-il.

—Pas du tout, docteur. Nous venons de terminer. Puis-je vous offrir quelque chose?

—Non, merci. J'ai profité de mon passage au village pour prendre la liberté de me faire remettre votre courrier, annonça-t-il en brandissant une petite liasse de lettres. Mr Mason a montré quelque réticence à me le confier. Selon lui, quand sir John est venu le voir avant le déménagement, il a insisté pour que la poste garde tout son courrier, disant qu'il viendrait le chercher en personne. Mais quand j'ai décrit à notre postier l'état de sir John, il a fini par céder, à contrecœur. Mr Mason est un homme d'une loyauté remarquable.

Il lui tendit le petit paquet.

—Voilà, mad…

—Docteur, s'interposa Mr Lowden, de toute évidence, sir John avait des réserves concernant les mains entre lesquelles ce courrier tomberait. Peut-être qu'en qualité d'avoué, agissant en son nom, je devrais le parcourir le premier.

L'air froissé, le médecin répliqua :

— Je ne l'ai pas lu, si c'est ce que vous voulez dire. Je suppose que sir John voulait seulement que son courrier soit gardé jusqu'à ce que sa famille arrive. Lady Mayfield vous remettra certainement tout ce qu'elle estimera que sir John voudrait vous voir régler.

— Mais si elle était justement la personne à laquelle il ne voulait pas confier son courrier ? fit remarquer l'avoué.

De plus en plus irrité, le docteur Parrish s'exclama :

— À sa femme ? Vraiment, Mr Lowden, vos paroles sont très déplaisantes !

Et, après avoir foudroyé du regard l'homme de loi, il remit les missives à Hannah.

— La première de la pile est ma lettre à sir John. Il est inutile que vous en lisiez le contenu, déclara Mr Lowden.

Ignorant sa main tendue, Hannah la fit glisser sous la pile. Elle passa en revue le pli suivant et, avec un sursaut, reconnut l'écriture du troisième, avant de poser le petit paquet sur ses genoux. Puis, souriante, elle leva les yeux vers le médecin.

— Merci, docteur Parish. Je vous sais vraiment gré de votre aide.

Elle profita de sa présence pour prendre congé de Mr Lowden qui lui lança un regard noir, et accompagna le médecin à l'étage pour voir comment allait sir John.

— Cet homme semble vous avoir prise en grippe, avança le docteur dans l'escalier.

— Vous l'avez remarqué, vous aussi ? Je trouve cela étrange. D'autant plus qu'avant son arrivée fortuite, je ne l'avais jamais rencontré.

Ils trouvèrent sir John profondément endormi. Quand le praticien essaya de le réveiller, il se contenta de détourner la tête.

— Même ce geste insignifiant est une réaction, madame. C'est très encourageant.

Il salua l'infirmière, et expliqua que Mrs Weaver avait entrepris un régime de massages et d'étirements qui empêchait les muscles de sir John de s'atrophier, à force d'être allongé dans un lit nuit et jour. Le traitement semblait le rendre plus réactif.

— À ce propos, docteur, intervint Mrs Weaver. Puis-je vous entretenir en privé avant votre départ ?

— Naturellement.

Se retirant pour les laisser parler en toute discrétion, Hannah s'éclipsa dans sa chambre avec l'intention de lire le courrier. Les doigts tremblants, elle commença par ouvrir l'enveloppe couverte de l'écriture familière. Comment diable Freddie avait-il eu connaissance de leur destination ? La lettre était adressée à sir John Mayfield, Lynton Post Office, Devon.

*Monsieur,*

*J'ai lu dans le journal un faire-part de décès de Hannah Rogers. L'annonce disait simplement : « Une domestique, Hannah Rogers, originaire de Bath, est morte noyée. Merci à quiconque pouvant aider à localiser un parent d'écrire aux bons soins de la poste de Lynton. »*

*Il m'était impossible de trouver la paix avant de vous avoir écrit ce qui suit, monsieur : Hannah Rogers était plus qu'une domestique. Et plus qu'une demoiselle de compagnie. C'était une amie très chère. Une jeune femme intelligente et instruite. La fille d'un pasteur et d'une aristocrate. Douée d'une voix de rossignol. Une voisine pleine de bonté, une amie loyale et une mère aimante. La décrire en simple « domestique » ne lui rend pas justice. Elle sera regrettée, non parce qu'elle ne sera plus là pour porter les emplettes ou les bagages de votre femme, monsieur, sans vouloir vous offenser, mais parce que, sans elle, le monde a perdu de son éclat, et l'avenir, de son espoir.*

*J'ai porté en personne la nouvelle à Bristol, à son père qui l'a accueillie avec un immense désarroi et beaucoup de chagrin. Si Hannah a laissé des souvenirs personnels, merci de les faire parvenir à Mr Thomas Rogers, 37, Hill Street, Bristol.*

*Votre dévoué,
Fred Bonner.*

*Oh, Freddie !* Les larmes brouillaient la vue de Hannah. *Le pauvre.* La pensée du chagrin que la nouvelle de son « décès » allait lui causer ne l'avait jamais effleurée. Pas plus qu'elle n'avait prévu qu'il irait l'annoncer à son père. Mais il avait estimé, à juste titre, que même s'ils étaient en froid, le pasteur voudrait savoir. Pauvre Fred qui ignorait tout de la vérité ! Et comment aurait-il pu la connaître ? Son père avait-il vraiment été bouleversé, affligé ? Derechef, elle sentit ses yeux se remplir de larmes.

Hélas, si le pasteur connaissait la vérité sur ce qu'elle vivait actuellement, elle doutait fort qu'elle lui soit plus douce !

Chassant ses sombres idées, elle examina la lettre de Mr Lowden. Elle était perplexe. Devait-elle la lui remettre cachetée ? Ou la ranger dans la chambre de sir John pour le moment où il recouvrerait toutes ses facultés… si ce moment arrivait un jour ? Elle se rappela alors la gêne de l'avoué en voyant la missive entre ses mains. Qu'avait-il écrit qu'il souhaitait dissimuler à lady Mayfield ? Refoulant le sentiment amer de sa culpabilité, elle fit sauter le cachet.

*Monsieur,*

*J'accuse réception de votre lettre et accepte votre mission avec gratitude. J'apprécie la confiance que vous me témoignez en vous fondant sur les recommandations de mon père, en dépit du fait que nous nous connaissions si peu.*
*Je me rendrai dans le Devon à la première occasion, ce qui ne sera probablement pas avant la fin du mois. Je crains d'avoir de nombreuses affaires à gérer à la suite du décès de mon père, tant d'un point de vue professionnel que personnel. Vos condoléances et votre compréhension me vont droit au cœur en ces moments pénibles.*

*Mon père était très prudent en ce qui concernait la vie privée de ses clients et n'a pas partagé avec moi les détails de l'affaire à laquelle vous faites référence dans votre lettre. Cependant, puisque vous m'avez demandé d'assumer la gestion de vos affaires, j'ai pris la liberté de consulter les dossiers des correspondances passées entre Mr Lowden et vous-même. Je suis navré d'apprendre que la situation s'est détériorée à ce point, comme vous devez l'être, sans nul doute, et je ferai, bien sûr, tout ce qui sera en mon pouvoir pour vous assister et vous protéger, vous et votre fortune, si, comme vous le redoutez, le pire venait à se produire.*
*Merci de votre offre de me donner l'hospitalité pendant mon séjour à Lynton. J'ai hâte de profiter de cette occasion pour faire plus ample connaissance avec vous.*

*Votre dévoué,*
*James Lowden.*

Hannah se frotta les paupières. Au moins, Mr Lowden avait dit la vérité concernant l'invitation de sir John. Non qu'elle ne l'ait pas cru. Simplement, elle ne tenait pas à sa présence sous son toit. Elle avait compris à ses paroles voilées mais pleines de tact qu'il était parfaitement au courant des… inclinations de lady Mayfield. Elle sentit un frisson de honte lui parcourir le dos, et ses joues la brûler. Elle dut se rappeler encore une fois que la faute de Marianna n'était pas la sienne. Qu'elle avait ses propres erreurs à supporter.

Enfin, elle ouvrit la dernière lettre adressée, elle aussi, à sir John et postée assez récemment.

*Sir John,*

*Je me suis présenté dans votre demeure du Devon et Miss Rogers m'a appris le décès de lady Mayfield. Mais je n'ai vu aucun faire-part annoncer sa disparition dans les journaux de Bath ni de Londres. Attendez-vous de retrouver son cadavre ou m'avez-vous menti ? Vous me prenez peut-être pour un imbécile. Pourtant si vous croyez me décourager aussi facilement, c'est vous, monsieur, qui êtes l'imbécile. Je découvrirai la vérité. Et si je découvre que vous êtes responsable du moindre mal qui lui ait été fait, je vous tuerai de mes propres mains. Comme j'aurais dû le faire depuis longtemps déjà.*

*A. Fontaine.*

*Seigneur ! Quelle violence ! Et proférer une pareille menace par écrit !* Elle se souvenait à quel point Mr Fontaine avait été anéanti quand elle lui avait annoncé la nouvelle. Maintenant, il avait trouvé un lambeau d'espoir auquel se raccrocher. Et il brûlait d'impatience d'assener ses convictions à sir John.

Que serait-il arrivé si Mr Lowden avait lu ce pli ? Elle se serait retrouvée en prison en moins de temps qu'il n'en eût fallu pour le dire. Que devait-elle faire de cette missive ? La brûler ? La tentation était forte. Mais, pour une raison inexplicable,

Hannah hésitait. La menace semblait grave. Cette lettre pouvait être un moyen d'intimidation si cet homme décidait de revenir dans l'intention de faire du mal à sir John. Ou encore s'il tombait sur la même annonce que Freddie avait lue dans le journal de Bath et essayait de l'utiliser contre elle-même. Elle allait devoir la dissimuler avec soin. Mais où la cacher pour que personne ne la trouve en faisant le ménage dans la pièce – ou en la fouillant ? Sa chambre paraissait l'endroit le plus sûr. Elle serait sans cesse à proximité et c'était un endroit où aucun homme n'était autorisé à entrer, à l'exception de son mari qui, pour le moment, était alité.

Elle observa les livres dans la bibliothèque. Ils n'étaient pas assez nombreux et il serait trop facile de découvrir la lettre en les feuilletant. *Le vase sur la commode ? Une cachette trop évidente. Entre le protège-matelas et le sommier du lit ? Trop facile à trouver lorsque l'on changerait les draps. À moins que…* Elle devrait essayer les cartons à chapeaux de lady Mayfield. Elle se leva et se dirigea vers la pile qui se trouvait au fond de l'armoire. Ouvrant celui du milieu, elle en sortit un chapeau à haute calotte ceinte d'un large galon blanc. C'était exactement cc qu'il lui fallait. Elle glissa la lettre pliée sous le ruban, remit l'épingle à chapeau en place, et examina la coiffure sous tous les angles. Si quelqu'un regardait dans le carton, à l'intérieur du chapeau, il ne remarquerait rien. Cela ferait très bien l'affaire.

La lettre de Fred était moins compromettante. Elle était même plutôt flatteuse. Même si ses oreilles la brûlaient de savoir quelle estime il lui portait, alors qu'elle se sentait si déloyale. Elle ne méritait ses louanges ni vivante, ni « morte ». Néanmoins, elle ne voulait pas que Mr Lowden connaisse l'adresse de son père. Elle dissimula donc cette deuxième missive sous sa lingerie, dans un tiroir de la commode.

Puis elle considéra celle de Mr Lowden. Elle ne souhaitait pas que Mrs Turrill la lise et pense le pire de lady Mayfield. Ni la nouvelle femme de chambre. Pas plus qu'elle ne tenait à devoir affronter leurs regards scandalisés. Certes, elle était coupable de son propre manque de morale, mais ne goûtait guère l'idée d'endosser celui de Marianna en plus. Elle décida donc de la ranger avec les affaires de sir John.

Lorsqu'elle retourna dans la chambre de son « mari », elle fut surprise de constater que le docteur Parrish était toujours là. Il conversait à voix basse avec la garde-malade.

En la voyant entrer, il tourna la tête vers elle et annonça avec un sourire contrit :

— J'ai bien peur, madame, que Mrs Weaver ne soit obligée de nous donner sa démission. Elle nous quittera à la fin de la semaine.

L'infirmière lui expliqua alors que sa fille n'allait pas tarder à accoucher et qu'elle voulait être près d'elle pour la naissance de son premier petit-enfant.

— Je comprends, la rassura Hannah. Même si je suis désolée de vous voir partir, vous vous en doutez.

Après avoir remercié chaleureusement Mrs Weaver de ses bons et loyaux services, elle se demanda non sans une certaine inquiétude qui la remplacerait. Mrs Parrish allait-elle revenir ?

Elle tremblait à la perspective qu'ils s'attendent tous à voir cette dernière prendre la relève.

Lorsqu'elle redescendit, elle trouva Mr Lowden assis au bureau du petit salon, penché sur une pile de papiers. Il n'avait manifestement pas perdu de temps pour s'installer.

Il leva la tête vers elle et, esquissant un sourire narquois, s'enquit :

— Y avait-il quoi que ce soit d'intéressant dans le courrier ?

Elle répliqua à son regard provocateur par un coup d'œil glacial.

— Rien de particulier.

— Ma lettre ?

— Je l'ai laissée dans la chambre de sir John.

— L'avez-vous lue ?

— Oui.

— Et les autres ?

— Rien qui vous concerne.

Mais sa réponse était-elle appropriée ? Un homme n'avait-il pas menacé la vie du client de Mr Lowden ? Elle tourna les talons et allait quitter la pièce quand elle l'entendit lancer dans son dos :

— Des lettres d'amour de Mr Fontaine ? Je suppose…

Elle fit volte-face. Une chose était certaine, le tact ne l'étouffait pas ! Et il semblait parfaitement indifférent à l'idée de s'exprimer à mots couverts.

— Je peux vous garantir qu'il n'y avait aucune lettre d'amour.

—Vous savez que sir John comptait empêcher Fontaine de découvrir où vous étiez partie ?

Un instant, elle hésita. Oserait-elle lui dévoiler les faits ?

—Eh bien, son plan n'a pas marché, monsieur, car Mr Fontaine est déjà venu ici, lâcha-t-elle alors.

Ses yeux lançant des éclairs, il persifla :

—Vraiment ? Je me demande comment il a pu vous retrouver si rapidement.

—Je n'en ai pas la moindre idée.

—Naturellement, se moqua l'avoué. Et puis-je savoir quelle a été l'issue de cette visite ?

—Il est parti. Déçu.

—Vraiment ?

—Oui.

—Ou bien... attend-il, tout simplement ?

Ses prunelles vertes scintillaient comme des éclats d'émeraude au soleil.

—Pardon ?

—Maintenant que le sort de sir John est incertain, pourquoi partir précipitamment, sans un penny, quand on sait qu'il suffirait d'un peu de patience pour toucher un héritage ?

Il esquissa une moue dédaigneuse. Elle le dévisagea, hochant lentement la tête, incrédule.

—Savez-vous de quelle mission sir John m'a chargé ? poursuivit-il.

—Je n'en ai pas la moindre idée.

—Il m'a demandé de changer son testament.

— En quoi cela me concerne-t-il ? interrogea-t-elle en haussant les épaules.

— En tout.

Peut-être, oui, si elle avait été Marianna. Mais elle ? Ô combien elle regrettait d'être restée !

— En quoi veut-il le « changer » ?

— Je suppose qu'il veut vous en exclure. Pour éliminer le risque que vous bénéficiiez de quoi que ce soit s'il devait périr « accidentellement », dit l'avoué avec emphase.

— Vous n'êtes pas en train de sous-entendre que je pourrais faire du mal à sir John ?

— Pouvez-vous nier l'avoir fait atrocement souffrir ces derniers temps ?

— Pas physiquement. Jamais. Vous ne pouvez pas sérieusement penser que quiconque... commettrait... un tel acte ?

— Je pense que sir John le croyait possible. Que peut-être même il le craignait. Qu'il redoutait que vous ou Mr Fontaine ne tentiez de vous débarrasser du seul homme qui faisait obstacle à votre liaison.

Elle le regarda fixement. Les mots de la lettre de menace de Mr Fontaine revenaient à son esprit. Était-ce possible ? Mr Fontaine et Marianna avaient-ils envisagé une telle horreur ? Pourtant, elle avait la conviction que personne n'aurait pu organiser l'accident de voiture.

— Je ne le crois pas.

— Tenez, lisez vous-même la lettre de sir John.

Brûlant de curiosité, elle prit la missive qu'il lui tendait et, s'avançant vers la fenêtre, la parcourut à la lumière du jour.

*Cher Mr Lowden,*

*Permettez-moi de vous exprimer mes plus sincères condoléances pour la mort de votre père. C'était le meilleur des hommes et ce fut un privilège pour moi de pouvoir le considérer comme un ami au même titre qu'un conseiller, toutes ces années. Vous et moi ne nous connaissons pas très bien mais votre père avait toute confiance en vos capacités. Par conséquent, il en va de même pour moi. J'espère donc pouvoir compter sur vous en tant qu'avoué, à sa place.*
*J'ai quelques questions que je souhaiterais aborder avec vous. Hélas, les circonstances sont telles que j'ai décidé que nous devions quitter Bath sans attendre et ne pourrai me présenter à votre étude avant notre départ. J'espère que vous me ferez l'honneur de venir me voir dès que cela vous sera possible, une fois vos affaires et celles de votre père réglées, et votre chagrin atténué. Je n'ai soufflé mot à personne d'autre de notre destination et, bien entendu, lady Mayfield n'en soupçonne rien, pour des raisons qui devraient vous être évidentes si votre père vous a mis au courant de la situation. Si tel n'est pas le cas, il vous suffit de savoir que ma femme entretient une liaison avec un certain Mr Anthony Fontaine, une relation nuisible que, à mon grand dam, ni notre mariage ni notre déménagement de Bristol à Bath ne sont parvenus à rompre. Cet homme l'a suivie*

*et je sais parfaitement qu'il la suivra de nouveau. Pour compliquer encore la situation, lady Mayfield attend un enfant.*

*Pour le moment, nous nous installerons à Clifton, une maison dont j'ai hérité mais que je n'ai jamais habitée. Je suis sûr que vous trouverez tous les détails dans les papiers de votre père mais, en termes simples, la propriété se situe dans le Devon, à douze miles à l'ouest de Porlock, entre Countisbury et les villages jumelés de Lynton et Lynmouth. La demeure est sise au sud par rapport à la route des Falaises, avant la descente vers Lynmouth. Si vous rencontrez la moindre difficulté à la trouver, notez que notre voisin est le célèbre médecin local, le docteur George Parrish. Si vous demandez le chemin de sa maison, vous arriverez à la nôtre.*

*Afin de garder notre destination secrète, j'ai décidé de n'emmener aucun membre de notre domesticité actuelle. En effet, ils pourraient à juste titre souhaiter informer leur famille et leurs amis de leur déménagement. Nous engagerons de nouveaux domestiques à notre arrivée. Le régisseur de la propriété qui est le fils du médecin s'assurera de la présence d'un personnel minimum pour préparer la maison.*

*Lorsque vous viendrez, j'ai l'intention de réviser mon testament. Merci donc de vous munir de tous les documents nécessaires à cette démarche. Naturellement, vous serez dédommagé de votre temps et de vos frais de déplacement. Ne vous préoccupez pas de votre logement.*

*La demeure compte plusieurs chambres libres et vous êtes le bienvenu pour le temps de votre visite.*
*Jusque-là, je compte sur votre discrétion.*

*Votre dévoué,*
*sir John Mayfield.*

— Pas une fois, il ne laisse entendre qu'il craint pour sa vie, fit remarquer Hannah. Quelle imagination abjecte vous avez !

Sans dévoiler le fond de sa pensée, force lui était d'admettre que le ton de la missive de sir John était vraiment accusateur. Il n'était donc pas étonnant que James Lowden la regarde ainsi. Même si elle ne devait pas oublier que ce n'était pas elle qu'il regardait, mais Marianna. *L'infidèle, la manipulatrice, l'égoïste Marianna.* La femme qui avait brisé le cœur de son client, sir John, et qui, peut-être, avait l'intention de causer sa perte. Elle doutait fort cependant que Marianna Mayfield fût capable d'une telle malveillance. Mais Mr Fontaine ? Elle ne le connaissait pas suffisamment pour en juger. Néanmoins, le passé ne regorgeait-il pas de violences dues au désir et à la jalousie des hommes ?

L'idée que Mr Lowden puisse avoir une aussi piètre opinion d'elle lui était odieuse. Mais comment y remédier ? La vérité sur son identité et sur sa supercherie ne ferait que renforcer son mépris.

À ce moment, Mrs Turrill entra, Danny dans les bras.

— Voilà ta maman, petit bonhomme, lui dit-elle avec un sourire adorateur.

Hannah rendit sa lettre à Mr Lowden et traversa la pièce pour prendre son fils. La gouvernante l'installa au creux de son bras valide et chuchota :

— J'espère que vous ne m'en voudrez pas. Mais Becky ne va pas bien ce matin. Elle souffre de terribles crampes. Je l'ai remise au lit avec une bonne bouillotte.

— Ne vous préoccupez de rien, Mrs Turrill. Je suis toujours heureuse d'avoir Danny avec moi.

— C'est ce que je me suis dit. Vous êtes une très bonne mère, madame, la complimenta-t-elle en décochant un regard éloquent à l'avoué.

Puis, se retirant, elle descendit aux cuisines.

Mr Lowden se leva et fit quelques pas vers Hannah.

— C'est votre fils ?

— Oui, c'est Daniel.

Il examina le petit visage.

— Il vous ressemble. Ressemble-t-il aussi à son père ? ajouta-t-il avec un coup d'œil ironique.

Après avoir considéré les implications de la question, elle décida qu'il était plus sage de ne rien répondre. Mr Lowden alla se rasseoir.

— Un détail m'échappe, reprit-il, songeur. Pourquoi sir John n'a-t-il pas fait référence dans sa lettre à la naissance imminente de son enfant ?

— Peut-être s'est-il trompé sur la date attendue de la naissance, suggéra-t-elle.

— Aviez-vous la moindre raison de l'induire en erreur sur cette date ? persifla l'avoué.

Elle riposta, furieuse.

—Vous êtes vraiment très grossier, Mr Lowden. Votre mère ne vous a donc pas enseigné les bonnes manières ?

Un instant, il parut désarçonné. Puis, irrité, il répliqua :

—Ma mère était une femme pleine de bonté, très pieuse. Elle ne s'attachait guère aux apparences. Elle ne m'a pas élevé pour feindre d'estimer une personne qui ne le mérite pas.

—Et vous, vous jugez quelqu'un que vous n'avez jamais rencontré, à qui vous n'avez jamais parlé, que vous n'avez même jamais vu ? rétorqua-t-elle.

—Était-ce bien nécessaire ? Alors que mon client a stipulé très clairement qu'il ne pouvait faire confiance à son épouse ? Qu'il avait des raisons de croire qu'il n'était pas le père de l'enfant qu'elle portait ?

Hannah le contempla, pétrifiée. Était-ce la vérité ? Le bébé de Marianna pouvait-il être celui d'Anthony Fontaine ? Si tel était le cas, Mr Fontaine était-il au courant ? Un instant, elle se demanda comment sir John pouvait en être sûr. Et soudain la réponse lui sauta aux yeux, limpide.

# Chapitre 11

James Lowden était en proie à la plus grande perplexité. Un état auquel il n'était pas habitué et qui lui déplaisait fort. En général, c'était un homme au jugement aiguisé. Ses premières impressions le trompaient rarement et il était prompt à agir. Or, face à la situation présente, il se sentait désorienté, étrangement perturbé, indécis quant à la façon de procéder. Il avait fait le voyage jusqu'au Devon avec une idée très précise de ce qui lui était demandé : venir en aide au mari trompé, prendre les mesures légales pour garantir que l'épouse et son amant ne profitent en rien de sa disparition éventuelle, hormis l'indivision qui avait été décidée dans le contrat de mariage initial. Bien entendu, à aucun moment, il ne s'était attendu à trouver sir John inconscient et à l'article de la mort. Même s'il rédigeait un nouveau testament en son nom, sir John ne serait pas en état de le signer, et lui-même ne pourrait pas plus affirmer avec honnêteté que son client était actuellement en pleine possession de ses esprits. Certes, il y avait la missive de sir John, dans laquelle ce dernier exposait clairement son intention de déshériter sa femme infidèle. Mais James supposait qu'il l'avait rédigée avec un maximum de discrétion afin de se protéger du scandale si la lettre venait à tomber entre des mains malintentionnées. Si ce document pouvait être présenté à un juge au tribunal, il était peu probable qu'il prenne le pas sur les dernières volontés et le dernier testament signé de sir John. Surtout quand il y avait autant d'argent en jeu. Sir John Mayfield était un homme riche. Il avait fait fortune dans le commerce à Bristol et s'était vu octroyer par le roi le titre de chevalier.

Cependant, la condition de sir John n'était pas le seul motif de surprise pour James. Il était tout aussi dérouté par lady Mayfield. En arrivant, il s'attendait à se trouver face à un certain genre de femme. Vaniteuse, gâtée, manipulatrice. Facile à détester en dépit de sa beauté. Pourquoi avait-il ce vague souvenir d'un ami décrivant lady Mayfield comme une beauté brune, au teint mat? L'avait-il confondue avec une autre ou avait-il oublié son physique? En fait, elle avait la peau claire, mouchetée de taches de rousseur, des cheveux châtains aux reflets d'or roux et de beaux yeux turquoise. Si elle ne manquait pas de charme, il ne l'aurait pas qualifiée de «beauté brune au teint mat». Sa carnation, la couleur de ses cheveux, ses pommettes hautes trahissaient des origines écossaises, peut-être irlandaises, et la distinction de son accent n'avait rien à envier à celle d'une lady de Mayfair. En outre, sa jeunesse l'avait étonné. Elle ne paraissait pas plus de vingt-trois ou vingt-quatre ans. Bien entendu, elle pouvait faire plus jeune que son âge. En outre, il avait cru qu'elle essaierait de l'aguicher. Pourtant, elle gardait ses distances autant que possible et, quand elle était en sa présence, se comportait avec une réserve glaciale. Elle s'habillait avec pudeur, portait des robes bordées de dentelle ou à cols hauts, tirait ses cheveux en chignon et se maquillait d'à peine un soupçon de fard. Il était évident qu'elle n'avait nulle intention de le séduire. Peut-être connaissait-elle la raison de sa venue avant même qu'il aborde la question du testament ? Si elle ne donnait aucun signe de ressentiment, elle semblait sur la défensive. Il était sûr qu'elle cachait quelque chose.

Et comme elle adorait son enfant ! Il l'avait entendue lui chanter une berceuse la nuit précédente. Elle n'avait rien de la mère indifférente qui laisse aux autres le soin de s'occuper de son rejeton difficile. Que manigançait-elle ? Était-ce une ruse pour le mettre dans sa poche et l'amener à prendre son parti ? Il se rappela qu'elle était connue pour être maîtresse en l'art de leurrer et de manipuler les hommes. Peut-être son habileté à paraître aussi douce que gracieuse était-elle une facette de son charme trompeur. Il allait devoir se tenir sur ses gardes, se cuirasser contre elle. Son rôle était de protéger sir John et ses intérêts. Pas de commencer à douter de son client. Ni de lui-même.

Hannah savait qu'elle ne pouvait pas refaire l'impasse sur le dîner. Éviter Mr Lowden ne contribuerait qu'à éveiller ses soupçons. Mais elle redoutait fort les heures en tête à tête avec lui !

Le repas, que l'on prenait plus tôt dans les régions de l'Ouest que dans les grandes villes, se déroula sans histoire. De temps à autre, Mr Lowden ouvrait la bouche comme pour faire mine de lui parler, puis hésitait, son regard déviant vers Mrs Turrill qui servait les plats ou priait discrètement Ben d'emporter telle ou telle assiette. Il finit par garder le silence, se contentant de demander une salière ou autre chose, et de complimenter la cuisinière-gouvernante pour son succulent menu.

Le dîner terminé, Hannah se leva avec soulagement et prit la direction du salon où Mrs Turrill avait préparé le café. Elle espérait qu'à l'instar de beaucoup d'hommes, Mr Lowden allait s'attarder dans la salle à manger avec un verre de porto et un cigare. Il pouvait même en fumer une boîte entière ! Hélas, il la suivit dans le salon où il se servit du café.

Elle décida de rester jusqu'à ce qu'il ait bu une première tasse puis d'invoquer sa fatigue pour se retirer tôt. Assise dans un fauteuil, elle acheva son breuvage, et posa la tasse et la soucoupe sur le guéridon à côté d'elle. Puis elle prit un roman pour décourager l'avoué d'engager la conversation. Mais sentant son regard fixé sur elle, elle fut incapable de se concentrer sur sa lecture. Elle finit par lever les yeux et il lui sourit comme si elle venait de lui donner le signe qu'il attendait.

— Bien que je ne vous aie pas rencontrée avant ma visite à Clifton, je crois que vous connaissez l'un de mes vieux amis.

Immédiatement sur ses gardes, Hannah se figea. Allait-elle se trahir en ne se souvenant pas de cette soi-disant connaissance ?

Affectant un air dégagé, elle tourna une page de son roman.

— Ah, oui ? Et de qui s'agit-il ?

— Du capitaine Robert Blanchard, déclara-t-il. Un grand homme mince. Des cheveux blonds et bouclés. Un cousin de lord Weston, c'est du moins ce qu'il affirme.

— Je... suis désolée. Ce nom ne me dit rien.

— Non ? Apparemment, il a pourtant eu le plaisir de faire votre connaissance à Bath l'année dernière. À une réception donnée par lord Weston.

Hannah fouilla dans sa mémoire. Elle se rappelait que Marianna s'était rendue seule à cette fête, en l'absence de lord Mayfield qui était en voyage d'affaires. Elle lui avait raconté avec une moue boudeuse que, déçue de voir qu'au bout d'une heure Mr Fontaine n'arrivait pas, elle avait dû se contenter d'autres distractions. Badiner avec un officier était assurément le type de divertissement que lady Mayfield prisait. Néanmoins, Hannah était à peu près certaine que sa maîtresse n'avait jamais pris d'autre amant que Mr Fontaine.

— Peut-être votre ami m'a-t-il confondue avec une autre, se déroba-t-elle. Il y avait... beaucoup de monde, ce soir-là.

Après avoir jeté un coup d'œil derrière lui pour s'assurer qu'ils étaient bien seuls, Mr Lowden poursuivit :

— Mais vous avez fait grande impression sur ce gentleman en particulier. J'ai vu Blanchard peu après et il m'a dit avoir rencontré la délicieuse lady Mayfield dont le regard l'avait « envoûté comme le chant des sirènes ». Il m'a aussi détaillé la manière dont elle l'avait enjôlé, caressant le revers de son habit, chuchotant des mots doux à son oreille. Il semblait presque affirmer que s'il avait eu l'audace de lui demander de quitter la soirée avec lui, elle aurait accepté.

L'angoisse lui nouant l'estomac, Hannah réfléchit à la hâte. Si elle réfutait l'accusation comme parfaitement insensée, il ne la croirait jamais, étant donné la réputation de Marianna. Mais peut-être n'avait-il inventé cette anecdote que dans le dessein de confondre celle qu'il prenait pour lady Mayfield. Or, si elle feignait de plaider coupable, admettre une conduite aussi légère à l'avoué de sir John serait terriblement mortifiant.

Devant son mutisme, il insista d'un air narquois :

— Un officier de cavalerie ?

Sachant qu'elle devait faire preuve de ruse et répondre comme l'aurait fait Marianna, elle s'exclama :

— Oh ! Un « officier de cavalerie » ! Vous auriez dû le dire plus tôt. Je reconnais avoir une certaine admiration pour les uniformes mais je ne me souviens pas de ce gentleman en particulier. Blanchard, avez-vous dit ?

Haussant ses sourcils blonds, il s'étonna :

— Flirtez-vous de façon aussi éhontée avec tous les officiers que vous rencontrez ?

— J'aime… j'aime montrer aux militaires que j'apprécie leur bravoure.

— Comme c'est patriotique de votre part ! persifla-t-il avec suffisance.

Elle lui adressa un sourire pincé et, priant pour qu'il change de sujet, reprit sa lecture. Il n'en fit rien.

— Eh bien, Blanchard se souvenait de vous. Il ne tarissait pas d'éloges sur votre beauté inégalée.

— Vous voyez bien, répliqua-t-elle, enjouée. Il devait parler d'une autre.

Des yeux, il balaya son visage, son cou, son décolleté... Offusquée, Hannah sentit s'enflammer chaque parcelle de sa peau sous son regard critique.

— Je vois ce que vous voulez dire. Il a sans doute fait erreur, concéda-t-il. Il a reconnu avoir été un peu pris de boisson ce soir-là. Comme c'est souvent le cas.

Elle aurait dû se sentir disculpée. Mais il était parvenu à ajouter à la honte qui n'aurait pas dû être la sienne une insulte qui lui était destinée personnellement. Elle enfouit sa figure rougissante dans son livre.

— Vous avez néanmoins la réputation d'être une charmeuse, persista Mr Lowden. Ou allez-vous nier cela aussi ?

Elle leva les yeux vers lui et rétorqua, glaciale :

— Je ne prendrai pas la peine de nier. Votre opinion sur moi est déjà faite et vous m'avez jugée sans même me donner la chance d'un procès équitable.

Il lui décocha un sourire satisfait.

— Qui dit que vous n'êtes pas en en train d'être jugée ?

À bout de patience, Hannah se leva et s'excusa pour monter voir son bébé. Après avoir vérifié que Danny dormait bien, elle gagna sa propre chambre et essaya de rassembler ses esprits. Mr Lowden lui mettait les nerfs à vif comme aucun homme ne l'avait jamais fait auparavant. La façon dont il l'avait regardée, les paroles qu'il avait prononcées de ce ton suave, sournois... Elle aurait détesté devoir l'affronter devant un tribunal.

Des voix étouffées et des pas dans le couloir la tirèrent de ses réflexions. Le docteur et Mrs Parrish venaient rendre visite à leur patient. Elle inspira plusieurs fois, attendit que ses mains ne tremblent plus, puis alla les rejoindre. Dans la chambre, elle trouva le médecin et sa femme en très sérieuse conversation au chevet de sir John, allongé sur le lit.

En l'entendant entrer, le médecin se tourna vers elle.

—Ah, madame! Étant donné le départ imminent de Mrs Weaver, mon épouse et moi-même étions en train de discuter de la garde de sir John. Mrs Turrill a proposé d'assumer certaines de ses tâches maintenant que vous êtes partiellement remise. La nouvelle femme de chambre l'assistera. Mais en ce qui concerne les traitements visant à aider sir John à conserver ses muscles... c'est là que vous entrez en jeu.

—Oh? s'exclama Hannah, paniquée. J'ai bien peur de ne rien connaître à ces traitements.

—Comme la plupart des gens, la rassura le docteur Parrish en se frottant le menton. Voyez-vous, à l'hôpital où j'ai fait mes études, un médecin de la Compagnie des Indes nous a enseigné les bienfaits du massage, ou «frottement médical», comme on l'appelle parfois. Et aussi des exercices d'étirement pour empêcher les muscles de s'atrophier. Après le départ de Mrs Weaver, j'ai pensé que Mrs Parrish pourrait appliquer le traitement à sa place. Mais comme mon épouse me l'a fait remarquer avec sagesse, il serait plus approprié que vous vous en chargiez. Je vous promets que cela aidera votre mari si, comme nous l'espérons tous, il recouvre ses esprits et la santé, avec le temps.

Hannah brandit son écharpe, soulagée d'avoir une excuse.

— Hélas, avec mon bras dans cet état…

— J'y ai pensé. Néanmoins, vous pouvez déjà en faire beaucoup avec une main, jusqu'à ce que je vous retire votre bandage.

— Je vois, dit-elle la gorge sèche. Je… je n'ai jamais fait cela auparavant, docteur. Si Mrs Parrish a une certaine expérience, je ne serais pas contre l'idée que…

— Ce n'est pas que cela me dérange, madame, mais je dois m'occuper de ma maison et de ma famille, argua cette dernière avec un mince sourire. Sans oublier l'aide que j'apporte au docteur Parrish pour les accouchements difficiles et autres impératifs. Alors que vous… vous avez plus de temps à consacrer à ce traitement. Rien ne peut égaler une épouse, ajouta-t-elle avec une pointe d'ironie.

Fuyant le regard provocateur de Mrs Parrish, Hannah se tourna vers le visage plein de bonté du docteur.

— Est-ce difficile ?

— Pas du tout. Je vais vous montrer maintenant, si vous y êtes disposée. Puis, je surveillerai vos progrès de manière régulière. Êtes-vous d'accord ?

Avait-elle le choix ? Elle pouvait difficilement refuser d'aider son « mari ».

— Très bien, concéda-t-elle.

Il souleva les draps pour découvrir le bras gauche de sir John.

— Un autre de mes professeurs a été formé en Suède. Les Suédois sont très avancés dans l'utilisation des exercices et des massages médicaux.

*J'en suis ravie pour eux!* songea Hannah sans aucune charité.

Tandis que le docteur Parrish lui montrait comment étendre et masser les muscles, Mrs Parrish prit congé pour rentrer à la Grange préparer un dîner tardif. Après son départ, Hannah se sentit plus détendue. Elle ignorait la raison de l'animosité qu'elle inspirait à la femme du médecin. Celle-ci la soupçonnait-elle de ne pas être celle qu'elle prétendait?

En revanche, elle se sentait très à l'aise avec le docteur Parrish qui était d'agréable compagnie. Si seulement elle avait pu profiter de cette amitié sous sa propre identité! Mais les circonstances étant ce qu'elles étaient, elle n'allait pas tarder à perdre cette amitié et beaucoup plus par la même occasion.

Suivant l'exemple du praticien, elle souleva les draps couvrant l'autre bras de sir John, étira sa main, et massa ses doigts et ses muscles. Puis, s'armant de courage, elle passa à la jambe qui n'était pas blessée. De sa main valide, elle repoussa délicatement ses orteils vers la cheville pour tendre le mollet puis malaxa ses muscles. Même si cela aurait sûrement été plus aisé avec deux mains, ce n'était pas la mer à boire.

Après un moment, le docteur Parrish recula d'un pas et prit sa trousse.

— Bien, je vois que vous avez pris le pli. Je vais vous laisser finir.

— Merci, docteur.

Mal à l'aise, elle continua de pétrir les muscles du mollet de sir John. Elle avait trop chaud mais elle devait se rappeler qu'elle agissait en tant qu'infirmière et « masseuse » médicale, et essayer d'oublier sa main sur la jambe nue de sir John.

Soudain, la scène fit surgir du passé un souvenir depuis longtemps oublié.

Lady Mayfield et elle étaient sorties se promener dans Bristol pour aller chez une modiste. Puis, Marianna ayant suggéré un autre itinéraire pour le retour, Hannah l'avait suivie, et elles avaient longé des bâtisses en brique et des commerces destinés aux hommes : des buralistes, des marchands de journaux, des coiffeurs, et un club d'escrime.

Lorsque Marianna s'arrêta, Hannah fut curieuse de voir ce qui avait retenu son attention. Un bruit étouffé de métal entrechoqué attira son regard vers les fenêtres d'un bâtiment voisin. À l'intérieur, deux gentlemen maniaient l'épée.

— C'est le club d'escrime de sir John, annonça Marianna avec un sourire radieux. Entrons jeter un coup d'œil.

— Oh, non, madame! la tança Hannah dans un sifflement. La pancarte précise bien « Exclusivement réservé aux hommes ».

Avec un claquement de langue exaspéré, Marianna la rabroua :

— Quelle rabat-joie vous faites, Hannah! Exactement comme sir John!

Elle ponctua sa remarque d'un reniflement dédaigneux et s'approcha des fenêtres. Au comble de l'embarras, Hannah se faufila à son côté, priant pour que personne de leur connaissance ne passe par là. Et surtout pas son père!

À l'intérieur, ces messieurs étaient en tenue d'escrime: veste rembourrée, gant de cuir à la main tenant l'épée, et masque grillagé pour protéger le visage. Les bretteurs avançaient en se fendant en avant, reculaient, marquaient des touches, encore et encore, à un rythme épuisant. Ils étaient si concentrés sur leur combat qu'ils ne remarquèrent pas leur public.

Hannah admira leur habileté, leur agilité, et la manière dont les muscles de leurs jambes jouaient sous leurs pantalons blancs moulants, à chaque nouvelle fente basse. Elle avait surpris un jour sir John racontant que l'escrime lui permettait de maintenir sa forme physique et d'évacuer ses frustrations. À regarder ces escrimeurs, elle comprenait maintenant pourquoi.

Le plus grand des deux hommes marqua un point, accepté par son rival, et le match prit fin. Les deux duellistes se saluèrent de leurs épées et se serrèrent la main. Quand ils retirèrent leurs masques, Hannah resta coite: le vainqueur était sir John Mayfield. Essoufflé, il transpirait, mais il avait l'air jeune, vigoureux, viril. Tandis que son adversaire s'éloignait, il déboutonna puis retira sa veste. L'autre homme lui lança une serviette avec laquelle il s'essuya la figure et le torse. Fascinée malgré elle, elle ne pouvait détacher les yeux de sa poitrine et de son ventre musclés, de ses épaules bien charpentées. Elle n'espérait qu'une chose, que lady Mayfield ne devine pas ses pensées.

À côté d'elle, Marianna murmura dans un souffle:

—N'est-il pas magnifique?

Même si Hannah acquiesçait en silence, surprise par la note admirative dans la voix de sa compagne, elle la regarda à la dérobée : les yeux de lady Mayfield n'étaient pas rivés sur son mari mais sur son adversaire.

Ce souvenir s'estompant, Hannah remonta le drap sur la jambe de sir John. Elle ne s'étonnait guère qu'il ait si souvent pratiqué l'escrime. Il avait tellement de frustration à évacuer.

Le lendemain matin, alors qu'il se dirigeait vers le petit salon, James s'arrêta sur le seuil, hésitant. Derrière la porte entrouverte, il entendait Marianna Mayfield roucouler de douces paroles à son fils. Qui était peut-être le fils d'Anthony Fontaine.
— Oui, mon chéri. Maman t'aime. De tout son cœur.
Il jeta un coup d'œil discret et aperçut la tête du bébé posée sur ses genoux. Elle tenait ses petits pieds entre ses mains et, les frappant l'un contre l'autre, lui fredonnait une comptine.
« Fais un gâteau, fais un gâteau, monsieur le pâtissier. Fais-moi un gâteau aussi vite que possible. Pétris-le et pique-le, marque-le d'un "D". Et enfourne-le pour Danny et moi. »
S'avançant dans la pièce, il demanda :
— Je me pose une question, madame. Seriez-vous aussi folle de cet enfant s'il était le fils de sir John ?
Elle sursauta, sa présence la surprenant visiblement autant que ses paroles et, d'un geste brusque, tourna la tête vers lui.
— Bonjour à vous, Mr Lowden. Et pour répondre à votre question, oui, sans le moindre doute, lança-t-elle en le défiant du menton.

La rougeur qui colorait soudain les joues de la jeune femme ne lui échappant pas, il fut surpris de constater son embarras. Était-elle en train d'admettre que l'enfant n'était pas celui de sir John ? Cela le surprenait aussi.

Son regard revint sur son fils et elle s'exclama :

— Oh, oh ! Je crois bien qu'il est temps d'aller vous changer, jeune homme.

Mais, au lieu d'appeler une domestique, elle se leva et emporta l'enfant pour s'en occuper elle-même. Ou peut-être voulait-elle simplement fuir l'avoué si mesquin.

Il savait qu'elle employait une nourrice. Pourtant, il était évident que Marianna Mayfield changeait et câlinait souvent le bébé elle-même. Qui était la véritable lady Mayfield ? La femme infidèle ou la mère dévouée ? À l'évidence, il lui était tout à fait possible d'être les deux à la fois.

# Chapitre 12

Ce soir-là, James Lowden dîna de nouveau avec la femme de son client. Si ces tête-à-tête étaient un peu gênants, il ne voulait pas laisser passer une nouvelle occasion de s'entretenir avec elle. Malgré la présence du domestique préposé au service, il aurait son attention exclusive et s'en félicitait d'avance. Il avait encore quelques questions à lui poser.

Lady Mayfield entra dans la salle à manger, l'air réservée. Élégante, elle portait une robe vert émeraude à la taille haute et aux manches ornées d'un galon assorti. Ses cheveux étaient selon son habitude tirés en chignon, mais les boucles parant ses tempes adoucissaient ses traits. Et la couleur de sa robe seyait à son teint car, ce soir, il la trouvait très jolie. Ou bien était-ce le verre de madère qu'il s'était servi avant le dîner qui le grisait un peu ?

Ils avaient fini leur potage et venaient de passer au poisson quand il lui demanda :

— Que pouvez-vous me dire sur votre compagne qui est morte ?

Sa fourchette s'arrêtant à mi-chemin de sa bouche, elle le dévisagea.

— Pourquoi ?

— Simple curiosité.

Elle reposa sa bouchée de poisson sans l'avoir touchée.

— Qu'aimeriez-vous savoir ?

Il but une gorgée de vin et commença :

— Tout d'abord, pourquoi était-elle avec vous ? Dans son courrier, sir John spécifiait qu'il ne voulait emmener aucun serviteur de Bath. Et ne trouvez-vous pas étrange que personne n'ait répondu au faire-part de décès que le docteur Parrish a envoyé au *Bath Journal* ? À moins que vous n'ayez reçu une lettre à laquelle vous n'avez pas fait référence.

Avec un coup d'œil alarmé en direction de Mrs Turrill qui se tenait devant la desserte, Hannah répondit :

— Je vous l'ai déjà dit. C'était une décision de dernière minute. Miss Rogers était ma demoiselle de compagnie à Bristol. Elle nous avait suivis quand nous avions déménagé à Bath mais nous avait quittés peu après. Nous ne l'avions pas revue depuis quelque temps quand elle s'est présentée à notre porte. J'ai supplié sir John de lui permettre de nous accompagner. J'ai toujours eu de l'affection pour elle et l'idée de partir pour Dieu savait où sans compagnie m'était odieuse.

Profitant du fait que la gouvernante sortait de la pièce, emportant une pile d'assiettes, il se pencha en avant et ironisa :

— Votre mari n'était pas une compagnie suffisante ?

— Mr Lowden, vous ne pouvez prétendre ignorer la nature de notre relation, le tança-t-elle. Vous m'avez montré la lettre, rappelez-vous. Notre union n'était pas un mariage d'amour.

— Au contraire, j'ai toutes les raisons de penser que, tout au moins pour lord Mayfield, il s'agissait d'un mariage d'amour.

L'air soudain agitée, elle répliqua :

— Je préférerais ne pas discuter de ce mariage avec vous, Mr Lowden.

— Très bien. Dans ce cas, revenons à Hannah Rogers. Donc, sir John a accepté de la laisser venir avec vous.

— Oui, à l'évidence.

— N'a-t-elle aucune famille ? Personne pour s'inquiéter de son sort ? Personne pour venir ici dans l'espoir de se recueillir sur sa tombe ? Ou de pleurer sa mort ?

— Pour commencer, il n'y a pas de tombe sur laquelle se recueillir puisque son corps n'a toujours pas été retrouvé. Quant à sa famille, j'ai cru comprendre qu'elle n'avait qu'un parent vivant et qu'ils étaient en froid.

— Avez-vous écrit à ce parent ? Pour l'informer du décès de sa fille ? En froid ou pas, il voudrait sans doute savoir.

Un peu surprise, elle pencha la tête.

— Comment savez-vous que c'est à son père que je fais référence ?

— Une supposition, répliqua-t-il avec un léger haussement d'épaules.

Elle semblait dubitative. Puis, lentement, elle déclara :

— Je n'ai pas écrit personnellement à ce parent, mais je sais qu'il a été prévenu.

— Oh ? s'étonna-t-il. Et d'où tenez-vous cette information ?

— Nous avons reçu une lettre d'un ami de Hannah qui disait avoir vu le faire-part et être allé en personne apprendre la nouvelle à son père.

— De quel ami s'agit-il ?

— Je ne vois guère en quoi cela vous concerne.

— Puis-je voir cette lettre ?

Les yeux plissés par la surprise, elle lança :

— Votre curiosité me stupéfie, Mr Lowden. Vous avez visiblement beaucoup de temps à perdre.

Sans chercher à objecter quoi que ce soit, il scruta son expression exaspérée. Puis, secouant la tête, il finit par dire :

— Vous dissimulez tellement de choses, madame. Je me demande bien pourquoi.

Le lendemain matin, assise devant sa coiffeuse, songeuse, Hannah brossait sa longue chevelure. Tout comme elle l'avait fait une grande partie de la nuit, elle repensait au dîner avec Mr Lowden. À force de ressasser leur conversation, elle avait eu le plus grand mal à s'endormir. S'il était certain que l'avoué soupçonnait quelque chose, il était peu probable qu'il ait deviné que la demoiselle de compagnie sur laquelle il posait tant de questions était assise juste en face de lui. Elle espérait que ses réponses aient satisfait sa curiosité. Pourtant, étrangement, elle en doutait.

Une fois prête, elle monta à la chambre du bébé, au deuxième étage, et fut surprise d'y trouver Danny, seul. Il n'y avait aucun signe de Becky. Allongé dans son berceau, le bébé gazouillait et gigotait gaiement. Au son de sa voix, il tourna la tête et lui offrit un sourire édenté. Submergée par l'amour, Hannah le prit aussi adroitement que possible et le changea elle-même. Mais, avec un seul bras, la tâche prit deux fois plus de temps qu'à l'accoutumée.

Ensuite, portant son fils, elle descendit en quête de la nourrice. Au rez-de-chaussée, alors qu'elle passait devant le petit salon, elle reconnut les voix de James Lowden et de Becky. Affolée, elle s'arrêta et tendit l'oreille. En quel honneur l'avoué avait-il convoqué la jeune fille ?

— Comment êtes-vous devenue nourrice, Miss Brown, si je peux me permettre de vous le demander ? l'entendit-elle questionner.

— Je..., bredouilla Becky. De la manière habituelle, je suppose.

Glissant un coup d'œil dans la pièce, Hannah la vit baisser les yeux, visiblement embarrassée.

— Laissez-moi reformuler ma question : où lady Mayfield vous a-t-elle trouvée ?

— « Trouvée » ?

— Par l'intermédiaire d'une agence, ou... ?

Becky hocha la tête d'un air vague.

— Chez Mrs Beech.

—Et votre propre enfant ?

Après un silence, elle chuchota :

—Ma fille est morte.

—Je suis désolé. Et aviez-vous été nourrice avant, pour une autre famille ?

—Non, monsieur. Pas d'autre famille. Mais j'ai nourri plusieurs...

—Mr Lowden, s'interposa Hannah en entrant dans la pièce. Que signifie cela ?

—Pardon ? Je ne fais que converser avec Miss Brown.

—À vous entendre, vous êtes plutôt en train de mener un véritable interrogatoire.

Becky secoua la tête.

—Je ne lui ai rien dit. Je jure que je ne lui ai rien dit.

—Naturellement, Becky. Il n'y a rien à dire. Rien qui concerne Mr Lowden. Si vous emmeniez Danny dans le jardin pour prendre l'air, maintenant ? Je dois m'entretenir avec Mr Lowden.

—Oui, Miss... euh, madame.

Lui prenant l'enfant des bras, la jeune fille sortit presque en courant.

James Lowden regarda l'épouse de son client : elle avait les lèvres pincées, ses pommettes saillantes étaient colorées de rouge et ses yeux lançaient des éclairs. Les mains crispées, elle attendit que le bruit des pas de la nourrice se soit éteint dans le couloir et déclara :

—Mr Lowden, quand vous souhaiterez obtenir quelque information que ce soit, je vous prierai de vous adresser directement à moi. Vous n'avez pas besoin d'interroger les domestiques derrière mon dos. N'avez-vous pas conscience de l'effet blessant que peuvent avoir vos questions sur une jeune fille dans la situation de Miss Brown ? Elle a perdu son propre enfant, sa petite fille, peu de temps après sa naissance. Comment pensez-vous que les nourrices deviennent nourrices ? Ou bien leurs nouveau-nés meurent, ou bien elles renoncent à leur propre enfant pour s'occuper de celui d'une autre. Dans les deux cas, ce sont des histoires malheureuses dont les femmes ne sont pas fières et dont elles n'ont pas envie de parler. En vous comportant ainsi, vous avez fait preuve d'autant d'indélicatesse que de cruauté.

Se sentant soudain ignominieux, il concéda :

— Je comprends votre point de vue. Et je vous prie de m'excuser. Je n'y avais pas réfléchi. Je vais également présenter mes excuses à Miss Brown.

— Je les lui transmettrai moi-même, Mr Lowden. Vous la rendez nerveuse et cela ne m'étonne pas.

— Cette jeune fille souffre d'une instabilité émotionnelle certaine. Puis-je alors me permettre de vous demander ce qui vous a poussée à l'engager comme nourrice pour votre propre enfant ?

Après une hésitation, lady Mayfield répondit :

— Parce que... elle avait besoin d'une place et que nous avions besoin d'elle.

— Ne pouviez-vous pas nourrir votre fils vous-même ?

Elle le dévisagea, bouche bée. Sous ses taches de rousseur, sa peau se couvrit de plaques rouge et blanc.

— Comment osez-vous ?

— Pardonnez-moi mon audace. Je sais, bien sûr, que nombreuses sont les dames qui préfèrent ne pas…

— Il ne s'agit en rien de préférence, riposta-t-elle d'un ton brusque. Si j'avais pu nourrir Danny moi-même, j'aurais continué. Je l'ai fait pendant les premiers mois de sa vie, puis les circonstances ont changé et, à mon grand regret, j'ai dû arrêter.

Il resta sans voix, abasourdi par sa colère, sa profonde détresse, sa culpabilité. Il avait visiblement touché la corde sensible.

— Encore une fois, je vous demande pardon de mon impertinence, s'excusa-t-il. Rien ne m'autorise à vous poser de telles questions. Je n'ai pas le droit de vous juger, ni vous ni personne.

— J'ai pourtant l'impression que vous ne vous en privez pas, à la moindre occasion. Vous qui êtes né avec tous les avantages de l'existence présentés sur un plateau d'argent. Votre carrière, votre gagne-pain.

Incrédule, il la toisa.

— De quoi parlez-vous ? Vous ignorez tout de moi. Oui, j'ai reçu une instruction, mais j'ai dû travailler dur pour obtenir mon diplôme. Puis, estimant que je devais acquérir de l'expérience, mon père m'a libéré de son étude. J'ai accepté un poste au sein de la Compagnie des Indes et j'ai vécu à l'étranger, en Chine, aux Indes. Et au cours des dernières années, j'ai travaillé au siège de Londres. J'y serais encore si mon père n'était pas mort. Et, même aujourd'hui, je ne reprends pas une étude florissante. Les clients de mon père ne me connaissant pas ne font pas confiance à un homme jeune. Nombre d'entre eux ont donc décidé de recourir aux services d'avoués plus établis. Sir John fait partie de la minorité qui a conservé mes services. Pourquoi pensez-vous que j'aie pu laisser l'étude aux soins de mon clerc pour venir ici ?

—Je l'ignorais.

—Bien entendu ! Comment l'auriez-vous su ? Je ne le claironne pas. En outre, comment une dame comme vous, une fille unique choyée, issue d'une famille riche, pourrait-elle comprendre ?

Sa question la laissa ébahie. Il attendit sa réaction. Allait-elle essayer de démentir ses accusations ? Mais elle se contenta de répondre :

—Je vous remercie de votre confiance. Mais peut-être devriez-vous retourner à votre étude. Je vous préviendrai lorsque sir John sera en mesure de vous communiquer ses souhaits.

—Vraiment ? Maintenant que vous savez ce qu'il m'a demandé de faire ?

—Oui, je le ferai.

—Est-ce une façon de me dire que j'ai déjà abusé de votre hospitalité ? railla-t-il avec un sourire en coin. Me priez-vous de partir ?

Il remarqua son poing crispé.

—Bien sûr que non, Mr Lowden. Je pense simplement qu'il serait de votre intérêt de retourner à Bristol.

—Et qu'en est-il de l'intérêt de sir John ?

— N'estimez-vous pas le docteur Parrish digne de confiance ? Doutez-vous que sir John soit entre de bonnes mains ?

— Ce ne sont pas les mains du docteur Parrish qui m'inquiètent.

L'espace d'un instant, ils se regardèrent droit dans les yeux. Les joues cramoisies de lady Mayfield trahissaient son embarras. Ou était-ce de la colère ? Ou les deux à la fois. Se faisant visiblement violence pour ne pas perdre son sang-froid, elle inspira longuement.

— Et maintenant, si vous voulez bien m'excuser, Mr Lowden. Je vais aller voir mon fils. Et sa nourrice humiliée.

Fulminant intérieurement mais drapée dans sa dignité, Hannah sortit du petit salon, et se dirigea d'un pas vif vers le jardin pour rejoindre Danny et Becky. Elle voulait rassurer la jeune fille en lui promettant qu'elle n'avait rien fait de mal. Et lui rappeler gentiment ce qu'elle ne devait pas dire. Mais elle ne les aperçut nulle part.

Revenant sur ses pas, elle rentra et monta l'escalier. Becky avait dû rebrousser chemin et regagner la chambre du bébé à son insu, étant donné sa discussion enflammée avec Mr Lowden.

Mais elle trouva la chambre du bébé vide, tout l'étage silencieux. En redescendant d'un niveau, elle inspecta ses appartements, ceux de sir John, et chaque chambre tour à tour. À mesure qu'elle visitait les pièces vides, elle sentait sa frayeur croître, son pouls s'accélérer.

Elle redescendit prestement dans le petit salon de la gouvernante.

— Mrs Turrill, avez-vous aperçu Becky ? Elle a emmené Danny dans le jardin mais je ne les vois pas.

L'inquiétude se peignant sur son visage, Mrs Turrill lui demanda :

— Avez-vous regardé dans la chambre du bébé ?

— C'est le premier endroit que j'ai vérifié. J'ai inspecté tous les recoins de la maison sauf l'entresol.

— Elle s'est sans doute rendue chez les Parrish. Voulez-vous que j'envoie Kitty voir si elle y est ?

— Oui, s'il vous plaît. Je vais chercher de nouveau dans le jardin et dans le petit bois. Je me souviens que Becky aime les jacinthes qui y poussent.

— J'ai bien peur que ce ne soit ma faute, avoua la gouvernante en hochant la tête. Je lui ai dit que c'étaient mes fleurs préférées.

Elle se leva et ajouta :

— Je vais explorer la maison.

Le sang de Hannah se glaça. Elle avait un pressentiment funeste.

Elle se précipita derechef dans le jardin en appelant Becky. Se rappelant la figure décomposée de la jeune fille la dernière fois qu'elle l'avait vue, elle pria. *Seigneur, je vous en supplie, qu'elle ne fasse pas de bêtise.*

Alerté par l'agitation, Mr Lowden l'avait suivie. Il la regardait, les sourcils froncés par l'inquiétude. Ce ne fut qu'à cet instant qu'elle sentit que les larmes ruisselaient sur son visage.

— Qu'y a-t-il ? s'enquit-il. Que s'est-il passé ? C'est sir John ?

—Non. Avez-vous vu Becky ? Elle a emmené Danny dans le jardin quand vous… pendant que nous parlions et je ne la trouve plus nulle part.

—L'avez-vous cherchée dans la maison ? Et chez les Parrish ?

Elle fit un signe d'assentiment.

—La femme de chambre est partie à la hâte pour la Grange et Mrs Turrill est encore une fois en train de vérifier la demeure.

Ben, le jeune valet, surgit des écuries voisines. Menant un cheval rouan sellé, il s'avança vers Mr Lowden.

—Votre cheval, monsieur. Êtes-vous prêt pour votre promenade du matin ?

—Merci, dit l'avoué, mais Becky Brown a disparu avec son jeune protégé. Les avez-vous vus ?

—Non, monsieur, répondit Ben, les yeux arrondis par la surprise.

—Empruntez un cheval aux Parrish et suivez la route de la côte jusqu'à Countisbury, lui enjoignit Mr Lowden. Je vais aller en direction de Lynton. Demandez à tous ceux que vous croiserez s'ils les ont vus. Hâtez-vous !

Un coup d'œil au visage baigné de larmes de Hannah suffit au jeune homme pour comprendre la gravité de la situation. Il s'élança en courant vers la Grange. Mr Lowden sauta en selle et, tourné vers Hannah, du haut de sa monture, lui intima :

—Restez ici jusqu'à mon retour.

Elle secoua la tête.

—Je ne peux pas rester à ne rien faire. Mrs Turrill est là. Je vais fouiller le bois.

—Je vais parcourir quelques miles et, si je ne trouve rien, je ferai demi-tour et vous y retrouverai.

Elle acquiesça d'un signe du menton et dévala la colline jusqu'au petit bois au sol tapissé de jacinthes. *Seigneur, du haut du paradis, je vous en prie, faites qu'il ne soit rien arrivé à Danny. Aidez-moi à le trouver. Mon Dieu, ayez pitié. S'il vous plaît.*

Elle ouvrit la bouche pour appeler puis hésita. Et si Becky déguerpissait en entendant son nom, de crainte d'avoir des ennuis? Une approche furtive serait peut-être préférable. En avançant, Hannah marcha sur une branche qui craqua avec un bruit aussi sonore qu'un coup de feu claquant dans le bois silencieux. Renonçant à la discrétion, elle s'époumona:

—Becky!

Sa panique grandissant, elle pressa le pas. Qu'avait manigancé la jeune fille? Comment avait-elle pu être assez inconsciente pour la laisser quitter la maison avec son fils? S'il lui arrivait quelque chose, elle ne se le pardonnerait jamais.

La voix de Mrs Turrill lui parvint, au loin.

—Becky! Becky, ma petite!

Elle ferma les paupières et réfléchit. La nourrice était introuvable dans la maison; introuvable chez les Parrish. Elle progressa péniblement, repoussant une branche après l'autre, tournant les yeux à droite et à gauche, à l'affût du moindre signe.

*Écoute*, lui souffla une petite voix intérieure. *Écoute.*

Elle s'arrêta et, concentrant toute son attention, écouta. Quel était ce bruit? Le doux bruissement des ailes d'une colombe?

Non. C'était le chant d'un ruisseau. Instinctivement, elle s'orienta vers le son. Elle n'avait aucune autre piste.

La rivière Lyn coulait à proximité, descendant vers Lynmouth et le canal de Bristol. Becky aurait-elle été attirée par l'eau? Il était peu probable qu'elle sache nager. *De l'eau et un bébé...* L'association de ces deux mots serra le cœur de Hannah d'une terreur indicible. Elle battit des paupières pour chasser l'image de son enfant flottant au large, comme lady Mayfield.

— Becky! appela-t-elle plus fort.

Elle trébucha sur des ronces et tomba la tête la première. Une douleur fulgurante traversa son bras blessé. Elle perçut alors un gémissement familier et, toujours à plat ventre, leva les yeux. Le souffle coupé par sa chute, elle fut incapable de crier.

Devant elle, Becky se tenait sur la berge. Danny au creux d'un bras, l'autre en l'air pour garder l'équilibre, elle tendait son pied chaussé d'une mule vers un rocher glissant qui émergeait du courant. Hannah inspira à grand-peine et s'écria, haletante:

— Becky! Arrête! Que fais-tu?

La jeune fille se retourna.

— Je l'emmène en sécurité.

Hannah se releva pesamment et fit quelques pas en avant. Elle ne rejoindrait jamais Becky à temps!

Soudain, Mr Lowden surgit de derrière un arbre. Avec un cri perçant, Becky sauta de la berge au rocher. Étouffant un hurlement de terreur, Hannah vit Danny rebondir dans ses bras.

— Ah ! Vous voilà, Becky ! s'exclama l'avoué, les mains tendues vers celle-ci. Je suis content de vous avoir retrouvée. Je voulais vous demander de m'excuser de vous avoir manqué de courtoisie tout à l'heure. J'espère que vous me pardonnerez.

Le regard de la jeune fille se posa sur lui puis sur un rocher plus éloigné. Elle paraissait indécise.

D'une voix posée, Mr Lowden poursuivit :

— Maître Daniel semble avoir apprécié sa promenade dans les bois. Bravo. Et maintenant, nous allons le rendre à lady Mayfield.

— C'est pas l'enfant de lady Mayfield, rétorqua la jeune fille, sourcils froncés.

Au comble de la panique, Hannah lança :

— Becky, Danny est mon fils. Vous le savez. Vous êtes juste contrariée.

— Becky, regardez-le, renchérit Mr Lowden d'un ton apaisant. Personne ne pourrait regarder ce beau garçon sans deviner qui est sa mère.

La nourrice baissa les yeux vers le bébé.

— Laissez-moi vous aider, reprit alors l'avoué en avançant un bras. Prenez ma main.

Avec un coup d'œil à Hannah, la jeune fille posa une main hésitante dans celle de Mr Lowden. Il la tint fermement et l'aida à garder l'équilibre alors qu'elle sautait du rocher pour regagner la terre ferme.

Éperdue de soulagement, Hannah laissa échapper un soupir tremblant.

— Voulez-vous que je vous prenne Danny ? suggéra alors Mr Lowden. Votre bras doit être fatigué de l'avoir porté tout ce chemin.

Son visage se décomposant, la jeune fille gémit, au bord des larmes :

— Je n'ai jamais eu l'intention de lui faire du mal. Je le jure.

— Bien sûr que non, la rassura-t-il en lui prenant délicatement le bébé. Je serai heureux de le porter jusqu'à la maison pour vous. Peut-être aimeriez-vous vous asseoir sur mon cheval ?

Sa curiosité soudain piquée, elle demanda :

— Votre « cheval », monsieur ? Je ne suis jamais montée sur un cheval de ma vie.

— Eh bien, il y a une première fois pour tout. Peut-être lady Mayfield voudra-t-elle bien prendre Danny pour que je puisse vous guider en tenant les rênes ? Mais vous devez me promettre de bien vous tenir. Il ne faut pas qu'il vous arrive le moindre mal. Je sais à quel point lady Mayfield compte sur vous. En fait, après votre départ, elle me disait justement à quel point Danny et elle ont besoin de vous.

— C'est vrai ?

Essuyant la terre de ses mains, Hannah se rapprocha. Elle croisa le regard de James Lowden, surprit son imperceptible hochement de tête.

— C'est exact, Becky, renchérit-elle. Nous avons besoin de vous. Vous nous avez fait si peur en vous éloignant de la maison. Promettez-moi de ne plus jamais recommencer. Si, à l'avenir, vous voulez aller vous promener dans le bois, je serai heureuse de vous accompagner.

— Très bien, Miss… euh… madame.

À l'insu de la jeune fille, Hannah murmura un « Merci » muet à Mr Lowden. Pour un peu, elle se serait jetée à son cou de gratitude. Néanmoins, la raison et son bras douloureux la retinrent de se laisser aller à cette impulsion ridicule. Pourvu que son bras ne se soit pas de nouveau cassé dans sa chute !

Se rappelant alors les paroles de Becky : « C'est pas l'enfant de lady Mayfield », elle pria pour que l'incident ne se solde pas par des dégâts plus graves encore. Mr Lowden l'avait-il crue quand elle avait tenté de rattraper la bévue de la nourrice ?

Lorsque, ensemble, elles ramenèrent Danny dans sa chambre, Mrs Turrill les attendait. Tour à tour, la gouvernante serra Becky, puis le bébé, contre son cœur.

— Pardon d'être aussi stupide, s'excusa Becky, le menton tremblant. Je ne voulais pas faire peur à tout le monde !

Sourcils froncés, Mrs Turrill la rabroua :

— Tu n'es pas stupide, Becky. Qui t'a dit ça ?

Avec un haussement d'épaules, la jeune fille répondit :

— Tout le monde. Ma mère, Mrs Beech, et ceux que…

Elle s'interrompit, une expression hagarde se peignant sur son visage.

— Qui ça… « ceux » ? la pressa Mrs Turrill, l'air peinée, les mâchoires crispées.

Détournant les yeux du regard de la gouvernante, la nourrice murmura :

— Eux, les hommes… qu'importe, ajouta-t-elle. Je suis sûre qu'ils avaient raison.

Les yeux étincelants de fureur, Mrs Turrill secoua la tête.

— Ils n'avaient pas raison. Ils avaient tort. Ils étaient méchants et ils avaient tort. Tu n'es pas stupide, Becky. Tu es intelligente, tu as bon cœur, tu es une fille précieuse. Tu m'entends ?

— Oui…, souffla l'intéressée, comme si elle n'en croyait pas un mot.

Elle faisait penser à un chiot craintif qui reconnaît une voix encourageante après n'avoir reçu que des coups non mérités.

D'un doigt, elle effleura la joue de Mrs Turrill et chuchota :

— C'est pour ça que je vous aime.

# Chapitre 13

Ce soir-là, après le dîner, Hannah et Mr Lowden se retrouvèrent au coin du feu. La peur qu'ils avaient partagée semblait avoir créé entre eux une certaine complicité. L'avoué lisait à la lumière d'une lampe tandis que, une main toujours en écharpe, elle brodait tant bien que mal. Lorsqu'ils étaient remontés de la rivière, Mr Lowden avait insisté pour que le docteur Parrish examine de nouveau son bras. Par mesure de précaution, le médecin avait changé les bandes amidonnées tout en lui assurant que son os était en bonne voie de guérison.

S'agitant soudain, Mr Lowden posa son livre et se leva. Il s'avança jusqu'à la table ornée d'un jeu d'échecs orné de marqueterie, aux cases de chêne et d'érable, et prit la reine pour l'examiner. Puis, regardant sa compagne, il déclara :

—Je me souviens de mon père évoquant l'une de vos visites en compagnie de sir John.

Immédiatement sur ses gardes, elle leva les yeux de son ouvrage.

—Oh!

—Oui, je crois qu'il vous avait invités à dîner, peu de temps après votre mariage.

Curieuse de savoir où il voulait en venir, elle le dévisagea, attendant qu'il poursuive.

—J'étais à Londres, à l'époque. Au siège de la Compagnie des Indes. Je crois me rappeler qu'il vous a proposé une partie d'échecs. Et que vous l'avez battu assez facilement. Est-ce exact?

Gardant le silence, elle réfléchit. Allait-elle oser répondre qu'elle s'en souvenait? D'un autre côté, James Lowden n'était pas là, ce soir-là. Il s'agissait juste de propos rapportés par son père décédé. Elle médita encore. Elle ne se rappelait pas avoir jamais vu Marianna jouer aux échecs. C'était à peine si elle supportait les jeux de cartes qui ne demandaient que de la chance. Mais pourquoi Mr Lowden se souviendrait-il d'une telle anecdote si elle était fausse. Lui tendait-il un piège?

Et si elle répondait par l'affirmative et qu'il lui proposait une partie?

—Je ne me rappelle pas cet épisode, Mr Lowden, finit-elle par dire. Peut-être votre père se montrait-il excessivement galant ou… sa mémoire lui jouait-elle des tours.

Un long moment, le silence régna, rythmé par le «tic-tac» de l'horloge. James Lowden soutint son regard. Puis il remit la figurine en place.

— En fait, c'est ma propre mémoire qui me joue des tours. Maintenant que j'y pense, il faisait référence à l'épouse d'un autre client. Vous ne jouez pas aux échecs, si je ne m'abuse ?

— En effet.

— Je me suis donc trompé.

Il l'observait, une lueur étrange dans ses prunelles dont la couleur évoquait le vert pâle de la mousse des arbres. Son sourire entendu semblait dire : « Vous avez passé un autre test mais ce ne sera pas le dernier. » Un sourire qui creusait deux plis au coin de sa bouche. Pas des fossettes mais de longs sillons, virils et séduisants.

*Assez, Hannah !* se réprimanda-t-elle. *Tu ne peux pas faire confiance à cet homme.*

Que le ciel lui vienne en aide si elle commençait à le trouver attirant !

Suivant les instructions du docteur Parrish, Hannah était en train de masser le muscle du mollet de sir John d'une main quand le médecin arriva pour sa visite quotidienne.

— Comme vous êtes appliquée, madame. Bravo. Cela va l'aider, vous allez voir.

Elle leva la tête pour le remercier de ses encouragements et se figea. Les yeux ouverts, sir John la dévisageait. Son regard n'était plus vide. Il l'observait vraiment.

— Bien, bien ! s'exclama le docteur Parrish, rayonnant. Regardez qui nous est enfin revenu. Dieu soit loué ! Bonjour, sir John.

Lentement, les yeux du patient se dirigèrent vers le praticien, avant de revenir sur elle. Au comble de l'embarras, elle commença à remonter les draps sur sa jambe découverte.

— Il doit se demander ce que je suis en train de faire. Cela doit être désagréable de se réveiller pour trouver quelqu'un en train de vous masser la jambe.

— Oh, je ne vois pas quel homme y émettrait une objection, plaisanta le docteur avec un clin d'œil entendu à l'intention de sir John. N'est-ce pas, monsieur?

Le visage de lord Mayfield resta impassible.

— Ah! J'oubliais. Vous ne savez pas qui je suis. Vous ne vous souvenez sans doute pas de m'avoir rencontré avant, mais j'ai l'impression de bien vous connaître. Je suis George Parrish, votre médecin et voisin. Mon fils Edgar vous a fait visiter la maison lors de votre premier séjour.

Une infime lueur de compréhension passa dans les prunelles de sir John, avant qu'il les repose sur Hannah.

La désignant d'un geste, le bon docteur poursuivit, radieux:

— Et vous connaissez cette délicieuse personne, naturellement.

Voyant que son malade ne réagissait pas, ne prononçait aucun mot, ni ne les gratifiait d'un sourire ou d'un signe de tête, le médecin lui demanda de suivre son doigt du regard, de battre une fois des paupières pour dire «oui» et deux fois pour dire «non», ou de lui serrer la main.

— Vous avez tout votre temps, sir John. Vous parlerez quand vous le pourrez. Ne vous pressez pas. Vous vous rétablissez bien et je suis sûr que vous n'allez pas tarder à être de nouveau vous-même.

Son visage s'illuminant soudain, le docteur Parrish s'exclama :

— J'ai une idée. Peut-être aimeriez-vous que cette chère dame vous fasse la lecture ! Elle a une voix très mélodieuse. Je l'ai entendue lire une histoire à maître Daniel l'autre soir. Connaissez-vous le livre préféré de sir John ? ajouta-t-il en se tournant vers elle.

Hésitante, elle répondit :

— Je... je vais trouver quelque chose.

— Je pense que lui faire la lecture pendant une heure environ tous les jours est une excellente idée. Cela stimulera son cerveau. Et l'aidera à recouvrer l'usage de la parole qu'il a, semble-t-il, oublié.

L'après-midi même, Hannah commença la lecture à sir John. Elle avait été contente de trouver le premier tome de *L'Histoire de sir Charles Grandison* parmi les objets récupérés après l'accident. Son propre volume était perdu à jamais, avec sa valise.

Elle prit place dans un fauteuil, à son chevet, et entreprit de lire. Sir John ouvrit les yeux et l'observa. De jour en jour, ses bleus et son enflure s'atténuaient, et les boucles de sa barbe châtaine striée d'argent s'épaississaient.

Une demi-heure plus tard, Mrs Turrill frappa puis entra, chargée du plateau du thé.

— Prendrez-vous votre thé ici avec sir John, madame ? Ah, il est réveillé ? Le ciel soit loué.

— Sir John, puis-je vous présenter Mrs Turrill, notre gouvernante ?

Mrs Turrill lui adressa un salut de la tête et sourit.

— Quel grand jour ! se réjouit-elle, le visage fendu d'un large sourire. Bien, et maintenant, je vais vous laisser. Si vous avez besoin de quoi que ce soit, n'hésitez pas à sonner, madame.

Ce « Madame » auquel elle avait commencé à s'habituer lui fit l'effet d'un coup de fouet, en présence de sir John. Elle tressaillit.

— Merci, Mrs Turrill.

La gouvernante sortit et referma derrière elle.

Un moment, Hannah contempla la porte de la chambre, sentant sir John la scruter. Résignée, elle se retourna lentement vers lui. Ses mains moites crispées sur ses genoux, elle soutint le regard réprobateur de son employeur, le mari de son ancienne maîtresse, celui qui, même s'il l'ignorait, lui avait inspiré ses premiers émois. Le blessé arborait une expression impénétrable.

Avec un soupir accablé, elle commença d'une voix sourde :

— Quand ces gens nous ont trouvés tous les deux dans la berline, après l'accident, ils ont supposé que j'étais lady Mayfield. Au début, j'étais inconsciente, comme vous l'avez été. Et lorsque j'ai recouvré mes esprits et que j'ai compris… eh bien, j'aurais dû les corriger, mais je ne l'ai pas fait. J'ai un enfant à charge. Et, avec un bras cassé, il m'était difficile, pour ne pas dire impossible, de prétendre à une autre place. J'ai eu l'impression de n'avoir d'autre choix que de rester ici. Avec la disparition de lady Mayfield, de qui allais-je être la demoiselle de compagnie ? Je n'aurais pas retrouvé de travail, d'endroit pour dormir, et je n'aurais eu aucun moyen de subvenir à nos besoins, à mon fils et à moi. J'ai donc continué à faire semblant. Je n'aurais pas dû, j'en suis consciente. J'ai l'intention de partir dès que mon bras sera suffisamment rétabli et que je pourrai retrouver une place quelque part. En attendant, j'espère que vous me pardonnerez.

Ses sourcils se fronçant, il plissa les yeux. Elle aurait été bien incapable de dire si son visage exprimait la colère, la réflexion, ou le doute. Se souvenait-il même d'elle?

C'est alors qu'une pensée lui traversa l'esprit. Seigneur! N'avait-elle pas dit: «Avec la disparition de lady Mayfield»? Était-ce la première fois qu'il entendait parler du sort de son épouse? Elle n'aurait jamais dû lui annoncer la nouvelle en lui faisant ses aveux. Mais le mal était fait. Et qui, à part elle, pouvait l'informer que sa femme était morte? Consternée, elle reprit alors:

— Oui, je suis désolée de devoir vous l'apprendre. Mais lady Mayfield a péri dans l'accident. Le docteur Parrish ne pense pas qu'elle ait souffert.

Puis, incapable de trouver le courage de croiser son regard, elle ferma le livre et se leva.

— Bien. Encore une fois, je suis désolée. Désolée pour votre deuil, et pour tout le reste.

Sur ces mots, elle quitta la chambre. Elle savait que le rétablissement de lord Mayfield n'était qu'une question de temps. Bientôt, il aurait recouvré la force de parler et de lui ordonner de partir. Ou pire!

Mr Lowden ne tarderait sans doute pas à rentrer à Bristol. Il ne pouvait abandonner son étude trop longtemps. Dès qu'il prendrait congé, elle s'en irait, elle aussi. Un départ précoce risquerait d'éveiller les soupçons de l'avoué, et il pourrait lancer quelqu'un à sa poursuite. Elle revit les deux femmes prisonnières de leurs carcans, aperçues lors de la traversée d'un village, et un frisson d'angoisse lui parcourut le dos. Sa déloyauté pourrait lui coûter cher.

Le lendemain, James Lowden entra dans la chambre de sir John et ferma la porte derrière lui. Quand il s'avança vers le lit de son employeur, il était loin d'éprouver l'indulgence que le convalescent aurait dû lui inspirer.

Sir John le regarda approcher, une lueur de reconnaissance s'allumant dans ses pupilles. De toute évidence, il était plus réceptif que lors des précédentes visites de l'avoué.

— Bonjour, sir John. Comment vous sentez-vous aujourd'hui ?

Levant une main, lord Mayfield sembla répondre : « Comme ci comme ça. »

— Étant donné que vous n'êtes pas encore en état de discuter de votre testament, je pense retourner quelques jours à Bristol pour m'occuper de mes affaires. Mais si vous souhaitez que je reste, je resterai.

Sir John leva de nouveau la main, cette fois, en un geste de refus.

— Le fait d'être... seul ici... ne vous inquiète pas ? Enfin, pas exactement seul, mais sans que je sois là pour veiller à vos intérêts ?

De la tête, sir John lui fit signe que « non ».

— Bien sûr, le docteur Parrish vient s'enquérir de vous tous les jours. Et vous avez Mrs Parrish. Une femme d'une extrême bonté. J'ai demandé au bon docteur de me faire prévenir dès que vous aurez récupéré l'usage de la parole, ou que vous pourrez écrire vos desiderata. De toute façon, je reviendrai à la fin de la semaine.

Derechef, le blessé acquiesça d'un léger hochement de tête.

Après s'être poliment incliné, James tourna les talons. Une main sur la poignée de la porte, il se retourna et déclara :

— Je vous souhaite un prompt rétablissement.

Pourtant, il avait conscience de ne pas faire preuve de la plus grande franchise.

S'il ne nourrissait aucun grief envers son employeur, il espérait passer un peu plus de temps seul en compagnie de lady Mayfield. Il avait apprécié leurs conversations partiellement privées et savait qu'elles cesseraient dès que son mari se porterait mieux. Certes, il avait la conviction que cette femme cachait quelque chose, mais elle l'intriguait. Et il voulait résoudre cette énigme, comme s'il était face à une affaire légale compliquée. À un mystère.

Une femme mariée ne lui avait jamais inspiré ce type de sentiment et il n'en était pas très fier. Il avait beau se rappeler sans cesse qu'elle était l'épouse d'un autre, il était attiré par lady Mayfield. Tout en sachant qu'elle était une femme infidèle. Il ne savait même pas très bien ce qu'il lui trouvait. Il avait rencontré des femmes plus belles, plus expertes en badinage amoureux, plus séduisantes. Était-ce le défi qu'elle représentait ? Voulait-il être celui avec qui elle ne badinait pas ?

Il se rabroua. Pourvu qu'il ne soit pas en train de devenir frivole.

Et se faisait-il des illusions quand il voyait se refléter la même attirance dans les prunelles turquoise de lady Mayfield ? Elle produisait vraisemblablement cet effet sur la plupart des hommes, tout particulièrement sur Anthony Fontaine. Inspirait-elle ce type de sentiments pour parvenir à ses fins ? Malgré tout ce qu'il avait entendu sur son compte, elle ne semblait pas être ce genre de femme.

Certes, des affaires exigeaient sa présence à Bristol. Mais il savait aussi qu'il devait se soustraire à la présence de lady Mayfield avant de dire ou de commettre quelque stupidité. Quelque chose que tous les deux pourraient regretter. Il avait également l'intention de retrouver la famille de Hannah Rogers, la demoiselle de compagnie. Plusieurs questions et détails le tourmentaient à son sujet, et il lui fallait les éclaircir. En outre, il ferait bien de profiter de son séjour en ville pour se renseigner sur le lieu où se trouvait Anthony Fontaine.

Sa valise prête, il descendit à la salle à manger où il trouva lady Mayfield, devant la fenêtre, qui finissait son petit déjeuner. Les rayons du soleil mettaient en valeur les reflets dorés de sa chevelure auburn.

En l'entendant approcher, elle leva la tête, l'étonnement se peignant sur son visage quand elle avisa son bagage.

— Bonjour, Mr Lowden. Vous nous quittez ?

— Pour une semaine environ. Je vais laisser mon cheval et voyager par chaise de poste. J'ai prié le docteur Parrish de me prévenir si sir John recouvre l'usage de la parole et me demande.

— Je vois. Manifestement, vous ne me faites pas assez confiance.

Après une hésitation, il concéda :

— Pas entièrement, non. Néanmoins, je regrette le manque de courtoisie de mon aveu et vous prie de m'en excuser.

Se levant, elle contourna la table.

— Je comprends, Mr Lowden. Je ne vous en tiens pas rigueur. Et je vous remercie encore de m'avoir aidé à retrouver Danny et Becky, l'autre jour.

— J'ai été heureux de pouvoir me rendre utile.

Toujours indécis, il tripotait le bord de son chapeau.

Soudain, elle lui tendit une main. Il s'en empara aussitôt et serra les doigts délicats entre les siens.

— Adieu, Mr Lowden. Faites bon voyage. J'espère que votre étude sera florissante et qu'en dépit de votre jeune âge, beaucoup de nouveaux clients prendront conscience de vos compétences et de votre habileté. Je vous souhaite une vie longue et heureuse.

Touché par la sobriété et l'intensité de ses paroles, il feignit la désinvolture et s'exclama avec un sourire enjoué :

— Grands dieux ! Je ne serai absent qu'une semaine. Je vous reverrai.

Rougissante, elle baissa la tête.

— Bien sûr.

Peiné de l'avoir encore une fois embarrassée, il pressa sa main dans la sienne.

— Mais je vous remercie. Vos bons vœux signifient beaucoup pour moi, surtout après les différends que vous et moi avons rencontrés au début de mon séjour.

Elle esquissa un sourire plein de regret et baissa de nouveau les yeux.

Incapable de résister, il porta sa main à ses lèvres et y planta un baiser. Il s'attarda un peu plus que ne l'y autorisait la bienséance, mais qu'importait ? De toute façon, une femme comme elle se souciait-elle des convenances ? À moins qu'elle ne réserve ses faveurs à un gentleman en particulier !

— Au revoir, Mr Lowden, répéta-t-elle.

Son regard plongé dans le sien, il libéra sa main.

— Disons simplement, à la prochaine fois, vous voulez bien ?

Elle répondit d'un nouveau sourire incertain.

Surpris par son silence, il la dévisagea. Pourquoi avait-il le pressentiment qu'elle était en train de lui dire adieu ?

# Chapitre 14

Le lendemain, alors qu'elle lisait un nouveau chapitre à sir John, Hannah lui jeta un coup d'œil. Allongé sur le dos, il regardait fixement le plafond. Il était si grand que ses pieds dépassaient de son lit. S'il paraissait écouter, il était difficile d'évaluer sa réaction ou de savoir ce qu'il comprenait du texte.

Se rappelait-il même lui avoir offert ce livre pour Noël, deux ans auparavant? À l'exception d'un long ruban de la part de Freddie, *L'Histoire de sir Charles Grandison* était le seul cadeau qu'elle avait reçu. Il n'était pas rare pour un employeur de donner quelques pièces ou une babiole le lendemain de Noël, mais un présent aussi personnel et aussi délicat? C'était exceptionnel.

Quand elle l'avait déballé, il lui avait expliqué: «*Je sais que vous aimez les romans. Je n'en lis pas souvent mais c'est une histoire qui a beaucoup de succès, paraît-il. Le héros est un homme honorable et plein de bonté que l'on ne peut qu'admirer.*»

Elle se souvenait de s'être dit alors : *Comme vous.* Mais elle était fille de pasteur et savait qu'elle ne devait pas convoiter le mari d'une autre. Elle s'était donc efforcée de réprimer son admiration pour lui. Et, dans l'ensemble, elle y était parvenue, aidée par l'absence totale de signes d'encouragement de la part de sir John.

L'évocation de ces souvenirs lui donnait l'impression de manquer de loyauté à la mémoire de Marianna. Pourtant, même aujourd'hui, après tout ce qui s'était passé, elle continuait à le considérer comme un homme bon et digne d'admiration.

Un léger coup à la porte interrompit le fil de ses pensées. Mrs Turrill entra, portant Danny. Hannah posa son livre pour l'intercepter mais, déjà, la gouvernante s'approchait du lit et présentait l'enfant à sir John.

— Regardez qui j'amène !

Lentement, il tourna la tête vers eux.

— Vous savez qui est ce beau garçon, n'est-ce pas ?

Une expression totalement ahurie se peignit sur son visage. Puis, lentement, il tourna la tête de droite à gauche.

— Eh bien, c'est maître Daniel. Et si vous ne le reconnaissez pas, cela ne m'étonne guère, vu la vitesse à laquelle il grandit.

Son regard allant de l'un à l'autre, la domestique s'exclama alors :

— Ne trouvez-vous pas la ressemblance frappante ?

Hannah retint son souffle. Une nouvelle fois, sir John secoua la tête.

— Il ressemble à sa mère, naturellement, mais aussi à son père, persista Mrs Turrill. Ne le voyez-vous pas ?

*Nous y sommes*, songea Hannah en s'agitant nerveusement.

Soudain, sir John la regarda et, d'une voix rauque, prononça sa première parole depuis l'accident :

— Non.

Le cœur de Hannah cognait à coups précipités contre sa poitrine. À quoi s'était-elle attendue ?

Elle sentit sur elle le regard indécis de Mrs Turrill. Manifestement, la gouvernante percevait une anomalie. Se doutait-elle de quelque chose ? Si seulement Hannah avait pu balayer la question avec un sourire et dire avec désinvolture : « Sir John a toujours insisté sur le fait que Danny tient plus de moi. » Mais c'était impossible. Son mensonge commençait à se gâter, à empester, à l'écœurer, et elle ne pouvait se résoudre à abuser encore de la crédulité de cette femme si bonne.

Elle s'avança vers le lit et tendit les bras pour prendre Danny. Mais, avec un sourire un peu trop radieux pour être naturel, la gouvernante ne lâcha pas l'enfant.

— Comme il est bon d'entendre votre voix, sir John, se réjouit-elle.

Puis, insistant pour ramener le petit dans sa chambre, pour sa sieste, elle ajouta à l'intention de Hannah :

— Reprenez votre lecture, madame. Cela semble déjà avoir aidé sir John. Ne vient-il pas de parler ? C'est vraiment une bonne nouvelle.

*Pas pour moi*, pensa Hannah.

Lorsque Mrs Turrill fut sortie, refermant la porte derrière elle, elle resta sur place, incertaine. Impatiente de fuir la tension qui planait dans la pièce, elle tourna les talons pour partir à son tour, quand sir John l'attrapa par le bras.

Étouffant un cri, elle baissa les yeux vers sa main sur son poignet, aussi saisie que si un crabe l'avait pincée. Elle battit des paupières et risqua un regard sur le visage de lord Mayfield. Il affichait un mélange de trouble, de perplexité, d'interrogation. Pourtant, elle n'était pas sûre d'y lire de la colère. Il plongea ses yeux dans les siens et elle soutint son regard. Puis, sentant sa poigne se relâcher, elle libéra sa main et s'enfuit hors de la pièce.

Le reste de la journée, Hannah évita la chambre de sir John. Prétextant une migraine, elle demanda à Mrs Turrill de la relayer à son chevet. Si le mal de tête était réel, ce n'était pas la raison pour laquelle elle évitait lord Mayfield. Elle imaginait aisément à quel point son indifférence pouvait paraître étrange à la gouvernante et au docteur Parrish.

Laissant Mrs Turrill s'affairer dans la chambre du convalescent, elle monta rejoindre Becky au deuxième étage.

— Becky, rassemble discrètement tes affaires et celles de Danny. Le temps est venu pour nous de partir, lui annonça-t-elle.

— Mais je suis bien ici, répliqua celle-ci avec une moue boudeuse. Et Mrs Turrill dit que je suis comme une fille pour elle.

— Je le sais, et je suis désolée. Mais sir John a recommencé à parler. Notre séjour ici touche à sa fin. Je t'avais prévenue que nous ne resterions pas toujours.

— Mais où irons-nous?

— À Exeter, je pense. C'est une ville assez importante. Je crois qu'il y aura beaucoup de travail là-bas.

Le menton tremblant, Becky pleurnicha :

— Mais je ne veux pas partir.

S'obligeant à sourire, Hannah lui tapota le bras. Elle ne pouvait se permettre de voir la jeune fille faire une crise de colère.

— Allons, allons. Ne t'inquiète pas, Becky, lui dit-elle d'une voix apaisante. Tu vas t'allonger et te reposer, d'accord? Nous en reparlerons une autre fois.

La nourrice laissa échapper un soupir de soulagement.

La laissant dans la chambre, Hannah redescendit dans la sienne pour mettre la dernière main à ses bagages. Elle tira la valise partiellement pleine de sous son lit et y ajouta quelques effets. Elle s'apprêtait à récupérer la lettre cachée dans le carton à chapeaux quand Mrs Turrill frappa et passa la tête dans l'entrebâillement de sa porte.

— Sir John vous demande, madame.

Son cœur se mit à battre la chamade.

— Le docteur Parrish est avec lui en ce moment. Monsieur semble avoir recouvré l'usage de la parole. Il aimerait que vous vous joigniez à eux.

La dévisageant avec attention, la gouvernante ajouta :

— Il a aussi demandé que vous ameniez Danny.

— Vraiment? interrogea-t-elle, la mort dans l'âme.

— Oui. Même s'il a parlé de lui en l'appelant « l'enfant ». Pas par son prénom.

Comme Mrs Turrill semblait inquiète ! Avait-elle deviné la vérité ?

Avec un sourire crispé, Hannah répondit :

— Je vous remercie, Mrs Turrill. Laissez-moi un petit moment pour me rendre présentable.

Quelques instants plus tard, après avoir posé son bagage à côté de la porte, Hannah remonta chercher Daniel. Elle portait sur sa robe la longue pelisse de Marianna, la sienne n'ayant pas survécu à l'accident.

Elle habilla son fils des petits vêtements qu'elle avait achetés pendant le voyage et d'un gilet de laine que Mrs Turrill lui avait tricoté, mais laissa dans la chambre toutes les affaires de bébé prêtées par les Parrish, lavées et repassées. Becky, paisiblement assoupie sur son lit, ne se réveilla pas.

Sachant à quel point Mrs Turrill et elle s'étaient attachées l'une à l'autre, Hannah avait pris la décision de la laisser à Clifton. La jeune fille à l'esprit perturbé serait en meilleures mains avec la bienveillante gouvernante qu'avec elle. Danny devrait être sevré plus rapidement qu'elle ne l'avait prévu. Heureusement, il avait déjà commencé à manger un peu de bouillie et de fruits écrasés. Si Becky continuait à le nourrir, elle avait remarqué que les tétées étaient de plus en plus courtes, et que Danny s'agitait et se détachait de son sein plus vite qu'avant. Oui, cette page serait bientôt tournée. Cela, comme le reste, appartiendrait au passé.

Elle regagna sa chambre pour prendre sa valise. Elle n'avait d'autre choix que de la porter de sa main valide et d'installer

Danny au creux de son bras bandé. Et maintenant, elle allait simplement descendre, sortir par la porte de service et gagner le relais de poste le plus proche. De là, avec l'argent qui lui restait du voyage à Bath, elle mettrait autant de distance que possible entre Clifton et elle.

Une fois sur le seuil, elle s'arrêta. Pouvait-elle décemment partir ainsi, sans une explication, sans une excuse ? Dans le couloir, sentant son pouls s'affoler, elle hésita. À sa gauche, s'offraient l'escalier et la liberté, à sa droite se tenaient les appartements de sir John.

*Affronte-le*, lui soufflait une petite voix intérieure. Sa propre voix ? Celle de Dieu ? Celle du diable ? Elle aurait été incapable de le dire.

*J'ai peur*, répondit-elle en pensée.

Et pour cause !

Sa décision prise, elle chassa ses hésitations, posa sa valise et fit passer Danny au creux de son bras valide. Puis, oubliant son appréhension de l'inconnu, elle traversa le palier vers la chambre du convalescent. Vers la condamnation assurée.

Par la porte entrebâillée, elle surprit des fragments de conversation. La voix basse et rauque de sir John répondait par bribes à celle plus loquace du docteur Parrish. Parlaient-ils d'elle ? Sir John avait-il déjà informé l'excellent docteur de sa malhonnêteté ?

Quand elle entra, ce dernier se tourna vers elle et, son visage s'illuminant, s'exclama :

—Ah ! Voici votre famille. Votre ravissante épouse et votre beau garçon en pleine santé.

Elle réprima un petit cri de surprise. Visiblement, sir John n'avait soufflé mot de sa véritable identité. La gorge sèche, elle déclara :

— Docteur Parrish, je suis contente de vous trouver ici. Il y a quelque chose…

— Je suis toujours ravi de pouvoir me rendre utile, tout particulièrement à mes voisins, répliqua le praticien. Et je peux vous dire que je me suis attaché à ce jeune homme. Bonté divine ! Quelle ressemblance frappante !

— Ressemblance avec qui ? marmonna sir John d'une voix rocailleuse de n'avoir pas servi pendant plusieurs semaines.

Haussant les sourcils d'étonnement, le médecin s'exclama :

— Avec qui ? Vous avez le sens de l'humour, monsieur ! Avec vous, bien sûr ! Le nez des Mayfield, sans parler du reste.

— Ce n'est pas ce que je vois.

C'était maintenant ou jamais, comprit Hannah. D'expliquer son point de vue. De présenter des excuses. Il était préférable d'avouer volontairement plutôt qu'attendre de se voir dénoncée et d'essayer de se justifier.

Précipitamment, elle commença :

— Voyez-vous, docteur Parrish, quand vous nous avez découverts dans cette voiture accidentée et que vous n'avez vu que deux victimes, vous avez tout naturellement supposé que nous étions… que j'étais…

— Et quel spectacle vous offriez, intervint le docteur. Je ne l'oublierai jamais. Quelle image de tendresse au cœur de cette tragédie. Car même si vous étiez tous les deux blessés et inconscients, votre femme tenait amoureusement votre tête sur ses genoux.

Pourquoi cet homme avait-il la mauvaise habitude de toujours couper la parole? Réprimant un soupir exaspéré, elle précisa:

—Docteur Parrish, vous êtes très aimable. Mais cela était simplement dû à la façon dont notre berline était tombée, à la position dans laquelle la chute nous avait projetés.

—À la position dans laquelle le destin vous a projetés! insista-t-il. Pensez-vous que de telles choses arrivent par hasard?

—Le «destin»? De la «tendresse»? répéta Hannah en secouant la tête, incrédule. Je ne vois pas comment vous avez pu voir autre chose que de l'horreur dans une telle scène!

L'air soudain affligé, le médecin admit:

—Je n'avais pas encore trouvé le cocher qui avait été projeté à une certaine distance de la voiture accidentée. Pas plus que nous n'avions aperçu la pauvre créature qui flottait au large, emportée par la marée.

Sir John grimaça et murmura d'une voix râpeuse:

—Tout est ma faute. Entièrement ma faute.

—Et votre femme a été blessée aussi, reprit le docteur Parrish. Mais regardez comme elle s'est bien rétablie! Vous voulez bien lui montrer vos blessures à la tête, madame? Regardez, j'ai recousu moi-même la plaie, puis j'ai retiré les points de suture. Je ne suis pas chirurgien, certes, mais il n'y en a aucun à des miles à la ronde, aussi, mon épouse et moi-même avons fait de notre mieux. J'ai bien peur qu'elle ne garde une cicatrice.

Rien, toutefois, que des cheveux bien arrangés ne puissent cacher. Et son bras se remet bien. Elle a besoin de récupérer sa robustesse, tout comme vous aurez besoin de récupérer l'usage et la vigueur de vos membres.

Hannah ferma les paupières. Comme il était tentant de ne pas poursuivre. De ne pas avouer la vérité! Puis, dans un soupir accablé, elle plaida:

— Docteur Parrish, je vous en prie, laissez-moi finir. Vous n'avez pas compris la situation et j'ai permis à ce malentendu de s'éterniser. Je ne suis pas...

— Madame, s'interposa sir John, les yeux plissés. Vous sentez-vous mal?

Il ajouta alors à l'intention du médecin:

— Docteur, sa blessure à la tête pourrait-elle avoir laissé des séquelles? Ma femme ne semble pas être elle-même.

Abasourdie, Hannah le dévisagea. Que voulait-il dire? Elle jeta un coup d'œil derrière elle. Marianna était-elle apparue comme par miracle? Avait-il des visions? Se retournant, elle croisa son regard déterminé. *« Ma femme ne semble pas être elle-même. »* Qu'entendait-il par là? Était-il aveugle ou avait-il perdu la raison? C'est alors qu'elle discerna la lueur entendue, parfaitement déroutante, dans ses prunelles. Cherchait-il à lui faire comprendre de ne pas révéler son identité au médecin? Mais, dans ce cas, pourquoi?

Comme s'il voulait un éclaircissement, sir John demanda:

— Et la pauvre créature emportée au large...

— La demoiselle de compagnie de votre épouse, Hannah Rogers, expliqua le médecin.

Hannah jeta un coup d'œil surpris à sir John. Même si elle ne savait pas très bien ce qu'il en avait saisi, elle lui avait déjà annoncé ce décès.

— Ah! Bien sûr, dit-il, opinant.

— Et si triste que soit le sort de cette personne, vous pouvez remercier le ciel de vous avoir épargnés, lady Mayfield et vous, renchérit le docteur.

Elle ouvrit la bouche avec l'intention de reprendre ses aveux, mais fut arrêtée dans son élan par l'intensité du regard de sir John. Avançant le bras, il attrapa sa main libre. Si, en apparence, cela avait tout d'une marque de réconfort, elle comprit son geste comme un avertissement.

Comme s'il sentait son malaise, Danny commença à pleurnicher et à s'énerver, donnant dans son bras des coups de pied douloureux. D'un air dégagé qui la troubla au plus haut point, sir John lui fit remarquer :

— Le bébé est agité, ma chère amie. Peut-être devriez-vous aller le coucher et en profiter pour vous reposer vous aussi. Mais revenez me voir dans une heure ou deux.

Elle pressentit qu'il voulait s'entretenir seul avec elle. Sûrement dans l'intention d'éviter que le scandale n'éclabousse le nom des Mayfield. Et sans nul doute pour lui déclarer clairement, en privé, ce qu'il pensait d'elle.

Ainsi qu'elle en avait été priée, elle revint une heure plus tard, en proie à un mélange d'appréhension et de curiosité. Pourquoi sir John ne l'avait-il pas démasquée? Se pourrait-il qu'il l'ait sciemment protégée? Non, elle était idiote de l'espérer.

Quand elle lança un coup d'œil par la porte entrouverte, voyant qu'il dormait, elle n'eut pas le cœur – ni le courage – de le réveiller.

Le jour de leur premier entretien lui revint en mémoire. Ils avaient alors discuté les termes de son emploi comme demoiselle de compagnie. Malgré ses réserves évidentes sur le fait d'engager une telle personne au service de sa femme, il lui avait offert des appointements très généreux. Elle se revoyait assise, mal à l'aise, dans le petit salon des Mayfield, à Bristol. Debout de l'autre côté de la pièce, sir John lui avait demandé, le regard perdu au loin, par la fenêtre :

— Êtes-vous intéressée ?

— Oui, avait-elle acquiescé.

À sa grimace, elle avait deviné, sans comprendre pourquoi, qu'il n'était pas satisfait de sa réponse. Il avait repris, comme se parlant à lui-même.

— Mais… dois-je accepter ?

— Seulement si vous le souhaitez.

— Si je le souhaite ? avait-il répété avec un rire dont l'amertume n'avait rien de jovial. Je constate que Dieu exauce bien rarement mes souhaits.

— Dans ce cas, vous en formulez peut-être de mauvais, lui avait-elle fait remarquer avec une profonde gravité.

— Peut-être avez-vous raison. Et vous-même, que souhaitez-vous ?

L'espace d'un instant, elle s'était noyée dans son regard bleu-gris, intimidée par la lueur de provocation qui dansait au fond de ses prunelles, incapable de parler.

Sans lui laisser le temps de formuler une réponse appropriée, il avait croisé les bras et avait poursuivi :

— Il serait injuste de vous demander de me faire des rapports sur les allées et venues de lady Mayfield et sur les personnes qu'elle retrouve. Mais j'ose au moins espérer que vous aurez une bonne influence sur elle. Contrairement à la plupart de ses fréquentations, avait-il persiflé.

Le menton levé en signe de défi, elle avait rétorqué :

— Vous avez raison, monsieur. Je ne peux être la demoiselle de compagnie de votre épouse et l'espionner pour votre compte. Cependant, je ne laisserai jamais passer une occasion de lui prodiguer mes conseils amicaux pour l'empêcher de créer du tort à sa réputation ou à son mariage.

Son regard bleu argenté se faisant glacial, il s'était exclamé avec une amertume teintée d'ironie :

— Ah ! Pour cela, il est déjà trop tard.

Si elle avait pu prévoir tout ce qui allait se passer dans cette maison, aurait-elle accepté cet arrangement ? Quelle naïveté avait été la sienne de croire qu'elle serait capable de mettre un frein à l'attitude qu'adoptait Marianna avec les hommes. Elle n'était même pas parvenue à maîtriser son propre comportement.

Sa curiosité piquée, Hannah décida de ne pas partir avant d'avoir entendu ce que lord Mayfield désirait lui confier en privé.

Le lendemain soir, elle entra dans la chambre de sir John d'un pas feutré.

Le docteur Parrish qui rangeait sa trousse médicale lui adressa un petit salut de la main avant de revenir à son occupation. Elle s'assit, un peu raide, dans le fauteuil où elle faisait la lecture à sir John mais ignora le livre. Les mains crispées sur ses genoux, elle appréhendait ce qui l'attendait. Les cheveux bien peignés, sir John était vêtu d'une élégante robe de chambre sur sa chemise de nuit. Il avait sans doute été blond dans sa jeunesse mais, aujourd'hui, à quarante ans, il arborait des cheveux châtain clair qui avaient grand besoin d'une bonne coupe.

Avec un coup d'œil irrité, il lança :

— Je vous avais demandé de revenir me voir, hier soir.

— Je l'ai fait mais vous dormiez.

Il ne parut pas convaincu. L'air soudain calculateur, il se tourna vers le médecin.

— Dites-moi, docteur, ces massages médicaux dont mon aimable épouse s'est acquittée avec une telle compétence, y a-t-il une raison d'y mettre un terme ?

Prise de court par son ironie mordante, Hannah eut un mouvement de recul. Mais le praticien ne sembla pas remarquer l'intonation sarcastique de son patient.

— Pas la moindre, répondit-il en secouant la tête. Jusqu'à ce que vous puissiez marcher et faire vos exercices seul.

Enveloppant Hannah d'un regard provocateur qui la fit tressaillir, sir John approuva.

— Parfait ! À propos, j'ai une autre question, docteur.

— Je vous écoute.

— Y a-t-il une objection à ce que… je reprenne mes devoirs conjugaux… avec ma femme ?

Avec un petit cri d'effroi, Hannah baissa la tête, les joues en feu.

Manifestement pris au dépourvu, le docteur Parrish garda un instant le silence. Son regard allant de l'un à l'autre, il joua avec la fermeture de sa trousse. Finalement, un sourire indulgent creusant une fossette dans sa joue, il déclara :

— Sir John, je pense que vous plaisantez. Vous aimez taquiner lady Mayfield, à ce que je vois. Mais vous l'embarrassez, cher monsieur, et vous devez essayer de vous montrer plus discret à l'avenir.

Sans lui rendre son sourire, sir John persista :

— Je ne plaisante pas le moins du monde. Je suis très sérieux.

Hannah se mit à paniquer. À quoi jouait sir John ? Cherchait-il à la mettre mal à l'aise pour la punir ? Cela ne lui ressemblait guère. L'accident avait-il aussi perturbé sa santé mentale ? La prenait-il vraiment pour son épouse ?

Hésitant, le médecin répondit :

— Eh bien… si tel est le cas, je préférerais en discuter avec vous en privé.

— Pourquoi ? Votre réponse ne la concerne-t-elle pas autant que moi ?

Avec un froncement de sourcils, le docteur repartit :

— Pas exactement. Car, contrairement à vous, lady Mayfield est totalement rétablie. Même si vous faites des progrès de jour en jour, je pense qu'avec vos côtes et votre cheville, une activité… physique, quelle qu'elle soit, ne serait pas très indiquée en ce moment. Elle serait même douloureuse. Non, renchérit-il en hochant la tête, si je me fie à mon opinion professionnelle, je ne vous le recommande pas.

—Non? Par pitié, docteur! Et partager mon lit? Juste en signe de réconfort et d'affection? Y a-t-il le moindre mal à cela?

—Sir John, protesta Hannah. Vous allez trop loin.

Imperturbable, il la contempla.

—Manifestement, lady Mayfield craint de me faire mal pendant la nuit.

Même s'il échappa au médecin, elle perçut de nouveau le sarcasme dans sa voix. Avec une moue pensive, Mr Parrish semblait réfléchir.

*Je vous en conjure, refusez*, le supplia-t-elle intérieurement.

En dépit de l'admiration qu'elle avait éprouvée pour sir John par le passé, à cet instant précis, il ne lui inspirait que peur et humiliation. Lui avait-il jamais parlé de manière si grossière? S'était-il jamais montré aussi cavalier avec elle?

—Si elle fait attention à ne pas trop vous bousculer, je n'y vois pas d'inconvénient, décida le docteur. Et je ne doute pas qu'après une aussi longue séparation, ce sera pour tous deux un agréable changement. Non, je ne pense pas qu'il y ait un problème.

—Mais je... je ne peux pas, bafouilla Hannah.

Les deux hommes la dévisagèrent. Devant leurs regards inquisiteurs, elle bredouilla:

—Je veux dire... que... que penserait Mrs Turrill? Elle saura que je n'ai pas dormi dans mon propre lit, et...

Affable, le docteur Parrish souligna:

—Ma chère dame. Nous ne sommes pas comme les gens de la ville, à cheval sur la bienséance. Ici, dans les régions de l'Ouest, maris et femmes partagent le lit conjugal sans que personne y trouve rien à redire, je peux vous l'assurer.

— Quel soulagement! s'exclama sir John avec un sourire de satisfaction. Bien, madame, le docteur Parrish a répondu à vos objections. Voilà donc une affaire réglée!

— Mais, sir John…, avança-t-elle.

Encore une fois, il l'interrompit :

— Je vous remercie du fond du cœur, docteur Parrish. Vous avez vraiment gagné vos honoraires, aujourd'hui.

L'air un peu déconcerté, le candide médecin les regarda tour à tour. Peut-être avait-il tout de même perçu le sarcasme dans le ton de sir John, sans en comprendre la raison. Il semblait conscient de l'embarras de «lady Mayfield» mais, sans doute loin d'imaginer que cette gêne pouvait être due à de l'appréhension vis-à-vis d'un mari si versatile, devait-il la mettre sur le compte de la pudeur.

Il prit congé. Resté seul avec Hannah, sir John suggéra d'une voix malicieuse :

— Vous souhaitez peut-être vous changer pour la nuit?

Consternée, elle secoua lentement la tête.

— Pourquoi faites-vous cela?

— Parce que la mémoire commence à me revenir. Et avec elle, mon imagination. Ne soyez pas trop longue, chère épouse, lui lança-t-il, sardonique, alors qu'elle sortait dans le couloir.

La tête haute, droite, elle s'éloigna de la chambre avec l'impression d'avoir des pieds de plomb. Comment la situation avait-elle pu évoluer de la sorte? Qu'était-elle censée faire? Refuser et causer une scène? Aller chercher Danny et s'en aller, en profitant de la pénombre qui commençait à envahir le parc ? Lord Mayfield ne pouvait pas sérieusement s'attendre à ce qu'elle partage son lit. Était-ce la vue de Danny et la découverte qu'elle avait eu un enfant hors des liens du mariage qui lui avaient donné des idées ? S'être abandonnée au plaisir des sens une fois par le passé ne signifiait pas qu'elle allait recommencer.

L'espace d'un moment, elle resta dans sa chambre, irrésolue. Un coup timide à la porte la fit se retourner. Elle se trouva face à Mrs Turrill qui la scruta d'un air curieux.

— J'espère que vous ne m'en voudrez pas mais le docteur Parrish m'a informée de la requête de sir John. J'ai pensé que vous aimeriez de l'aide pour vous changer.

— Merci, Mrs Turrill.

Après l'avoir aidé à passer une chemise de nuit, la bienveillante gouvernante lui brossa les cheveux.

— Êtes-vous certaine que tout ira bien ?

Étonnée par la lueur d'alarme dans ses yeux, Hannah se demanda pourquoi la gouvernante lui posait cette question. Que savait-elle ? Ou que soupçonnait-elle ?

Avec un sourire crispé, elle répondit :

— Oui. Naturellement.

*Je dormirai simplement dans le fauteuil capitonné, devant le feu*, se dit-elle. Dans la même pièce, pour satisfaire le docteur Parrish. Assez près de sir John pour le satisfaire lui aussi, et réussir l'étrange examen qu'il lui infligeait, espérait-elle. S'il voulait la pousser à avouer sa véritable identité, pourquoi l'en avait-il empêchée tout à l'heure ? Essayait-il de la forcer à divulguer la vérité et à plier bagages ?

C'était exactement ce qu'elle avait envie de faire.

Mais, dans ce cas, qu'adviendrait-il de Danny?

Lorsqu'elle regagna la chambre de sir John, elle remarqua qu'il s'était glissé sur un côté du lit pour lui faire de la place. Ou bien, Mrs Turrill l'y avait aidé. Pourtant, l'éclair de surprise qui traversa son regard quand il la vit entrer, en tenue de nuit, ne lui échappa pas. Apparemment, il ne pensait pas qu'elle reviendrait.

Les traits de nouveau durcis, il tapota l'autre côté du lit et lui enjoignit :

— Venez, chère épouse.

— Sir John! se récria-t-elle en baissant la tête d'un air de reproche.

— C'est vous qui avez commencé tout cela. Si vous préférez partir, je ne vous retiens pas. Je ne pourrai pas vraiment vous courir après, ironisa-t-il.

Il jeta un coup d'œil à sa chemise de nuit et à son châle. Si elle s'était attendue à un regard lascif ou amoureux, elle était loin du compte. Sa bouche se tordant en une grimace de douleur, il questionna :

— Ces vêtements appartiennent bien à Marianna?

Donc, il se souvenait de sa femme.

Elle inspecta la chemise ivoire bordée d'un galon rose. Elle se rappelait que Marianna avait insisté pour que toutes ses chemises de nuit soient agrémentées de galons roses.

— Oui. Je suis désolée. Mais j'ai perdu toutes mes affaires dans l'accident.

Il tourna la tête, le regard soudain lointain. À travers ses lèvres serrées, il murmura :

— Oui, nous avons tellement perdu…

Contre toute attente, elle sentit son cœur se gonfler de compassion. C'était la première fois qu'elle le voyait montrer du chagrin de la perte de Marianna. Elle en était venue à croire qu'il y avait été indifférent. Elle s'était trompée.

—Je suis désolée, répéta-t-elle accordant une autre signification à ces mots.

Elle surprit des larmes au coin de ses paupières. D'un battement de cils, il les refoula.

—Est-elle vraiment partie? demanda-t-il d'une voix rauque.
—Oui, chuchota Hannah.
—Partie… ou morte?

Pétrifiée par sa question, elle le regarda, sévère.

Il baissa un instant les yeux sur elle avant de les lever vers le plafond.

—Allons! Vous ne pouvez prétendre ignorer que pas un jour ne passait sans qu'elle espère trouver un moyen de se débarrasser de moi. Une occasion de me quitter et de retourner à son amant.

Il cracha ce dernier mot comme s'il avait avalé une bouchée de viande avariée.

—Comme vous avez dû vous moquer de moi, toutes les deux, et rire sous cape du chevalier si estimé, qui révulsait sa propre femme.

—Je ne me suis jamais moquée de vous, monsieur, affirma Hannah en secouant la tête.

—Dites-moi la vérité, la pressa-t-il. L'avez-vous aidé à organiser sa fuite? Visiblement, vous au moins avez joué le jeu puisque vous êtes ici, à prétendre être Marianna.

Elle le dévisagea, de plus en plus abasourdie.

—C'est ce qui explique votre comportement? Je vous promets, monsieur, que je n'ai rien eu à voir avec cela. C'était un accident. Un terrible accident, totalement imprévisible.

L'espace d'un instant, il soutint son regard, comme pour jauger sa franchise.

Enfin, il laissa échapper un long soupir et déclara:

—Si elle est vraiment morte, si, vraiment, elle s'est noyée, je suis certes très cruel de vous accuser d'une telle duplicité. De seulement le penser. Je vous prie de m'en excuser. Mais, la connaissant comme je la connaissais, sachant combien elle me détestait, je ne peux m'empêcher de m'interroger.

Debout devant le lit, Hannah répliqua, mal à l'aise:

—Sir John, je ne sais que vous dire. Le docteur Parrish pense qu'elle était sans doute déjà morte quand la marée l'a entraînée hors de la berline accidentée. Ou peut-être a-t-elle été projetée dans le canal de Bristol quand la voiture s'est écrasée mais je ne pense pas que ce soit le cas.

—Pourquoi? s'étonna-t-il, l'air intrigué.

Elle ferma les yeux, essayant de retrouver le souvenir fugace, mais il lui échappait.

—Je ne sais pas. Il me semble l'avoir vue s'éloigner au large. Le docteur Parrish et son fils affirment qu'ils l'ont aperçue flotter puis couler lentement, sans se débattre. Ils m'assurent qu'elle n'a pas souffert.

Devait-elle lui parler de la bague? Si elle le faisait, serait-elle obligée de la lui rendre sur-le-champ? Elle avait eu l'intention de la restituer une fois qu'elle aurait trouvé une place rémunérée. Mais la bague était son assurance. Si, un jour, elle se voyait obligée d'acheter de la nourriture pour Danny qui aurait faim, ou des médicaments s'il était malade, elle la vendrait ou la mettrait en gage. La pensée de voler lui était odieuse. Elle savait à quel point cela lui ressemblait peu. Mais elle répugnait à renoncer à la seule chose qui pouvait protéger son fils de mourir de faim jusqu'à ce qu'elle trouve un moyen de les faire vivre.

—J'étais partiellement inconsciente, expliqua-t-elle. Je n'ai en mémoire que quelques images de l'accident et de ce qui s'est passé ensuite. Néanmoins, j'ai un souvenir flou d'avoir essayé d'attraper sa main, de la tirer vers moi. Hélas, je n'en ai pas eu la force.

Avec un hochement de tête, il tressaillit. Ses yeux étaient toujours dans le vague, comme s'il essayait de visualiser lui-même la scène.

—Vous n'êtes pas responsable, chuchota-t-il. Tout est ma faute. Je n'aurais jamais dû insister pour continuer par cette tempête.

—Peut-être. Mais c'était vraiment un accident. Vous ne pouviez pas prévoir ce qui allait se produire. Ni savoir que nous étions si près de la falaise. Si vous l'aviez su, il est certain que vous auriez pris une autre décision.

—Vous croyez? Vous paraissez avoir plus confiance en moi que je n'en ai moi-même. Tout ce qui comptait pour moi, c'était l'éloigner de lui. Je ne voulais pas prendre de retard pour ne pas lui laisser la moindre chance de nous rattraper. J'étais bien déterminé à les séparer pour toujours. Mon plan semble avoir réussi au-delà de mes espérances.

Sa voix se brisant, il partit d'un petit rire ironique.

La compassion envahit de nouveau Hannah. Subir un tel deuil était suffisamment difficile. Mais devoir y ajouter la culpabilité de se sentir responsable de la mort de sa femme ? Il y avait de quoi affecter le plus solide des hommes. Un instant, elle se demanda si ses blessures amplifiaient sa souffrance, avant de comprendre qu'elles agissaient peut-être comme une sorte de consolation. S'il s'en était sorti indemne, sa culpabilité aurait sûrement été décuplée.

Elle fut tentée de lui demander pourquoi il ne l'avait pas démasquée, pourquoi il l'avait laissée garder sa fausse identité, mais elle se ravisa. Elle craignait de ne pas aimer sa réponse. Il paraissait si las, si accablé par le chagrin, qu'elle ne supportait pas l'idée de le brusquer. En outre, elle ne tenait pas à le voir recouvrer son attitude insensible.

Elle aurait tout le temps de lui poser la question le lendemain. D'un pas prudent, elle contourna le lit dont elle n'avait pas voulu approcher un quart d'heure plus tôt. Elle ne savait pas encore quelle était son intention. Certes, elle ne comptait pas s'allonger à côté de lui. Cependant, elle aurait été heureuse de lui apporter un peu de réconfort.

Il la regarda, l'air méfiant.

D'un signe de tête, elle désigna le pichet et le verre, sur la table de chevet.

—Voulez-vous de l'eau ? proposa-t-elle.

Un coude posé sur le lit, il avança lentement la main.

Les doigts tremblants, elle lui remplit un verre et le lui tendit mais il ne le prit pas. Le bras toujours levé, il se contenta de la dévisager. Sans saisir le verre, il garda sa main tendue vers elle.

— Non ?

Elle posa le verre et jeta un coup d'œil troublé à lord Mayfield. Elle se rappelait avoir tenu son gant trouvé après l'accident. Lui avait-elle jamais pris la main ? Hésitante, elle glissa les doigts de sa main valide dans les siens et les pressa délicatement. Elle attendit, anxieuse, mais il ne les serra pas. Il ne l'attira pas vers le lit, ne lui répéta pas sa demande de l'y rejoindre. Ils restèrent un moment ainsi, elle debout, lui allongé, leurs regards plongés l'un dans l'autre, leurs doigts entrelacés.

Finalement, elle murmura :

— Je vais aller m'asseoir près du feu et vous tenir compagnie jusqu'à ce que vous dormiez. Êtes-vous d'accord ?

Avec un petit signe de tête résigné, il lâcha sa main et reposa son bras sur les draps.

Elle tourna le fauteuil capitonné de façon à le voir et s'installa au coin de l'âtre. Puis, après avoir étalé un plaid sur ses genoux, elle se cala confortablement contre le dossier.

— Et maintenant, dormez, sir John.

— Je ne fais que ça, dormir, répliqua-t-il d'une voix somnolente.

Mais déjà ses paupières se fermaient.

Plusieurs heures plus tard, elle se réveilla en sursaut, surprise de voir une pâle lumière filtrer à travers les persiennes. Elle regarda le lit. La tête surélevée par un oreiller supplémentaire, sir John l'observait.

Gênée, elle se redressa dans son fauteuil, sa nuque et son bras ankylosés lui arrachant une grimace. Baissant la tête, elle s'examina, immédiatement soulagée de voir que ses vêtements de nuit n'avaient pas bougé et la couvraient toujours pudiquement.

—Je… je n'avais pas l'intention de passer la nuit ici.

—Je suis heureux que vous l'ayez fait, répondit-il. J'ai été content de vous avoir près de moi, bien que vous n'ayez pas dû être très à l'aise.

*Pour plus d'une raison*, songea-t-elle en se levant avec précaution.

—Je veux bien de l'eau, maintenant, s'il vous plaît, ajouta-t-il.

Elle hésita. S'il avait pu passer un autre oreiller sous sa tête, il pouvait probablement se glisser vers la table de chevet et se servir un verre d'eau. Elle s'avança lentement. L'aider ne la dérangeait en rien mais elle se méfiait de ses desseins. Ou bien se faisait-elle des idées ? Peut-être était-il tout simplement habitué à se faire servir.

Elle lui tendit le verre et, cette fois, il le prit et but. Puis il baissa les yeux sur ses mains qui, engourdies, la picotaient. Elle se rendit soudain compte qu'elle les frottait machinalement l'une contre l'autre pour recouvrer ses sensations : des efforts que son bandage rendait inefficaces.

Il lui rendit le verre qu'elle reposa sur la table de chevet.

—Asseyez-vous ! lui intima-t-il.

—Pardon ?

—Asseyez-vous, c'est tout ! répéta-t-il en lui montrant le lit du menton.

Nerveuse, elle obtempéra, prête à s'enfuir au moindre signe de danger.

— Donnez-moi votre main, poursuivit-il, en lui offrant une paume ouverte.

Heureusement, elle ne portait pas la bague de lady Mayfield. Néanmoins, elle hésita. Voulait-il juste la tenir de nouveau, comme il l'avait fait la veille? Étant donné qu'elle avait déjà accepté une première fois, il semblait puéril de refuser mais, bizarrement, à la lumière du jour, le geste lui paraissait plus embarrassant, plus impudent.

Elle déglutit et, gauchement, déposa sa main engourdie au creux de sa paume. La prenant entre les deux siennes, il commença à la pétrir et à masser délicatement ses doigts. Elle sentit des éclairs de plaisir et de douleur traverser son bras. Puis, de plus en plus embarrassée, elle lui murmura:

— Sir John, vous n'êtes pas obligé. Je me suis juste endormie. Je...

— Chut! C'est le moins que je puisse faire après tous les soins que vous m'avez prodigués.

Elle voulut retirer sa main. Elle savait qu'elle aurait dû. Mais le plaisir, le soulagement étaient trop délicieux. Elle s'y abandonna.

Quand Mrs Turrill entra, chargée du plateau du petit déjeuner, elle les trouva côte à côte, main dans la main. Gênée de se voir surprendre si près de lui, la jeune femme essaya de se dégager, mais il la retint d'une poigne ferme.

Un sourire flotta sur les lèvres de la gouvernante, creusant des fossettes dans ses joues. L'espace d'une seconde, Hannah vit la scène avec ses yeux. Quelle charmante image conjugale ils donnaient ! Si Mrs Turrill avait connu la vérité, son sourire se serait aussitôt évanoui.

# Chapitre 15

Le lendemain soir, Hannah retourna dans la chambre de sir John. Elle n'avait l'intention de dormir ni dans son lit ni dans l'inconfortable fauteuil, mais désirait converser un moment avec lui avant de lui souhaiter une bonne nuit.

Elle eut la surprise de le trouver bien calé contre des oreillers, une écritoire sur les genoux et une plume à la main.

— Bonsoir, Miss… madame. Quelle plaisante surprise !

Gênée de l'entendre l'appeler « madame », elle baissa la tête.

— Si vous êtes occupé, je vais vous laisser.

— Pas du tout. Venez me faire la conversation. Ce sera un plaisir.

À la chaleur de son ton, il paraissait sincère. L'était-il vraiment ?

Elle s'approcha d'un pas timide.

— Puis-je vous demander ce que vous écrivez ?

— Une lettre à Mr Lowden.

— Je vois.

En entendant le nom de l'avoué, Hannah ressentit un étrange pincement au cœur.

Repoussant son écritoire, sir John tapota le lit pour l'inviter à l'y rejoindre.

— Je vous en prie, venez vous asseoir à côté de moi. Je vous promets d'être sage.

Il avait une voix grave et sonore. Elle avait presque oublié son timbre chaud de baryton.

Un peu effarouchée, elle s'installa sur le bord du lit. Il prit sa main libre dans la sienne et y entrelaça ses doigts. À une époque, n'aurait-elle pas tout donné pour qu'il lui témoigne un tel geste d'affection ?

— Comment va Danny ? s'enquit-il.

— Bien, je vous remercie.

— Je suis heureux de l'entendre.

Après une hésitation, il reprit :

— Quelle surprise de vous voir devenue mère. Nous n'en savions rien.

— Je sais, acquiesça-t-elle en fuyant son regard.

— Je… suppose qu'il ne serait pas poli de vous demander… qui est le père de ce garçon ?

Hannah sentit ses joues s'enflammer. Au lieu de répondre, elle lui posa la question que la tourmentait depuis quelque temps.

— Pardonnez-moi d'aborder un sujet aussi triste, sir John. Mais j'ai été surprise d'apprendre par le docteur Parrish que lady Mayfield attendait un enfant.

Il cilla mais acquiesça :

— Oui. Un médecin de Bath l'a confirmé.

— C'est donc pour vous un double deuil.

Avec un soupir accablé, il approuva.

— Certes, la perte de toute vie me désole, tout particulièrement celle d'un petit être innocent. Et quand je pense qu'il était en mon pouvoir de l'éviter…

— Sir John, vous ne pouviez pas savoir.

D'une voix égale, il annonça alors à brûle-pourpoint :

— L'enfant que portait Marianna n'était pas le mien. Il n'aurait pas pu l'être. Mais comme elle et moi aurions été mariés au moment de sa naissance, d'un point de vue légal, il aurait été l'héritier de tous mes biens. Et si Marianna me l'avait demandé, je lui aurais pardonné et j'aurais aimé cet enfant comme s'il avait été le mien.

À ces paroles, une douleur mêlée de nostalgie submergea Hannah. Se ressaisissant, elle reprit :

— Qu'a dit Marianna quand le médecin a confirmé la nouvelle ? Elle a dû craindre que vous ne vous rendiez compte que l'enfant n'était pas de vous ?

— Elle n'a montré aucun repentir, si c'est ce que vous entendez. Elle m'a simplement lancé : « À quoi vous attendiez-vous ? »

Hannah secoua la tête.

— Mais vous teniez quand même à l'éloigner de Mr Fontaine ? Vous espériez que venir ici serait la solution ? s'étonna-t-elle, incapable de dissimuler son incrédulité.

— Elle était ma femme. Et moi, j'étais son mari. Devant Dieu. Pour le meilleur et pour le pire. Même si je n'ai jamais imaginé les proportions que prendrait le pire. Jamais de ma vie je n'avais prononcé des mots qui me mettraient à l'épreuve comme ce serment.

L'air lugubre, sir John poursuivit :

— Qu'ai-je fait pour que Marianna me déteste à ce point ? Vous l'a-t-elle jamais dit ?

Après une hésitation, Hannah répondit :

— Je ne pense pas que vous en soyez responsable, sir John. Je crois que lady Mayfield éprouvait déjà des sentiments très forts pour Mr Fontaine quand vous l'avez rencontrée.

— Alors pourquoi m'a-t-elle épousé ?

Hannah s'était elle-même posé la question. Se fondant sur les confidences de Marianna, elle avait recollé les pièces d'une réponse partielle.

— Vous savez que son père, de son vivant, avait une très forte influence sur elle, commença-t-elle avec douceur. Et vous êtes un homme beaucoup plus important que Mr Fontaine. Vous avez de la fortune, des propriétés, un titre. Il n'est pas très étonnant que Mr Spencer ait été si favorable à cette union avec vous.

L'air pensif, sir John hocha la tête.

— Et Marianna a accepté, pensant ne rencontrer aucun obstacle pour poursuivre discrètement sa liaison avec Mr Fontaine.

Avec un haussement d'épaules, Hannah ajouta :

— J'ignore néanmoins si elle avait toujours l'intention de continuer à le voir quand elle s'est mariée.

— De toute façon, je suis certain qu'elle n'avait pas envisagé jusqu'où j'étais capable d'aller pour l'empêcher.

De sa main libre, il se frotta les paupières et poursuivit :

— Je pensais que si j'arrivais à l'éloigner de lui, à la soustraire à son influence, elle pourrait peut-être me donner, nous donner, une chance. Mais elle ne l'a jamais fait.

Il baissa la tête vers leurs doigts entrelacés puis, avec un coup d'œil furtif, déclara :

— Vous devez me trouver tellement hypocrite, maintenant.

— Je suis désolée, sir John.

— Comment pouvez-vous être désolée ? Après tout ce que vous avez fait. C'est moi qui devrais vous supplier de me pardonner.

Comme elle se sentait gênée, assise à côté de lui, sa petite main au creux de la sienne, si grande. Pourtant, elle ne pouvait nier que la sensation lui était agréable. Ils restèrent ainsi, en silence, pendant plusieurs minutes.

Puis, redoutant sa réaction à ce qu'elle allait dire, Hannah prit une profonde inspiration.

— À propos, lorsque vous étiez toujours inconscient, Mr Fontaine s'est présenté ici. Il cherchait Marianna.

Le visage soudain menaçant, il fronça les sourcils.

— Cette ordure a osé !

— Oui. Mr Fontaine s'est présenté ici une dizaine de jours après l'accident. Il a demandé à voir Marianna mais, bien sûr, je lui ai dit que c'était impossible. Et lui ai expliqué pourquoi.

— Quelle a été sa réaction ?

— Naturellement, il était abasourdi. Et… visiblement anéanti par le chagrin.

L'air pensif, sir John assimila la nouvelle.

— Bien entendu, il m'a reconnue, poursuivit-elle. Mais il ne s'est pas attardé, et personne ne s'est adressé à moi en m'appelant « lady Mayfield » en sa présence.

Sir John hocha la tête en signe d'assentiment.

— Mais s'il revenait…, ajouta-t-elle timidement.

— Pourquoi reviendrait-il ? Maintenant qu'elle est morte ?

— J'espère que vous avez raison.

En effet, elle redoutait la réaction de Fontaine quand il apprendrait qu'elle s'était fait passer pour sa maîtresse disparue. Mais, pour le moment, elle préférait ne pas y penser.

Effleurant d'un pouce les jointures de ses doigts, sir John reprit :

— Je suis surpris qu'un beau soupirant comme Fontaine ne vous ait pas encore fait des avances. Je pourrais vous dire que je suis désolé d'apprendre que vous ne vous êtes pas mariée après nous avoir quittés, mais ce serait un mensonge.

— Peut-être l'aurais-je dû. Pour le bien de Daniel.

Encore une fois, elle se demanda ce qu'avait bien voulu dire sir John par « ce n'est pas ce que je vois » quand il avait regardé Danny. D'après ce qu'elle savait, il n'avait jamais rencontré Fred Bonner. Ou bien avait-il remarqué la manière dont Mr Ward, son secrétaire, la regardait, et le soupçonnait-il ? Elle espérait que non !

Il relâcha sa main et, d'un doigt léger comme une plume, frôla la peau délicate au creux de son poignet. Une myriade de picotements parcoururent son bras.

— Un endroit sans taches de rousseur, déclara-t-il.

Il laissa sa main remonter le long de son bras, pour s'arrêter presque sous la manche ballon qui habillait son épaule, puis redescendre.

— Vous êtes très belle, Hannah. J'espère que vous le savez.

Elle parvint à esquisser un haussement d'épaules détaché. Elle s'était toujours trouvée banale, bien que Fred lui ait souvent répété à quel point elle était jolie. Il l'avait admirée, l'avait même demandée en mariage. À cet instant précis, elle était contente d'avoir refusé.

— Je suis loin d'être aussi belle que Marianna, je le sais.

— Il est vrai qu'elle était d'une beauté exceptionnelle, concéda-t-il. Son visage n'avait rien à envier à son corps.

Sentant son regard s'attarder sur son décolleté, mal à l'aise, elle perdit toute confiance en elle. Marianna était dotée d'une poitrine généreuse... et de courbes voluptueuses.

Soudain, elle retint son souffle. Sir John venait de plaquer une paume légère sur son buste.

— Vous êtes belle, Hannah. Telle que vous êtes. N'en doutez jamais. Svelte, féminine, gracieuse.

Le cœur battant à tout rompre, elle se raidit. Déchirée entre l'envie de fuir et celle de se pencher vers lui, elle resta assise sur le bord du lit.

Il retira sa main et, exhalant un soupir tremblant, elle se leva.

— Bien. Bonne nuit, sir John, le salua-t-elle, un peu empruntée.

— Vous partez?

— Oui. Je pense que c'est mieux ainsi, ne croyez-vous pas ?
Les yeux étincelants, il secoua la tête.
— Je ne pense pas que vous souhaitiez entendre ma réponse.

Le lendemain matin, Hannah chantonnait pour Danny. Voilà longtemps qu'elle n'avait pas ressenti une émotion qui ressemblait d'aussi près au bonheur. Le cœur gonflé d'un espoir totalement irrationnel, elle regardait le petit minois adoré de son fils. Même sachant qu'elle se berçait d'illusions, elle se surprenait à rêver.

Un peu plus tard, après avoir confié le nourrisson à Becky, elle descendit chercher des livres pour enfants, pour lui faire la lecture, et un album rempli d'images pour la nourrice qui avait confessé ne pas savoir lire. Elle aurait aimé sortir cueillir quelques fleurs pour égayer les chambres de Danny et de sir John, mais une pluie tenace l'en découragea.

Elle était en train de traverser le vestibule quand, entendant frapper à la porte d'entrée, elle alla ouvrir elle-même. Un instant pétrifiée, elle dévisagea le visiteur, incrédule. Comme il était étrange de le voir là, sorti de son élément naturel. C'était irréel : il appartenait à son passé. Comment était-il parvenu à entrer sur la scène de sa vie présente ?

— Hannah ! s'exclama-t-il, les yeux écarquillés. Je le savais. Je savais que tu ne pouvais pas être morte.
— Chut, Freddie ! Pas ici. Sortons dans le jardin.
Il hésita, surpris.
— Mais il pleut.

— Je sais, mais… nous aimions bien la pluie, rappelle-toi.
— Nous étions des enfants, à l'époque, Hannah.

Elle s'empara d'un ciré qui pendait à une patère près de la porte et le mit sur ses épaules. L'immense Fred remonta son col, remit son chapeau sur ses cheveux bruns, et la suivit à l'extérieur.

Elle le précéda sur le sentier pavé et s'arrêta sous la treille en arche, couverte de pampres de vigne. La tonnelle qui servait de passage entre la maison et le parc se prolongeait en un chemin menant à la Grange. Les épaisses feuilles et les grappes entremêlées les protégeaient de la pluie.

D'un ton pressant, Fred demanda :

— Que s'est-il passé, Han ? Que fais-tu ici ? Sais-tu qu'on a mis une annonce de décès te concernant ? C'était dans le journal.

— Je sais. J'ai reçu ta lettre.

— Tu as reçu ma lettre ? Mais je l'avais adressée à sir John…

Elle entreprit alors de tout lui relater : l'accident, la noyade de Marianna, ses blessures et celles de sir John, le docteur qui était parti du principe qu'elle était lady Mayfield.

L'air dubitatif, il la dévisagea, son regard de la couleur de l'ébène empreint d'une douleur indicible.

— Et tu n'as même pas essayé de les détromper ? Et tu m'as laissé croire que tu étais morte ? Je l'ai annoncé à ton père, Hannah ! Comment as-tu pu me faire cela ?

— J'avais besoin de trouver un moyen de récupérer Danny. Rien d'autre ne m'est venu à l'esprit.

— « Rien d'autre » ? fulmina-t-il, ses yeux lançant des éclairs. Rien d'autre que mentir et prétendre être morte ?

Leurrer tout le monde en te faisant passer pour la femme d'un autre ?

Malgré sa contrariété flagrante, il semblait partagé entre la colère et la perplexité.

Haussant la voix, elle se défendit :

—Qu'étais-je censée faire, Freddie ? Tu ne pouvais pas m'aider. Je n'aurais jamais pu, seule, gagner suffisamment d'argent, surtout avec mon bras cassé.

—Et ton père ? la défia-t-il. Il aurait pu t'aider.

—Tu crois ? Même s'il avait eu l'argent, l'aurait-il fait si… je lui avais tout avoué ?

Après avoir réfléchi un instant, Fred répondit, le regard fuyant :

—Peut-être.

Un instant, ils restèrent face à face, à s'observer. Seul le clapotis de la pluie sur le feuillage luisant de la tonnelle venait troubler leur silence embarrassé.

Finissant par le rompre, Fred s'enquit :

—Est-ce que Danny va bien ? J'ignorais si tu l'avais emmené ou pas. J'étais si inquiet quand je suis allé jusqu'à cette maison de Trim Street. Mais je n'y ai trouvé aucun enfant.

—Oui. Il est avec moi. Et il va très bien, Dieu soit loué.

—Que vas-tu faire quand sir John sortira du coma et comprendra ce que tu as fait ?

—Il a déjà repris conscience. Et il ne m'a pas démasquée.

—Comment ? s'exclama-t-il, de plus en plus stupéfait. Pourquoi diable ne l'a-t-il pas fait ?

Tout à coup il pinça ses lèvres et son regard s'assombrit.

—Je pense que je préfère ne pas savoir.

—Ce n'est pas ce que tu crois, se justifia-t-elle, priant pour ne pas se tromper.

En acceptant sa mystification, sir John semblait se montrer presque… protecteur. Se pourrait-il qu'il ait des raisons cachées ? Elle agrippa son vieil ami par le bras et plaida :

—Écoute, je te demande pardon, Freddie. Pour tout. Mais c'est allé trop loin. Je sais que je ne peux plus me faire passer pour Marianna encore bien longtemps mais je ne peux pas m'en aller du jour au lendemain. Pas encore. Pas avant d'avoir découvert quelles sont les intentions de sir John et trouvé une façon d'assurer l'avenir de Danny.

Il leva les yeux vers le manoir qui se dressait derrière elle.

—J'ai l'impression que tu l'as déjà trouvée, rétorqua-t-il, amer.

Elle tressaillit.

—Je t'en prie, Fred, laisse-moi pour le moment. Je parlerai à mon père en temps voulu. Et puis, ne serait-il pas préférable pour lui de continuer à me croire morte ? Plutôt qu'être au courant de tous les actes que j'ai commis ?

D'un geste empreint de lassitude, il se passa une main sur le visage.

—Je ne sais pas.

Puis, l'espace d'un moment, le regard perdu dans le vague, il contempla sans le voir le jardin au feuillage verdoyant qui brillait de mille gouttes sous l'averse.

—À propos, finit-il par dire, un homme est venu s'enquérir de Hannah Rogers et poser des questions sur la raison pour laquelle elle avait quitté sa place chez les Mayfield. Son nom m'échappe. Je crois qu'il s'est présenté comme un avoué.

Saisie d'effroi, elle interrogea, le cœur battant :

— Que lui as-tu dit ?

— Rien.

— Bien. Merci.

À l'autre extrémité de la tonnelle, elle distingua quelqu'un qui approchait : un éclair de manteau vert, un visage aux traits anguleux protégé par un parapluie. *Seigneur!* C'était Mrs Parrish. L'avait-elle surprise en train de s'entretenir avec cet inconnu en privé ? Elle allait sans doute penser le pire et aurait tôt fait de répandre ses ragots dans tout le comté.

Se retournant vers Fred, Hannah déclara :

— J'aurais voulu t'inviter à te restaurer après ton voyage. Mais je déteste l'idée de te demander de te faire passer pour un ami de passage.

— L'ami de qui ? railla-t-il avec un sourire narquois. Moi, un ami de lady Mayfield ? Quelle plaisanterie !

— Viens au moins jusqu'à la porte de la cuisine et je t'envelopperai quelques victuailles pour ton trajet de retour.

— La porte de la cuisine ? Comme un mendiant ? Non, merci, Hannah. Ou, devrais-je dire, « Madame ».

Son sarcasme lui lacéra le cœur.

— Fred, de grâce…

Soudain, il l'agrippa par les bras, ses yeux bruns suppliants.

— C'est insensé, Hannah. Viens avec moi. Tout de suite. Va chercher Danny et je te ramènerai à la maison. Nous nous marierons. Mon père nous aidera et le tien aussi, peut-être.

L'espace d'un instant, elle l'envisagea, laissa son esprit vagabonder dans cette direction. Qu'y gagnerait-elle, qu'y perdrait-elle ? Certes, elle éprouvait de l'affection pour Fred. Mais désormais, sir John était veuf. S'il y avait le moindre espoir… ?

Elle sentait les yeux de son compagnon la scruter. Ses joues embrasées, sa difficulté à le regarder en face trahissaient-elles sa honte ?

D'implorante, l'expression de Fred se fit renfrognée.

— Tu ne veux pas m'épouser. D'ailleurs, pourquoi voudrais-tu renoncer à tout cela pour devenir la femme d'un simple charretier ? ajouta-t-il en balayant la demeure d'un geste ample. Je n'aurais jamais pensé cela de toi.

Secouant la tête, il conclut, méprisant :

— Mieux vaut être la traînée d'un homme riche que l'épouse d'un homme pauvre.

Sa vision se brouillant, elle étouffa un cri d'horreur. Soudain prise de nausée, elle se sentit défaillir. Fred ne lui avait jamais parlé avec un tel fiel. Un quart de seconde, elle envisagea de le gifler, comme l'aurait fait une lady calomniée. Mais, en toute honnêteté, que pouvait-il penser d'autre ? Lui restait-il le moindre lambeau de vertu ou d'honneur à défendre ?

La mine contrite, il se mordit la lèvre inférieure et son regard s'adoucit.

— Je te demande pardon, Han. Je n'en pense pas un mot. Je ne parviens pas à y croire, c'est tout. Je suis déçu.

— Je comprends, le rassura-t-elle.

S'exhortant à recouvrer son calme, elle prit une longue inspiration et s'enquit :

— Pourquoi es-tu venu ici, Fred ?

L'air résigné, il répondit :

— Je ne pouvais accepter que ce soit vrai. Que tu sois morte. Il fallait que je vienne voir où c'était arrivé. Que je sache si quelqu'un avait été témoin de l'accident et si ton corps avait été retrouvé. Que je demande aux Mayfield si certaines de tes possessions avaient été sauvées pour que je puisse les rapporter à ton père. Ou les garder pour moi, en souvenir. Quel imbécile je faisais, acheva-t-il en secouant la tête.

Les yeux humides de larmes, elle lui serra le bras.

— Pas un imbécile. Un homme adorable.

— Pas assez adorable, semble-t-il. Si tu ne changes pas d'avis, je vais partir, ajouta-t-il dans un profond soupir. Mais je te préviens, Han. Quand les gens s'aperçoivent qu'ils ont été trompés, ils le font payer très cher.

Un frisson la traversa. Non seulement elle le savait, mais elle l'appréhendait.

— Je sais, acquiesça-t-elle d'un signe du menton.

Si seulement elle n'avait pas laissé tout le monde la prendre pour Marianna. Dans quel piège était-elle allée se fourrer !

Il tendit une main vers elle, s'arrêta dans son élan, et la laissa retomber.

— Au revoir, Han. Une fois encore.

Avec un sourire désolé, il tourna les talons, traversa la tonnelle, et sortit du jardin et de sa vie. La laissant devant la maison. Seule.

# Chapitre 16

Hannah passa le reste de l'après-midi à se remettre en question. Elle priait pour ne pas avoir fait une nouvelle erreur en refusant de partir avec Fred. Sir John venait de perdre sa femme. Il était donc vraiment prématuré d'attendre quoi que ce soit de sa part. Se montrait-elle stupide en restant et en accroissant les risques d'être démasquée ? Surtout maintenant qu'elle savait que Mr Lowden était à Bristol et qu'il posait des questions sur elle. Quelles informations allait-il découvrir et rapporter à Clifton ? En attendant, elle avait ralenti le rythme de ses visites à sir John. Car, si les domestiques ou les Parrish croyaient que lord et « lady » Mayfield entretenaient une relation intime, leur mépris ne connaîtrait plus de bornes quand ils découvriraient la vérité sur son compte. Frémissante, elle repoussa cette pensée de toutes ses forces.

Quelques jours plus tard, sir John invita formellement sa femme et son fils à venir dîner avec lui, dans sa chambre. Avec le sourire réjoui d'une écolière, Mrs Turrill, enthousiaste, prépara un repas aussi festif qu'un pique-nique.

Exaltée, Kitty déclara :

— Comme c'est romantique de la part de sir John ! Vous avez bien de la chance, madame !

Malgré son appréhension, Hannah parvint à sourire. Pourtant, elle ne pouvait s'empêcher de s'interroger. Que pouvait bien manigancer sir John ? Elle espérait qu'il ne badinait pas avec elle pour quelque raison précise. Elle repensa à ses compliments, à la manière dont il l'avait touchée et dont il avait demandé au docteur Parrish si elle pouvait partager son lit. Sir John aurait-il l'audace de revendiquer des droits maritaux dans cette mascarade qu'était leur mariage ?

La femme de chambre insista pour boucler de nouveau ses cheveux et pour farder ses joues d'une touche de rose. Comme si elle n'avait pas le visage assez rouge, entre son embarras et ses taches de rousseur !

Après avoir donné son bain à Danny, Becky l'habilla d'une robe et d'un bonnet propres. Refusant gentiment mais fermement de porter l'une des élégantes toilettes du soir de Marianna, Hannah choisit une tenue de mousseline blanche, toute simple. Elle ne se rappelait que trop bien la réaction de sir John devant les vêtements de nuit de sa défunte épouse.

À l'heure convenue, Danny dans les bras, elle se dirigea vers la chambre du maître des lieux. Les jours étaient maintenant plus longs, et la pièce était baignée d'une lumière dorée de fin d'après-midi. Quelqu'un avait aidé sir John à s'installer dans le fauteuil roulant en rotin, et il était assis devant une petite table à thé. Sur la nappe de lin étaient disposés des assiettes de porcelaine et un bouquet de fleurs. Il avait revêtu une veste ouverte agrémentée d'une cravate lâche. Au lieu d'un gilet, ses côtes étaient entourées de bandages épais. Ses cheveux avaient été coupés par Mrs Turrill, devina-t-elle. Coiffés en arrière, ils dégageaient son visage. Sa barbe taillée avec soin rehaussait ses pommettes et sa virilité. Il était très beau et, l'espace d'un instant, elle crut voir un pirate.

— Bonsoir, Miss…

Il s'interrompit, se mordit la lèvre inférieure et, tendit soudain les bras vers Danny.

Un couffin et sa couverture avaient été installés à côté de la place de Hannah pour qu'elle puisse dîner en paix, mais sir John insista pour prendre l'enfant sur ses genoux.

Elle s'assit et, essuyant ses mains moites sur sa serviette en lin, inspecta le repas disposé sur la table : une tourte au veau et au jambon, du poulet rôti, une salade, des fruits pochés accompagnés de biscuits.

— Mrs Turrill s'est surpassée, observa-t-elle.

— Certes, acquiesça-t-il en hochant la tête.

Tenant Danny au creux de l'un de ses bras, il dînait grâce à l'autre, donnant de temps en temps au bébé des bouts de gâteau ou des morceaux de fruits cuits. Il était évident que, grâce à l'excellente cuisine de Mrs Turrill, sir John commençait à reprendre des forces.

Au bout d'un moment, il déclara :

—Puis-je me permettre de m'enquérir de vos occupations, ces derniers temps ? Vous vous êtes faite plutôt rare, ces jours-ci.

—Vraiment ? s'étonna-t-elle en réfléchissant à une explication. Eh bien, je me suis efforcée d'apprendre à lire à ma jeune nourrice. Je l'ai trouvée en contemplation devant votre volume de *Sir Charles Grandison*. Et quand je lui ai dit qu'elle pourrait le prendre quand nous l'aurions terminé, elle m'a avoué ne pas savoir lire. J'ai donc entrepris de lui donner des leçons.

—C'est très généreux de votre part.

Gênée, elle baissa la tête.

—Je ne le fais pas pour m'en vanter ni pour vous impressionner.

—Mais peut-être cela vous donne-t-il une excuse pour m'éviter ?

Une miette se coinça dans sa gorge et elle s'empressa de boire une gorgée de limonade. Puis, posant son verre, elle prit une corbeille et, dans l'espoir de changer de sujet, la lui tendit.

—Voulez-vous un petit pain, sir John ?

Comprenant l'allusion, il n'insista pas et reporta son attention sur Danny. Lui parlant d'une voix douce, il le fit sautiller sur un genou pour le tranquilliser.

Soulagée, Hannah se concentra sur sa nourriture et savoura chaque bouchée de la délicieuse tourte. Mais quand elle essaya de couper un morceau de poulet, son bras en écharpe se révéla un obstacle.

Comme Danny s'endormait, sir John le coucha délicatement dans le couffin et lui prit ses couverts des mains.

—Laissez-moi faire.

Rougissante, elle répliqua :

—Non. Merci. Je ne suis pas une enfant.

Coupant court à ses protestations, il plaça sa main chaude sur la sienne et la regarda droit dans les yeux.

—Vous êtes une femme, et croyez bien que j'en suis parfaitement conscient. Mais j'ai une part de responsabilité dans ce qui vous est arrivé. Aussi, je vous en prie, permettez-moi de vous rendre ce petit service.

Elle céda et le regarda couper sa viande, éprouvant malgré tout l'impression désagréable d'être une petite fille incapable. Une fois qu'il eut fini, il posa les couverts et demanda :

—Votre bras est-il très douloureux ?

—Non. Presque plus.

—Et votre front ? reprit-il en tendant la main.

Surprise, elle eut un mouvement de recul et, devant l'éclair de douleur dans son regard, s'en voulut immédiatement.

—Je souhaitais juste m'assurer que vous cicatrisiez bien, dit-il.

—C'est le cas. Je vous le promets.

Il avança de nouveau la main. Cette fois, immobile, elle le laissa repousser les cheveux que Kitty avait arrangés avec un si grand soin pour dissimuler la marque rouge.

—Vous voyez. C'est presque guéri, fit-elle remarquer.

Avec un froncement de sourcils, il constata :

—Cela laissera une marque. Une nouvelle blessure dont je suis responsable, ajouta-t-il en hochant la tête avec regret.

—Sir John, ce n'est rien.

—Et l'autre blessure ? lança-t-il à brûle-pourpoint.

Sentant soudain sa bouche se dessécher, Hannah fut incapable de proférer une parole. Tout comme la miette quelques instants auparavant, les mots semblaient coincés dans sa gorge.

Un léger pleur s'éleva du couffin. Se félicitant de la diversion, elle se pencha pour prendre son fils dans ses bras.

—Il a sans doute besoin d'être changé. Merci pour le dîner, sir John, mais je ferais bien de le ramener dans sa chambre, déclara-t-elle en se levant.

—Vous prenez déjà la fuite, Miss Rogers ? répondit-il avec un regard entendu. Je me doutais bien que ce ne serait qu'une question de temps.

Le lendemain après-midi, elle venait de coucher Danny pour sa sieste après avoir donné sa leçon de lecture à Becky, quand elle entendit la porte d'entrée s'ouvrir et Mrs Turrill saluer un visiteur. Soudain alarmée, elle se raidit. Fred était-il revenu ?

Elle descendit les marches sur la pointe de pieds et s'arrêta sur le palier du milieu pour inspecter le vestibule. James Lowden était en train de donner son chapeau à la gouvernante. Il leva la tête et, arborant une expression indéchiffrable, plongea ses yeux verts dans les siens.

Mrs Turrill tourna la tête pour voir ce qui avait attiré l'attention de l'avoué.

—Ah, madame ! s'exclama-t-elle. Regardez qui voilà.

—Vous êtes revenu ? demanda Hannah, ébahie.

—Oui. Je vous avais dit que je reviendrais au bout d'une semaine. L'aviez-vous oublié ?

—Oh ! C'est juste que… Le temps a passé si vite.

Et, contrairement à toute attente, elle était toujours là, ajouta-t-elle pour elle-même.

—Vous n'êtes pas… contente de me voir ?

—Bien au contraire. Vous êtes tout à fait le bienvenu !

Il étudia son visage, fronçant les sourcils avec curiosité. Ou était-ce de la suspicion ? Elle n'aurait pu le dire.

La première, elle détourna les yeux. Mrs Turrill l'observait, son inquiétude se lisant dans son regard brun si expressif. Puis, prenant congé, elle les laissa tous les deux dans un silence pesant.

D'un ton emprunté, Hannah annonça :

—J'ai fait préparer votre ancienne chambre. Et le petit salon est toujours à votre disposition. Tout est comme avant votre départ.

Une lueur inquisitrice dansant au fond de ses prunelles, il pencha la tête.

—J'en doute fort.

Elle déglutit. Où voulait-il en venir avec ses sous-entendus ? Qu'avait-il pu apprendre sur elle pendant son absence ? Mais, redoutant de lui poser la question, elle déclara avec un sourire crispé :

—Bien, je vais vous laisser vous installer. Je sais que nous aurons du canard rôti pour le dîner. J'espère que vous aimez le canard.

Il esquissa un sourire narquois.

—Un canard d'élevage ou pris au collet?

Étonnée, elle cligna des yeux.

—Je… je n'en ai pas la moindre idée, bredouilla-t-elle.

—Pauvre canette, ironisa-t-il. Prise au collet dans son propre piège.

Son regard glacial contredisait sa voix pleine d'une fausse compassion.

Prise au dépourvu par cet étrange dialogue, Hannah était perturbée: cherchait-il à faire une métaphore? Pourvu que ce soit juste son imagination qui lui jouait des tours.

Il retira ses gants et lança:

—Bien! Si vous n'y voyez pas d'inconvénient, je vais commencer par monter présenter mes respects à sir John. À supposer qu'il soit toujours vivant.

—Bien sûr qu'il l'est! riposta-t-elle, sur la défensive. En fait, vous allez le trouver totalement rétabli et parlant en toute lucidité.

—Parfait!

Sur ces mots, il fit claquer sa paire de gants sur la console et se dirigea vers l'escalier.

Bouillonnant d'exaspération, James Lowden monta les marches. Il était furieux contre tout le monde, lui-même, lady Mayfield, sir John. Que devrait-il dévoiler à ce dernier de ce qu'il avait appris à Bristol? Il s'arrêta devant la porte de la chambre du convalescent, prit une profonde inspiration et frappa.

—Entrez!

La vigueur de l'invitation le surprit. C'était la première fois qu'il entendait la voix de son client depuis l'accident.

Il fut surpris de trouver lord Mayfield assis dans son lit, vêtu d'une élégante robe de chambre bordeaux, un plaid étalé sur ses jambes. Une barbe soigneusement taillée couvrait ses joues. Et quelqu'un lui avait coupé les cheveux. Il paraissait plus jeune que la dernière fois qu'il l'avait vu.

— Bonjour, sir John.

— Mr Lowden. Je vous souhaite la bienvenue.

Étonné, James hocha la tête.

— Vous m'avez écrit pour me dire que vous vous rétablissiez mais, grands dieux ! vous avez l'air en excellente forme.

— Merci. Avez-vous fait bon voyage ?

— Oh, comme d'habitude. On est toujours aussi secoué dans ces diligences. Mais pas d'accident à signaler, si c'est ce que vous voulez dire.

— Non, ce n'était pas ce que je voulais dire.

James sentit son cou s'empourprer. Comment pouvait-il manquer de tact à ce point !

— Pardon... je parlais de...

D'un geste, sir John repoussa son excuse.

— Cela n'a pas d'importance. Comme vous pouvez le constater, il ne m'est rien arrivé de fâcheux durant votre absence. Vous vous êtes inquiété pour rien.

— Vraiment ?

— Vous le voyez bien.

— Et... pourquoi cela ?

— Pourquoi ? Parce que la dame en question n'avait aucune mauvaise intention, je peux vous le garantir.

— En êtes-vous bien sûr ?

Sir John hocha la tête.

— En fait, elle a été très bonne, et s'est occupée de moi corps et âme.

« *Corps et âme* » ? Confondu, James reprit :

— Mais vous avez toujours l'intention de réviser votre testament, je présume ?

— Pour le moment, nous allons attendre.

— Mais…

James s'interrompit. Puis, regrettant de ne pouvoir éclaircir ce malentendu, il toussota.

— Eh bien, c'est votre droit, naturellement. Je dois dire néanmoins que je suis surpris.

D'un autre côté, l'était-il vraiment ? Il n'en était pas si sûr.

— Allez vous installer, Mr Lowden. Nous aurons tout le temps de discuter plus tard.

Ce même soir, Hannah dîna en compagnie de Mr Lowden, dans une solennité embarrassante. Le canard rôti avait un goût de sciure de bois dans sa bouche. Leur camaraderie naissante ne semblait plus qu'un lointain souvenir. Elle se rendit compte que son attitude vis-à-vis d'elle avait changé. Pendant son absence, avait-il recueilli des informations fâcheuses sur le compte de lady Mayfield ? Ou bien sur Hannah Rogers ?

Alors que le repas touchait à sa fin, il prit son verre de vin mais, au lieu de boire, le leva.

— Vous m'avez dit un jour avoir reçu une lettre d'un ami de Miss Rogers qui avait pris l'initiative d'annoncer sa mort à son père ? commença-t-il.

Avec un coup d'œil anxieux vers Mrs Turrill qui était en train de disposer le riz au lait sur la desserte, elle opina.

— Cet «ami» ne s'appelait-il pas Fred Bonner ?

Immédiatement sur ses gardes, elle tourna la tête vers lui en un geste brusque. Sans attendre sa réponse, il poursuivit :

— Et son père n'était-il pas un certain Thomas Rogers, originaire d'Oxford, maintenant pasteur de St Michael, aux abords de Bristol ?

Le cœur battant, elle se contenta de le dévisager, muette.

— La mère de Hannah Rogers, une Mrs Anne Rogers, est morte il y a dix ans, de la grippe, je crois. Hannah a deux frères plus âgés qui sont partis en mer. Saviez-vous que l'aîné, Bryan Rogers, avait réussi son examen de lieutenant de vaisseau ?

Toujours pétrifiée, elle secoua la tête.

— Apparemment, j'en sais plus sur cette amie de cœur que vous, madame.

— Comment avez-vous…, bégaya Hannah.

— Lorsque je suis rentré à Bristol, j'ai lu une missive que sir John avait écrite à mon père l'année dernière, quand il habitait Bath, et dans laquelle il lui demandait de faire des recherches sur la demoiselle de compagnie de lady Mayfield, qui avait disparu. Comme vous me l'avez vous-même appris, Hannah Rogers est partie soudainement, ce qui semble avoir alarmé sir John, car la jeune femme s'était toujours montrée d'une nature fiable et équilibrée. D'après les notes de mon père, sir John redoutait qu'il ne lui soit arrivé malheur. Ou que quelqu'un de sa maisonnée n'ait commis un acte l'offensant ou faisant craindre pour sa sécurité. Un acte assez grave pour pousser une personne aussi posée qu'elle à se comporter de façon aussi inattendue.

L'esprit de Hannah se mit à tourbillonner, ses pensées s'affolant. Ainsi, sir John s'était inquiété pour elle ? Qui, de sa maisonnée, pensait-il capable de l'offenser ou de l'effrayer ? Mr Ward, Marianna et Mr Fontaine… ou lui-même ?

Imperturbable, Mr Lowden reprit :

— Mon père a demandé à sir John si cette Miss Rogers avait perpétré quelque larcin, ou si un objet précieux avait disparu. Mais il lui a assuré que ce n'était pas le cas. Il paraissait accorder une confiance illimitée à la jeune femme.

— Je vois, murmura-t-elle, avec un mélange de surprise et de satisfaction.

— Oui. J'ai parcouru le peu de correspondance où il était question de Miss Rogers. Apparemment mon père n'a pas poussé l'enquête bien loin. J'ai donc décidé de m'en charger. J'ai rendu visite à son père, le pasteur, mais ce dernier n'avait pas revu sa fille depuis qu'elle avait quitté Bristol pour Bath, avec les Mayfield. J'ai également rencontré l'un de ses amis, un certain Fred Bonner. Il a montré une certaine réticence à me parler. J'ai vite compris que le jeune homme avait éprouvé pour Miss Rogers une affection très profonde, qu'il avait même, sans doute, été amoureux d'elle et qu'il pleurait sa perte. Il était également clair qu'il n'avouait pas tout sur le passé de son amie. Ce qui m'a conduit à me demander si Hannah avait commis des bêtises avec ce garçon. Si elle avait quitté sa place chez les Mayfield pour dissimuler un certain… état.

La gorge nouée, elle s'enquit d'une voix étranglée :

— Qu'est-ce qui vous ferait penser cela ?

— Oh ! Juste une supposition. Un soupçon. N'avez-vous rien remarqué d'inhabituel à son sujet ? Miss Rogers n'avait-elle rien confessé au sujet d'un jeune homme ou de projets futurs ? Avait-elle souffert de nausées matinales ? Avait-elle grossi ?

Hannah sentit ses joues s'enflammer.

— Monsieur, un gentleman n'aborde pas ces sujets avec une dame.

Le tintement d'une cuillère lui fit tourner la tête. Elle avait oublié que Mrs Turrill se trouvait toujours dans la pièce. Les lèvres pincées, elle enjoignit à la gouvernante :

— Ce sera tout, Mrs Turrill. Je vous remercie infiniment.

— Oui, le dîner était délicieux, renchérit James Lowden. Merci.

Après les avoir regardés tour à tour d'un air inquiet, Mrs Turrill battit en retraite et ferma la porte derrière elle.

Mr Lowden poursuivit alors, en sortant un carnet de sa poche :

— J'ai demandé que l'on me décrive Hannah Rogers. Aimeriez-vous que je vous lise mes notes ? suggéra-t-il en le feuilletant.

— Non.

Ignorant sa réponse, il commença :

— Mince. Des cheveux auburn. Des yeux clairs, bleu-vert. Discrète dans son comportement et dans sa manière de s'habiller, voilà comment me l'a peinte Mr Rogers. Fred Bonner, lui, m'en a fait ce portrait : une jolie fille aux cheveux d'or roux, avec des taches de rousseur. Un ravissant sourire.

Des larmes picotaient les paupières de Hannah mais la panique les sécha. Elle ne savait que dire.

— Est-ce une description exacte ? questionna-t-il en relevant les yeux vers elle.

Pour toute réponse, elle s'enquit :

— Avez-vous communiqué ces informations à sir John ?

— Pas encore. Pensez-vous qu'il les trouvera intéressantes ?

— Je n'en ai pas la moindre idée.

*Il ne sera pas bien surpris*, conclut-elle intérieurement. Alors pourquoi avait-elle si peur ?

La prenant au dépourvu, James Lowden se cala contre le dossier de sa chaise et ironisa :

— Sir John est de bien bonne humeur. Il m'a rapporté que vous vous étiez occupée de lui « corps et âme ». Que veut-il dire par là ?

Elle humecta ses lèvres desséchées. Il semblait avoir adopté une nouvelle approche.

— Je suppose qu'il fait référence au traitement prescrit par le docteur Parrish pour l'aider à reprendre des forces, après avoir été alité si longtemps. De simples étirements et des massages. C'est tout.

— « C'est tout » ?

Elle cligna des yeux, repoussant les images de sir John lui tenant la main. Repoussant une mèche de son front. Plaquant sa paume sur son bustier.

Mr Lowden scrutait son visage.

—Très… bonne épouse, s'autorisa-t-il. Très intime de votre part. Je dois avouer que je suis étonné.

—Cela n'a rien d'intime, se défendit-elle. Pas comme vous l'entendez !

Un petit coup à la porte les interrompit et la femme de chambre passa la tête dans l'entrebâillement.

—Excusez-moi, madame. Mais sir John vous fait demander si vous passerez dans sa chambre ce soir ?

Sentant son cou et sa figure devenir écarlates, elle fut incapable de soutenir le regard ébahi de Mr Lowden.

Ce soir-là, Hannah se rendit à la chambre de sir John avant de s'être changée pour la nuit. Elle était déterminée à ne pas s'y attarder. Le retour de Mr Lowden lui avait fait l'effet d'une douche glacée, la replongeant dans la réalité. Sa situation précaire lui semblait de plus en plus fragile, plus sordide. Elle savait que l'avoué était retourné voir sir John après le dîner. Lui avait-il révélé certaines de ses découvertes ? Ses visites à son père ou ses théories sur Fred Bonner et Hannah Rogers ? Ou bien devrait-elle le faire elle-même ?

Elle trouva de nouveau sir John assis dans son lit, l'écritoire sur les genoux, une plume à la main. Son regard alla à la pendule de la cheminée avant de revenir sur elle. Il contempla la vieille robe vert émeraude de Marianna qu'elle avait ajustée à sa taille plus mince.

—Bonsoir, madame. Vous êtes… en avance.

Elle s'approcha du lit sans en avoir été priée, et s'arrêta devant lui.

Derechef, il l'observa, ses yeux s'attardant sur le décolleté plus échancré de la robe du soir, sur ses cheveux coiffés en chignon, sur son visage méfiant.

— Cette couleur vous sied à merveille. Vous êtes très belle. Très belle et très triste, précisa-t-il.

Gênée, elle pencha la tête. Lui chatouillant le menton de sa plume, il lui souleva délicatement le menton.

— Regardez-moi, lui murmura-t-il avec douceur. Que se passe-t-il? Danny va bien?

— Il a un peu de colique, sinon tout va bien. Merci de votre sollicitude, ajouta-t-elle en souriant vaillamment.

Ses yeux toujours plongés dans les siens, lentement, il fit glisser la plume sous son menton, puis le long de sa gorge, jusqu'à la naissance de ses seins.

Elle sursauta et recula vivement. Ces marques d'intimité qui l'avaient précédemment enflammée lui mettaient maintenant les nerfs à vif.

L'air surpris, il fronça les sourcils.

— Pardonnez-moi. Quel est le problème? Est-il arrivé quelque chose?

— Mr Lowden est de nouveau ici et c'est… gênant. Il m'a posé des questions.

— Sur notre compte?

— Sur… Hannah Rogers.

— Ah!

Pensif, il marqua une pause puis reprit d'un ton paisible:

— Rappelez-vous, ma chère, que Mr Lowden travaille pour moi. Vous n'avez rien à craindre de lui.

Il l'observa, attentif, et poursuivit :

— À moins que ce ne soit pas de la crainte que vous éprouviez à son égard ? Vous inspire-t-il… une autre sorte de sentiments ?

— Je ne sais pas, chuchota-t-elle. Au début, il s'est dressé en adversaire, puis nous avons atteint un genre de trêve. Mais maintenant… son attitude envers moi a changé. Il sait ou, du moins, il soupçonne la vérité.

— Laissez-moi faire. À moins que…

Il s'interrompit et, derechef, la scruta.

— Avez-vous développé une inclination pour mon avoué ?

Abasourdie par sa suggestion, elle le dévisagea sans répondre. Pourtant… pouvait-elle en toute honnêteté soutenir qu'elle ne ressentait rien pour James Lowden ?

— Je… nous…, bredouilla-t-elle. Il ne se passe rien de tel. Mais il semble… en colère envers moi. Tout au moins, soupçonneux.

Avec un signe d'assentiment, il fit remarquer de sa voix rauque au timbre chaud :

— Peut-être n'arrive-t-il pas à se résigner à l'idée que la lady Mayfield que j'ai décrite dans mes courriers soit la femme douce et discrète qu'il a rencontrée ici. Une femme que sa distinction rend mille fois plus digne du titre de lady que ne le fut jamais Marianna Spencer.

Malgré l'angoisse qui lui nouait l'estomac, elle se délecta de son éloge. Ces derniers jours, elle vivait un rêve. Un rêve chimérique, inaccessible.

Il lui tendit la main. Après une hésitation, elle l'accepta, mais un coup frappé à la porte la fit reculer d'un bond. Elle ne voulait pas que James Lowden les surprenne dans une attitude qu'il pourrait interpréter comme « intime ».

Ce n'était pas l'avoué mais Mrs Turrill, Danny dans les bras. Vêtu de sa petite chemise de nuit et de son bonnet, le bébé avait le visage rougi par la douleur.

—Pardonnez-moi de vous déranger, s'excusa la gouvernante, mais il a de nouveau des coliques. Ni Becky ni moi ne parvenons à le calmer.

Hannah prit son fils et le fit sautiller doucement. Son bras bandé pouvait désormais supporter ce poids sans lui causer aucune douleur.

—Merci, Mrs Turrill. Je vais m'occuper de lui. Et si vous vous retiriez pour la nuit? Vous avez l'air épuisée. Je ne vais pas tarder à monter coucher Danny, puis Becky pourra m'aider à me changer.

—J'avoue être éreintée, admit la gouvernante. Très bien. Si vous êtes sûre.

—Tout à fait. Bonne nuit, Mrs Turrill.

—Bonne nuit, madame. Lord Mayfield.

Quand elle fut sortie, Hannah se tourna vers sir John. Danny continuait à pleurnicher.

—Bien, je ne vais pas vous déranger plus longtemps. Je suis certaine que vous n'avez aucune envie de l'écouter geindre.

—Allons donc! Tenez, donnez-le-moi.

Poussant son écritoire de côté, il lui tendit les bras.

Un instant, elle resta déconcertée. À quel jeu jouait sir John? À quel jeu jouait-elle? Elle ouvrait son cœur à l'espoir et au rêve, voilà tout! Pourtant, elle ne pouvait ignorer sa proposition, l'affection qu'arborait son beau visage, ses bras tendus vers eux.

De guerre lasse, elle lui donna Danny. Il allongea le bébé sur ses genoux, ses petits pieds vers lui. Avec lenteur, délicatesse, il replia les genoux de l'enfant vers son ventre, à plusieurs reprises, imitant les mouvements d'étirement qu'elle lui avait fait faire.

Au début, la petite frimousse de Danny resta contractée. Puis, au bout d'un moment, soulagé de ses gaz, l'enfant parut ne plus souffrir et l'expression de son visage s'apaisa. En dépit de son embarras, Hannah se sentit mieux.

— Et voilà! C'est mieux comme ça, jeune homme, ne trouvez-vous pas? s'exclama sir John avec un sourire.

Le bébé se détendit et lord Mayfield posa sa grande main sur les petits pieds potelés. Levant les yeux vers son sauveur, Danny se mit à gazouiller.

Devant la tendresse de la scène, le cœur de Hannah fut sur le point de voler en éclats.

# Chapitre 17

Le lendemain matin, James s'attarda devant son petit déjeuner dans l'espoir que lady Mayfield le rejoigne. Quand, enfin, elle entra dans la salle à manger, elle hésita à sa vue. À l'évidence, elle ne savait pas à quelle réception s'attendre. Il pouvait difficilement la blâmer de ne pas tenir à le voir, après leur conversation de la veille.

— Bonjour, Mr Lowden.

— Bonjour, madame.

Tout en buvant son café tiède, il la regarda se servir du même breuvage, de pain et de beurre.

Quand elle s'assit en face de lui, il remarqua que la main qui portait la tasse de fine porcelaine à ses lèvres tremblait.

Il l'observa. Avec son port de reine, ses manières raffinées, elle était l'incarnation de l'aristocrate sûre de son rang. Ce qui l'agaçait au plus haut point.

Elle prit une minuscule bouchée de pain grillé qu'elle mastiqua délicatement. Le silence entre eux s'éternisait. Après s'être assuré d'un coup d'œil qu'ils étaient bien seuls, il lui chuchota :

— Je comprends ce qui vous a poussée à monter toute cette supercherie mais ce que je ne comprends pas, c'est… pourquoi sir John joue le jeu.

Il la dévisageait, attendant ses explications. Allait-elle feindre d'ignorer ce qu'il entendait par là ?

Avec un soupir résigné, elle avoua à voix basse :

— Je n'en ai pas la moindre idée.

— Vous ne le lui avez pas demandé ?

Elle secoua la tête.

Il se leva et se dirigea vers la fenêtre. Là, ébloui par la lumière du soleil matinal, il plissa les yeux.

— Pourquoi un homme permettrait-il à une autre femme de prendre la place de son épouse légitime ?

Devant son mutisme, il poursuivit :

— Je peux, hélas, penser à plusieurs raisons.

Se retournant alors vers elle, perplexe, il demanda :

— Mais l'enfant ? Le docteur Parrish a dit que vous étiez retournée le chercher à Bath, après l'accident ? Sir John a-t-il déclaré quelque chose à son sujet ?

— Simplement qu'il ne voit aucune ressemblance entre Danny et lui.

De plus en plus surpris, James haussa les sourcils.

— Vraiment ? À quel moment a-t-il fait cette remarque ?

— Peu de temps après être sorti du coma. Mrs Turrill, puis le docteur Parrish se sont extasiés sur la ressemblance entre

Danny et lui. Mais, les deux fois, sir John a répondu qu'il n'en voyait aucune.

— Cela a dû être embarrassant.

— En effet. Avez-vous encore des questions, maître ? lança-t-elle, le menton levé, le défiant de ses yeux qui le foudroyaient.

Le regard de James Lowden s'attarda sur les prunelles étincelantes de la jeune femme, sur son visage rosi, sur ses lèvres serrées en une ligne déterminée.

— Juste une. Jusqu'où comptez-vous aller ?

Elle exhala un long soupir accablé.

— Je ne sais pas. Je n'avais jamais pensé aller aussi loin. Tout ce que je voulais, c'était récupérer Danny. Je n'ai jamais attendu davantage de sir John. Je comptais juste rester à Clifton House jusqu'à la guérison de mon bras. Mais sir John a repris conscience avant que je puisse partir. Et il ne m'a pas démasquée. Au contraire, il a semblé encourager le simulacre.

— Pourquoi ?

— Tout d'abord, j'ai pensé que c'était à cause de sa blessure à la tête, qu'il avait l'esprit un peu dérangé. Mais maintenant…

Sans finir sa phrase, elle haussa les épaules, l'air désorientée.

Il l'observa avec attention. Peut-être ne lui racontait-elle pas tout ?

— Est-ce qu'il vous aime ? la pressa-t-il.

— Il ne me l'a jamais dit, non.

— Vous ne croyez pas qu'il va vous épouser ?

Elle perçut la note de dérision, d'incrédulité, dans sa voix. De nouveau, elle le défia d'un signe du menton.

— Suis-je de condition si inférieure à lui ? Serait-ce donc impossible à envisager ?

— Si j'avais mon mot à dire, oui. Surtout après toute votre comédie.

Pâlissant soudain, elle avança :

— Ce qui signifie que vous lui déconseilleriez de demander ma main ?

*Ce qui signifie que je vous veux pour moi*, s'avoua James, en son for intérieur, tout en réprimant cette réponse illogique.

Après ce qu'il avait découvert, elle n'aurait dû lui inspirer que mépris. Il ne pouvait envisager d'unir sa vie à une femme capable d'une telle duplicité. Cela provoquerait un scandale, et n'aiderait en rien à résoudre les difficultés que connaissait son étude. Aussi se contenta-t-il de préciser :

— Oui. Je le lui déconseillerais.

Avec une grimace, elle lâcha :

— Qu'est-ce que cela pourrait bien vous faire ?

— Rien, mentit-il. Mais il est de mon devoir de protéger les intérêts de mes clients.

— En l'occurrence, en le protégeant de moi ?

— Oui.

— Je vois. Bien. Je vous remercie de votre honnêteté à mon égard.

La regardant sans ciller, il persifla :

— Peut-être devriez-vous essayer d'en faire autant un jour ?

Elle fut la première à détourner les yeux. Pourtant, il ne se sentit pas victorieux. Lui non plus n'avait pas été entièrement honnête avec elle.

Mrs Parrish et la femme du pasteur devaient revenir lui faire une visite, l'après-midi du même jour. Quand Mrs Turrill lui rappela cet engagement, Hannah esquissa un sourire contraint et noua un tablier de linon brodé sur la robe de mousseline fleurie dans laquelle elle recevait les visiteurs. Toutefois, elle redoutait cette visite. Comment allait-elle pouvoir les affronter, jouer la comédie avec elles quand, pour comble de malchance, Mr Lowden se trouvait sous le même toit ?

Mrs Parrish arriva la première. Hannah attendit que Mrs Turrill l'ait introduite dans le salon et soit ressortie.

Puis, prenant une profonde inspiration, elle déclara :

— Mrs Parrish, je suis contente d'avoir cette occasion de m'entretenir en privé avec vous. Je sais que, l'autre jour, vous avez aperçu l'un de mes vieux amis qui, de passage dans la région, est venu me saluer, et je ne voudrais pas que vous pensiez…

— Un vieil ami ? l'interrompit l'épouse du docteur avec un sourire chafouin. À première vue, il avait certes l'air très amical.

— Ce n'est pas ce que vous pensez, Mrs Parrish. Ce n'était qu'une brève visite, parfaitement amicale. Totalement innocente.

— Si vous le dites. Mais dans ce cas… pourquoi vous cacher dans le jardin comme deux amants clandestins ?

Hannah se fit violence pour soutenir son regard provocateur. Mais que pouvait-elle répondre à cela ? Rien.

Une lueur de triomphe s'alluma dans les prunelles de son interlocutrice.

Un instant plus tard, Mrs Turrill fit entrer la femme du pasteur. Elles échangèrent des salutations et, tandis que la gouvernante servait le thé, la conversation se fit légère et enjouée. Hannah avait la conviction que la raison de la visite de Mrs Parrish n'était certes pas le plaisir de sa compagnie. Elle devinait que l'arrogante épouse du médecin aimait voir la cousine de son mari aux petits soins avec elle.

L'une de ses amies qui habitait Bath lui ayant envoyé un numéro du *Journal de Bath*, elle s'en était munie. Elle aimait lire les potins sur le beau monde de la ville qui était la petite sœur de Londres. Elle avait également apporté le journal local, avec ses comptes-rendus d'apprentis fugueurs, de navires en escale, d'avis de décès, et de petites annonces qu'elle entreprit de leur lire.

— Écoutez cela.

Elle but bruyamment une gorgée de thé avant de reposer sa tasse, avec un tintement, sur la soucoupe.

> « *Nous apprenons le décès, lundi, de Mr Robert Meyers Junior, riche boucher de son état. Il avait dîné dans une taverne où il avait mangé de la tête de veau. Deux des convives ayant versé sans raison une quantité importante de jalap dans son assiette, l'effet fut si violent que la plante a provoqué la mort.* »

— Oh, non ! fit la petite voix timide de la femme du pasteur, l'air franchement choquée.

Mrs Parrish hocha la tête avec gravité.

—J'aurais pu prédire une telle issue. Le jalap est un purgatif connu. Je le sais, bien sûr, pour avoir été l'assistante du docteur Parrish, toutes ces années.

Visiblement impressionnée, Mrs Barton s'exclama :

—Si seulement vous aviez été là pour les prévenir !

—Vous avez tout à fait raison, Mrs Barton. Tout à fait raison. Les faillites, ajouta-t-elle en tournant la page. Voilà qui donne toujours à réfléchir et pousse à se montrer économe.

«*Faillites : Robert Dean, de Stanford, aubergiste. William Castle, de Chichester, chaudronnier. John Keates, de Stanwell, fabricant de papier. Anthony Fontaine, de Bristol, gentleman.*»

Avec un reniflement de dédain, Mrs Parrish commenta :

—Gentleman, certes. Plus maintenant, puisque son nom a été publié dans la *Gazette*.

Mrs Barton se couvrit la bouche de sa main minuscule pour étouffer son hilarité, comme une petite fille qui savait qu'il n'était pas charitable de rire des malheurs d'autrui.

Mais Hannah ne se souciait plus guère de ses deux invitées. Le nom «Anthony Fontaine» résonnait dans son esprit. Se pouvait-il que le Mr Fontaine de Marianna ait fait faillite ?

Tout en grignotant un biscuit, Mrs Barton déclara :

—Je vous en prie, continuez, Mrs Parrish.

—Très bien.

La femme du médecin survola une nouvelle colonne et s'exclama :

— Oh ! Quel dommage !

*« Perdue entre Bristol et Bath, bague en or incrustée d'améthystes et de saphirs mauves, portant la gravure du joaillier, John Ebsworth, Londres. Quiconque trouvera cette bague et la rapportera à son orfèvre se verra allouer une récompense de 1 guinée. »*

— Une guinée pour une bague pareille. Allons donc ! s'indigna l'épouse du pasteur. Je doute qu'un bijou d'une telle valeur soit rapporté, alors qu'il pourrait se vendre pour beaucoup plus cher.

— Je crains que vous n'ayez raison, Mrs Barton. De la pure cupidité humaine, voilà ce que c'est.

Mrs Barton approuva.

— À moins que Dieu ne décide d'intervenir et pousse son détenteur à écouter son cœur.

— Améthystes et saphirs mauves, reprit Mrs Parrish, l'air songeuse, en se tournant vers Hannah. Cela ne ressemble-t-il pas beaucoup à votre bague, lady Mayfield ?

Hochant la tête, Hannah toussota, soudain gênée.

— C'est une bague de famille, en effet.

— Savez-vous qui l'a faite ?

— Non, je l'ignore.

— Ne serait-ce pas extraordinaire qu'elle vienne aussi de chez ce John Ebsworth, à Londres ? s'exclama Mrs Barton.

Après avoir bu une gorgée de thé, la jeune femme répondit de son ton le plus dégagé :

— Je suppose qu'il existe plusieurs bagues de la même facture dans le pays.

Toujours plongée dans ses pensées, Mrs Parrish haussa les sourcils.

— N'est-ce pas la bague que le docteur a trouvée dans votre main, après l'accident ?

— Oui. Je l'ai glissée à mon doigt pour ne pas la perdre.

— Il est étrange qu'elle ait été dans votre paume plutôt qu'à votre doigt, fit remarquer l'épouse du médecin, une lueur scrutatrice dans ses prunelles.

De plus en plus mal à l'aise sous son regard insistant, Hannah haussa les épaules.

— Vous savez, j'ai si peu de souvenirs de l'accident.

Enfin, la pénible visite se termina. Dès que les deux femmes eurent pris congé, Hannah monta dans sa chambre et sortit le joyau de l'écrin rangé dans sa valise. Debout devant la fenêtre, à la lumière du soleil, elle déchiffra la délicate gravure à l'intérieur de l'anneau : « John Ebsworth, Londres. » Ce ne pouvait être qu'une coïncidence. Personne n'avait pu déclarer la perte du bijou qu'elle tenait dans sa main. Il existait sûrement d'autres bagues identiques. N'était-ce pas, d'ailleurs, ce qu'elle venait d'affirmer dans le salon ?

Tandis que la maîtresse de maison recevait ses invitées, James monta le courrier du jour à sir John. Il le trouva assis dans le fauteuil roulant, dans sa chambre, lisant.

Il lui tendit une lettre dans laquelle Mr Ward, son secrétaire, le mettait au courant des comptes relatifs à la maison de Bristol et demandait une traite de la banque pour couvrir certaines dépenses imprévues.

— Dois-je me charger de cela, monsieur ? interrogea-t-il.

— Oui, si vous le voulez bien. Merci.

Après une hésitation, James poursuivit :

— Êtes-vous prêt à discuter de votre testament ?

*La principale raison pour laquelle vous m'avez fait venir ici*, ajouta-t-il en son for intérieur.

— S'il le faut. J'ai décidé de ne pas le changer.

— Vous ne souhaitez plus déshériter votre femme, sans tenir compte du contrat de mariage ?

— Non.

— Mais…

James, perplexe, se détourna et passa une main dans ses cheveux. Puis, se dirigeant vers la porte, il s'assura que personne ne rôdait dans le couloir.

— Sir John. Je pense qu'il est de mon devoir de vous dire ce que je sais. La jeune femme qui se trouve dans cette maison n'est pas Marianna Mayfield. C'est Hannah Rogers, l'ancienne demoiselle de compagnie de votre épouse. Lors de mon dernier séjour, j'ai soupçonné que quelque chose n'était pas clair et j'ai pris l'initiative de faire des recherches. J'ai parlé à ses amis et à son père à Bristol. Je les ai entendus la décrire avec une grande précision. Tout concorde. Depuis sa silhouette mince jusqu'à ses taches de rousseur.

James prit une profonde inspiration puis poursuivit :

— Son père, le pasteur Rogers, ne sait rien de l'enfant et je ne lui en ai pas soufflé mot. Comme ils sont en froid, Miss Rogers lui a dissimulé la nouvelle de sa grossesse, pour des raisons évidentes.

Sir John gardait le silence. Mais James remarqua la crispation de ses mâchoires. Il ajouta alors :

— Si je peux comprendre qu'elle se fasse passer pour lady Mayfield pour les protéger, elle et son fils, je ne peux, en toute conscience, permettre à cette mystification de se prolonger.

L'air contrarié, sir John s'enquit :

— Qui vous a demandé de « faire des recherches » sur cette affaire, comme si elle vous concernait ?

Immédiatement sur la défensive, James rétorqua :

— Vous avez écrit à mon père pour lui demander de la localiser après son départ de votre service. Par conséquent, en ma qualité d'avoué chargé de vos affaires, j'ai cru...

— Cette lettre remonte presque à un an, argua sir John. Et je priais simplement votre père de m'indiquer ce que Miss Rogers était devenue. Pas de dénicher des informations qu'il était préférable de garder secrètes.

Déconcerté, James chancela.

— Cette jeune femme a-t-elle quelque emprise sur vous, monsieur ? Pour que vous jouiez ainsi son jeu ? A-t-elle trouvé un moyen de vous extorquer de l'argent, ou... ?

— Grands dieux, non ! Quelle imagination vous avez, Mr Lowden ! Vous voyez des intentions criminelles là où il n'y en a pas! Vous avez peut-être manqué votre vocation. Une carrière de détective ou encore de juge d'instruction vous aurait peut-être mieux convenu.

— Monsieur, je ne sais que penser. Vous savez qu'elle n'est pas votre femme…

— Bien sûr que je sais qu'elle n'est pas Marianna Mayfield. Je ne suis ni aveugle ni fou.

— Certes! Néanmoins, vous avez été inconscient pendant un certain temps. Aussi ai-je supposé…

— Eh bien! Vous avez mal supposé, Lowden. C'est le docteur Parrish qui a présumé que Miss Rogers était lady Mayfield, quand il nous a trouvés dans la berline, le jour de l'accident. Elle a laissé le malentendu se prolonger pour la seule et unique raison qu'elle ne savait comment subvenir aux besoins de son enfant.

— Et elle n'a rien envisagé d'autre que de se faire passer pour sa maîtresse décédée? persifla l'avoué.

Sir John cilla.

— Vous exagérez, Lowden. Ce n'était pas si terrible que cela.

James Lowden secoua la tête, consterné.

— Je ne vous comprends pas, monsieur.

— Je ne vous demande pas de me comprendre. Comme je vous l'ai dit, oublions le testament pour le moment.

— Mais le garçon?

— Vous avez raison. Incluez-y le garçon aussi.

James crispa les poings de frustration. À quel jeu jouait sir John? Voulait-il vraiment courir le risque de voir l'enfant illégitime de cette femme devenir l'héritier de sa fortune?

— Pourtant, vous l'avez déclaré vous-même, sir John. Vous ne voyez aucune ressemblance entre ce garçon et vous-même.

Lui jetant un regard inquisiteur, lord Mayfield s'enquit :

— Qui vous a raconté cela ?

— Miss Rogers en personne. J'ai compris qu'elle vous l'avait entendu dire à Mrs Turrill et au docteur Parrish.

— C'est exact, je l'ai dit.

Avec l'impression de s'expliquer avec un enfant... ou un simple d'esprit, James persista :

— Puisque vous admettez qu'il ne vous ressemble en rien, sir John, c'est qu'il...

— Oui, mais il ressemble beaucoup à quelqu'un que j'ai connu.

— Mr Fontaine ? lança l'avoué sans réfléchir à ses paroles, ce qu'il regretta aussitôt.

Sir John le foudroya du regard.

— Non, pas Mr Fontaine, lâcha-t-il d'un ton rogue.

Devant son expression furieuse, James jugea plus sage de ne pas tenter une autre supposition déplacée.

Le docteur Parrish trouva Hannah dans la chambre de Danny. Il avait besoin de son aide chez sir John.

— C'est le grand jour, madame. Sir John va essayer de faire ses premiers pas.

Elle était soudain très émue. *Sera-t-il capable de marcher après avoir été allongé si longtemps ?* se demanda-t-elle. Bien sûr, avec le docteur Parrish et l'infirmière Weaver, elle avait tenté de conserver un peu de forces et d'agilité à ses jambes.

Surtout celle dont la cheville restait valide. Mais l'autre ? Elle espérait ne pas être déçue.

Quand elle entra dans la chambre, sir John se glissa vers le bord du lit. Le docteur Parrish le prit par un bras et la regarda, les yeux pleins d'espoir.

— Madame ?

— Oh, bien sûr.

Venant se placer de l'autre côté du convalescent, elle l'attrapa par le coude.

— Très bien, sir John, commença le médecin. Quand vous serez prêt. Nous sommes ici pour vous aider à vous stabiliser. Nous ne nous attendons pas à vous voir faire un sprint, monsieur. L'objectif pour aujourd'hui est seulement de vous mettre debout. Êtes-vous prêt ?

Serrant les dents, lord Mayfield s'avança, ses pieds faisant un écart de la largeur de ses épaules.

— Je suis prêt.

— Un, deux, trois…

Ensemble, ils l'aidèrent à se mettre debout. Hannah sentit un tremblement le secouer et traverser le bras qu'elle tenait. Elle déplaça son propre poids pour renforcer sa prise, en priant : *Seigneur, je vous en conjure, faites qu'il tienne debout.* Elle surprit le sourire furtif que le docteur Parrish lui adressa, avant de s'exclamer avec enthousiasme :

— Vous y êtes arrivé, sir John ! Comment va votre cheville ? Elle ne vous fait pas mal ?

— Non, pas trop.

Ses jambes furent soudain agitées de violents tremblements.

—Tout va bien, le rassura le médecin. Rasseyez-vous maintenant. Doucement.

—Je veux marcher.

—Demain, il fera jour, sir John. Vous ne devez pas précipiter les choses.

—Sa présence est-elle indispensable ? demanda-t-il en tournant brusquement la tête vers Hannah.

—Votre épouse ? J'aurais pensé que vous voudriez qu'elle vous soutienne.

—Je… je n'aime pas qu'elle me voie comme cela. Maudite faiblesse !

—« Faiblesse » ? Comme vous y allez ! Les blessures que vous avez subies auraient coûté la vie à bien des hommes moitié moins âgés que vous. Je ne vois rien de faible en vous, sir John. Et vous, madame ?

—Non. Rien, renchérit-elle. Lord Mayfield a toujours été un homme très fort. Tant d'un point de vue physique que moral. Et il le redeviendra.

L'espace d'un instant, sir John la regarda droit dans les yeux, comme pour jauger la sincérité de ses paroles. La vulnérabilité qu'exprimait son regard alla droit au cœur de Hannah.

—Je suis fière de vous, le complimenta-t-elle en pressant sa main.

Les prunelles de sir John brillèrent soudain d'un éclat différent. D'un éclat profond, saisissant. Hannah fut la première à détourner le regard.

James se réveilla en sursaut d'un profond sommeil. Quelqu'un grattait à sa porte. L'obscurité d'un noir d'encre qui régnait dans sa chambre lui indiqua qu'on était au beau milieu de la nuit. Alarmé, il repoussa draps et couvertures, et se leva. Avant qu'il ait eu le temps de passer sa robe de chambre, la porte s'entrouvrit dans un craquement laissant apparaître une silhouette, une chandelle à la main.

— Mr Lowden ?

Miss Rogers se tenait sur le seuil, vêtue de sa chemise de nuit et enveloppée dans un châle, ses cheveux tressés en une natte épaisse sur une épaule. Son cœur fit un bond dans sa poitrine. L'espace d'un instant, contre toute logique, le désir embrasa son corps. Mais en remarquant la pâleur de son visage, l'effroi dans ses yeux écarquillés, il comprit qu'il ne s'agissait pas d'une visite amoureuse. Il se passait quelque chose.

— Je suis désolée de vous réveiller, mais c'est Danny. Et Becky. Ils sont tous les deux brûlants et très agités. De frayeur, Becky est agrippée à Mrs Turrill et ne veut pas la lâcher. J'ai envoyé Kitty chercher des linges frais, mais j'espérais que vous pourriez…

Il s'empara de sa robe de chambre étalée sur un dossier de chaise.

— Voulez-vous que je parte quérir le docteur Parrish ?

— S'il vous plaît. Je ne veux pas laisser Danny seul une seconde.

— Je comprends. Retournez près de lui. Je reviens avec le docteur aussi vite que possible.

— Merci.

À la lueur vacillante de la bougie, elle soutint son regard, ses yeux pleins de ferveur. Puis, se détournant, elle disparut, le bruit de ses pieds nus claquant vivement sur les marches.

Il mit un pantalon et des chaussures. Puis, tout en se débattant pour enfiler son manteau sur sa chemise de nuit, il dévala l'escalier jusqu'au vestibule, sortit par la porte latérale et se précipita vers la Grange.

Dix minutes plus tard, assise dans le rocking-chair, Hannah berçait Danny qui geignait. Essayant en vain de le soulager, elle tapotait son visage et son cou d'un linge humide. De l'autre côté de la pièce, Mrs Turrill administrait le même traitement à Becky, tout en murmurant des prières.

Kitty avait apporté les linges et, impuissante, regardait la scène en tordant son tablier.

*Puisse le docteur Parrish se hâter!* supplia Hannah. Il saurait certainement quoi faire. Sa frayeur la tétanisait. Son imagination débordante la mettait au supplice. Et s'il ne pouvait rien faire? Se pouvait-il que Danny succombe comme tous ces enfants chez Mrs Beech? Souffrait-il de la même fièvre? Le virus était-il resté à l'état latent dans les organismes du bébé et de sa nourrice, pour frapper maintenant qu'elle les croyait tirés d'affaire et vraiment libérés des miasmes de cet endroit maudit?

En entendant marcher dans le couloir, elle se sentit envahie d'un profond soulagement. Intriguée, elle ne percevait qu'un bruit de pas. Mr Lowden était-il retourné dans ses appartements après avoir fait venir le médecin?

Mais ce fut l'avoué en personne qui, après avoir frappé, entra dans la chambre d'enfants.

— Où est le docteur Parrish ? s'exclama-t-elle, affolée. Arrive-t-il ?

L'air grave, Mr Lowden secoua la tête.

— Mrs Parrish et son époux se sont absentés pour la nuit pour aider à un accouchement difficile. Edgar Parrish est parti à cheval pour ramener son père ou, tout au moins, revenir avec ses instructions jusqu'à ce qu'il puisse venir en personne.

— Seigneur ! gémit-elle.

À sa stupéfaction, elle vit Mr Lowden venir s'agenouiller devant le rocking-chair. Il posa son poignet sur le petit front de Danny et fronça les sourcils.

— Il a trop chaud. Retirez-lui cette couverture. Et ouvrons les fenêtres.

Il se releva, se débarrassa de son pardessus et entreprit de pousser les persiennes. Encore hirsute de sa course, il ne portait que son pantalon et une chemise.

La voix de Mrs Turrill s'éleva du chevet du lit de Becky.

— Ne vont-ils pas attraper froid ?

— Je ne sais pas. Tout ce que je sais, c'est qu'il faut faire baisser cette fièvre.

Il balaya la pièce du regard. Ses yeux se posèrent sur la femme de chambre, recroquevillée dans un coin.

— Apportez toute l'eau froide que vous pourrez. Reste-t-il de la glace ?

— Peut-être un peu. Mais surtout de la paille froide.

— Prenez tout ce que vous trouverez et montez-le vite.

Kitty se précipita pour exécuter ses ordres. Il revint s'agenouiller devant le fauteuil de Hannah. Cette fois, il leva sa main vers elle. Surprise, elle eut un mouvement de recul, avant de comprendre son intention. Ses lèvres pincées en une fine ligne, sans un mot, il posa ses doigts frais sur son front.

— Vous êtes extrêmement chaude, vous aussi. Pourtant, je ne pense pas que vous ayez de la fièvre. Mais vous brûlez de nervosité, sans aucun doute. Vous n'allez faire qu'amplifier la fièvre de votre enfant.

— Que suggérez-vous ?
— Un bain froid. Cela ne va pas lui plaire mais cela l'aidera.
— Comment le savez-vous ?
— Je suis déjà passé par là, hélas.
— Oh, s'étonna-t-elle.
— Ma petite sœur.
— J'ignorais que vous aviez une sœur.
— Je n'en ai plus. Nous n'avons appris qu'après sa mort ce que nous aurions dû faire.
— Je suis désolée, chuchota Hannah.
— Moi aussi.

Un moment, leurs regards se croisèrent, pleins d'une compassion timide.

De sa couche, Becky poussa un râle et hurla :
— Hannah ! Oh, Miss Hannah ! C'est la fièvre.

Assise sur le bord du petit lit, Mrs Turrill regarda sa maîtresse, de l'autre côté de la pièce, les yeux brillants d'une confusion mêlée de pitié. Le fait que Becky l'ait une nouvelle fois appelée Hannah n'avait pas échappé à la gouvernante.

— Chut ! murmura Hannah d'une voix apaisante. C'est juste un peu de délire. Tout ira bien.

Renchérissant, Mrs Turrill tranquillisa la nourrice :

— Madame a raison, Becky, mon ange. Mrs Turrill est ici, avec toi. Il n'y a rien à craindre. Tiens, bois cela.

Sentant le regard entendu de Mr Lowden sur elle, Hannah l'évita. Débarrassant Danny de la couverture qui l'enveloppait, elle tira ses petits poings à travers les manches de sa chemise de nuit.

Becky se débattait dans tous les sens.

— C'est la fièvre qui a emporté le garçon Jones et la petite Molly. Il faut que nous partions d'ici.

— Où croit-elle être ? chuchota James Lowden.

— Là où elle a perdu son propre bébé, précisa Hannah.

Elle replongea le linge dans la bassine d'eau tiède, presque froide. Pourvu que Kitty fasse vite avec la glace ! Si Becky continuait ainsi, Mrs Turrill allait, elle aussi, comprendre qui elle était vraiment. Comme l'avait compris Mr Lowden. Peut-être le savait-elle déjà. Mais, pour le moment, tout ce qui comptait, c'était d'aider Danny. Elle suppliait Dieu de ne pas lui prendre son bébé en punition de tous ses péchés.

Encore une fois, elle croisa le regard troublé de Mrs Turrill. Puis, se tournant vers l'avoué, la gouvernante demanda :

— Mr Lowden, peut-être auriez-vous la bonté de vous rendre à cheval jusque chez ma sœur, à Lynmouth ? Le petit cottage jaune en bas de la colline, après la forge. Je viens de me souvenir qu'elle aurait peut-être des antipyrétiques qui resteraient de la maladie de ma mère. Cela devrait faire baisser la fièvre.

— Vraiment ? s'exclama-t-il en se redressant. Parfait ! Je pars sur-le-champ.

Sans ajouter un mot, il tourna les talons, attrapa son manteau et quitta la pièce à la hâte. Alors que le claquement de la porte résonnait dans la chambre, Hannah regarda Mrs Turrill. La gouvernante la dévisageait sans ciller. Si elle savait ou devinait maintenant la vérité, elle n'en souffla mot.

— Merci, souffla Hannah.

Au-delà de la remercier pour son aide, elle lui était reconnaissante de sa discrétion.

L'aube se leva, aussi claire et joyeuse que l'humeur de Hannah. Mr Lowden avait rapporté les antipyrétiques qu'ils avaient administrés à Becky. En revanche, ignorant les effets que ces remèdes pourraient avoir sur le petit Danny, ils avaient hésité à lui en donner. Mais, suivant les conseils de l'avoué, elle avait soumis le bébé brûlant à de rapides immersions dans la baignoire d'eau tiède, presque froide. En dépit de ses hurlements, sa fièvre avait fini par tomber.

Lorsque la transpiration des deux malades s'était transformée en tremblements, Mr Lowden avait fermé les fenêtres, et, avec l'aide de Ben, avait monté du bois et du charbon. Ses manches de chemise retroussées, comme s'il était lui-même un domestique, l'avoué avait ensuite approvisionné le feu.

Quand le docteur Parrish était arrivé en courant, Ben et Mr Lowden étaient repartis chercher encore du bois. À bout de souffle, les joues rouges, le médecin était épuisé. Il prit toutefois la situation en main avec compétence et leur confirma qu'ils avaient, jusque-là, eu les bonnes initiatives. Il prescrivit de boire beaucoup de liquide, avec des antipyrétiques concoctés par ses soins.

Soulagée de remettre Danny et Becky aux soins qualifiés du médecin, Hannah murmura une prière de remerciement.

Quand elle sortit dans le couloir, en quête d'un bref répit, elle trouva Mr Lowden assis sur une chaise, les coudes sur ses genoux, la tête entre ses mains.

En la voyant, il se leva.

— Daniel va bien ?

— Il ira bien, oui.

— Dieu merci ! s'exclama l'avoué en exhalant un soupir de soulagement.

Devant l'inquiétude qu'exprimait son visage, elle prit conscience de la bonté dont il avait fait preuve et de l'aide précieuse qu'il leur avait apportée. Ses forces l'abandonnant soudain, ses yeux se remplirent de larmes.

Aussitôt, les mains de Mr Lowden se posèrent sur ses épaules et, ses yeux émeraude assombris par l'anxiété, il l'examina.

— Que se passe-t-il ? Vous ne vous sentez pas bien ?

Elle hocha la tête, ses larmes ruisselant sur ses joues.

— J'ai eu si peur.

Soudain, ses bras furent autour d'elle, l'enlaçant en une étreinte réconfortante.

— Je sais. Moi aussi.

Un long moment, Hannah demeura ainsi, la figure pressée contre son torse, sentant la chaleur de son corps fort sous sa joue. Savourant la sensation de ses bras qui la serraient étroitement. Elle aurait voulu rester ainsi pour toujours.

Se reprenant, elle recula d'un pas et s'essuya les yeux.

—Merci, Mr Lowden, murmura-t-elle d'une voix tremblante. Je ne sais pas ce que j'aurais fait sans vous.

Pourtant, elle savait trop bien que, justement, très bientôt, elle devrait apprendre à se passer de lui.

James Lowden regagna son lit, agité, déchiré entre mille émotions. Il s'était surpris lui-même. Il n'avait pas eu l'intention de prendre Miss Rogers dans ses bras. Il avait été tout aussi hébété par la vague de tendresse qui l'avait submergé, par son désir de la protéger, de la réconforter. Quelques semaines auparavant, il aurait déclaré de tels sentiments inconcevables. Il se raisonna : même si la femme qu'il avait rencontrée à Clifton House n'était pas Marianna, l'épouse infidèle, Hannah Rogers n'était pas un modèle de vertu non plus. De toute évidence, elle était aussi disposée à mentir, aussi capable de tromper, que sa maîtresse l'avait été. Il ne pouvait pas, ne devait pas, lui faire confiance.

Il ne parvenait toujours pas à définir ce qui le séduisait en elle. Certes, elle avait des cheveux magnifiques, des yeux fascinants. Mais son nez était trop long, sa bouche trop grande. Et puis, il y avait ses taches de rousseur… Pourtant, au souvenir de ce qu'il avait éprouvé quand il l'avait serrée contre son cœur, il était presque prêt à envoyer au diable toute prudence et toute raison. Il pouvait encore sentir son corps svelte à travers sa chemise de nuit, la chute de ses reins sous sa taille fine, ses petits seins pressés sur son torse.

*Assez !* s'admonesta-t-il.

Se rappelant la nourrice gémissant « Miss Hannah ! » et évoquant l'endroit sordide d'où elles venaient, il frémit. Il avait surpris l'expression soupçonneuse de la gouvernante. Ce n'était plus qu'une question de temps avant qu'elle comprenne qui était vraiment Miss Rogers, et qu'elle leur avait menti à tous. Voulait-il vraiment se trouver mêlé à tout cela ? Qu'arriverait-il si l'on apprenait qu'il connaissait la vérité mais qu'il avait gardé le silence ? Serait-il complice de cette fraude ? Quelle en serait la conséquence sur son étude et sur sa réputation ?

*Ne fais pas l'imbécile, Lowden,* martela-t-il en lui-même. *Le plus sage sera de tenir Miss Rogers à distance. Au sens propre et au sens figuré.*

# Chapitre 18

Les jours suivants, Hannah s'éloigna le moins possible de la chambre de Danny. Elle éprouvait le besoin de le surveiller. De s'assurer qu'il se rétablissait. De réfléchir.

Le docteur Parrish passait souvent et, chaque fois, déclarait ses deux patients sur le chemin de la guérison. Inquiet, sir John demanda à voir l'enfant, mais le médecin hésita, par crainte de la contagion. Il ne voulait pas prendre le risque que sir John, qui commençait enfin à reprendre des forces, attrape cette fièvre.

Pendant ce temps, Mr Lowden avait chevauché jusqu'à la ville de Barnstaple pour se faire délivrer une traite bancaire à envoyer à Mr Ward. En son absence, les heures s'étiraient lentement. Au cours des derniers jours, Hannah ne l'avait vu qu'en coup de vent.

Maintenant que l'avoué connaissait sa véritable identité et que Mrs Turrill la soupçonnait sûrement, elle savait qu'elle devait à tout prix mettre un terme à cette comédie, cesser de prétendre être lady Mayfield et quitter ces lieux.

Elle eut beau tergiverser, la réalité la rattrapa. La fièvre de Danny lui avait montré l'amère fragilité de sa situation. Si elle partait… quand elle partirait, combien elle serait vulnérable, livrée à elle-même. Il n'y aurait plus de sir John pour les accueillir sous son toit. Plus de Mrs Turrill pour préparer ses repas. Plus de bel avoué pour se précipiter en quête d'antipyrétiques. Que ferait-elle si elle se trouvait dans quelque auberge ou pension sordide, et que Danny tombait malade ? Aucun gentleman médecin ne se déplacerait pour l'examiner. De plus, ni les apothicaires ni les chirurgiens ne travaillaient gratuitement. Il était inutile de se voiler la face : en vérité, elle avait peur de partir. Surtout avec son bras toujours fragile et Danny encore affaibli par sa fièvre. S'il faisait une rechute ? En outre, voulait-elle vraiment disparaître à nouveau de la vie de sir John ? Ou même fuir loin de celle de Mr Lowden ?

Un soir qu'une tempête s'annonçait, au large de la côte, Mrs Turrill monta lui tenir compagnie dans sa chambre. D'un regard inquiet, elle scruta son visage.

— Vous avez l'air si fatiguée, si agitée, madame. La fièvre est passée et tout va bien, je vous assure.

— Merci, Mrs Turrill. Pardonnez-moi de ne pas être au mieux de ma forme.

— Mais pas du tout. Quoi de plus naturel ? Vous venez de traverser des journées si éprouvantes. Je sais ce dont vous avez besoin ! s'exclama la gouvernante, son regard s'illuminant. Un bon bain chaud ! Je vais faire porter la baignoire dans vos appartements par Kitty et Ben, et mettre de l'eau à chauffer. En attendant, allez vous étendre.

— Non, je vous en prie, Mrs Turrill. Je ne veux pas donner de travail supplémentaire à tout le monde. Surtout à vous qui vous occupez déjà de sir John.

— Balivernes! Ce n'est rien du tout. Sir John a pris un long bain chaud hier et cela lui a fait le plus grand bien.

— Vraiment? J'avoue que l'idée d'un bain me semble divine, mais je n'ose pas vous le demander.

— Vous ne me demandez rien. C'est moi qui vous le propose. Allez vous préparer maintenant, ajouta-t-elle avec un clin d'œil.

Une heure plus tard, son bras bandé posé sur le bord de la baignoire, Hannah se retrouva immergée dans une eau chaude, délicieuse. En général elle se contentait de faire sa toilette avec une éponge ou dans la baignoire sabot, mais force lui était d'admettre que Mrs Turrill avait raison. Elle sentait toute la tension accumulée ces derniers jours s'évaporer comme par magie. Quand elle se fut lavée avec un savon au parfum de lilas, Kitty lui fit un shampoing. Elle savoura la merveilleuse sensation des doigts de la jeune fille qui massaient son cuir chevelu et toutes ses craintes parurent disparaître avec l'eau du rinçage.

— Si vous n'y voyez pas d'inconvénient, Kitty, je vais rester à paresser encore un peu dans l'eau.

— Faites, madame. Je descends aider Mrs Turrill à condamner les volets, en prévision de la tempête. Mais je remonterai vous aider à vous préparer pour la nuit, aussitôt après.

— Prenez votre temps.

La femme de chambre sortit et referma la porte derrière elle. À l'extérieur, Hannah entendait les hurlements du vent. Mais ici, à l'intérieur, bien au chaud, elle se savait en sécurité. Tout comme l'était Danny. Alanguie, elle laissa aller sa tête en arrière et la posa sur le bord de la baignoire.

Soudain, la porte s'ouvrit à la volée. Se redressant brusquement, elle se couvrit les seins d'un bras et tourna la tête pour voir qui était entré de façon si abrupte. Mais le seuil et le couloir étaient déserts. Ce n'était que le vent. Quelqu'un avait dû provoquer un courant d'air en ouvrant une fenêtre ou la porte d'entrée. Elle attendit un instant, supposant qu'ayant entendu sa porte claquer, Mrs Turrill ou Kitty monterait la fermer. Plusieurs minutes s'écoulèrent. Mal à l'aise, la partie de son corps exposée à l'air se refroidissant rapidement, elle ne vit arriver personne.

Avec un soupir résigné, elle se leva en prenant appui sur son bras valide. De l'autre, elle dissimula tant bien que mal son torse à l'aide d'une serviette. Inaccessible, la grande serviette de bain attendait sur une chaise, plus loin.

Elle sortit prestement de la baignoire, posa un pied puis l'autre sur le tapis de bain tressé.

Des bruits de pas résonnèrent dans le couloir. *Kitty, enfin!* Elle se tourna vers la porte de manière à cacher son dos.

Un sourire gêné aux lèvres, elle leva la tête et s'apprêtait à expliquer à la femme de chambre ce qui s'était passé quand, le souffle coupé, elle se trouva nez à nez avec James Lowden.

Abasourdi, il s'arrêta net. Son chapeau à la main, les pans de son pardessus battant ses chevilles, il était échevelé. Il ouvrit la bouche. Mais il ne rougit pas, ne se retourna pas, ne sourit pas. Lentement, son regard glissa sur son cou, ses épaules, ses cheveux lâchés, survola la petite serviette, caressa ses longues jambes...

Pétrifiée, elle était incapable de respirer. Elle sentit la honte enflammer tout son corps.

Quand elle le vit franchir la porte, son cœur se mit à battre la chamade. Qu'allait-il faire ? Un moment, il resta les yeux rivés sur son visage, avec une expression presque... réprobatrice, les mâchoires crispées, les lèvres serrées. S'il la trouvait un tant soit peu séduisante, il cachait bien son jeu.

D'une voix sourde, menaçante, il la mit en garde :

— Faites attention, madame.

— C'est le vent qui a ouvert la porte, se défendit-elle.

Les yeux étincelants, il répliqua :

— C'est un vent mauvais, qui ne sème que le mal.

Quand il avança la main, elle étouffa un petit cri. Mais il se contenta de la poser sur le loquet et de sortir de la pièce, tirant lentement le battant derrière lui. Debout sur le seuil, il continua de l'envelopper d'un regard embrasé, jusqu'à ce que la porte se referme avec un claquement.

Le lendemain matin, Hannah se leva, bien reposée. En dépit de cette entrevue, aussi étrange qu'embarrassante, avec Mr Lowden, elle avait dormi d'un sommeil profond, dû sans aucun doute à ce bain si apaisant. Depuis qu'il était venu à son secours pendant la fièvre de Danny, l'avoué lui était devenu plus cher. Pourtant, totalement imprévisible, il se montrait tantôt très amical, tantôt glacial. Se débattait-il, comme elle, avec ses sentiments ? Sans doute se méprenait-elle. James Lowden avait un cœur de pierre. À son égard, tout au moins. Mais puisqu'elle se faisait toujours passer pour la femme de sir John, c'était sans doute mieux ainsi.

Kitty l'aida à mettre une robe rose pâle, puis elle s'assit devant sa coiffeuse. Ses cheveux fraîchement lavés étaient soyeux, brillants et, dans le miroir qui reflétait le soleil, les éclats d'or roux semblaient plus vifs qu'à l'accoutumée.

Après avoir pris son petit déjeuner seule, elle monta au deuxième étage dans l'intention de dorloter Danny. Quand Becky lui annonça qu'elle se sentait rétablie et prête pour une nouvelle leçon de lecture, elle remit le bébé dans son berceau et s'installa près de la jeune fille, sur son petit lit soigneusement refait. Ouvrant *Les Contes de ma mère l'Oye*, Becky commença à lire.

— Madame ?

Perdue dans ses pensées, Hannah sursauta. La jeune fille la tirait par le bras.

— Madame ? répéta-t-elle plus fort.

— Hum ? Oh, je suis désolée.

— Que se passe-t-il ? Vous paraissez... différente. C'est ce Mr Lowden ? Ou êtes-vous en train de tomber malade ? Tout va bien ?

— Il n'y a rien qui doive t'inquiéter, Becky. Mais je te remercie de ta sollicitude.

Quelques instants plus tard, laissant Danny paisiblement endormi et Becky plongée dans sa lecture, elle descendit.

Au premier étage, elle jeta un coup d'œil dans la chambre de sir John et l'aperçut, installé dans son fauteuil roulant. Les mains posées sur ses genoux, il regardait par la fenêtre. Mrs Turrill s'affairait sans doute dans la cuisine et Mr Lowden devait être parti faire une promenade à cheval. Tout le monde semblant satisfait de son sort, elle décida de s'accorder un peu de temps et sortit.

Dans le jardin, elle flâna, savourant la caresse de l'air tiède, chargé de parfums, sur sa peau. Malgré les nombreuses décisions qui l'attendaient, elle voulait mettre son esprit au repos, ne plus penser, ne plus faire de projets. Elle souhaitait seulement profiter du moment et respirer.

Son répit fut de courte durée. Au comble de l'embarras, elle aperçut soudain Mr Lowden qui arrivait des écuries. À quel genre d'accueil devait-elle s'attendre de sa part, après le malencontreux épisode de la veille ? Malgré sa gêne, elle ne put s'empêcher d'admirer ses bottes luisantes, la coupe ajustée de sa veste et le chapeau haut de forme qui ombrait ses traits. Comme s'il avait senti son regard sur lui, il leva les yeux et lui adressa un petit salut de la main. Elle aimait ses traits, son nez droit, les profonds sillons verticaux qui encadraient sa bouche, sa lèvre inférieure charnue.

—Bonjour, madame.

Elle le regarda droit dans les yeux. Le son de sa voix, l'emphase qu'il avait mise sur le titre « Madame » firent palpiter son cœur. Elle avait pensé que, maintenant qu'il connaissait la vérité, il allait l'appeler Hannah, ou Miss Rogers. Elle était d'ailleurs partagée : soulagée qu'il ne l'ait pas fait, elle aurait pourtant aimé qu'il l'appelle par son vrai nom.

— Mr Lowden, retourna-t-elle avec un signe du menton.

Baissant la voix, il déclara :

— Je vous demande pardon pour hier soir.

— Vous n'y êtes pour rien.

— Non, mais j'aurais pu me comporter d'une manière plus courtoise. En gentleman. Ou bien à l'opposé d'un gentleman, ajouta-t-il avec un sourire coquin.

Elle fut envahie par une nouvelle bouffée d'embarras. Et… de plaisir, peut-être ?

— Vous avez fait une bonne promenade ? s'enquit-elle, changeant de sujet.

— Excellente, je vous remercie.

Les yeux verts comme la mousse des bois de l'avoué s'attardèrent sur son visage.

— Vous êtes ravissante, si vous me permettez.

— Vous aussi, vous êtes très beau.

Elle avait parlé sans réfléchir et elle sentit ses joues devenir écarlates.

— Merci. Je pense que c'est la réponse qui s'impose, dit-il avec un sourire qui creusa les sillons de ses joues.

Puis, plissant les yeux, il regarda au loin et poursuivit :

— Galoper dans la campagne m'aide à penser.

Avec un hochement de tête, elle renchérit :

— Moi aussi, marcher m'aide à penser.

Ses prunelles émeraude scintillant de nouveau, il demanda :

— Aimeriez-vous savoir à quoi je songeais ?

Troublée par son regard, elle répliqua :

— Non, je ne pense pas que j'y tienne.

La brise se leva, dispersant les graines de pissenlit, faisant osciller le lourd magnolia sur son tronc. Mr Lowden retira l'un de ses gants et, avançant la main, retint l'une des mèches de la jeune femme qui volaient au vent.

Un long moment, il la contempla.

— Toutes les couleurs de l'automne, finit-il par murmurer avec un nouveau sourire rêveur.

Puis il replaça la mèche derrière son oreille, ses doigts s'attardant sur son cou.

Il était près d'elle. *Si près*. Son regard caressa son visage, plongea dans ses yeux, descendit sur sa bouche. Elle retint son souffle. Allait-il l'embrasser ? Là, sous le nez de Mrs Parrish, leur voisine toujours à l'affût, ou de quiconque regardait par une fenêtre ? Une partie d'elle-même le souhaitait. Rêvait même de se pencher vers lui et de presser ses lèvres contre les siennes. Soudain, avec une pointe de culpabilité, elle se rappela sir John.

Comme s'il lisait dans ses pensées, Mr Lowden leva la tête vers la fenêtre du premier étage. Son sourire s'évanouit.

— Je crois que nous avons un spectateur. Aussi vais-je vous saluer poliment et vous souhaiter une bonne journée.

— Sir John ? demanda-t-elle.

Avec un signe de tête affirmatif, il s'inclina et s'éloigna, la laissant seule.

De la porte de sir John, Hannah vit le docteur tendre une canne en bois sculpté à son patient, assis dans son fauteuil roulant.

— J'ai pris la liberté de vous apporter cela, sir John. L'un de mes malades préférés fait de la sculpture pendant ses heures de loisir et il a réglé ses notes de soins avec deux de ses plus beaux spécimens. Ce serait pour moi un privilège de vous en offrir un. Regardez la délicatesse de la sculpture, ajouta le médecin en lui montrant l'objet.

— Je vois une canne d'invalide, lança sir John d'un ton rogue. Je vais avoir l'air d'un vieillard !

— Allons donc ! Dites-vous simplement qu'il s'agit de l'une de ces élégantes cannes utilisées par les gentlemen londoniens.

— Dans ce cas, j'aurai l'air d'un dandy.

— C'est toujours mieux que d'avoir l'air d'un vieillard !

— Touché\* ! railla sir John avec une grimace.

Hannah trouvait pour sa part que sir John paraissait chaque jour plus jeune et en meilleure forme. Sauf quand il arborait sa mine renfrognée, comme à cet instant.

Le docteur Parrish l'aperçut soudain.

— Ah, madame ! Vous arrivez juste à temps. Restez où vous êtes et sir John va s'efforcer de vous rejoindre.

Avec une grimace amère, ce dernier maugréa :

— Je ne suis pas un enfant qui fait ses premiers pas et qu'on fait marcher jusqu'à sa mère.

— Bien entendu, sir John. Mais qu'y a-t-il de mieux pour vous motiver que votre chère épouse vous tendant les bras ?

Hannah sentit ses joues s'enflammer. Sir John leva vers elle un regard pétillant de malice.

---

\* En français dans le texte original. *(NdÉ)*

— Vous entendez cela, ma chère ? Vous devez me tendre les bras pour me motiver.

Elle s'aperçut avec soulagement qu'ayant abandonné son intonation sarcastique, il la taquinait maintenant sur un ton enjoué.

— Il est plus probable qu'au lieu de la soulever dans mes bras, je vais m'écrouler à ses pieds, reprit-il.

— Contentez-vous de faire de votre mieux, sir John, lui recommanda le médecin. Même un seul pas sera une victoire.

Le visage marqué par la concentration, la douleur, ou le mélange des deux, le convalescent traversa la pièce en avançant péniblement un pied après l'autre. L'une de ses mains aux jointures blanchies serrait la canne. De l'autre il se tenait au docteur Parrish.

Hannah fut tentée de combler l'espace entre eux. Comme devinant son intention, sir John s'arrêta et la défia du menton.

— Restez où vous êtes.

Puis, le front moite de transpiration, il retira sa main de celle du médecin.

— Je ferai les derniers pas tout seul.

— Mais je veux être à portée de main si…, protesta le docteur Parrish.

— Eh bien ! Si je tombe, je tomberai, l'interrompit sir John.

Il glissa un pied en avant. S'y appuya de tout son poids, reprit son équilibre, frappa le sol de sa canne. Puis il avança le pied suivant, chaque petit pas exigeant un dur effort. À tout instant, Hannah avait l'impression qu'il allait s'effondrer. Les gouttes de transpiration coulaient maintenant jusque dans son cou.

— Encore un, l'encouragea-t-elle. Voilà. Vous avez presque réussi.

Prise d'une impulsion subite, elle lui tendit les bras dans l'intention de l'aider en le soutenant, même si elle doutait de pouvoir le rattraper s'il tombait. S'il avait bien perdu cinq kilos depuis l'accident, il demeurait un homme vigoureux.

Il esquissa un sourire plein d'ironie. Un mélange d'humour et de détermination brillait dans son regard.

Quand il fit son dernier pas, Hannah tendit les mains et le retint par les bras, pour essayer de le stabiliser, alors qu'il vacillait sur ses jambes tremblantes.

Le médecin applaudit, enthousiaste.

— Bravo! Je dirai que cela mérite un baiser, suggéra-t-il avec un clin d'œil suggestif. Qu'en pensez-vous, madame?

— Allons, allons, tempéra sir John en souriant. Seulement si je peux reprendre mon souffle assez longuement pour en profiter.

— Je..., commença Hannah, embarrassée. Voulez-vous vous asseoir?

— Oh, je vous en prie, lady Mayfield! Je vais regarder ailleurs, proposa le praticien avec un sourire espiègle.

Soudain, le souffle aussi court que sir John, elle céda:

— Très bien.

Se hissant sur la pointe des pieds, elle s'apprêtait à déposer un baiser amical sur sa joue quand, à cet instant précis, il tourna la tête et leurs lèvres se rencontrèrent.

De surprise, elle ferma les yeux. La sensation ferme de ses lèvres sur les siennes était inattendue et singulièrement agréable. Elle était de nouveau en pleine confusion, tiraillée entre la loyauté, la culpabilité et un sentiment de trahison. Ce n'était qu'un chaste baiser, se rassura-t-elle. *À l'intention du docteur.* Cela ne signifiait rien de plus. Pourtant, elle se félicitait que James Lowden n'ait pas été présent, pour en être témoin.

Le docteur Parrish battit derechef des mains.

— Voilà, c'est mieux ainsi. Une bonne journée de travail, assurément !

Plongeant ses prunelles étincelantes dans celles de Hannah, sir John renchérit :

— Assurément.

Ce soir-là, perturbée par le tourbillon de ses pensées qui oscillaient de sir John à Mr Lowden, Hannah eut de la peine à trouver le sommeil. Dès qu'elle fermait les paupières, leurs deux beaux visages s'imposaient tour à tour à son esprit.

Après une nuit agitée, elle descendit à la salle à manger plus tard qu'à l'accoutumée. Kitty lui annonça que Mr Lowden avait déjà pris son petit déjeuner et qu'il était parti à cheval.

Son repas terminé, elle enfila le spencer ajusté à sa taille et s'aventura dans le jardin. Elle flâna parmi les massifs, savourant le parfum des fleurs multicolores et la brise tiède qui caressait ses cheveux. Secrètement, elle espérait partager un nouveau moment en tête à tête avec James Lowden. Pourtant, elle savait bien qu'il aurait été plus sage de garder ses distances et d'éviter toute rencontre en privé avec lui.

Elle venait à peine de se convaincre de rentrer quand, juché sur sa monture, il franchit le portail.

Cachée derrière un large buis, elle regarda Ben venir prendre les rênes de son cheval. En voulant se protéger des regards indiscrets de certains occupants du manoir, elle avait l'impression de chercher à dissimuler sa légèreté. Pourvu, surtout, que James ne devine pas ses intentions. Mais l'espérait-elle vraiment ?

En entrant dans le jardin, il souleva son chapeau et vint à elle, souriant.

— Bonjour, ma... Hannah. Me permettez-vous de vous appeler Hannah ?

Au son de son prénom qui roulait sur ses lèvres, une chaleur diffuse se propagea en elle.

— Oui. Ne plus l'entendre m'a manqué.

Avançant un bras, il effleura sa joue d'un doigt.

— Hannah. Chère, douce Hannah.

Le pouls de la jeune femme s'accéléra. Il jeta un coup d'œil à la ronde et, voyant qu'ils étaient seuls, se pencha vers elle. Sa bouche frôla sa joue, son souffle tiède chatouilla son oreille.

— J'ai essayé de garder mes distances avec vous, reprit-il. Surtout ici, sous le toit de sir John. Mais en vous voyant, l'autre soir, j'ai failli perdre tout sang-froid. Un jour, j'espère embrasser chacune de vos taches de rousseur...

Incapable de respirer, elle sentit une vague brûlante la submerger.

Ils furent alors surpris par une violente averse qui s'abattit sur eux.

— Oh, non ! s'exclama-t-elle en regardant le ciel menaçant.
— Venez !

Il la prit par la main et, l'entraînant, ils s'élancèrent en courant vers la maison. Riant aux éclats, ils se précipitèrent dans le vestibule. Ses chaussures mouillées glissèrent sur le sol. D'un bras autour de sa taille, James Lowden la rattrapa prestement pour l'empêcher de tomber. Mais, après qu'elle eut repris l'équilibre, il laissa son bras s'attarder.

Elle leva la tête vers lui et lui sourit. Une feuille était plaquée contre sa joue, telle une trace de baiser. D'une main légère, elle la décolla, ses doigts dessinant le sillon qui creusait cette joue, comme elle en rêvait depuis si longtemps.

— Une feuille, lui dit-elle en la lui montrant.

Son excuse pour le toucher.

Le vert de son regard s'assombrissant soudain, il inclina la tête vers elle.

Soudain, elle perçut un mouvement furtif, suivi d'un craquement, et leva les yeux. Derrière la rampe du palier, dans sa chaise d'invalide, sir John les épiait. En le voyant derrière les balustres, comme derrière des barreaux, prisonnier du premier étage, elle sentit son cœur se serrer. Les traits crispés, une lueur implacable dans ses prunelles bleu-gris, il les observait. Se rendant compte de l'image qu'ils devaient donner, si proches l'un de l'autre, sa main sur la joue de James Lowden qui, d'un bras l'enlaçait par la taille, instinctivement, elle recula.

Son regard ayant suivi le sien, le sourire de l'avoué s'évanouit et il salua le maître de maison.

— Bonjour, sir John. Nous avons été surpris par la pluie.

— Comme je peux le constater, ironisa lord Mayfield.

« Surpris » : le mot était tout à fait approprié.

Hannah s'avança vers la première marche de l'escalier.

— Puis-je faire quelque chose pour vous, sir John ? s'enquit-elle.

Un long moment, la tête baissée vers elle, il la défia du regard.

— Je pensais que oui. Mais je me trompais.

Hannah monta dans sa chambre pour se sécher et suspendre son spencer mouillé. Puis, après s'être assurée que Danny allait bien, elle redescendit au premier étage et frappa chez sir John.

— Oui, dit une voix étouffée.

Prenant une profonde inspiration, elle entrouvrit la porte.

— Puis-je entrer ?

Assis dans son fauteuil roulant, près de la fenêtre, il contemplait la pluie battant derrière les carreaux. Il ne se retourna pas pour la saluer. Ignorant sa froideur, elle entra et referma derrière elle. Une tension suffocante s'était emparée de la pièce.

Lentement, elle s'avança vers lui. Arrivée à sa hauteur, elle s'arrêta à côté de lui et, regardant sans voir par la fenêtre, attendit qu'il parle. Elle craignait ce qu'il allait dire.

Le temps s'étira, ponctué par le « tic-tac » de la pendule sur la cheminée et le bruit de la pluie qui frappait les vitres.

— Je croyais que nous avions un accord, vous et moi, finit-il par murmurer.

Son dépit aussi vif que sa surprise, elle poussa un profond soupir.

—Vraiment ?

Un quart de seconde, elle sentit son regard sur elle mais, quand elle se tourna vers lui, il avait de nouveau les yeux fixés sur la fenêtre.

—Je me rends compte que nous n'en avons jamais discuté clairement, reprit-il d'une voix lente. C'est… disons… un sujet délicat, et le mot est faible.

—Oui, acquiesça-t-elle dans un souffle.

Chuchotant presque, il ajouta :

—Je croyais que vous souhaitiez que l'on vous prenne pour ma femme.

Son cœur battait douloureusement contre sa poitrine. En était-elle vraiment convaincue ? Combien il était choquant de l'entendre lui dire ces mots avec une telle franchise. Sa supposition l'embarrassa de plus belle.

—Me trompais-je ? demanda-t-il.

Elle sentit son regard s'attarder derechef sur elle. Elle secoua la tête. C'était ce qu'elle voulait, après tout. Dans l'intérêt de Daniel. Dans son propre intérêt. Certes, James était plus proche d'elle par l'âge, il était séduisant, sans attaches. Lui proposerait-il un vrai mariage au lieu de ce simulacre ? Un véritable amour ? Une évidence la frappa soudain : aucun des deux hommes n'avait parlé d'amour.

—Je ne pensais pas que vous endosseriez le rôle de Marianna avec une telle perfection. Jusqu'à m'être infidèle.

La honte enflammant ses joues, elle se défendit :

—Vos paroles sont injustes.

—Le sont-elles ?

Se tournant vers lui, elle le regarda sans ciller.

—Oui.

Il l'observa avec attention.

—Je suis heureux de l'entendre.

Troublée par l'intensité de son expression, elle se retourna vers la fenêtre, comme si la pluie pouvait apaiser l'ardeur du regard embrasé qui l'enveloppait.

Quelques instants plus tard, il reprit, adouci :

—Puis-je vous demander ce qui vous a poussée à rester ?

Elle fit un signe d'assentiment.

—Au début, je voulais juste trouver un moyen de sauver Daniel. De subvenir à ses besoins. Je n'osais rêver d'un foyer heureux pour lui.

—Et maintenant ?

—Je…

Elle s'interrompit. Comment pouvait-elle exprimer ses pensées en pleine confusion ?

Il lui jeta regard empreint de dureté. Il avait perçu son hésitation.

—Attendez-vous qu'une meilleure offre se présente ? avança-t-il, acerbe.

Elle tressaillit.

—Non.

Patiemment, il reprit :

—Je comprends ce que vous voulez pour Danny. Mais pour vous-même ?

Après un instant de réflexion, elle répondit avec logique :

—Comment puis-je séparer les deux ? S'il est heureux, en bonne santé, en sécurité, je suis satisfaite.

— Vous êtes une mère, Hannah, certes. Mais vous êtes aussi une femme, avec vos propres pensées, vos propres sentiments, vos propres rêves.

Surprise par ses paroles, elle se contenta de dire :
— Croyez-vous ?

Voilà bien longtemps qu'elle avait l'impression d'avoir renoncé à ses rêves.

— Lowden vous a-t-il demandée en mariage ?
— Non.

D'ailleurs, le ferait-il jamais ? Elle aurait été curieuse de le savoir.

Avec un soupir de soulagement, sir John poursuivit :
— Écoutez-moi, Hannah. Je ne veux pas que vous restiez avec moi uniquement pour des raisons matérielles et financières. Ni devenir une croix que vous porteriez afin de subvenir aux besoins de votre fils. Si vous voulez me quitter, partez. Si vous voulez rester… je comprends bien que ce soit peu probable… pourtant j'espère…, finit-il en bafouillant.

La gorge serrée, elle s'interrogea. Que cherchait-il à lui dire, exactement ? À l'évocation de ce que sous-entendaient ses paroles, à la fois bouleversée et pleine d'appréhension, elle sentit son corps parcouru de picotements.

— Mais vous, sir John, que voulez-vous ? chuchota-t-elle.

Quand il entrelaça ses doigts aux siens, elle le regarda droit dans les yeux.

— N'est-ce pas évident ? répliqua-t-il, la voix rauque.

Confondue par l'intensité de son expression, de son intonation, elle secoua la tête.

Les prunelles de sir John étincelaient de désir. Il l'attira vers lui et la fit asseoir sur ses genoux. Sans lui laisser le temps de comprendre l'intimité de la posture, il prit son visage au creux de sa large paume, l'élevant vers le sien. De l'autre, il s'empara de sa taille et la serra plus près. Il pressa ses lèvres sur les siennes avec fougue, avec passion. Voyant qu'elle ne se dégageait pas, il approfondit son baiser.

Tandis qu'il la plaquait contre lui, la bouche de sir John se mouvait contre la sienne, ferme, chaude, délicieuse. Lentement, il la caressa de ses lèvres, en dégustant tour à tour les commissures, puis le centre, sucré. Un instant, il la regarda droit dans les yeux, puis se pencha de nouveau vers sa bouche qu'il contempla comme le fruit le plus désirable au monde, avant de s'en emparer derechef.

Elle se rappelait avoir été embrassée ainsi. Il y avait longtemps. Trop longtemps.

De sa main libre, elle maintint son beau visage, sentant le contraste entre la peau un peu piquante de son menton contre sa paume et la douceur de sa joue sous ses doigts. Son pouce remonta au coin de ses lèvres. Puis elle glissa sa main sur sa nuque et enfonça ses doigts dans ses épais cheveux châtains.

— Hannah, lâcha-t-il dans un souffle.

À son tour, elle l'embrassa de toute sa ferveur.

Un coup frappé à la porte la fit sursauter et elle bondit de ses genoux comme un chat ébouillanté.

Mrs Turrill entra, chargée d'un plateau sur lequel elle avait disposé une chocolatière fumante et deux tasses. Son sourire s'évanouit. Son regard allant de l'un à l'autre, chacun semblant embarrassé, elle hésita.

— Je vous ai apporté du chocolat, annonça-t-elle en posant le plateau, l'air pressée. C'est très chaud.

Puis elle battit en retraite et, se retournant sur le seuil, leur recommanda :

— Faites bien attention. Ne vous brûlez pas !

# Chapitre 19

Assise en face de sir John, le lendemain après-midi, Hannah avait l'impression d'être en rendez-vous d'affaires ou devant un tribunal, plutôt qu'en visite. Pourtant, quand par l'intermédiaire de Mrs Turrill, il l'avait invitée à venir prendre le thé avec lui dans sa chambre, elle s'était demandé s'il avait l'intention de reprendre les choses là où elles en étaient, la veille.

Sa chaise d'invalide avait été poussée jusqu'à la table, un service à thé posé entre eux, sur un plateau.

Après avoir servi le thé, Hannah entreprit de boire le breuvage chaud à petites gorgées. Mais elle était si mal à l'aise qu'elle en sentait à peine le goût.

Remuant son propre thé d'un air songeur, sir John commença :
— Vous avez dit hier que vous étiez restée pour secourir Danny. Ce qui est fait. Pourtant vous êtes toujours ici. Puis-je vous demander pourquoi ?

Elle posa sa tasse et répondit :

—J'aimerais avoir une réponse plus honorable à vous donner. Mais la véritable raison est que je n'avais nulle part où aller.

—Ne pouviez-vous retourner chez votre père, à Bristol ?

—Mon père me croit morte. Et même si, sans nul doute, il serait heureux de me savoir vivante, j'ai un enfant sans être mariée. Vous n'ignorez pas à quel point c'est déshonorant, particulièrement pour un ecclésiastique comme lui.

Après un instant de réflexion, elle poursuivit :

—Je ne voudrais pas donner l'impression que c'est un homme au cœur dur. Ce n'est pas le cas. Et il serait peut-être très soulagé de me savoir en vie. Mais cela ne signifie pas, pour autant, qu'il recueillerait sous son toit sa fille déchue et son petit-fils illégitime. Si cela venait à se savoir, il perdrait probablement sa charge de pasteur. Et cela lui briserait le cœur.

—Et Bath ? Où êtes-vous allée, après nous avoir quittés ?

Hannah prit une profonde inspiration et expliqua :

—Dans une maternité, après avoir vu une annonce dans le journal.

Elle s'interrompit un instant pour rassembler ses idées.

—Le quartier était loin d'être idéal. Mais la sage-femme était une femme bonne et chaleureuse. Au début, du moins. Quand elle a compris que j'étais une dame de qualité, elle m'a proposé la pension à prix réduit si je l'aidais à sa couture, dans sa correspondance et pour d'autres menues tâches. J'ai accepté, puis le temps a passé vite. Après la naissance de Danny et une fois que j'ai été remise de mes couches, Mrs Beech m'a proposé deux options : soit je restais comme nourrice, soit je lui laissais Danny et, moyennant rémunération, il serait nourri par l'une des nourrices à son service.

— Est-ce là que vous avez trouvé Becky ?

— Oui. La pauvre enfant avait perdu son bébé et Mrs Beech l'avait gardée comme nourrice. Becky a un cœur d'or et elle aime Danny d'une affection sincère. J'ai pourtant craint, un moment, qu'elle ne soit pas tout à fait saine d'esprit. Mais elle semble aller beaucoup mieux depuis qu'elle est ici.

Avec un nouveau soupir, Hannah reprit :

— Quoi qu'il en soit, et en dépit de mon profond désir de rester avec Danny, je savais que, si je voulais un jour subvenir à nos besoins à tous deux, j'avais besoin de trouver une meilleure situation. Aussi ai-je accepté une place de demoiselle de compagnie chez une vieille douairière. Je m'éclipsais à la moindre occasion, pour aller voir mon fils. L'arrangement a bien fonctionné pendant quelque temps. Puis, un beau jour, sans crier gare, Mrs Beech a commencé à augmenter ses tarifs au-delà de ce que nous étions convenues et, par la suite, au-delà de ce que je pouvais payer. Lorsque j'ai commencé à avoir du retard dans mes règlements, elle a refusé de me laisser reprendre Danny, elle m'a empêchée de le voir même…

Ses lèvres esquissant une moue attristée, sir John déclara :

— Je regrette que vous ne soyez pas venue me trouver. Je vous aurais aidée.

Mal à l'aise, elle s'agita sur sa chaise.

— Je craignais que vous ne soyez obligé de confier mon secret à votre femme ou même à Mr Ward, s'il était question d'argent. Ils comptaient tous les deux de nombreuses relations à Bristol. Je n'aurais pas été étonnée qu'à peine une semaine plus tard, tout le monde dans ma paroisse ait été au courant de mon infortune. Y compris mon propre père.

— C'est pour cela que vous n'avez rien dit. Nous nous sommes beaucoup inquiétés après votre départ. J'ai essayé de vous retrouver, en vain.

Hochant la tête, elle acquiesça.

— Oui, je l'ai appris, par Mr Lowden.

Avec regret, il secoua la tête.

— Vous étiez dans une situation terrible. Quand je pense à tout ce que vous avez traversé… j'ai beaucoup de peine.

Un instant, Hannah se délecta de la douceur de son aveu. Puis elle confessa :

— Je veux que vous sachiez que le docteur Parrish m'a remis 10 livres de votre bourse, quand j'ai fait le voyage à Bath pour aller chercher Danny. Je les ai utilisées pour payer ma dette et, bien sûr, pour les frais du voyage. Mais, hormis le gîte et le couvert, c'est tout ce que je vous ai pris.

D'une main levée, il la rassura :

— N'y pensez plus. Pas plus que vous ne devez envisager de me rembourser.

— Je n'envisage rien. Je ne pourrais pas vous rembourser, ajouta-t-elle dans un petit rire amer.

— Je ne le voudrais pas.

Il but une nouvelle gorgée de thé et demanda :

— Combien de temps comptez-vous rester ici ?

— Jusqu'à ce que mon bras soit guéri et que j'aie trouvé une nouvelle place. Qui m'engagerait avec un bras en écharpe ?

— Je vois.

Il baissa la tête, ses doigts tambourinant sur la table, avant de la regarder de nouveau.

— Dans ce cas, pourquoi quitter votre place actuelle ?

Hannah le dévisagea, bouche bée. Lui suggérait-il vraiment de poursuivre indéfiniment cette supercherie ?

— Qu'êtes-vous en train de dire ? interrogea-t-elle.

Il joignit les extrémités de ses doigts et, l'air grave, déclara :

— Si vous continuiez à être lady Mayfield, Danny deviendrait mon héritier.

*Danny, son héritier ?* Elle demeura interdite. Elle n'avait jamais considéré une telle possibilité.

Sir John poursuivit alors :

— Mais si l'on apprenait que vous et moi n'étions pas mariés au moment de sa naissance, cela serait impossible. Pire, vous seriez démasquée comme imposteur.

Hannah se recroquevilla sur sa chaise.

— Je le serai, de toute façon. Dès que je rentrerai à Bristol.

— Alors, pourquoi y retourner ?

— Même si je restais ici, quelqu'un finirait par venir. Quelqu'un qui sait que je ne suis pas Marianna.

— Peut-être…

Sir John exhala un soupir et se redressa.

— Bien. Pour le moment, laissez-moi faire. Je vais m'entretenir avec Mr Lowden des diverses options, de ce qui est possible d'un point de vue légal, et nous allons établir un plan.

*S'entretenir «avec Mr Lowden»...* c'était exactement ce qu'elle redoutait.

Il but une nouvelle gorgée de thé et, la regardant par-dessus le bord de sa tasse, lui murmura :

— En attendant, vous n'irez... nulle part, je suppose ?

Elle prit sa propre tasse et remarqua que ses mains tremblaient. Pour toute réponse, elle esquissa un sourire mais ne fit aucune promesse.

Enhardi par la récente affection que semblait lui montrer Hannah, James Lowden retourna voir sir John ce même après-midi, pour essayer de lui faire entendre raison. N'était-il pas son avoué, après tout ? Une partie de son travail consistait à conseiller ses clients et les aider à se protéger de décisions désastreuses. Même s'il admettait en son for intérieur ne plus être objectif.

Il trouva son client dans son fauteuil roulant, installé devant un large bureau en chêne, occupé à sa correspondance. Il avait entendu Edgar Parrish et Ben discuter de surélever le bureau afin que les bras du fauteuil puissent passer dessous, mais c'était la première fois qu'il constatait le résultat de leur travail.

Lord Mayfield était habillé, ses cheveux et sa barbe soigneusement taillés, et son regard brillait d'une énergie nouvelle. Il n'avait assurément plus rien d'un invalide.

— Bonjour, sir John.
— Mr Lowden.

Sir John posa sa plume dans l'encrier et le regarda. Puis, d'un signe du menton, il lui désigna le fauteuil dans le coin de la pièce.

— Asseyez-vous, je vous en prie.
— Non merci, dit James Lowden en se redressant. Pardonnez-moi, mais je pense qu'il est de mon devoir de vous conseiller contre votre dessein actuel. Cela ne pourra finir que par un scandale, un cœur brisé, ou les deux.

Sir John lui lança un regard ironique.

— Vos compétences professionnelles s'étendent-elles maintenant aux affaires de cœur ?

La pièce lui paraissant soudain étouffante, irrespirable, James s'exhorta au calme et prit une profonde inspiration.

— Vous êtes-vous demandé pourquoi Miss Rogers était restée ? Lui avez-vous même posé la question ?

— Je n'ai pas d'explications à vous fournir, Mr Lowden. Elle non plus, d'ailleurs. Je peux simplement vous dire qu'elle n'avait l'intention de rester que jusqu'à la guérison totale de son bras, afin de pouvoir par la suite trouver une situation ailleurs.

— Êtes-vous bien sûr que c'était ce qu'elle attendait ? Recouvrer l'usage de son bras, afin de pouvoir entrer au service de quelqu'un comme soubrette ? Quand elle aurait goûté à la vie d'une lady ?

L'air perplexe, sir John le scruta :

— Que suggérez-vous ?

— Peut-être attendait-elle votre mort, sir John. Je déteste vous l'annoncer de manière aussi brutale, mais c'est ainsi. Si vous étiez mort, elle aurait pu hériter de toute votre fortune. En fait, son fils et elle l'auraient pu. Pourquoi partir gagner de maigres gages ailleurs quand la chance d'un gros héritage l'attendait ?

— Votre attitude me surprend, Mr Lowden. Je croyais que vous aviez développé une certaine... affection pour elle.

— C'est toujours le cas. Mais je ne peux ignorer cette possibilité.

Secouant la tête, sir John argua :

— Je ne peux croire qu'elle ait nourri de tels desseins. Pas pour elle-même. Si elle pensait à l'avenir de son fils, je ne peux l'en blâmer.

— Vraiment ? s'étonna James, sentant croître sa frustration. Que vous est-il arrivé, monsieur ? Je commence à douter que vous ayez toute votre tête, finalement. Vous entendez-vous parler ? Une femme se fait passer pour lady Mayfield, fait passer son bâtard pour votre fils, et vous ne pouvez « l'en blâmer » ?

D'un geste brusque, sir John empoigna James Lowden par sa cravate et attira son visage au niveau du sien.

— Ne prononcez plus jamais ce mot, vous m'entendez ? rugit-il entre ses dents serrées. Si jamais je vous entends de nouveau appeler ce garçon ainsi, je vous renvoie immédiatement. Me suis-je bien fait comprendre ?

Abasourdi, James parvint à répondre d'un léger hochement de tête et son employeur le relâcha. Il savait qu'il avait outrepassé son rôle. Et si Hannah avait entendu ses mots ? Cette seule idée le fit frémir.

—Pardonnez-moi. Je n'aurais jamais dû douter de vos compétences ni accabler Miss Rogers. Mais, monsieur, pourquoi faire de son enfant votre héritier ? poursuivit-il en baissant la voix. Qu'est-il pour vous ? Il n'est pas votre fils.

—Au contraire, Mr Lowden. C'est exactement ce qu'il est. Mon fils. En chair et en os. Mon héritier.

James Lowden le dévisagea, confondu.

—Pourquoi croyez-vous que Miss Rogers a démissionné de notre service ? poursuivit sir John.

Toujours ébahi, l'avoué resta coi. Pris d'une soudaine nausée, il eut l'impression qu'il allait être malade.

—C'est un épisode dont je ne suis pas fier, ajouta sir John. Mais ne voyez-vous pas ? C'est ma chance de faire une bonne action. De réparer, par ce petit geste, tout le mal que j'ai fait.

Incapable d'assimiler ce rebondissement, James protesta :

—Mais vous avez dit vous-même que l'enfant ne vous ressemblait en rien.

—À moi non. Mais c'est le portrait de mon frère, Paul.

—Votre « frère » ? Vous n'êtes assurément pas en train de suggérer que Miss Rogers et votre frère…

Avec un regard noir, sir John gronda :

—Tonnerre ! Lowden ! Mon frère a disparu en mer il y a des années. Je ne suggérais rien de tel. Simplement, quand je regarde Daniel, je vois mon frère cadet. Ne vous méprenez pas, ce garçon est un Mayfield.

—Pas d'un point de vue légal, insista James en secouant la tête.

— Non, pas d'un point de vue légal, à moins qu'elle ne continue à être lady Mayfield, rétorqua sir John en croisant les bras. Vous êtes mon avoué. Je suis sûr que vous trouverez un moyen d'arranger cela.

— Pas d'un point de vue éthique.

Après un court silence, James se força alors à poser la question redoutée :

— Voulez-vous dire que vous avez l'intention de l'épouser ?

— Nous sommes déjà mariés aux yeux du monde.

— Vous devez d'abord déclarer la mort de Marianna, contesta l'avoué en secouant la tête. Ce ne sera qu'après que, d'un point de vue légal, vous pourrez épouser Miss Rogers, si telle est vraiment votre intention.

— Mais dans ce cas, si l'on savait que sa mère et moi n'étions pas mariés devant la loi, au moment de sa naissance, légalement, son fils ne pourrait être mon héritier.

— Pas de vos biens. Toutefois, si vous le décidiez, votre fortune est telle que vous pourriez sans peine assurer son éducation jusqu'à la fin de ses études universitaires ou prendre tout autre arrangement de ce genre.

— Mais Miss Rogers se verrait exposée à… ne plus être celle qu'elle est censée être.

— Celle pour qui elle s'est fait passer, clarifia James. Elle n'est peut-être pas responsable de ce malentendu mais elle l'a certainement entretenu.

Tout en prononçant ces paroles, il se demanda comment il pouvait accabler ainsi la femme qui avait volé son cœur.

Son unique but était-il vraiment de la priver de la bienveillance de sir John ? Il savait bien que non.

Ses yeux lançant des éclairs, sir John déclara :

— Que vous êtes dur et amer, Mr Lowden. Dire que j'ai cru un moment que vous éprouviez vous-même des sentiments pour elle.

James garda le silence.

Sa bouche se tordant en une moue ironique, lord Mayfield poursuivit :

— Je ne m'inquiéterais pas, à votre place. Les femmes ne restent pas avec moi. Et je doute que Miss Rogers soit l'exception. D'un jour à l'autre, elle va chercher à prendre la poudre d'escampette. Et là… vous serez prêt à la recueillir.

L'esprit en pleine agitation, James descendit au salon. Il y trouva Hannah, seule. Debout devant la fenêtre, elle regardait les nuages au-dessus de la mer. Un moment, il demeura en contemplation devant son profil. Il repensa à l'émoi de son cœur, l'embrasement de son corps, quand il l'avait vue sortir du bain, quand elle avait effleuré sa figure de ses doigts, la façon dont ses pupilles s'étaient assombries et dilatées quand il lui avait promis d'un jour embrasser toutes ses taches de rousseur… Maintenant, son cœur était froid comme la glace et il sentait un goût amer dans sa bouche.

Il s'éclaircit la voix.

— Hannah… pardon, Miss Rogers.

Elle se tourna vers lui. Un long moment, rythmé par le « tic-tac » de l'horloge, elle l'observa en silence. Elle dut lire son ahurissement, son inquiétude, sur son visage, car elle chuchota :

— Ainsi, il vous a dit.

Terrassé par son sentiment de trahison, il fulmina :

— Oui. Pourquoi ne l'avez-vous pas fait vous-même ?

Elle secoua la tête.

— Je ne l'ai jamais dit à personne. Je n'en ai jamais parlé. Je ne l'aurais jamais fait si Marianna avait vécu. En tout cas, je n'aurais jamais osé envisager qu'il puisse un jour reconnaître Danny comme son fils. Et je n'essaierai jamais de l'y contraindre.

— Quoi qu'il en soit, vous n'avez pas à accepter. Vous n'êtes pas obligée de rester ici et de continuer à feindre.

Sans répondre, elle se tourna de nouveau vers la fenêtre sur laquelle ruisselait la pluie, le regard perdu au loin.

— Vous ne lui devez rien, insista James. Ou, du moins, vous ne lui devez pas tout. Et ne me dites pas que vous comptez continuer à vivre ici, sous l'identité d'une autre femme. C'est impossible. La mort de Marianna Mayfield doit être déclarée.

— Pourquoi ?

— Parce que c'est la loi. Et parce que vous n'êtes pas lady Mayfield.

— Je le sais. Mais je suis la mère de Daniel. Et que cela vous plaise ou non, sir John est son père.

Sa nausée s'amplifiant, il questionna, incrédule :

— Allez-vous vraiment demeurer avec cet homme parce que lui, un homme marié, a profité de vous pendant que vous étiez à son service ? Est-ce le genre d'être avec qui vous voulez passer votre vie ?

—Ce n'est pas arrivé ainsi. Je ne dis pas que ce que nous avons fait était bien, mais cela ne s'est pas passé comme vous le décrivez.

L'agrippant par les bras, James la fit pivoter vers lui. Il plongea son regard dans les fascinants yeux turquoise et une vague d'un douloureux désir le submergea.

—Mais vous me désirez. Je sais que vous me désirez.

Tout le corps de Hannah était tendu par la frustration. Pourquoi ne voulait-elle pas l'admettre ?

La prenant par les épaules, il plaida dans un grondement sourd :

—Hannah, dites-moi la vérité. J'ai besoin de l'entendre.

Perdant soudain tout sang-froid, elle murmura d'une voix étranglée :

—James... Je... Vous avez raison... J'éprouve des sentiments pour vous. Mais...

Brusquement, il l'enlaça, la plaqua contre lui, étouffant ses mots de sa bouche écrasée contre la sienne. Un moment, elle répondit à son baiser, avec la même fougue, la même ferveur. Puis, s'arrachant à ses lèvres, elle essaya de reculer.

—James. Arrêtez. Laissez-moi terminer.

Enfonçant ses doigts dans ses cheveux, il pressa ses lèvres sur sa tempe, sa joue, son cou.

—Vous m'aimez ! chuchota-t-il. Qu'y a-t-il à ajouter ?

—Bien des choses.

Plaquant ses paumes contre son torse, elle le repoussa de quelques centimètres. Puis, avec un soupir tremblant, elle déclara :

—James, la vie n'est pas simplement faite de sentiments et de désir.

— Il n'y a rien de plus important, affirma-t-il avec conviction.

— Si, le sang-froid et, même si c'est douloureux, agir honorablement.

— Non, rugit-il. Vous ne serez pas l'agneau du sacrifice. Je ne le permettrai pas!

Abruptement, il fit demi-tour et quitta la pièce en trombe.

# Chapitre 20

Longtemps après que James fut parti d'un pas furieux, Hannah resta devant la fenêtre, à contempler les trombes d'eau. Pourtant, ce n'était pas cette tempête qu'elle voyait mais une autre nuit d'orage, au printemps précédent alors qu'elle était bien au chaud chez les Mayfield, à Bristol…

Les mains jointes sur son ventre, elle balaya le salon du regard. Le fauteuil où se trouvait habituellement lady Mayfield était vide. Encore une fois, elle était sortie. Retrouver son amant, sans aucun doute. Debout devant l'âtre, une main sur le manteau de la cheminée, l'autre sur la hanche, sir John était très imposant dans son habit du soir. L'air grave, il contemplait le feu.

À l'extérieur, les éclairs illuminaient la nuit, la pluie frappait les carreaux. Lady Mayfield devait avoir un besoin désespéré de voir Anthony Fontaine pour sortir par une telle nuit.

Hannah chassa les images embarrassantes de Marianna et de Mr Fontaine badinant, se caressant, se volant des baisers, dans cette même pièce, il n'y avait pas si longtemps. Évoquer ces épisodes en présence du mari de sa maîtresse lui semblait presque une trahison.

Il n'était pas rare, qu'après le dîner, elle se tienne dans cette pièce en compagnie des Mayfield. Marianna était installée dans un fauteuil ou jouait rêveusement du piano, son esprit à des lieues de cet endroit, tandis que, assise dans un coin, elle-même brodait ou lisait à la lumière des bougies. Debout devant le feu, sir John était perdu dans ses pensées comme il l'était à cet instant, ou bien lisait dans le canapé. De temps en temps, lady Mayfield lui proposait une partie de dames ou de cartes. S'il n'en avait pas envie, elle se tournait vers elle pour la presser de jouer à sa place. Elle acquiesçait parce qu'elle était payée pour le faire, non parce que les jeux l'intéressaient. Lorsqu'elle était d'humeur agitée, lady Mayfield sonnait pour leur faire apporter du vin et deux verres, et la gardait à jouer jusqu'aux premières lueurs de l'aube.

Mais Hannah n'avait pas l'habitude de se trouver seule en présence de sir John.

Ce soir-là, elle hésita. Elle n'était jamais restée longtemps dans le salon avec lui. Il ne lui montrait jamais le moindre intérêt, et il aurait été gênant d'essayer d'engager une conversation polie, aussi bien que feindre de ne pas remarquer l'absence de Marianna et d'ignorer où et, très probablement, en compagnie de qui, elle était.

—Lady Mayfield est sortie, annonça-t-il bien inutilement.

— Par une telle nuit…, murmura Hannah.

— Il semble qu'elle préfère affronter un temps infect plutôt que son infect mari, rétorqua-t-il, amer.

Il prit une pique à feu et frappa les bûches de petits coups, faisant naître de la fumée des flammes qui se languissaient.

— Bien. Je vais me retirer. Bonne nuit, sir John.

Elle tourna les talons.

— Je vous en prie, restez, Miss Rogers. Je ne suis pas en état de supporter la solitude, ce soir.

Elle fit demi-tour. Il avait toujours le regard perdu dans le feu.

— Il fait froid, ajouta-t-il. Venez vous asseoir au coin de l'âtre. Je ne mords pas, quoi qu'ait pu vous raconter ma femme.

Après une nouvelle hésitation, elle obéit, s'avança vers le canapé à côté de la cheminée et s'assit, le plus loin possible de lui.

— Elle n'a jamais rien dit contre vous, je peux vous l'assurer, l'informa-t-elle, ne sachant pas très bien qui, des deux, elle défendait, sa maîtresse ou lui.

Les Mayfield étaient alors mariés depuis un an et demi. Ils étaient toujours en lune de miel ou, du moins, auraient dû l'être. Et lady Mayfield n'était pas avare de confidences sur les ardeurs de son époux. Elle lui avait confessé qu'elle ne supportait pas la sensation des mains de sir John sur son corps. Elle lui avait même avoué qu'ils n'avaient pas partagé le même lit depuis la nuit de leur premier anniversaire de mariage. Hannah avait pensé que sa maîtresse exagérait peut-être, qu'elle se vantait, comme s'il y avait lieu d'être fière d'une telle situation. Mais, si elle en jugeait par l'air abattu de lord Mayfield, c'était la stricte vérité.

Interrompant le fil de ses réflexions, il s'enquit, la prenant au dépourvu :

— Vous a-t-elle dit ce que j'ai fait pour l'offenser ?

Mal à l'aise, Hannah changea de position. Elle n'aurait pas dû aborder ce sujet avec le mari de Marianna. Son mariage devait causer bien du tourment à sir John pour qu'il soit réduit à demander conseil à la demoiselle de compagnie de sa femme. Une demoiselle de compagnie qu'initialement, il ne voulait même pas engager.

Devant son mutisme, il traversa la pièce, emplit deux verres de porto et lui en offrit un.

Après avoir murmuré un « merci », Hannah le prit et dégusta le breuvage rouge rubis. Elle revoyait lady Mayfield et Anthony Fontaine assis sur ce même canapé. Les yeux brillants, Marianna arborait un sourire sensuel, la main de son amant sur son genou, son doigt dans son décolleté… Le doute n'était pas permis sur le goût de Marianna pour les relations charnelles. Simplement, ses faveurs n'allaient pas à sir John.

Il vida son verre d'un trait.

— Si je la révulsais avant notre mariage, elle l'a certes bien caché ! Que suis-je censé faire ? interrogea-t-il, toujours en contemplation devant les flammes.

Sa question lui était-elle destinée ? Ou s'adressait-il au feu ? À Dieu ?

— Je pourrais traîner son amant en justice, reprit-il. Mais je n'ai aucune envie de nous exposer à un scandale, ni elle ni moi.

Pas plus que je ne souhaite un divorce ruineux. Tout ce que je veux, c'est une épouse qui me soit fidèle. Est-ce trop demander ?

— Non. Cela ne devrait pas l'être, murmura-t-elle.

— Je suppose que je ne peux rien faire pour regagner son affection ?

Que pouvait-il faire ? Les rumeurs ne semblaient pas inquiéter lady Mayfield le moins du monde, pas plus que ne l'affectaient les menaces de son mari. Elle restait parfaitement indifférente à sa cour assidue et à ses supplications. Connaissant Marianna, Hannah savait que la seule chose qui pourrait l'atteindre serait qu'une autre s'intéresse à lui. Idéalement, une dame plus belle, plus fascinante, qui lui ferait perdre la tête. Mais Hannah doutait qu'une telle femme existât.

Comment devrait réagir sir John ? Devrait-il prétendre courtiser une autre femme ? Commencer une liaison de son côté ? S'abaisser au niveau de Marianna ? Non. Il était un homme marié qui souhaitait vivre en toute honorabilité.

Et si, tout simplement, il cessait de faire autant d'efforts, peut-être son épouse lui accorderait-elle enfin son attention ? Hannah n'était pas convaincue que l'indifférence produise un quelconque effet sur l'enfant gâtée qu'était lady Mayfield, mais il n'avait rien à perdre à essayer.

Surpris par son mutisme, il lui jeta un coup d'œil.

— Vous pensez que c'est une cause perdue, n'est-ce pas ? Je suis trop vieux, trop sérieux, comme elle ne se lasse pas de me le dire.

*Vous n'êtes pas vieux*, songea Hannah. *Même si vous êtes grave et réservé.* Certes, on ne le qualifierait jamais de boute-en-train.

Ce rôle était dévolu à Marianna. Mais il était très respecté, distingué, séduisant... Elle se réprimanda intérieurement : *Assez! Quelle idiote tu fais!*

Elle toussota et déclara :

— Peut-être ne devriez-vous pas faire autant d'efforts. L'ignorer pendant un temps. La laisser venir à vous. Cela attirerait peut-être son attention.

— Et voir six mois de quarantaine se transformer en six ans de quarantaine ? Si je la laissais tranquille, je pense que sa seule réaction serait le soulagement.

*Très probablement*, songea Marianna, sans formuler cette réponse injurieuse.

— J'ai déjà été fiancé une fois, auparavant. Mais la jeune fille a rompu. À l'évidence, je suis quelqu'un de très repoussant.

Elle leva la tête et surprit son regard sur elle. Ses traits exprimaient une infinie vulnérabilité. Pour sa part, Hannah le trouvait très séduisant. Sir John avait beau être son aîné de quinze ans, il lui avait toujours paru plus jeune. De haute taille, il avait les épaules charpentées, un corps athlétique. Hormis son front et le coin de ses yeux marqués de fines rides d'expression, son visage était lisse et ferme. Il s'assurait de se tenir au courant de tout par ses lectures, était toujours de mise élégante et soignée. En outre, il était riche et il avait été anobli par le roi. Hannah avait quelque peine à comprendre ce que Marianna trouvait de déplaisant chez son mari... et en quoi elle lui préférait Anthony Fontaine.

— Non, monsieur.

Avec un sourire narquois, il rétorqua :

—Vous avez mis du temps à répondre. Vous n'avez pas besoin d'être polie.

—Je ne suis pas polie. C'est la vérité. Je ne vous trouve pas repoussant.

Une lueur moqueuse dans ses prunelles bleu-gris, il porta une main à son cœur.

—Quel compliment ! Je vous suis obligé, madame.

—Je n'ai pas voulu dire…

—Cela n'a pas d'importance, Miss Rogers. Votre amabilité est toute à votre honneur.

Prise d'une impulsion, elle eut envie de poser une main sur son bras, de le rassurer. Elle se leva. Il tourna vivement la tête, l'air surpris. *Lui montrer un tel réconfort serait tout à fait inconvenant*, se dit-elle. Le courage venant soudain à lui manquer, elle le rejoignit devant la fenêtre et feignit de contempler l'orage, les branches qui pliaient sous les rafales, les éclairs qui zébraient le ciel menaçant.

Sans le voir, elle sentit qu'il l'observait.

—Cela empire, fit-elle remarquer.

—En effet, marmonna-t-il.

Il se détourna pour s'affairer de nouveau à piquer le feu.

Lui coulant un regard en coin, elle observa son expression abattue. Il n'était pas parfait. Personne ne l'était. Mais Hannah vivait dans cette maison depuis assez longtemps pour savoir qu'en matière de culpabilité, Marianna détenait la part du lion.

Son audace recouvrée, elle s'approcha de la cheminée et, la gorge nouée par la nervosité, posa une main sur son bras.

Il sursauta et baissa les yeux sur sa manche dont la couleur noire faisait ressortir la blancheur de ses doigts fins. La méfiance se peignant sur ses traits, il la dévisagea.

— Sir John, pardonnez-moi de vous parler ainsi. Je ne le devrais pas, mais il n'y a rien de repoussant en vous. Vous êtes un homme de cœur, avec une parfaite éducation. Peut-être n'êtes-vous pas très loquace, mais vous êtes intelligent, respecté, honorable. J'ignore pourquoi lady Marianna vous trouve tous ces défauts. Je pense que c'est peut-être parce que vous n'êtes pas Mr Fontaine, tout simplement.

Avec un profond soupir, il déclara :

— Eh bien, je ne peux rien y changer. Néanmoins, je vous suis reconnaissant, Miss Rogers, ajouta-t-il en lui tapotant la main.

Avec un sourire penaud, elle la retira.

— Je vous en prie.

Dans l'âtre, le feu s'embrasa enfin. Après l'avoir contemplé un moment, elle annonça :

— Bien. Je vais me retirer.

Il hocha la tête et répliqua :

— Je pense ne pas tarder non plus. Bonne nuit, Miss Rogers.

— Bonne nuit, monsieur.

Elle sortit à pas feutrés du salon mais l'un des valets de pied qui attendait dans le couloir la salua de la main.

— Bonne nuit, Miss Rogers.

— Bonne nuit, Jack.

— J'ai entendu dire que Madame était sortie pour la soirée.

Visiblement, le jeune homme était en quête d'un bon ragot.

—En effet, affirma-t-elle d'un ton cassant. Sir John déplorait justement qu'elle ait eu une obligation à remplir par un tel orage.

—Je suppose que c'était un peu gênant d'être en tête à tête avec lui.

Si elle n'y prenait pas garde, elle allait devenir la nouvelle cible des potins de Jack.

—Ce n'était pas si terrible, répliqua-t-elle d'un air dégagé. Je pense que la compagnie de lady Marianna lui manquait et que sir John a conversé avec moi pour passer le temps. C'était très aimable à lui, mais nous avons très peu de sujets de conversation en commun.

—Croit-il vraiment à une soirée pour une œuvre de bienfaisance, ou un autre mensonge qu'elle aura inventé pour lui ? Je peux vous assurer que Douglas était furieux d'avoir à sortir l'attelage par un temps pareil. Réunion de bienfaisance, mon œil !

—Je n'en ai pas la moindre idée. Bonne nuit, Jack.

—Bonne nuit, mademoiselle.

Elle avait oublié de prendre une lanterne pour monter mais la lueur de la bougie du palier suffit à la guider. En outre, elle connaissait le chemin par cœur. Elle longea la porte de la chambre de lady Mayfield, puis les appartements de sir John, quand un bruit attira son attention.

Surprise, elle tendit l'oreille. Cela rappelait un claquement de volet et provenait de la chambre de Marianna. Elle revint sur ses pas et, malgré sa certitude que sa maîtresse n'était pas rentrée, frappa à sa porte. Puis elle l'entrebâilla. À la lumière des éclairs qui illuminaient la pièce, en un quart de seconde, elle comprit : les fenêtres étaient restées ouvertes et les persiennes n'avaient pas été tirées. Des bourrasques de pluie s'engouffraient dans la chambre. Elle se précipita pour fermer tour à tour chaque fenêtre et les verrouiller avec leur loquet. Des gouttes criblaient son visage et son cou.

Soudain, sir John surgit à son côté. Comme elle, il avait été visiblement alerté par les claquements des volets. Ou peut-être attiré par l'espoir que sa femme était rentrée. Il posa sa lanterne à la hâte et, la laissant se charger des contrevents inférieurs, entreprit de fermer les supérieurs. Ils œuvrèrent ensemble, se frôlant, et leurs mains se touchèrent, par accident, quand ils atteignirent tous les deux le dernier volet.

— Laisser les fenêtres ouvertes par une nuit pareille, maugréa Hannah.

Prenant soudain conscience de sa figure mouillée, elle esquissa un sourire piteux.

— Dire que je pensais que nous étions bien à l'abri et au sec, ce soir.

Sans rien dire, il crispa les mâchoires.

Sa nervosité croissant de se savoir seule avec lui dans la chambre de lady Mayfield, elle continua à bavarder pour dissimuler sa gêne.

— Je vais dire à Mrs Peabody de faire en sorte que les femmes de chambre soient plus attentives, à l'avenir.

Il se contenta de rester planté devant elle, à la dévisager.

— Le tapis est-il mouillé ? s'inquiéta-t-elle alors. Je devrais peut-être aller chercher des serviettes de bain et…

— Laissez.

Étonnée, elle fit volte-face et le regarda, éclairé par la lumière de sa lanterne.

— Peu m'importe le tapis. Mais vous êtes trempée.

Tirant un mouchoir propre de sa poche, il l'approcha de sa figure.

— Permettez-moi.

Avec délicatesse, il prit son menton entre son pouce et ses doigts. De l'autre main, tenant le fin tissu par un coin, il frotta légèrement son front, ses joues, son nez. Sous sa caresse, les nerfs soudain à vif, elle sentit les battements de son cœur s'accélérer.

— J'espère ne pas effacer vos taches de rousseur.

Dans un petit rire plaintif, elle railla :

— Ce serait trop beau. Le fléau de ma vie.

Ses doigts toujours sous son menton, il leva son visage pour pouvoir l'inspecter à la lueur de la lanterne.

— Elles sont charmantes. Vous êtes très belle.

— Oh, non ! s'exclama-t-elle en secouant la tête. Avec ce long nez ? Cette grande bouche ? C'est peu probable.

Elle était peut-être jolie, à la rigueur. Mais personne, hormis sa mère, ne lui avait jamais dit qu'elle était belle.

— Vous êtes unique, chuchota-t-il en faisant glisser le mouchoir sur son nez, puis sur sa bouche. Désirable.

Il captura son regard. Ses doigts recouverts du tissu vaporeux glissèrent le long de son cou, puis de sa clavicule, caressant la peau nue au-dessous du haut col pudique de sa robe. Elle sentit le souffle lui manquer. Combien les pupilles de sir John semblaient dilatées à la lumière vacillante! Elles brillaient de l'intensité de sa convoitise, teintée d'incertitude.

Incapable de bouger, elle s'offrit à sa caresse.

Lentement, il baissa la tête, son regard caressant ses yeux, son visage, ses lèvres. Elle ne s'enfuit pas, ne recula pas. Elle battit à peine d'un cil. Hésitant, il frôla légèrement ses lèvres des siennes. Une vague d'un désir aussi doux que grisant la submergea.

Comme elle ne résistait pas, le regard de sir John s'embrasa. Il pressa ses lèvres sur les siennes avec une ferveur accrue, l'enlaça de ses bras et l'attira contre lui. Son corps était durci par la tension, son baiser interminable, empli de fougue.

Soudain, il arracha sa bouche de la sienne et, la tirant presque brutalement par la main, il ouvrit la porte de la chambre contiguë. Il s'immobilisa un instant pour prendre la lanterne, puis entraîna la jeune femme jusqu'à ses appartements. C'était la première fois qu'elle pénétrait dans cette pièce. D'un pied, il referma la porte derrière lui et l'embrassa de nouveau.

Une petite voix intérieure lui soufflait qu'elle avait tort. Qu'il n'était pas trop tard. Qu'elle pouvait tout arrêter, se dégager de son étreinte et battre en retraite dans sa propre chambre. Mais elle n'y accorda pas d'attention. Peut-être était-ce le porto, la violence de l'orage, l'infidélité de son épouse sans cœur, ou le fait qu'elle pouvait lui faire un cadeau qu'on lui refusait depuis bien trop longtemps. Un cadeau qu'il désirait profondément, désespérément. Ou peut-être se permettait-elle juste de se laisser entraîner par le moment, par un sentiment de pouvoir et de séduction qui lui était étranger.

Elle sentit les mains de sir John glisser sous ses bras, puis s'aventurer lentement plus bas, dessiner ses courbes, ses côtes, la profonde échancrure de sa taille, l'évasement de ses hanches minces. Elle perçut le soupir qui monta du plus profond de la gorge de l'homme, comme si la sensation de ses formes féminines lui procurait une infinie satisfaction. Inclinant la tête de l'autre côté, il se remit à l'embrasser avec une ardeur accrue.

Le souvenir des baisers juvéniles échangés en cachette avec Fred lui donnait l'impression de jeux d'enfants, par comparaison. Elle se hissa sur la pointe des pieds pour frôler de ses doigts les mèches châtaines de sa nuque. Il était beaucoup plus grand qu'elle. Puis, timidement, elle fit glisser ses mains de ses épaules à son torse. Sans cesser de l'embrasser, il la libéra de ses bras et lutta pour ôter sa veste. Puis il arracha son gilet dont les boutons roulèrent sur le sol. Sans s'en soucier le moins du monde, il prit sa main et la plaqua sur sa poitrine. Il portait toujours une chemise blanche mais le fin coton ne dissimulait pas la fermeté de ses muscles. De nouveau, elle caressa le haut de son dos, ses bras athlétiques, puis son torse. Hormis Freddie, bien des années auparavant, c'était la première fois qu'elle touchait un homme. Et ce corps viril était bien différent de la silhouette maigre et noueuse de son ami d'enfance.

Inclinant la tête, sir John déposa une pluie de baisers sur son cou, son épaule. Ses mains fermes remontèrent le long de ses flancs jusqu'à venir frôler le renflement de ses seins. Elle réprima un petit cri de volupté. Il reprit sa bouche, étouffant toute protestation d'un baiser, de peur peut-être qu'elle ne raisonne l'insensé qu'il était.

Soudain, il plaça une main sous ses genoux, l'autre sous la chute de ses reins, et, la soulevant dans ses bras comme une plume, il la porta jusqu'à son lit à baldaquin.

Après l'avoir posée sur le couvre-lit, il allongea son corps chaud sur le sien. Puis, prenant appui sur un coude, d'un geste empreint de tendresse, il repoussa une mèche de cheveux de son front et chuchota :

— Hannah, si belle…

S'il avait prononcé le prénom de sa femme par erreur, ou tout autre prénom, peut-être lui aurait-elle résisté. Mais le son de son nom dit de cette voix grave, avec une telle adoration, une telle ferveur… elle était perdue. Elle noua ses bras autour de son cou et, lui offrant ses lèvres, l'embrassa éperdument.

Hannah ouvrit les yeux en sursaut. À l'extérieur, l'orage s'était calmé mais il faisait encore nuit. Qu'est-ce qui l'avait réveillée ? Une porte avait-elle claqué ? Lady Mayfield était-elle enfin rentrée ? Soudain, elle se rappela. L'endroit où elle était… et avec qui. Ce qu'elle avait fait, aussi. Le désir et cet enivrant sentiment de pouvoir éprouvés plus tôt dans la soirée laissèrent place à la culpabilité, la honte. Et la peur.

Repoussant vivement la main de sir John posée sur sa taille, elle se leva d'un bond. Elle portait toujours sa chemise et son corset, mais il lui avait retiré sa robe par le haut et l'avait jetée sur une chaise. Elle la passa par les épaules et rajusta ses jupes tant bien que mal. Toutes épingles disparues, ses cheveux flottaient librement dans son dos. Elle espéra que la femme de chambre qui les ramasserait penserait qu'elles appartenaient à lady Mayfield. À pas de loup, elle explora la chambre, trouva ses bas, les roula en boule dans une main, et enfila ses chaussures. Puis elle gagna la grande porte, tendit l'oreille et, rassurée par le silence, l'ouvrit lentement. Elle s'autorisa un dernier regard à la silhouette endormie de sir John mais, dans la pénombre, ne distingua que les contours d'une forme. La bougie de la lanterne s'était éteinte depuis longtemps.

Elle sortit en catimini et, sans bruit, referma la porte derrière elle. Sur la pointe des pieds, elle regagna sa propre chambre et l'avait presque atteinte quand une ombre, portant une bougie, surgit au détour du couloir. Elle réprima un cri de frayeur.

C'était Mr Ward. Mr Ward dont les regards la mettaient souvent mal à l'aise. Ses yeux insistants se posèrent sur elle, puis s'attardèrent sur le corridor. Soupçonnait-il de quelle pièce elle venait ? Elle pria pour qu'il n'en devinât rien.

Il la scruta, une lueur soupçonneuse dans ses pupilles.

— Miss Rogers ? Que faites-vous, à vous promener dans le noir ?

Elle murmura une prière muette. Pourvu qu'il ne remarque pas les quelques boutons défaits dans le dos de sa robe. Avec un peu de chance, ses cheveux lâchés les dissimuleraient.

— J'ai… j'ai cru entendre une porte se fermer, bredouilla-t-elle, essayant en vain de garder une voix égale. Est-ce que… lady Mayfield est enfin rentrée ?

À la lumière de sa chandelle, il scruta son expression.

— Oui, ce que vous sauriez si vous étiez allée dans sa chambre.

— Je n'ai pas voulu entrer. Je n'ai pas voulu la réveiller.

— Je doute fort qu'elle dorme. Elle vient de sonner sa pauvre femme de chambre pour qu'elle la déshabille. Une seconde fois, ce soir, je suppose.

L'insinuation lubrique de l'homme était odieuse. Pourtant, elle savait bien qu'il avait sans doute raison.

— Dans ce cas, elle est en bonnes mains, déclara Hannah sur un ton faussement désinvolte.

Au moment où elle posait la main sur le loquet de sa porte, celle du secrétaire l'emprisonna comme des pinces de crabe. Alarmée, elle leva les yeux sur lui. Il la dévisageait avec audace, comme pour la défier de protester.

— Miss Rogers… Hannah. Peut-être devrions-nous, vous et moi, avoir une petite conversation… en privé.

Croyait-il détenir un pouvoir sur elle? La menaçait-il, ou espérait-il simplement profiter de cette rencontre inopinée, au beau milieu de la nuit?

— Il est tard, Mr Ward, lança-t-elle, glaciale. Ce que vous avez à me dire peut attendre demain matin. Et maintenant, je dois vous souhaiter «bonne nuit».

Elle ouvrit sa porte à la volée, entra prestement et s'empressa de la refermer et de tourner la clé. Puis, l'oreille collée contre le bois du battant, elle écouta. Mais elle n'entendait que les battements précipités de son cœur. Une minute passa, puis deux. Enfin, elle distingua le bruit des pas qui s'éloignaient.

Elle ne revit pas sir John avant le lendemain après-midi. Une amie était venue rendre visite à Marianna et, laissant les deux femmes confortablement installées dans le boudoir, à se raconter les potins en prenant le thé, il vint la rejoindre dans la bibliothèque. À sa vue, son cœur se serra d'appréhension. Qu'allait-il dire?

La porte refermée derrière lui, il commença, à voix basse:

—Miss Rogers. Je suis profondément désolé pour hier soir.

Elle baissa la tête, les joues en feu.

—Moi aussi.

Il s'avança d'un pas.

—Je ne me suis jamais comporté ainsi, auparavant. Vous êtes la fille d'un gentleman. D'un pasteur. Ce qui rend mon acte encore plus inexcusable. Si c'était en mon pouvoir, si je n'étais pas marié, je ferais ce que mon honneur me dicte. Étant donné que c'est impossible, je me sens totalement démuni quant à la décision à prendre. Avez-vous besoin de quoi que ce soit… D'arg…

—Ne me proposez pas d'argent, je vous en supplie, l'interrompit-elle vivement. Cela ne ferait qu'accroître ma honte. Comme si vous m'offriez de me rémunérer pour mes services.

—Oh! dit-il, hésitant. Je vois. Je ne l'entendais pas ainsi.

Ils furent interrompus par un petit coup à la porte qui s'ouvrit avant même la réponse de sir John. Mr Ward passa la tête dans l'entrebâillement, tel un diable à ressort. En d'autres circonstances, son apparition aurait pu être comique, mais il choisissait bien mal son moment. Et son regard soupçonneux, qui allait de l'un à l'autre, était fort déplaisant.

Sans se départir de son flegme, sir John déclara :

— Miss Rogers et moi sommes en train de nous entretenir de certains détails, Mr Ward. Avez-vous besoin de quelque chose en particulier ?

— Non, monsieur. Cela peut attendre. Si vous êtes au milieu d'une conversation… urgente, ajouta-t-il d'un air sournois.

*Un furet*, jugea Hannah. Cet homme ressemblait à un furet au long cou.

— Pas du tout, assura sir John en croisant les bras. Qu'est-ce qui vous amène ?

S'appliquant à adopter un ton aussi poli que formel, Hannah prit congé.

— Merci, sir John. J'ai bien pris note. Et maintenant, si vous voulez bien m'excuser, je vais vous laisser à vos affaires.

Hannah ignorait si, dans la plupart des maisons, les demoiselles de compagnie dînaient avec leur maîtresse et leur mari, mais lady Mayfield insistait pour qu'elle prenne ses repas avec eux, sous le prétexte d'avoir ainsi quelqu'un à qui faire la conversation. Surtout, la présence d'une tierce personne obligeait son austère époux à rester poli, le dissuadant d'entamer des conversations sérieuses, comme lui demander où elle était, avec qui, et la mettre en face de sa conduite. D'un autre côté, il n'était pas d'usage, pour une femme mariée, d'engager une demoiselle de compagnie. Mais force était de constater que, dans ce mariage, les usages n'étaient guère respectés.

Ce soir-là, comme d'habitude, ils étaient tous les trois à table. Sir John présidait, lady Mayfield à sa droite et Hannah à sa gauche. La plupart du temps, Marianna s'adressait à Hannah, en face d'elle, mettant un point d'honneur à ignorer son mari. À l'occasion, elle lui posait une question, lui apprenait une nouvelle, ou lui lançait une pique.

Ce soir-là, néanmoins, une lueur de curiosité dans ses yeux noisette, Marianna regardait tour à tour ses compagnons de dîner. Son verre de vin à la main, elle lança à brûle-pourpoint :

— Vous êtes bien silencieux, tous les deux.

L'espace d'un instant, ils ne répondirent rien. Puis, sir John brisa le silence.

— Je suppose que c'est l'orage. Nous avons mal dormi, la nuit dernière.

Étonnée, elle arqua les sourcils.

— L'un et l'autre ?

— Je veux dire que je ne vois pas comment quelqu'un aurait pu dormir dans ce fracas de tonnerre et d'éclairs. N'est-ce pas votre avis, Miss Rogers ?

Hannah eut soudain envie de disparaître sous terre. Elle humecta ses lèvres desséchées.

— En effet. Je ne me suis endormie que très tard dans la nuit.

— Quel dommage ! J'ai dormi comme un bébé, annonça Marianna avec un sourire entendu.

Percevant son regard s'attarder sur elle, Hannah leva les yeux. Lady Mayfield l'observait avec intérêt.

— C'est peut-être ce qu'a voulu dire Mr Ward. D'après lui, je vous aurais… manqué. Il paraît qu'il vous a trouvée arpentant le couloir, très tard, à ma recherche.

— J'ai entendu vos volets claquer et je suis allée les fermer, expliqua Hannah, de plus en plus gênée.

Haussant de nouveau les sourcils, Marianna jeta un regard pétillant de malice à son mari.

— Vraiment ? Sir John m'a dit les avoir fermés lui-même.

Lady Mayfield ne semblait pas le moins du monde soupçonneuse, mais Hannah sentit ses joues s'empourprer. Prenant une profonde inspiration, elle précisa :

— En fait, nous les avons fermés ensemble.

— Les volets faisaient un vacarme d'enfer. Ce que vous auriez su si vous aviez été là ! rétorqua sir John.

Le plat suivant fut servi et, au grand soulagement de Hannah, Marianna changea de sujet.

Cherchant probablement à éviter de nouvelles rencontres embarrassantes, sir John s'éloigna quelque temps et partit faire la tournée de ses propriétés. Si son absence procura à Marianna la liberté qu'elle affectionnait tant, elle renforça le sentiment de culpabilité de Hannah. Savoir qu'elle était la raison de son départ lui donnait mauvaise conscience.

Quand il rentra, après plusieurs semaines, elle le vit à peine. Il passait la plupart de son temps dans son bureau ou dans celui de Mr Ward. Intriguée, elle ne pouvait s'empêcher de se demander quelles affaires, ou quelles dispositions, occupaient tant les deux hommes.

Elle ne tarda pas à l'apprendre.

Un après-midi, le regard étincelant de fureur, Marianna entra en trombe dans le salon.

—Je n'arrive pas à croire ce qu'a fait sir John !

Hannah la regarda, effarée. Lady Mayfield avait-elle découvert ce qui s'était passé entre elle et son mari ?

—Il ne vous en a pas parlé, à vous non plus ? la pressa-t-elle.

De plus en plus ahurie, Hannah bredouilla :

—Parlé de… quoi ?

—Eh bien, sir John a loué une maison à Bath. Savez-vous combien je souhaitais vivre à Bath quand nous nous sommes mariés, combien je l'ai supplié ? Mais non ! Il a toujours refusé. Et maintenant, maintenant que je veux rester ici, il m'annonce que nous allons déménager, que cela me plaise ou non.

—Pourquoi cela ne vous plairait-il pas ? s'enquit distraitement Hannah.

Prise au dépourvu par la nouvelle, elle s'interrogeait sur ce que cela signifierait pour elle.

—De grâce, ne jouez pas les prudes, Hannah ! la rabroua lady Mayfield. Vous savez parfaitement pourquoi.

—Mais n'aimeriez-vous pas profiter de toutes les distractions que Bath peut offrir ?

—Je reconnais que le projet aurait un certain attrait si notre séjour ne durait que quelques mois. Bristol est tellement lugubre, l'hiver. À Bath, on donne des bals dans des salles de réception, des concerts. Et la Saison de Bath attire les gens de la meilleure société. Ce n'est pas comme la Saison de Londres, bien sûr, mais ce pourrait être divertissant…

— Je n'en doute pas une seconde, madame.

Avec un petit cri, lady Mayfield s'exclama :

— Il va me falloir commander des robes neuves !

Hannah lui lança un coup d'œil interloqué. Marianna n'avait pas mis longtemps à se résigner à ce déménagement. Hélas, il n'en allait pas de même pour elle !

Laissant Marianna se changer pour le dîner, elle sortit de la pièce. Elle se dirigeait vers l'escalier, quand sir John l'intercepta dans le vestibule.

— Miss Rogers, puis-je m'entretenir un instant avec vous dans mon bureau ?

— Bien entendu, sir John, acquiesça-t-elle d'une voix altérée.

La gorge nouée, elle lui emboîta le pas et entra dans le cabinet au décor très masculin. D'un geste, lord Mayfield lui indiqua un fauteuil.

— Laissez la porte ouverte, si vous voulez bien. Ainsi, nous risquerons moins de susciter les ragots. Et je pourrai apercevoir quiconque passera à proximité pendant notre conversation.

Les mains jointes, elle attendit, un peu désorientée. Cherchait-il simplement à éviter les ragots ? Ne voulait-il pas aussi empêcher de nouvelles tentations ? Ou la trouvait-il répugnante, maintenant qu'elle avait perdu sa vertu ?

Il baissa les yeux sur son bureau comme pour rassembler ses pensées et déroula une feuille de papier.

— J'espère que vous ne serez pas offensée, commença-t-il, mais j'ai pris la liberté de vous trouver une nouvelle place, Miss Rogers.

Abasourdie, elle le contempla.

— L'un de mes amis, Mr Perrin, a une mère veuve et elle a besoin d'une demoiselle de compagnie. C'est une vieille dame charmante, avec laquelle j'ai passé de longs moments. Je n'aurais pas pris ces dispositions si je n'avais pas estimé qu'elle et vous, vous entendriez à merveille. Je pense sincèrement que la place vous plaira. Ce sera… beaucoup moins compliqué.

Elle se mordit l'intérieur des joues pour refouler ses larmes. Ce qui était totalement absurde, se réprimanda-t-elle. Pourtant, elle avait l'impression de se voir repoussée.

L'air contrit, il parut vouloir s'excuser.

— Je vous en prie, croyez que je ne suis pas en train de vous renvoyer. Pas dans ce sens. Vous n'avez aucun reproche à vous faire. Si vous restiez, je redoute la façon dont je pourrais réagir, ajouta-t-il avec un coup d'œil furtif en direction de la porte.

Le « tic-tac » de la pendule résonnait dans la pièce. En dépit de sa stupéfaction, savoir qu'il ne la trouvait pas du tout repoussante lui procurait un certain réconfort, si minime fût-il.

D'une voix étranglée, elle parvint à murmurer :

— Je comprends.

— J'espère que Bath nous offrira un nouveau départ, à Marianna et à moi. Quel genre d'hypocrite serais-je si je ne lui pardonnais pas son inconduite et ne lui offrais pas une deuxième, une troisième, une centième chance ?

Elle se força à hocher la tête avec raideur.

—Certes, j'espère que mettre une certaine distance entre elle et un certain gentleman nous aidera. Mais j'ai aussi l'intention de profiter pleinement de la Saison de Bath, d'escorter ma femme à toutes les distractions, tous les plaisirs de la jeunesse qui lui ont sans nul doute manqué, en ma compagnie trop tranquille. J'ignore si cela donnera un nouveau souffle à notre mariage, mais je dois profiter de cette occasion.

Elle fit un nouveau signe du menton, le cœur pris dans un étau de douleur, les mots qu'elle aurait tant aimé prononcer mourant sur ses lèvres. Après tout, sir John Mayfield était un homme marié. Que pouvait-il lui offrir de plus que l'argent qu'elle avait déjà refusé? Marianna et lui avaient suffisamment de problèmes. Elle n'allait pas creuser encore plus le fossé entre eux.

Comme s'il lisait dans ses pensées, il poursuivit:

—Marianna est mon épouse. J'ai fait un serment. Pour le meilleur et pour le pire.

Incapable de proférer la moindre parole tant sa gorge la brûlait, elle le salua d'une petite révérence tremblante, pivota sur ses talons et s'enfuit de la pièce.

Ce même soir, après le dîner, sir John s'attarda dans la salle à manger avec un verre de porto tandis que les deux femmes se retiraient au salon.

La foudroyant du regard, Marianna lança:

—Sir John me dit que vous n'avez aucun désir de nous accompagner à Bath.

Hannah s'empressa de lui donner l'explication qu'elle avait préparée.

—Ce n'est pas exactement cela, madame. Mais vous comprendrez que je ne peux pas laisser mon père, le pasteur.

*Mon père qui est justement la raison pour laquelle je devrais quitter Bristol*, ajouta-t-elle intérieurement. Ne savait-elle pas qu'en restant, elle allait briser le cœur du pasteur ?

Car, si un peu plus d'un mois seulement avait passé depuis la nuit d'orage, elle pressentait la vérité de la situation.

Un sourire ironique sur ses lèvres, Marianna répliqua :

—Rien ne vous oblige à rester pour votre père. Je peux vous dire qu'une fois partie de chez lui, je n'ai jamais voulu revoir le mien. Allons, Hannah ! Qui vais-je trouver pour vous remplacer ? J'ai besoin de vous. Vous ne pouvez pas faire preuve d'un tel manque de loyauté.

—Ce n'est pas un manque de loyauté, madame. Je peux vous l'assurer. Mais sir John a trouvé, ici, une situation qui me conviendra. Ce qui est très généreux de sa part, vraiment. Aussi vais-je rester. Ma présence ne vous sera pas vraiment nécessaire. Vous aurez un tel cortège de nouveaux amis, et vous assisterez à tant de bals et de concerts que je ne vous manquerai pas.

—Naturellement, vous me manquerez. Pourquoi ne voulez-vous pas venir ? Dites-moi la vérité ?

—Madame, si votre mari estime qu'il est préférable pour vous deux de partir seuls, nous devons nous incliner devant sa sagesse et son choix. Peut-être souhaite-t-il vous garder pour lui, passer plus de temps en votre compagnie. C'est vraiment très romantique.

— Me garder pour lui seul, assurément. Mais ne me parlez pas de romantisme ! railla Marianna.

À cet instant précis, sir John passa devant la porte du salon, demeurée ouverte.

Penchant la tête, lady Mayfield lui fit un signe de la main.

— John. Hannah pense que vous ne voulez plus d'elle et que vous vous débarrassez d'elle.

Il revint sur ses pas et s'arrêta sur le seuil. Il lui lança un bref regard avant de se tourner vers sa femme.

Hannah avait soudain les joues en feu.

— Ce n'est pas tout à fait exact, madame, s'empressa-t-elle de se défendre. Je vous en prie, ne me faites pas dire ce que je n'ai pas dit. J'ai simplement remarqué que nous devions nous plier aux souhaits de sir John, et à sa décision.

— John, j'ai assuré que j'allais essayer et j'en ai l'intention. Mais je n'avais pas idée que vous vouliez aussi me priver de Hannah. Me traîner dans une nouvelle ville sans personne pour me tenir compagnie ? Je vais me sentir terriblement seule.

— Et votre époux ne suffira pas à remplir ce rôle, je présume ? persifla-t-il.

— L'avez-vous jamais rempli ? Ne m'en veuillez pas, John, mais vous n'êtes pas très porté sur la conversation, la société, les jeux, la mode. Vous ne partagez aucun de mes goûts.

— J'essaierai.

— John, je ne veux pas me montrer difficile mais je crois qu'il est juste que je vous prévienne. Qui sait où je serai obligée d'aller chercher le réconfort si Hannah n'est pas là ? Vers qui devrai-je me tourner pour me tenir compagnie ?

Il était évident que, malgré la candeur de ses yeux de biche, les paroles suaves de Marianna suggéraient un ultimatum.

Sir John soutint son regard sans ciller. Puis, se tournant vers Hannah, il concéda :

— Manifestement, ma femme ne peut se passer de vous, Miss Rogers. Pas plus qu'elle ne sera responsable de ses actes si vous ne nous accompagnez pas à Bath. Voulez-vous venir ? Je ne peux vous y obliger, naturellement. Vous êtes libre de refuser, d'accepter l'autre place que je vous ai trouvée. Mais si vous souhaitez venir avec nous… il va de soi que vous êtes la bienvenue.

Le message voilé était clair. L'invitation lancée sans le moindre enthousiasme. Il souhaitait la voir refuser.

Baissant la tête pour éviter son regard, Hannah répondit néanmoins :

— Je viendrai.

Cependant, lord et lady Mayfield étaient bien loin de se douter de sa véritable motivation.

Elle avait ses propres raisons pour quitter la ville, pour s'éloigner de ceux qui la connaissaient le mieux. Mais elle ne pourrait rester au service des Mayfield pour toujours. Pendant plusieurs mois, grâce à ses robes fluides, comme le voulait la mode Empire, son secret serait bien gardé. Plus longtemps peut-être même, si sir John persistait à l'éviter et que lady Mayfield ne s'occupait que de sa petite personne. Mais Hannah savait qu'elle finirait par devoir les quitter, avant qu'ils découvrent la vérité.

Ainsi qu'elle l'avait prévu, quelques mois après leur arrivée à Bath, munie de ses maigres économies, elle les avait quittés. Elle avait essayé de tourner la page sur ses souvenirs, ses sentiments, ses vains espoirs… Mais, aujourd'hui, ils remontaient à la surface. Devait-elle à nouveau les enfouir au plus profond de sa mémoire, où elle les gardait habituellement enfermés ? Ou pouvait-elle enfin leur laisser libre cours ? Et oublier Marianna Mayfield.

# Chapitre 21

Le lendemain matin, Mr Lowden repartit pour Barnstaple pour affaires, emportant avec lui un peu de la tension ambiante.

Néanmoins, elle n'était pas totalement dissipée.

Pour remercier les Parrish de tout ce qu'ils avaient fait pour lui et sa « famille », sir John les avait invités à dîner – une invitation qu'il était maintenant trop tard pour décommander.

Mrs Turrill avait engagé du personnel supplémentaire pour aider à la cuisine, et recruté deux valets pour la soirée. Elle dirigeait les préparatifs d'un délicieux repas qui, assurément, impressionnerait même Mrs Parrish, l'épouse de son cousin.

Cédant aux instances de la gouvernante qui la poussait à marquer l'occasion, Hannah accepta de porter l'une des plus jolies toilettes de Marianna : une robe du soir de mousseline blanche rayée de bleu, à la taille sanglée dans un corset. Puis elle pria Kitty de boucler ses cheveux.

Ce serait la première fois que sir John descendrait dîner, et qu'il présiderait sa propre table. Abandonnant son fauteuil roulant, coincé en haut de l'escalier comme il l'avait été le jour où il les avait observés, elle et James, il descendit les marches, avec l'aide de Ben. À l'heure convenue, appuyé sur sa canne, il attendait à la porte pour accueillir ses invités. Elle devina son effort à ses mâchoires crispées et comprit qu'il souffrait. Bien que son habit de soirée soit devenu trop large pour lui, elle jugeait qu'il n'avait rien perdu de son élégance.

Mrs Parrish fit son entrée, l'air imposante dans une robe bleu foncé qui moulait sa poitrine et ses bras, mais étrangement fripée, comme si elle n'avait pas été portée depuis longtemps. Nancy, très jolie, des fleurs blanches piquées dans ses cheveux, était vêtue d'une robe de satin rose tendu de tulle. Le docteur et Edgar étaient parés de leurs plus beaux atours.

Une fois les saluts échangés, les étoles retirées, tous passèrent à la salle à manger.

— Puis-je vous offrir quelque chose, docteur Parrish ? demanda sir John en indiquant la carafe sur la desserte.

Le docteur se tapota la poitrine comme pour y trouver une réponse.

— Je pense que oui. Juste une goutte. Après tout, c'est une occasion très spéciale.

Sir John lui servit un petit verre et Hannah remarqua que sa main tremblait légèrement.

— Allons, sir John. Laissez les valets faire leur travail, le réprimanda-t-elle gentiment en lui prenant le bras. Votre place vous attend, au bout de la table.

— Vous avez raison, madame, approuva le médecin avec un coup d'œil entendu. C'est une place qui est restée vide bien trop longtemps, à mon avis. Je remercie le ciel que vous soyez avec nous ce soir, monsieur. Cela se fête, vraiment!

— Bien dit! approuva Edgar.

Tous les six prirent place autour de la table. Mr Lowden ne devait rentrer de Barnstaple que plus tard dans la nuit, ce dont Hannah se félicitait. Elle était déjà bien assez anxieuse de se trouver assise en face de sir John comme si elle était vraiment la maîtresse de maison, comme si elle était vraiment lady Mayfield. Les nerfs à vif, elle prit son verre et remarqua que ses mains tremblaient un peu, elles aussi.

L'entrée se composait d'un consommé de queue de bœuf et de rouget. Au moment où elle entamait son potage, Hannah aperçut Becky, sur le pas de la porte, Danny dans les bras. Deux doigts dans sa bouche et bavant selon son habitude, le bébé semblait satisfait. Elle s'étonna : qu'est-ce qui avait poussé Becky à le descendre? Mais la jeune fille ne la regardait pas. Un sourire rêveur éclairant son visage mutin, elle avait les yeux rivés sur Edgar Parrish. Absorbé par la dégustation de l'excellent potage de Mrs Turrill, ce dernier paraissait n'avoir rien remarqué. Mais Nancy, qui avait relevé la présence de la jeune fille, fronça les sourcils d'un air irrité.

*Nous voilà bien!* songea Hannah en réprimant un soupir.

Elle tenta de capter le regard de Becky. Quand, enfin, cette dernière jeta un coup d'œil dans sa direction, elle essaya de lui faire comprendre d'un léger signe de tête qu'elle devait s'en aller et cesser de dévisager ainsi l'homme d'une autre femme. Même si elle-même n'était pas très bien placée pour la sermonner sur ce sujet… Interceptant son manège, l'un des nouveaux valets, plein de zèle, crut qu'elle demandait d'apporter le plat suivant alors que personne n'avait terminé son potage. Au moment où il s'apprêtait à débarrasser l'assiette creuse de sir John, Hannah s'empressa de l'arrêter d'un geste de la main, avec un sourire d'excuse pour faire bonne mesure. Ce n'était pas un début très prometteur.

De l'autre côté de la table, Mrs Parrish lui adressa un sourire narquois. Hannah tressaillit, puis se ressaisit. Peut-être se montrait-elle d'une sensibilité exacerbée.

Désireuse de faire diversion, elle engagea la conversation. Ce que, sans doute, sir John aurait dû faire, en tant qu'hôte. Regardant tour à tour Edgar et Nancy, elle s'enquit, enjouée :

— Et vous deux, alors ? Quels sont vos projets ?

À l'évidence, c'était la question à éviter. Nancy se tourna vers Edgar qui lança un coup d'œil à sa mère. Devant son expression revêche, il se perdit dans la contemplation de son assiette et se hasarda timidement à répondre :

— Eh bien, nous… nous n'avons pas de projets particuliers en ce moment. La gestion des propriétés absorbe tout mon temps, je mets de l'argent de côté et…

— Franchement, lady Mayfield, ne commencez pas à leur donner des idées. Ils sont encore trop jeunes, fit remarquer Mrs Parrish.

— N'oubliez pas, ma chère, que, quand nous nous sommes mariés, vous étiez presque une enfant, intervint le docteur. Vous aviez à peine dix-huit ans.

Mrs Parrish lui décocha un regard noir et rétorqua aigrement :

— Oui ! J'étais trop jeune pour savoir ce que je faisais. Ce n'est pas parce que mes parents m'ont autorisée à me jeter dans le mariage, la tête la première, que j'encouragerai mon fils unique à suivre mon exemple.

Nancy et Edgar échangèrent des regards penauds et un pesant silence tomba sur les convives.

Nancy releva la tête la première, ses yeux brillants de larmes démentant son sourire éclatant.

— Et vous, lady Mayfield ? Si vous nous racontiez votre mariage ? Comment vous avez rencontré sir John ? Comment il vous a courtisée ?

Elle enveloppait Hannah d'un regard empli d'espoir.

Si cette dernière appréciait la façon pleine de tact dont la jeune fille essayait de sauver la situation, elle appréciait beaucoup moins sa question.

— Eh bien…

Elle jeta un coup d'œil implorant à sir John. Allait-il venir à son secours ? Il se contenta de la regarder d'un air nonchalant. Manifestement, il avait décidé de la laisser se débrouiller seule.

— J'ai bien peur qu'il n'y ait pas grand-chose à raconter, commença-t-elle.

— Allons, ma chère, la corrigea sir John. Si vous ne le leur dites pas, j'aurai l'honneur de le faire.

Elle lui lança un nouveau regard, perplexe. Avait-elle perçu de la galanterie dans son intonation ou bien l'ombre d'une menace ? Voyant qu'elle ne disait rien, il expliqua :

— Nous nous sommes rencontrés au cours d'un grand bal de la ville de Bristol.

Ainsi, il s'en souvenait. Ce n'était pas un souvenir flatteur, ni pour elle ni pour lui, aussi ne l'avaient-ils jamais évoqué.

Reprenant l'histoire, Hannah narra d'un ton faussement dégagé :

— Sir John a refusé de danser avec moi, figurez-vous. Ou, plus exactement, il a délibérément ignoré la suggestion de m'inviter faite par la personne qui nous a présentés.

Avec un haussement d'épaules, sir John remarqua :

— Je n'ai jamais aimé danser. C'était mieux ainsi.

Il frappa le sol de sa canne et, avec un sourire ironique, poursuivit :

— Je suppose que c'est l'un des avantages d'être estropié. J'aurai enfin une excuse pour décliner ce divertissement.

— Allons, sir John, le rabroua gentiment le docteur Parrish. On ne sait jamais. Avec l'aide de Dieu et beaucoup d'exercices…

Avec ferveur, Nancy intervint :

— Avez-vous su tout de suite qu'il était l'homme de votre vie ? Avez-vous eu le coup de foudre ?

— Euh… pas à ce moment-là, non.

La conversation fut interrompue par le bruit de la porte d'entrée qui s'ouvrait et se refermait. Tous se tournèrent en direction du vestibule. Un instant plus tard, James Lowden passa devant la salle à manger. Voyant la pièce éclairée et pleine de monde, il s'arrêta net.

— Oh, je suis désolé de vous déranger. J'avais oublié que le dîner était ce soir. Je vous en prie, continuez.

— Vous rentrez tôt, fit remarquer Hannah.

— En effet. Nous avons mené nos transactions bien plus vite que je ne le prévoyais.

Après un regard lancé à l'expression neutre de sir John, elle sourit poliment au nouveau venu.

— Venez vous joindre à nous, Mr Lowden. Je suis sûre que nous avons suffisamment de place pour ajouter un couvert. N'est-ce pas, Mrs Turrill ?

Après une hésitation, la gouvernante acquiesça :

— Bien sûr, madame. Et nous avons de quoi nourrir un régiment.

Avec un geste de refus, James répondit :

— Ce ne sera pas nécessaire. Je grignoterai plus tard. Je dois me laver et me changer après le trajet sur les routes.

Son regard allant de l'un à l'autre, sir John lança :

— Allons, Lowden. Joignez-vous à nous. Vous pouvez même vous asseoir à côté de lady Mayfield, si cela vous fait plaisir.

— Oui, racontez-nous les nouvelles de Barnstaple, Mr Lowden, le pressa Mrs Parrish. Je n'y vais pas aussi souvent que je le souhaiterais.

James balaya les visages impatients du regard.

— Très bien, si vous insistez. Mais seulement si vous me promettez de ne pas m'attendre. La cuisine de Mrs Turrill est bien trop succulente pour la laisser refroidir. Continuez et je vous rejoindrai dès que je serai prêt…

Quelques minutes plus tard, après s'être changé et avoir peigné ses cheveux ébouriffés par le vent, il prit place à la table, juste à temps pour le plat principal. Des croquettes de poulet, de la langue bouillie et des légumes.

Prenant sa serviette, il sourit à la gouvernante.

— Merci, Mrs Turrill. Cela a l'air délicieux.

— Qu'est-ce donc qui vous a conduit à Barnstaple, Mr Lowden? s'enquit le docteur Parrish, tout en portant une asperge à sa bouche.

— Des affaires pour sir John, répondit l'avoué, affable.

— Oh! s'exclama Mrs Parrish, se penchant en avant, les yeux brillants de curiosité. Quelle sorte d'affaires? Importantes, sans nul doute, pour que vous fassiez un tel voyage aussi rapidement.

Il jeta un coup d'œil à son employeur puis détourna le regard.

— Pas spécialement, Mrs Parrish. Juste des affaires de banque, ce genre de choses. Trop fastidieuses pour une conversation de dîner.

— Si vous le dites…

La femme du médecin plongea une petite cuillère dans la salière et saupoudra son assiette de sel. Puis elle regarda Mrs Turrill qui, à voix basse, donnait ses instructions aux valets à côté de la desserte.

— Les affaires de Mr Turrill, aussi, le conduisaient souvent à Barnstaple, je crois. N'est-ce pas, Mrs Turrill ?

Hannah remarqua que le visage de la gouvernante devenait de marbre. C'était la toute première fois qu'elle entendait évoquer un « Mr » Turrill.

— Oui, répondit la gouvernante avec un sourire nerveux. Comme vous le savez parfaitement.

Se tournant de nouveau vers l'avoué, Mrs Parrish poursuivit :

— Au moins, vous êtes revenu de Barnstaple, Mr Lowden. Ce n'est pas le cas de tous les hommes.

Le docteur observa sa femme, bouche bée, et lança un regard anxieux à sa cousine.

— Mrs Parrish ! s'écria-t-il d'un ton de reproche.

— Je fais la conversation, c'est tout, argua-t-elle en observant son hôtesse d'un air sournois. C'est ce que requiert la politesse. Et quelles sont les nouvelles de Barnstaple, Mr Lowden ?

Elle ne semblait pas affectée le moins du monde par la désapprobation de son mari. Pas plus que par la tension qui planait sur la pièce.

— Rien de particulier. Les gens se plaignent du coût de la vie. Ils attendent avec impatience la foire d'été. Les conversations habituelles. Je vous ai apporté ce que vous m'aviez demandé de prendre chez l'apothicaire, docteur. Rappelez-moi de vous donner le paquet après le dîner.

— Merci, Mr Lowden. Cela m'a épargné un voyage.

Mrs Parrish coupa un morceau de langue avec un effort exagéré, puis le mastiqua laborieusement. La mine résignée, elle déclara :

— La langue que l'on laisse bouillir trop longtemps a toujours tendance à être dure. Il est très difficile de la cuire exactement à point.

Sir John la dévisagea, son expression insondable. Mais, quand il parla, la lueur exaspérée dans ses prunelles démentait l'affabilité du ton.

— Si l'on essaie, on peut apprendre à se mordre la langue avant de parler, Mrs Parrish. Quelle que soit sa dureté ou son amertume.

James réprima un sourire et leva sa fourchette en signe d'approbation.

— Comme je le dis toujours, mieux vaut une langue bouillie qu'une langue trop bien pendue, renchérit-il.

Avec un sourire félin, Mrs Parrish rétorqua :

— Et les deux sont préférables à une langue fourchue.

Elle ponctua sa réponse d'un regard éloquent à l'intention de Hannah.

Autour de la table, les convives échangèrent des regards gênés. Ou fuyants.

Dissipant le malaise ambiant, Mrs Turrill, debout devant la desserte, annonça soudain :

— Et maintenant, qui est prêt pour le dessert ?

Le dîner se poursuivit, animé de la même conversation guindée. Hannah savoura à peine les délicieuses tartes aux fraises et la succulente gelée d'orange de Mrs Turrill.

Cette soirée venait de lui montrer clairement à quoi sa vie ressemblerait s'ils laissaient cette supercherie se prolonger. En d'autres termes, il leur faudrait constamment mentir à des personnes qui lui étaient devenues aussi chères que le docteur Parrish ou Mrs Turrill. Et les risques d'être démasquée par des gens comme Mrs Parrish seraient décuplés.

James avait raison. Cela ne fonctionnerait jamais. Le danger serait permanent, et ce serait invivable.

Il fallait qu'elle s'arme de courage et qu'elle parle à sir John : pour en finir une fois pour toutes avec cette duperie.

Il n'avait pas besoin de faire de Danny son héritier. Il lui suffirait de lui assurer sa protection et, peut-être un jour, son amour. Sir John supporterait-il le scandale et la demanderait-il en mariage ? Dans le cas contraire, James voudrait-il toujours d'elle ? Elle en doutait fort.

Le cœur gros, elle comprit qu'elle allait sans doute les perdre tous les deux.

Le lendemain, prenant son courage à deux mains, Hannah se présenta dans la chambre de sir John pour lui parler à cœur ouvert.

Elle croisa Mrs Turrill qui sortait, un nécessaire de rasage dans les mains, et qui la salua chaleureusement.

— Ah ! Madame. Vous arrivez juste à temps. Sir John vient de me prier d'aller vous chercher.

— Vraiment ? Très bien ! dit Hannah d'une voix égale, en dépit de ses paumes moites.

Les yeux pétillants, Mrs Turrill ajouta :

— Attendez de le voir. J'ai rarement aussi bien travaillé, si je peux me permettre.

Avec un sourire satisfait, elle s'éloigna.

Hannah franchit le seuil et, émerveillée, se figea.

La chaise roulante reléguée dans un coin de la pièce, sir John était assis à son bureau, dans son fauteuil de travail. Il était entièrement habillé : chaussures, pantalon, gilet, veste et cravate. Avec ses cheveux bien coiffés et son visage rasé de près, sans barbe, il paraissait plus jeune. Beau, sérieux, viril. Il lui était difficile de croire qu'elle se trouvait devant l'homme que, pendant des semaines, elle avait vu alité. Il ressemblait beaucoup plus à celui qui, un jour, l'avait soulevée dans ses bras pour la porter dans son lit. Attendrie, elle essaya de refouler le souvenir.

Une pile de feuilles était posée sur le bureau. D'une main, il lui indiqua le siège face à lui.

Les mains nerveusement jointes, Hannah s'avança et s'assit.

— Avant que vous ne disiez quoi que ce soit, commença-t-elle, j'ai besoin que vous sachiez qu'après la soirée d'hier, j'ai décidé que nous devons cesser. Je ne continuerai pas à mentir à tout le monde. Ni à moi-même.

Il prit une profonde inspiration et répliqua :

— Je m'attendais à votre réaction. Avec le temps, j'ai pensé pouvoir déclarer le décès de Marianna. Mais j'ai estimé que c'était peut-être encore un peu prématuré.

Surprise, elle rétorqua :

— Mais, pour cela, vous auriez besoin du témoignage des Parrish. Et ils croient que la femme qu'ils ont vue flotter au loin était moi !

— Ce n'est pas le seul obstacle. Même si, bien sûr, cela pose un premier problème.

Les sourcils froncés, elle s'enquit :

— Alors pourquoi ? Parce que son corps n'a pas été retrouvé ?

— Oh ! Je doute qu'il soit jamais retrouvé, répondit-il, une lueur étrange dans ses prunelles. Mais nous ne pouvons en être sûrs.

Il la regarda droit dans les yeux.

— Pouvez-vous patienter ? Rester avec moi ici jusqu'à ce que nous ayons trouvé une solution, d'une manière ou d'une autre ?

Pourquoi voulait-il attendre ? s'interrogea Hannah. Et qu'espérait-il d'elle exactement ? Il ne lui avait pas demandé sa main, pas plus qu'il ne lui avait dit qu'il l'aimait, se rappela-t-elle. Voulait-il faire d'elle sa maîtresse plutôt que se remarier ? Ou redoutait-il d'épouser une femme marquée par le scandale ?

À une certaine époque, elle ne rêvait que de vivre avec lui, mariée au père de son enfant. Savoir que Danny serait sain et sauf. Mais c'était avant l'accident. Dans ses rêves inavoués, elle n'avait jamais mis ses chances en péril en assumant l'identité de Marianna. Et elle n'avait pas, non plus, rencontré James Lowden.

Elle bégaya :

— Je ne sais pas… si je pourrai rester aussi longtemps.

La déception se peignit sur son visage mais il ne la pressa pas. Au lieu de cela, il ouvrit un tiroir et en sortit une bourse de cuir dont il tira plusieurs billets de banque.

Elle l'observa, méfiante.

— Que faites-vous?

— Voilà assez d'argent pour vous installer. Vous, Becky et Danny. Chez vous, en attendant de décider de ce que vous voudrez faire.

Sans prendre l'argent, elle le dévisagea.

— Vous voulez que nous partions? chuchota-t-elle avec stupeur.

Avec un haussement d'épaules résigné, il repartit:

— C'est ce que vous finirez par faire. Pourquoi prolonger cette comédie plus longtemps?

Il posa les billets sur la table, entre eux.

— Cette «comédie»? répéta-t-elle. Celle de jouer lady Mayfield?

Les yeux de sir John lancèrent des éclairs.

— Oui! Cette comédie de feindre que vous tenez à moi.

— Je... tiens à vous. Et je ne veux pas de votre argent, ajouta-t-elle en repoussant les billets. Cela me donnerait l'impression que vous cherchez à m'acheter pour vous donner bonne conscience.

— Et si c'était le cas?

— Je penserais que vous êtes vraiment cruel. Et non pas juste insensible et cynique comme vous prétendez l'être.

— Ah! Hannah. C'est vous qui êtes cruelle. D'avoir attisé mes espoirs, alors que vous saviez à quoi vous en tenir.

— Comment cela ?
— J'ai cru avoir enfin trouvé une femme qui voulait vraiment m'épouser.

Elle le dévisagea, abasourdie par la vulnérabilité qu'exprimait son regard. Pourtant, encore une fois, elle sentit qu'elle ne pouvait s'autoriser les sentiments qu'elle avait enfouis depuis si longtemps au plus profond de son être. Qu'ils étaient vains.

— Sir John, je…

Son regard se durcit, il serra les lèvres en une ligne dure.

— Cela ne fait rien ! lâcha-t-il. Nous savons quel pitoyable juge je fais quand il s'agit du caractère des femmes.

Hannah eut un geste de recul. Elle avait l'impression d'avoir reçu une gifle. Il lui jeta un coup d'œil et, avec un soupir, reprit :

— Pardonnez-moi. Simplement, je sais que je n'ai que mon argent à offrir. Je suis un homme brisé, qui peut à peine marcher. Pour quelle autre raison voudriez-vous rester ?

De nouveau, il leva une main.

— Non, ne répondez pas. Je ne cherche pas les compliments.

Il se tourna vers la pile de papiers et en tira vivement plusieurs pages.

— J'ai demandé à Mr Lowden, malgré sa désapprobation et la fermeté avec laquelle il a cherché à m'en dissuader, de rédiger un document légal. Un fidéicommis pour Daniel, qui assurera son avenir et son éducation future. J'avais deviné que vous n'accepteriez jamais d'argent pour vous seule. Mais j'espère que vous n'allez pas refuser ce qui est pour Danny.

Incapable de proférer une parole, elle parcourut le document juridique, ahurie par la généreuse somme qu'il stipulait.

Quand elle releva la tête, sir John se cala contre son dossier et croisa les bras.

—Maintenant que votre fils est tiré d'affaire, Miss Rogers, que voulez-vous pour vous-même ?

Confuse, Hannah le dévisagea. Elle n'en avait pas la moindre idée. En toute honnêteté, elle ne le savait pas.

D'une voix étranglée, elle demanda :

—Puis-je y réfléchir ?

Se rembrunissant, il répondit d'un air déterminé :

—Bien entendu. Vous me ferez part de votre décision.

Hébétée, incapable d'analyser la scène qui venait de se dérouler, Hannah descendit au rez-de-chaussée. Elle avait la nausée. Sans même s'en rendre compte, elle se trouva devant la porte du petit salon, qui était ouverte.

James se leva et vint vers elle.

—Je devine qu'il vous a montré les papiers. Le fidéicommis.

Avec un signe d'assentiment, elle prit une longue inspiration.

—Je n'ai jamais osé rêver qu'un avenir avec sir John soit possible. Mais maintenant… s'il a l'intention d'entretenir mon fils. Cela garantira la sécurité de Danny. Son éducation. La vie sans l'inquiétude de savoir d'où viendra son prochain repas.

L'agrippant par les bras, James Lowden affirma :

—Personne n'a un avenir garanti, Hannah. Pas dans cette vie. Sir John pourrait changer d'avis. Perdre sa fortune.

Décider que vous ne valez pas la peine d'affronter un scandale. Car, ne vous méprenez pas, il y aura scandale. Même ici, loin de la société. Quand les gens apprendront qui vous êtes vraiment…

Ses doigts s'enfoncèrent plus profondément dans les épaules de la jeune femme, les sillons dans ses joues se creusèrent.

— Mais, Hannah, il s'agit de plus que cela. Je ne veux pas que vous prétendiez être son épouse. Je vous veux, pour moi. En réalité. D'un point de vue légal, moral, pour toujours. Plus d'artifices, plus de mensonges. Ne le désirez-vous pas aussi ?

Ses paroles lui firent l'effet de coups de poignard lui lacérant le cœur. Devant la douleur qu'exprimait son visage, elle sentit la culpabilité la submerger.

Les yeux remplis de larmes, elle murmura :

— James. Si les choses étaient différentes. Si je pouvais remonter le temps et faire des choix différents… Mais c'est impossible. Je dois rester où je suis, vivre avec qui je suis maintenant.

— Vous n'êtes pas Marianna Mayfield.

— Je le sais. Ce n'est pas ce que j'ai voulu dire. Sir John affirme qu'en temps voulu, il déclarera son décès, afin que nous puissions être ensemble, ajouta-t-elle en fermant les paupières.

Elle s'abstint de préciser que sir John ne l'avait pas demandée en mariage de manière directe.

L'air perplexe, James interrogea :

— S'il parle sérieusement, qu'est-ce qui le retient de le faire tout de suite ?

— Je pense qu'il veut attendre que son corps soit retrouvé. Pour éviter de faire témoigner le docteur Parrish, et Edgar.

— Rien ne prouve qu'il le sera un jour.

— Je le sais. Mais, en attendant, si sir John souhaite nous soutenir, Daniel et moi, je ne peux refuser. Je ne peux lui tourner le dos.

Plongeant ses yeux émeraude dans les siens, il déclara avec ferveur :

— Je vous soutiendrai. J'élèverai Daniel comme mon fils.

— Vous ne l'aimeriez pas comme votre fils.

— Si. Avec le temps, je l'aimerai comme la chair de ma chair.

— Il est la chair de la chair de sir John, et sir John l'aime déjà.

James lui lança un regard noir. Puis, sans nier, il détourna la tête.

— Renonceriez-vous à votre propre bonheur pour le sien ?

Elle marqua un temps de réflexion. Faisait-il référence au bonheur de sir John ou à celui de son fils ? Elle ne le lui demanda pas. La réponse était la même.

— Oui, chuchota-t-elle.

Même si elle espérait goûter au bonheur, un jour.

— Et moi ?

— Vous êtes jeune. Vous trouverez une autre femme. Une femme qui ne traînera pas un passé sordide derrière elle.

Une moue amère tordant sa bouche, il persista :

— Est-ce parce qu'il est riche ? Qu'il a un titre ?

— Vous savez très bien que non ! rétorqua-t-elle, le cœur déchiré.

— Oh, oui, la pauvre fille désintéressée qui se doit de rester avec le riche aristocrate. Désintéressée, certes !

Profondément blessée par ses paroles, par son mépris, elle pivota sur ses talons pour sortir, mais aussitôt, sentit ses mains se poser sur ses épaules.

— Pardonnez-moi, Hannah. Je n'en pense pas un mot. Je suis juste en colère… je souffre.

— Je le sais.

— Je n'aurais jamais dû m'autoriser à espérer. Au plus profond de mon cœur, j'ai toujours su que vous le choisiriez.

Elle regarda par la fenêtre et l'image d'autres croisées, battant sous les rafales de l'orage, s'imposa à elle.

*Je l'ai choisi, il y a longtemps, sans même le savoir vraiment.*

Se ressaisissant, elle se retourna vers l'avoué. Soutenant son regard, elle affirma simplement :

— J'ai beaucoup d'affection pour lui.

Devait-elle avouer à James qu'elle admirait sir John depuis longtemps ? Que, du vivant de Marianna, elle avait refoulé les sentiments qu'il lui inspirait ? Mais cet aveu ne renforcerait-il pas encore sa douleur ?

Elle se contenta d'ajouter :

— Et j'espère qu'avec le temps, il apprendra à m'aimer comme il aime Danny.

Oh ! Comme elle priait pour que son vœu se réalise !

# Chapitre 22

Le lendemain matin, après le petit déjeuner, Mr Lowden pria Hannah de le rejoindre dans le petit salon.

À son regard brûlant, son air mystérieux, elle comprit qu'il se passait quelque chose d'important.

— J'ai reçu ce matin une lettre de l'un de mes amis, commença-t-il en la pressant d'entrer à l'intérieur de la pièce. Vous rappelez-vous ce capitaine Blanchard dont je vous ai parlé ?

— Oui.

Après un coup d'œil dans le vestibule pour s'assurer que personne ne se trouvait dans les parages, il referma la porte derrière eux. Puis, après lui avoir fait signe de s'asseoir, il s'empara de la missive sur son bureau.

— C'est tout à fait surprenant. Il m'a écrit pour me raconter qu'il avait rencontré lady Mayfield, à Londres, cette fois.

— Lady Mayfield ? Comme c'est… intéressant.

— C'est ce que j'ai pensé.

— Cela doit remonter à quelque temps, je suppose.

— Non, c'était la semaine dernière.

Hannah sentit soudain son cœur cogner à grands coups contre sa poitrine.

— Manifestement, votre ami fait erreur.

— Dans ce cas, il n'est pas le seul, car il joint à sa lettre un article sur la vie de la société londonienne.

Il lui tendit une coupure de journal et elle lut :

*« Sir Francis Delaval a donné hier un bal masqué. Malheureusement, peu ont répondu à son invitation car beaucoup sont retournés sur leurs terres, délaissant les réceptions londoniennes pour celles de la campagne. Néanmoins, la soirée a été sauvée par l'apparition d'une très belle Diana qui a suscité de nombreuses spéculations de la part des invités. Parmi les personnes présentes, plusieurs ont remarqué une ressemblance frappante avec lady M. qui, originaire de Bath, nous avait fait la grâce de sa délicieuse présence, par le passé. Mais cette fois, lady M. n'était accompagnée ni de son mari ni de son compagnon préféré, le charmant quoique bien impertinent Mr F. »*

*Non...* songea Hannah. *C'est impossible.* Les doigts crispés sur la coupure, elle insista :

— Cela ne peut être qu'une fausse rumeur.

— Je n'en suis pas sûr. Mon ami a déjà rencontré Marianna Mayfield, rappelez-vous. À l'époque où mon père était encore l'avoué de sir John. Aussi l'a-t-il reconnue. Il a même parlé avec elle. Dans sa lettre, il décrit avec enthousiasme sa beauté incomparable, ses yeux fascinants, son teint parfait.

Cela ressemblait assurément à une description de Marianna. Pourtant, Hannah ne pouvait le croire. Les belles brunes étaient nombreuses à Londres.

—Il a dû la confondre avec quelqu'un d'autre.

—C'est possible, mais il semble tout à fait certain.

—Mais... souvenez-vous... elle s'est noyée! Edgar et Mr Parrish l'ont vue.

D'un ton résolu, elle ajouta:

—Votre ami a sûrement fait erreur.

Pourtant, en son for intérieur, elle savait que c'était elle qui avait fait une erreur. Beaucoup trop d'erreurs pour les compter.

Marianna était-elle toujours de ce monde? Continuait-elle à vivre à Londres, avec Mr Fontaine? À cette pensée, Hannah frissonna. Combien de temps se passerait-il avant que la rumeur, avérée ou non, atteigne Clifton House? Jusqu'à ce que tous, à Lynton, sachent qu'elle n'était pas celle qu'elle disait être?

D'une voix hésitante, elle demanda:

—La dame en question portait-elle un masque? Après tout, il s'agissait d'un bal masqué.

*Inutile de s'alarmer*, se rassura-t-elle. La vision pouvait n'avoir été qu'une illusion fondée sur la vieille rumeur. Lady Mayfield badinant de nouveau avec un autre homme.

—Il a vu son visage, fit remarquer James. L'espace d'un instant, elle a retiré son masque.

Sa dernière lueur d'espoir s'évanouit.

— Et, donc, vous allez me retirer le mien, chuchota-t-elle.

Elle ne doutait pas une seconde que l'avoué ait l'intention de faire part à tout le monde de sa découverte. Qu'allait décider sir John ? Elle était curieuse de le savoir.

— Vous voyez maintenant pourquoi vous ne pouvez laisser la supercherie subsister, ni envisager d'épouser lord Mayfield ?

Fermant les yeux, Hannah répliqua :

— Même si c'est vrai, elle ne lui reviendra jamais.

Soudain, la lettre de menace d'Anthony Fontaine lui traversa l'esprit.

— Ce n'est pas le problème, Hannah. Si sa femme est toujours vivante, sir John reste un homme marié. Vous devez partir maintenant, ajouta James en pressant sa main. Pendant que vous le pouvez encore.

S'armant de courage, James prit le pli et monta délivrer la nouvelle à sir John. Il ne craignait qu'une chose : que son client l'accuse d'inventer toute cette histoire dans son propre intérêt.

Assis dans son fauteuil devant la fenêtre, suivant son habitude, sa canne à portée de la main, sir John lisait un journal de commerce ou un avis de transport maritime. En entendant l'avoué entrer, il leva les yeux, et une expression méfiante se peignit immédiatement sur ses traits. Si James déplorait qu'une telle tension existât entre eux, il était impuissant à y remédier.

— Monsieur, j'ai quelque chose à vous dire.

— Cela va-t-il me faire plaisir ? s'enquit sir John, ironique.

— Je crains bien que non. J'ai reçu une lettre de l'un de mes amis de Londres, déclara-t-il en dépliant la feuille de papier.

— Ah ?

— Il m'écrit pour m'informer qu'il a vu lady Mayfield à Londres, la semaine dernière. À un bal masqué.

— Un « bal masqué », répéta sir John, incrédule. Comment a-t-il su que c'était elle ?

James fut surpris de constater que, contrairement à ses attentes, son client ne semblait pas totalement abasourdi. Ce qui ne lui plut qu'à moitié.

— Il dit qu'elle a retiré son masque. Brièvement, mais assez longtemps pour qu'il puisse reconnaître son visage.

— Cet ami connaissait-il Marianna, auparavant ?

— Oui. Il l'avait rencontrée quand vous habitiez Bath.

— Et je suppose que votre ami l'a donc vue en compagnie de son amant.

Ce n'était pas une question.

— En fait, non. Elle était seule. Mon ami s'est entretenu avec elle. Il lui a exprimé sa surprise de la voir, étant donné qu'une de ses relations venait de passer quelque temps dans le Devon, avec sir John et… lady Mayfield.

— Et quelle a été sa réaction ?

— Il ne me l'a pas précisé.

James remarqua que, contrairement à Hannah, sir John n'insistait pas sur le fait que son ami pouvait se tromper. Son client avait-il toujours soupçonné que son épouse pourrait être vivante ?

— Avez-vous montré cette lettre à Miss Rogers ? interrogea-t-il alors.

—Je lui en ai parlé, oui.

—Bien entendu!

Un long moment passa, dans le silence le plus absolu. Désorienté par le mutisme de sir John, James se demandait comment l'en tirer. Il était évident qu'il avait déplu à son employeur. Pourtant, même s'il n'avait montré aucun intérêt personnel dans l'affaire, il aurait été dans l'obligation de communiquer à son client une nouvelle d'une telle importance.

Incertain, il s'enquit:

—Dois-je vous laisser, monsieur?

Sir John ne répondit pas tout de suite. Puis, prenant une profonde inspiration, il déclara:

—Oui. Vous pouvez partir. Je veux que vous alliez à Londres. Puis que vous retourniez à Bristol, même à Bath s'il le faut. Je veux que vous me rapportiez la preuve que Marianna est toujours vivante. Et, tant que vous y êtes, je veux que vous réunissiez des indices les accusant, elle et Mr Fontaine. Les charges nécessaires pour nous permettre de lui faire un procès.

*« Un procès »! Autrement dit, une longue et pénible procédure de divorce*, songea James, en homme de loi compétent.

Un goût amer dans la bouche, il resta figé. Il était soulagé que lady Mayfield ait resurgi, et travaillerait volontiers à vérifier qu'elle était vivante. Car si la femme de sir John était toujours de ce monde, ce dernier pouvait difficilement en épouser une autre. Épouser celle que lui, James, voulait pour lui-même. Mais aider son rival à réunir des indices pour entamer une procédure de divorce? Le processus pourrait prendre des années et il se révélerait ruineux. Pis, cela pourrait offrir à sir John et même à Hannah l'espoir de peut-être, un jour, s'unir légalement. Une éventualité qui lui donnait la nausée. Cependant, sir John était un client important. L'avoué James Lowden pouvait difficilement refuser d'accéder à sa demande.

Il toussota et demanda :

— Quand devrai-je commencer ?

Une lueur inflexible dans le regard, sir John fixa ses yeux sur les siens, l'expression déterminée.

— Sur-le-champ.

Sa robe protégée par un tablier, Hannah lavait Danny dans une petite baignoire. Voulant s'acquitter en personne de la tâche pleine de tendresse, elle avait donné congé à Becky et la jeune nourrice avait joyeusement quitté la nurserie pour la chaleureuse cuisine de Mrs Turrill. Hannah avait besoin de se trouver seule avec son enfant, la prunelle de ses yeux, pour faire le tri dans ses pensées troublées. Elle avait dans sa poche la lettre menaçante d'Anthony Fontaine. Maintenant qu'elle savait que Marianna était peut-être vivante et que tous deux étaient peut-être plus déterminés que jamais à vivre ensemble, cette missive lui semblait importante. Et la menace plus réelle. Devrait-elle la montrer à sir John ou à son avoué ?

Elle appréciait la sensation de l'eau chaude sur sa peau. À voir ses yeux brillants de plaisir et son sourire baveux édenté, son fils aussi. Avec délicatesse, elle frotta le linge de toilette sur ses joues luisantes, son petit ventre rebondi, ses jambes potelées qui gigotaient. La vue de son fils, les mouvements pleins de douceur, la paisible tâche maternelle apaisaient ses nerfs.

Mais, instinctivement, le clapotis de l'eau tout comme la vue de ses doigts mouillés et ridés la ramenèrent sur la scène de l'accident. Soudain, la vision de Danny ainsi que le son de ses gazouillis ravis furent remplacés par des images et des bruits beaucoup moins charmants.

L'eau glacée qui s'engouffrait dans la berline retournée, léchant les parois fissurées, le cri d'une mouette, au loin. La masse qui l'écrasait. Ses mains, froides et mouillées. Une autre main. La bague.

Un moment, elle ferma les paupières et, pour la centième fois, essaya de se souvenir. Avait-elle vu Marianna? Avait-elle attrapé sa main? Elle sentait presque ses doigts dans la sienne, la morsure du métal dans sa paume. La grosse bague aux facettes acérées. Marianna était-elle vivante, réveillée, alerte, à ce moment-là? Ou bien avait-elle été arrachée à son emprise pour s'éloigner en flottant, et être réveillée plus tard, peut-être par l'eau. Ou encore, échouée sur une plage, trouvée par un passant. Si Mr Blanchard disait vrai en affirmant l'avoir croisée à Londres? Si vraiment elle était… vivante. Mais comment cela serait-il arrivé?

Les gazouillements satisfaits de Danny se transformèrent en légers pleurs et elle se rendit compte que l'eau était devenue froide.

— Pardon, mon cœur, murmura-t-elle.

Avec délicatesse, elle le sortit de la baignoire, l'enveloppa dans une serviette moelleuse, et lui essuya la figure et les cheveux du mieux qu'elle put, avec sa main blessée. Puis elle l'habilla d'un lange propre et d'une chemise de nuit avant de l'emmailloter dans une petite couverture.

Le minuscule corps tout chaud blotti contre elle, Hannah s'assit dans le rocking-chair et baissa les yeux vers le visage adoré. Son cœur se gonfla d'amour. Son fils était si petit. Mais il occupait une telle place dans son cœur.

L'un de ses petits poings s'échappa de son lange et elle le prit dans sa main. Les larmes lui montant aux yeux, elle lui chuchota :

— Qu'allons-nous faire, mon amour ?

James se mit en quête de Hannah et la trouva seule dans la chambre du bébé, en train de bercer Danny. Quand il entra, elle leva sur lui des yeux humides. Puis ils se posèrent sur la valise dans sa main, sur le manteau plié sur son bras, sur son expression renfrognée.

— Vous partez ? s'étonna-t-elle.

— Oui. Sir John m'a confié la mission d'aller vérifier si c'est bien lady Mayfield qui a été vue à ce bal masqué à Londres.

— Qu'a-t-il dit en apprenant la nouvelle ? s'étonna-t-elle. Était-il pétrifié ?

— Pas que je sache. Je n'ai pu m'empêcher de me demander s'il ne s'en doutait pas depuis le début.

Hannah retint son souffle.

— C'est peut-être le cas. Et c'est peut-être la raison pour laquelle il a hésité à… déclarer sa mort.

James hocha la tête.

— Et ce n'est pas tout. Au cas où elle serait vivante, il veut que je réunisse des indices contre elle et son amant. Des indices pour leur faire un procès.

Elle se contenta de le regarder, sans répondre.

— Savez-vous ce que cela signifie ?

Elle secoua la tête.

— Si Mr Fontaine est jugé coupable de détournement d'affection, sir John peut porter l'affaire devant une cour ecclésiastique, accuser Marianna d'adultère et demander le divorce.

Toujours coite, Hannah le dévisagea.

— Cela engagera des frais très importants. Et même s'il gagnait, il n'aurait pas le droit de se remarier, à moins que le gouvernement ne l'y autorise par un décret spécial. Marianna serait traitée en paria par la société. Cela éclabousserait aussi la réputation de sir John, ce qui lui nuirait d'un point de vue personnel et professionnel. Et à moi aussi par la même occasion.

— Dans ce cas, pourquoi engager cette procédure ?

— Que croyez-vous, Hannah ?

Le chagrin qui se peignit sur son visage lui fit immédiatement regretter la dureté de son ton. Il s'assit sur le lit, à côté du rocking-chair, et poursuivit plus doucement :

— Écoutez, je sais que vous vous êtes sentie obligée de rester ici avec sir John, puisqu'il était prêt à reconnaître Danny et à vous laisser continuer à vivre sous l'identité de lady Mayfield. Mais Marianna est vivante ! Dites-moi que vous comprenez que tout a changé. Je vous en prie, ne décidez rien de précipité avant mon retour. N'oubliez pas. Il lui a déjà pardonné, et il peut le faire de nouveau. N'en doutez pas.

Elle baissa la tête et murmura d'une voix étranglée :

— Je ne le crois pas.

Les yeux posés sur l'enfant sur ses genoux, elle caressa l'un de ses petits poings.

D'un geste déterminé, James posa sa main sur les leurs.

— Il est préférable que nous l'ayons découvert maintenant plutôt qu'après plusieurs mois, quand tout cela serait allé trop loin. Nous pouvons encore étouffer l'affaire. Mais imaginez si vous étiez retournée à Bristol, ou dans quelque autre ville, avec lui, et que la supercherie ait été dévoilée !

Il secoua la tête, les narines frémissant à cette idée.

— Nous devrions être reconnaissants. Je suis reconnaissant. Promettez-moi d'attendre, Hannah. Ne lui cédez pas avant mon retour. Et ne renoncez pas à moi.

Un instant, elle ne répondit rien. Puis elle tira une lettre de sa poche.

— Avant que vous partiez, je pense que vous devriez lire ceci.

James sentit son cœur se glacer. Lui avait-elle écrit un mot d'adieu ?

— Non, Hannah. Pas ainsi…

D'un geste de la tête, elle l'interrompit.

— Ce n'est pas de moi. C'est une lettre de menace que Mr Fontaine a envoyée à sir John. Au cas où…, conclut-elle avec un regard éloquent, en la pressant dans sa main.

Après le départ de Mr Lowden, Hannah descendit confier Danny à Becky puis gagna la chambre de sir John.

S'arrêtant sur le pas de la porte, les bras croisés, elle le défia du regard.

— Vous doutiez-vous qu'elle était encore vivante ?

Appuyé sur sa canne, sir John contemplait le parc par la fenêtre. Il lui jeta un coup d'œil, perçut la tension sur ses traits crispés, et se retourna vers le jardin.

—Cela m'a traversé l'esprit, concéda-t-il.

—C'est pour cela que vous ne vouliez pas faire une déclaration de décès?

*Ou me demander de vous épouser?* ajouta-t-elle pour elle-même.

—C'était l'une des raisons, en effet. Même si ce n'était qu'un soupçon et que cela l'est toujours, je vous rappelle.

Le menton levé, elle poursuivit:

—Mr Lowden m'a informée de ce que vous l'avez chargé de faire.

—Cet homme semble n'avoir aucun secret pour vous, persifla sir John.

—Nous sommes… devenus amis, James et moi.

—Vous l'appelez James? «Amis», ou plus?

—Amis, insista-t-elle. Pour le moment.

Sir John hocha la tête, pensif.

—Toutefois, je ne peux m'empêcher de me demander ce qui pousse mon avoué à divulguer mes affaires personnelles.

Elle traversa la pièce et s'immobilisa devant lui.

—Ce ne sont pas vos affaires personnelles. Il savait que cela m'affecterait, si elle est toujours vivante. Vous le savez aussi. Mais renoncez, sir John. N'essayez pas de divorcer de Marianna. Surtout pour moi. J'ai déjà fait suffisamment de mal.

—Si j'engageais cette procédure de divorce, vous n'en seriez pas responsable, Hannah, déclara sir John avec conviction.

Tout n'est pas votre faute. Et certainement pas le fait que Marianna se fasse passer pour morte afin de vivre en paix avec son amant.

— Nous ne savons même pas si c'est vrai. Peut-être que, si elle est vivante, elle n'a pas pu revenir. Ou, du moins, n'a pas pu vous faire prévenir.

Il la foudroya du regard.

— De grâce, Hannah! Vous ne pouvez être aussi naïve. Vous la connaissez trop bien pour croire une chose pareille.

Elle tressaillit. Bien sûr, elle ne croyait pas vraiment à sa propre théorie.

— Mais… le divorce? Tellement de temps, de dépenses, de scandale… sans même une garantie de succès. Et pourquoi? Pour aggraver nos péchés?

Le regard de sir John glissa sur son visage, puis se posa sur ses yeux troublés.

— Pour notre liberté.

— Si votre femme est toujours vivante, je ne peux, en toute conscience, rester plus longtemps. Nous partirons demain, ajouta-t-elle en faisant demi-tour.

Il la retint par le bras.

— Hannah, restez avec moi, je vous en prie, plaida-t-il. Vous savez que Marianna n'a jamais été une véritable épouse pour moi. Devrais-je être condamné à vivre marié, mais seul, pour le restant de mes jours? Est-ce que je mérite cela?

— Non, sir John. Ce n'est pas votre châtiment. Peut-être est-ce le mien, mais pas le vôtre. Vous méritez mieux. Et je vais espérer que Marianna comprenne ses erreurs et vous revienne. Qu'elle soit l'épouse que vous méritez.

Elle sentit sa main trembler sur son bras.

— Vous savez que cela n'arrivera jamais. Écoutez, je sais que je ne peux vous épouser ici et maintenant. Mais cela ne doit pas signifier la fin, pour nous. Nous pouvons partir sur l'une de mes autres terres. Vivre ensemble comme mari et femme.

Son regard s'embrasant, il lança :

— Pourquoi secouez-vous la tête ?

Avec un soupir tremblant, Hannah répondit de son ton le plus résolu :

— Sir John. Je ne peux être votre maîtresse. Je ne le peux ! Je sais que j'ai commis des fautes. Mais cela ne signifie pas que je n'aie aucune notion du bien et du mal. Que je n'aie aucune dignité.

— Je le sais, Hannah. Et je vous respecte pour cela.

Elle esquissa un sourire.

— Je crains d'avoir été trop gâtée par le temps que j'ai passé ici. Je n'ai plus aucune satisfaction à continuer de prétendre que je suis votre épouse. Je veux mon propre mari. Je veux que mon fils grandisse dans une vraie famille.

Il hocha la tête et, d'une voix rauque, acquiesça :

— C'est aussi ce que je veux.

Des larmes brillaient dans ses yeux mais, stoïque, il les chassa d'un battement de paupières. Elle en était clairement responsable. Un quart de seconde, elle se sentit fléchir.

Mais, avant que sa détermination s'évanouisse, elle se tourna vers la porte. De nouveau, il l'attrapa brusquement par la main.

—Hannah. Je ne vous presserai pas. Mais ne partez pas. Pas encore. Vous avez raison, nous ne savons pas encore si ces rumeurs sont vraies. C'est que, voyez-vous, je la connais tellement que je n'ai aucune peine à les croire. Mais Edgar et le docteur Parrish n'ont-ils pas tous les deux été témoins de sa noyade ? Ni vous ni moi ne sommes obligés de prendre une décision fondée sur le témoignage d'un homme qui dit l'avoir vue. À un bal masqué, de surcroît. Je vous en prie, restez ! Au moins jusqu'à ce que nous recevions des nouvelles de Mr Lowden.

Elle hésita.

—Très bien. Mais je ne peux vous promettre de rester au-delà, quoi qu'il arrive. Et s'il trouve des preuves que lady Mayfield est en vie, je n'aurai d'autre choix que de partir immédiatement.

Ils passèrent les journées suivantes en une trêve précaire, de façon cordiale, sans plus d'efforts. Sir John ne réservait les marques de son affection qu'à Danny, comme s'il craignait que chaque journée avec son fils puisse être la dernière.

Une semaine plus tard, une lettre arriva, adressée à lord Mayfield. Hannah reconnut immédiatement l'écriture et, le cœur battant, la monta elle-même à son destinataire. Assis à son bureau, sir John examina la missive, puis leva les yeux vers la jeune femme. Peut-être était-il tenté de lui demander de partir pour la lire en privé, avant de décider s'il voulait en partager le contenu. Mais, les bras croisés, elle demeura devant son bureau, le défiant du regard d'oser la congédier.

Il finit par laisser échapper une exclamation exaspérée, et fit sauter le cachet. Après avoir parcouru la courte dépêche, il exhala un long soupir :

— Il ne l'a pas trouvée. Pas plus qu'il n'a découvert de preuves concrètes de sa présence à Londres. Il rentre à Bristol où il va poursuivre son enquête.

Il lui tendit la lettre pour qu'elle la lise elle-même. Soudain rassurée, elle s'en empara vivement. Devait-elle se sentir coupable de son soulagement ? C'est alors que le dernier paragraphe retint son attention.

*Mr Fontaine a été aperçu à Londres mais, selon la rumeur, il se serait fiancé avec une héritière, une certaine Miss Fox-Garwood. Je vous écrirai de nouveau lorsque j'aurai plus d'informations à vous rapporter.*

Hannah se rappela le profond chagrin d'Anthony Fontaine quand il avait appris la noyade de Marianna, lors de sa visite à Clifton. Tout portait à croire qu'il s'était vite consolé. Si Marianna était toujours vivante, il ne se serait sûrement pas fiancé avec une autre. Par ailleurs, il fallait bien reconnaître que le mariage de lady Mayfield n'avait jamais été un obstacle à leur liaison…

— Et maintenant, allez-vous rester ? demanda sir John.

Elle ferma les yeux. Puis, prenant une profonde inspiration, répondit :

— Non, je suis déjà restée bien assez longtemps. Jusqu'à ce que tout cela soit réglé, je pense qu'il est préférable que nous nous séparions.

Quand il plaça une main sur son bras, elle fut tentée d'y poser la sienne mais résista.

— Dans ce cas, vous allez rester. C'est moi qui vais partir, annonça-t-il vivement.

Il la relâcha et se leva péniblement.

— De toute façon, j'avais l'intention de retourner à Bristol.

— Vraiment ? Pourquoi ? s'étonna-t-elle.

Retournait-il à Bristol pour aider Mr Lowden dans ses recherches ? Ou pour l'empêcher de s'enfuir avec son avoué ?

— Le docteur Parrish m'a recommandé beaucoup d'exercices pour consolider mes forces, expliqua-t-il. À Bristol, j'ai un ami qui possède un club de gymnastique et une école d'escrime…

*En effet*, songea-t-elle. Elle en avait un souvenir très précis.

— Il a répondu à ma lettre et m'a promis de me mettre à l'épreuve. Si je dois un jour affronter de nouveau Marianna et Fontaine, je veux avoir récupéré toutes mes forces.

— Je vois.

Après une hésitation, elle ajouta :

— Mais même ainsi, je ne peux rester. Je n'en ai pas le droit. Nous allons prendre d'autres dispositions. Je suis sûre que Mrs Turrill va nous aider.

— C'est tout à fait légitime, je pense. Mais, si vous devez partir, tenez-nous informés de votre destination. J'ai donné des instructions à Mr Lowden pour qu'il vous envoie de l'argent.

— Sir John. Je vous ai déjà dit que je n'en voulais pas.

— Écoutez-moi bien. Vous n'êtes pas obligée de le dépenser pour vous-même si vous préférez ne rien accepter de moi.

Mais vous ne pouvez me refuser le droit de subvenir aux besoins de mon fils. De grâce... ne me refusez pas cela.

Elle hésita, adoucie par la gravité de son ton suppliant.

— Très bien.

— Et prenez mon volume de *Sir Charles Grandison*, puisque vous avez perdu le vôtre. J'insiste.

— Merci. J'en serai heureuse. Quand partirez-vous ?

— Demain. Mais vous n'avez pas à vous presser. Prenez tout votre temps pour faire vos bagages et prendre vos dispositions. Si vous changez d'avis, je vous en prie, n'hésitez pas à rester. Promettez-moi juste d'aviser Lowden de tout changement de résidence, afin qu'il sache où envoyer le traitement mensuel pour l'entretien de Daniel.

— Je ne sais pas si je verrai Mr Lowden, avança-t-elle.

— Oh... J'ai le sentiment que si.

Les yeux étincelants, il avait insisté sur chaque syllabe de sa réponse, avec lenteur.

# Chapitre 23

Grâce au zèle de Ben, qui eut tôt fait de préparer une valise de vêtements et une autre de ses livres ainsi que de ses papiers préférés, sir John fut vite prêt à partir. Hannah, elle aussi, faisait ses bagages. S'accordant un répit, elle descendit pour lui dire «au revoir». Debout à côté de la porte d'entrée, Danny dans les bras, elle le regarda descendre l'escalier, s'aidant de sa canne d'un côté, et tenant précautionneusement la rampe de l'autre. En les apercevant, sir John marqua une hésitation et esquissa une grimace, comme si leur présence l'embarrassait ou le contrariait. Elle regretta aussitôt son idée de lui souhaiter «bon voyage».

À pas lents, dissimulant au mieux son clopinement, il traversa le vestibule, sans quitter une seconde son visage des yeux. Elle retint son souffle. Qu'avait-il l'intention de faire? Sa bouche dure, son regard intense ne révélaient pas grand-chose. Comptait-il lui lancer une sévère mise en garde ou l'embrasser passionnément? Il s'avançait plus près, encore plus près, trop près pour un salut formel ou pour s'incliner poliment devant elle. Elle était déchirée entre l'envie de reculer d'un pas et celle de se hisser vers lui. Ses yeux rivés aux siens, il s'approchait de plus en plus. Il ignora ses lèvres, sa joue, son cou. Ce ne fut qu'à ce moment-là qu'elle comprit. Ce n'était pas elle qu'il voulait embrasser, mais Danny. Après avoir déposé un baiser sur la joue de son fils, il l'effleura d'une caresse délicate.

Puis il tourna les talons et quitta la maison, sans un mot. La gorge nouée, elle s'avança jusqu'à la fenêtre et le regarda s'éloigner vers le cabriolet de location, s'appuyant lourdement sur sa canne.

Hannah retourna à ses bagages. Se trouver dans cette maison en l'absence de sir John la mettait étrangement mal à l'aise. Elle empaqueta ses quelques effets, et uniquement ceux de Marianna ajustés à sa taille, ou dont elle ne pouvait se passer. Environ une heure plus tard, ayant fini ses préparatifs dans sa chambre, elle descendit au salon prendre son livre et son ouvrage de broderie. Soudain, trois coups frappés à la porte d'entrée sur un rythme nonchalant la firent sursauter. Envahie d'un pressentiment funeste, elle sentit son cœur battre à coups redoublés contre sa poitrine.

— Je vais répondre, Mrs Turrill, cria-t-elle à la gouvernante.

Après avoir posé ses affaires, elle se dirigea vers le hall. La main sur le loquet, elle ferma les yeux et murmura une prière silencieuse : « *Seigneur tout-puissant, quoi qu'il puisse m'arriver, je le mérite, mais, je vous en supplie, protégez mon fils.* »

Elle ouvrit la porte. Devant elle, se tenait Marianna Spencer Mayfield. En chair et en os, bien vivante. Au premier regard, elle semblait toujours aussi belle et resplendissante, habillée de couleurs gaies, d'une cape mauve couvrant une robe de moire bouton d'or.

Son ravissant visage fendu d'un sourire radieux, elle s'exclama :

— Surprise !

Avec l'impression d'être face à un peloton d'exécution, la gorge desséchée, Hannah articula à grand-peine :

— Bonjour.

— Allons, Hannah ! Vous n'allez pas feindre de ne pas me reconnaître ? railla la nouvelle venue, ses fins sourcils arqués exprimant à la fois l'amusement et la provocation.

Se composant une expression de marbre, Hannah s'effaça :

— Voulez-vous entrer ?

Marianna hésita, son sourire s'évanouissant.

— Est-il ici ?

— Il vient de partir.

— Très bien, approuva la visiteuse avec un soupir de soulagement. J'ai besoin de prendre un verre avant de l'affronter.

Elle comprenait, visiblement, que sir John était juste sorti. Pour une raison quelconque, Hannah omit de lui préciser qu'il était allé à Bristol et qu'il ne risquait pas de reparaître de sitôt.

D'un pas décidé, lady Mayfield pénétra dans le salon et se laissa tomber sur le canapé. Mal à l'aise, Hannah s'assit sur le bord d'un fauteuil, non loin d'elle. À la regarder de plus près, elle s'aperçut que le visage de Marianna était dissimulé sous une épaisse couche de fard. Sa peau avait perdu de son éclat et les fines pattes-d'oie au coin de ses yeux lui parurent plus marquées que dans son souvenir. Ses dents étaient plus ternes, tachées, sans doute par le thé ou le tabac. La cape laissait entrevoir les pans d'une robe froissée et usée. Les chaussures qui pointaient sous la jupe portaient des éraflures. Il était flagrant que ces deux derniers mois n'avaient pas été faciles pour elle.

— Êtes-vous surprise de me voir ? demanda Marianna.

Refoulant son effroi, Hannah répondit :

— Euh… oui.

— Mais pas vraiment heureuse, a priori. Pas de joyeuses retrouvailles avec votre vieille amie ressuscitée ?

— Mais… votre corps… votre cape, bafouilla Hannah. Le docteur Parrish et son fils vous ont vue…

— Non. Ce qu'ils ont vu, c'était ma cape rouge enroulée autour d'un bout de bois de la voiture accidentée, poussée au large. Je dois dire que cela a plutôt bien fonctionné. Je me suis cachée derrière les rochers puis, à la tombée de la nuit, je suis partie vers le nord. Très astucieux de ma part, ne trouvez-vous pas ?

Lentement, Hannah hocha la tête.

— Une rumeur est venue jusqu'à nous, disant que l'on vous avait aperçue à Londres. Mais nous ne pensions pas que vous reviendriez ici.

Les sourcils de nouveau arqués, elle railla :

— Vous voulez dire que vous l'espériez. Puis-je avoir ce verre maintenant ? demanda-t-elle en se calant confortablement dans le canapé.

—Oh! Bien sûr.

Hannah se leva pour se diriger vers la carafe sur la desserte. Les mains tremblantes, elle retira le bouchon et remplit un verre de madère. Tournant le dos à Marianna, elle reprit :

—Peu après l'accident, Mr Fontaine est venu ici. Il vous cherchait. Il était désespéré.

—Oui. Nos retrouvailles ont été follement passionnées. La lune de miel a duré une semaine environ. Mais, au bout de quinze jours à peine, les choses ont commencé à se dégrader entre nous.

Revenant vers elle avec le verre, Hannah s'enquit :

—Où est-il maintenant?

Marianna fit un geste désinvolte d'une main, et prit le madère de l'autre.

—Vous savez comment sont ces messieurs. Une fois qu'ils peuvent avoir une femme aussi souvent qu'ils le souhaitent, tout le mystère s'évanouit. Le frisson de la conquête disparu, l'homme prend la poudre d'escampette.

—Je suis navrée de l'entendre.

—Vraiment? Certes, j'imagine comme vous l'êtes.

Marianna but une longue gorgée et poursuivit :

—Après qu'Anthony m'eut rejointe, nous nous sommes cachés au Pays de Galles pendant un temps. Nous nous attendions à voir sir John, ou un agent, frapper à notre porte, à notre recherche. Mais personne n'est jamais venu. Je pense qu'Anthony trouvait exaltante cette aventure, cette vie de fugitifs. Mais ce sentiment n'a pas duré.

Pensive, elle contempla ses ongles cassés.

— Il aimait ces instants volés en ma compagnie. L'interdit. Le secret. Mais pas le quotidien avec une femme agaçante, qui attendait un enfant. Il montrait très peu d'intérêt pour sa paternité future, expliqua-t-elle en vidant son verre.

En regardant son ventre plat, Hannah supposa qu'elle avait perdu l'enfant. Néanmoins, elle craignait de lui poser la question.

Le regard dur comme du silex, Marianna releva les yeux vers elle.

— J'en ai conclu que l'on m'avait déclarée morte. Que mon plan avait marché et que c'était la raison pour laquelle personne ne me cherchait. Anthony m'en voulait. Il estimait que j'aurais dû rester avec sir John pour le cas où il ne se remettrait pas. Il me trouvait ridicule d'avoir renoncé à mon statut financier de veuve. À un argent sur lequel nous aurions pu vivre confortablement. Je lui soutins que cela n'avait pas d'importance. Que, si sir John venait à mourir, il me suffirait de raconter que j'avais été perdue en mer, que j'étais devenue amnésique et que je venais tout juste de recouvrer la mémoire. Je pourrais revenir en veuve éplorée et revendiquer mon héritage de plein droit. Je lui rappelai que, toutefois, sir John avait récemment menacé de changer son testament et de me déshériter, à l'exception de ma dot. Mais Anthony m'a assuré que ce n'étaient que des paroles en l'air. Une nouvelle manœuvre pour me forcer à me soumettre. En fin de compte, qu'importait, puisque sir John a guéri. Il n'a survécu que pour me contrarier, j'en suis sûre.

Elle leva son verre pour indiquer à Hannah qu'elle voulait un autre verre de madère. Docile, la jeune femme le lui remplit de nouveau. Puis, Marianna reprit :

— Quand Anthony et moi nous sommes lassés de la campagne, nous avons décidé d'essayer la vie de Londres, la grande capitale, où chacun est anonyme. Naturellement, quand nous sommes arrivés, la Saison était finie. Grâce au ciel, certains réfractaires à l'existence campagnarde étaient restés en ville et nous avons pu trouver quelques divertissements. Nous nous sommes tenus à l'écart des endroits les plus élégants, où j'avais l'habitude de paraître. Par mesure de sécurité, nous avons pris un appartement dans un quartier populaire. Mais cette solution n'a pas tardé à perdre de son charme aussi.

» Nous enhardissant, nous avons finalement résolu d'assister à un bal masqué, donné par une vague connaissance. Nous pourrions y savourer le délicieux buffet, les excellents vins et profiter de la compagnie, sans risque de nous voir démasqués. Sans femme de chambre, il m'a fallu des heures pour me préparer. Anthony a perdu patience. Il m'a annoncé qu'il partait pour son club et qu'il me retrouverait au bal, plus tard. Nous devions nous rencontrer comme deux inconnus, nous courtiser et nous séduire mutuellement, comme si c'était la première fois. Je suis donc arrivée au bal, seule. Au début, je me suis amusée. Il y avait des invités prestigieux, des costumes charmants, une joyeuse musique. J'ai commencé à chercher Anthony, m'attendant à le voir surgir à mon côté d'un instant à l'autre, à me déclarer la créature la plus fascinante de la pièce et me supplier de danser avec moi, ou à me prendre par la main et m'entraîner dans un coin obscur pour me voler un baiser… Mais il n'est pas apparu. J'en suis venue à craindre qu'il ne m'ait pas reconnue car il était parti avant que j'aie revêtu mon loup. Alors, en désespoir de cause, plus téméraire encore, j'ai soulevé mon masque en espérant qu'il m'aperçoive et se précipite à ma rencontre. En effet, quelqu'un est venu me saluer, mais ce n'était pas Anthony. C'était un militaire blond, dont j'avais un vague souvenir. J'étais néanmoins incapable de me rappeler l'endroit où nous nous étions rencontrés, ou son nom. Craignant d'être identifiée, j'ai vivement remis mon masque. Je tremblais à l'idée que tout le monde apprenne que, finalement, Marianna Mayfield était bien vivante.

» Hélas, il s'est exclamé d'un ton joyeux : "Lady Mayfield, si je ne m'abuse ? Quelle surprise de vous voir ici !"

» Un instant, j'ai frémi, puis me suis souvenue que j'étais à un bal masqué. Il ne pourrait jamais prouver qui j'étais en ayant entraperçu mon visage. J'ai donc décidé de l'envoyer promener. Cependant, j'étais stupéfaite qu'il ne paraisse pas surpris de me voir vivante. Seule ma présence au bal semblait l'étonner. Anthony m'avait bien assuré qu'aucun faire-part de décès me concernant n'avait été publié dans les journaux. Mais, jusqu'à cet instant précis, je n'en avais pas cru un mot. "Je ne sais pas de qui vous voulez parler, mon bon monsieur", lui ai-je dit. De plus en plus ébahie, j'ai constaté qu'il ne s'extasiait pas sur ma présence, ne me demandait pas si je savais que tout le monde me croyait morte. Au lieu de cela, il m'a déclaré avec un sourire entendu : "Ne vous inquiétez pas, madame. Je ne dirai à personne que vous êtes ici. Je suppose que la vie dans le Devon doit être fastidieuse. L'une de mes connaissances, Mr Lowden, y a passé du temps en compagnie de sir John et m'a confié que c'est une région très reculée. Très rustique. Rien de comparable avec une soirée aussi raffinée que ce bal." Je me souvenais parfaitement de Mr Lowden. C'était l'avoué de mon mari. Un gentleman d'un certain âge qui était béat d'admiration devant moi, je peux vous le garantir. Il avait dû être convoqué pour revoir le testament de sir John.

Tout en faisant tournoyer le liquide doré dans son verre, Marianna poursuivit :

—J'étais affolée, vous pensez! N'avait-il pas entendu parler du drame? Que j'étais portée disparue, peut-être morte? Je me demandais si quelqu'un m'avait vue quitter la scène de l'accident. D'un ton aussi dégagé que possible, je m'enquis : « Oh? Mr Lowden ne se plaît pas dans le Devon? — Ce n'est pas ce que j'ai dit, répondit l'homme. Au début, l'idée de s'y rendre et de laisser son étude lui était odieuse. Mais je crois qu'il a été favorablement impressionné. Je peux même vous confier qu'il a été favorablement impressionné par vous, lady Mayfield. » J'étais médusée. Que racontait cet homme? Que Mr Lowden m'avait vue dans le Devon? Que personne ne me croyait disparue ni morte, mais que j'étais bien vivante et que j'habitais la région de l'Ouest? Je peux vous assurer que ma confusion était à son comble. J'essayai d'en rire, pour comprendre comment un tel malentendu avait pu se créer. « Soyez gentil, rapportez-moi ce que Mr Lowden vous a dit de moi. J'ai bien peur de ne pas avoir été... très aimable avec lui. » Avec un petit rire, l'officier m'a répondu : « Je dois admettre que Lowden a reconnu que vous n'étiez pas ce qu'il attendait. Mais je peux vous garantir qu'il n'a jamais émis la moindre critique. En fait, il a déclaré que vous étiez plutôt secrète, mais charmante, et que vous aviez le plus adorable des petits garçons. »

Marianna écarquilla les yeux.

— Là, imaginez ma surprise. Non seulement je n'étais pas morte, pas même disparue, mais j'étais charmante et j'avais le plus adorable des petits garçons, tout cela dans le Devon.

Toisant Hannah du regard, Marianna reprit :

— Au début, je n'ai pas pensé à vous. L'idée ne m'a jamais effleurée que la plus loyale des demoiselles de compagnie pouvait jouer un rôle dans une telle mascarade. Toutefois, je lui ai demandé de ses nouvelles. Il m'a regardée d'un air étrange et m'a répondu : « Vous plaisantez, madame. Ou ai-je mal compris ? Je suis sûr que Lowden a évoqué la noyade de votre demoiselle de compagnie, dans l'accident. »

Un doigt levé, Marianna s'exclama :

— Et là, tout est devenu limpide ! Je n'étais ni disparue, ni présumée morte. Hannah Rogers l'était. Je dois dire, Hannah, que je suis impressionnée ! ajouta-t-elle avec un claquement de langue. Vous avez manigancé un sacré complot en mon absence. Je constate que vous avez finalement appris quelque chose, au cours de vos années passées avec moi.

Furieuse, Hannah se défendit :

— Je n'ai jamais rien prémédité. Comme le médecin local n'attendait que lord et lady Mayfield, quand il m'a trouvée, il a supposé que j'étais la femme de sir John.

—Et vous avez laissé ce malentendu se prolonger. Eh bien, dites-moi ! Voilà une belle promotion. Passer du statut de modeste demoiselle de compagnie à celui de lady, en une journée. Quelle intrigante vous faites ! Quelle arriviste ! Je n'aurais jamais imaginé cela de vous.

—Moi, une « intrigante » ? Alors que vous avez feint de vous être noyée ? Afin de quitter sir John pour toujours ? Ou, du moins, c'est ce que nous avons pensé.

—C'est ce que vous avez pensé. Navrée de vous décevoir, ma chère et loyale amie.

Le ton cinglant de son ancienne maîtresse la fit tressaillir.

—Je ne vous ai lésée en rien. Nous vous avons crue morte.

—Oh, de grâce ! s'exclama Marianna avec un geste d'impatience. Ne jouez pas les innocentes. Vous m'avez vue. Vous avez ouvert les yeux et vous m'avez vue.

—Pardon ?

—Ne prétextez pas de ne pas vous en souvenir. Avant que je quitte la berline, j'ai posé un doigt sur votre bouche pour vous intimer le silence, puis j'ai serré ma bague dans votre paume.

Interdite, Hannah la dévisagea.

—Non, je n'ai aucun souvenir de la sorte, bredouilla-t-elle.

Mais un rêve éphémère, récurrent, traversait sa mémoire. Le sourire enjôleur de lady Mayfield au milieu des débris de l'horrible épave. Sa main qui pressait sa bague dans la sienne…

—Je croyais que c'était un rêve, bégaya-t-elle. Que je vous agrippais par la main pour vous empêcher d'être entraînée hors de la voiture par la mer. Que j'avais attrapé votre main et que c'est ainsi que votre bague s'était retrouvée dans la mienne.

— Vraiment ? ironisa Marianna, un éclair cynique dans le regard. Je ne vous crois pas.

— Mais pourquoi me l'auriez-vous donnée ?

— Je ne voulais pas porter un bijou qui aurait permis mon identification. Et je pensais que, si vous viviez, ce serait la récompense de votre silence. Je ne savais pas si ce serait le cas. Vous étiez effrayante à voir. La blessure à votre tête saignait abondamment. Et si vous mouriez, votre corps pourrait être identifié sous mon nom. Ce qui me laisserait du temps avant que l'on se lance à ma recherche. Bien sûr, personne ne m'a cherchée, ce que, curieusement, j'ai trouvé insultant. Je sais maintenant pourquoi.

Elle s'interrompit, but une longue gorgée, et reprit :

— Anthony s'est mis en colère quand il a appris que j'avais laissé la bague. Il a fait passer une petite annonce dans les journaux pour faire croire à sa perte, ou à son vol, dans l'espoir de toucher l'argent de l'assurance. Naturellement, il m'était impossible de réclamer en personne un dédommagement. Mais, après avoir constaté l'étendue des dettes d'Anthony, la compagnie d'assurances a rejeté sa demande. Et pour cause.

S'exhortant au calme, Hannah fit remarquer :

— Je ne comprends pas. Vous vous étiez affranchie de votre mari et de votre mariage, comme vous le vouliez depuis longtemps, d'après ce que vous me disiez. Pourquoi revenir maintenant ?

Avec un sourire narquois, Marianna répondit :

— Mais pour voir mon cher époux, bien entendu.

Son cœur se serrant, elle lui annonça :

— Je suis désolée de vous décevoir mais…

Se penchant en avant, Marianna fit une grimace et chuchota d'une voix de conspiratrice :

— À dire vrai, j'aimerais mieux ne pas le rencontrer. Il va probablement plus m'étrangler que m'accueillir à bras ouverts.

Hannah ne savait que penser. Si Marianna ne voulait pas voir sir John, que voulait-elle ? *De l'argent, très probablement.* Elle allait devoir se montrer rusée.

Elle avait la vérité sur le bout de la langue. Repoussant ses doutes sur la sagesse de son acte, sur ses conséquences si elle lui avouait tout, elle commença :

— Sir John vous aurait reprise. Il vous aurait pardonné, aurait élevé votre enfant comme le sien.

Avec une moue amère, Marianna rétorqua :

— J'ai fait une fausse couche. Êtes-vous en train de dire que c'était ma faute ? Que, si j'étais restée, je ne l'aurais pas perdu ?

Prise au dépourvu, Hannah précisa :

— Non, pas du tout. Je suis désolée. Je disais simplement que sir John vous aurait soutenue, quoi qu'il arrive.

Les yeux plissés, Marianna la regarda d'un air scrutateur.

— Comme vous l'estimez ! Presque comme si vous étiez tombée amoureuse de lui.

Elle se garda bien de répondre.

— Où est cet enfant qui est censé être le mien ? reprit alors Marianna en inspectant la pièce du regard. Mais qui est le vôtre, je suppose. Si je comprends bien, vous nous avez quittés pour mettre au monde un enfant, en secret.

Je trouvais, en effet, que vous preniez de l'embonpoint, mais j'étais trop polie pour vous le faire remarquer. J'espère que le père n'est pas Mr Ward. La manière dont cet homme odieux vous regardait ne m'échappait pas, ajouta-t-elle avec un frisson. Oh, je sais ! Ce doit être le garçon que j'ai vu vous poursuivre à Bath.

Lady Marianna secoua la tête et, avec un nouveau claquement de langue, observa :

— Et moi qui vous croyais la candeur incarnée. Assise, à nous juger, Mr Fontaine et moi.

— Je n'ai jamais soufflé mot à personne de vous et lui. Jamais.

— Oh ! Mais votre visage parlait pour vous. Comme une madone sur une lugubre peinture à l'huile. Endurant son calvaire, avec une telle réprobation. Quelle hypocrite vous faites.

Se calant de nouveau contre le dossier du canapé, elle posa une main sur chacun de ses accoudoirs, comme une reine sur son trône.

— Et maintenant, voilà que vous voulez faire passer votre bâtard pour le fils et l'héritier légitime de sir John. C'est insensé ! John a-t-il perdu la tête ? Est-il toujours inconscient, pour que vous ayez pu continuer si longtemps cette supercherie ?

Ivre d'une colère subite, Hannah lança :

— En quoi est-ce que cela vous concerne ? Voulez-vous revenir et redevenir lady Mayfield ?

— De nom, tout au moins.

— Si vous êtes sérieuse, vous êtes au mauvais endroit, annonça Hannah en se levant. Sir John est retourné à Bristol. Et j'ai l'intention de quitter cette maison aujourd'hui même.

Marianna secoua lentement la tête, ses prunelles noisette flamboyant.

— Oh, non, ma chère Hannah. Vous n'allez pas vous en tirer à si bon compte. Je veux vous voir vous expliquer devant tous les voisins, les domestiques et Mr Lowden. Je veux que vous ne sachiez plus où vous mettre et que vous payiez. Je suppose qu'il y a des juges dans cette satanée ville ?

L'interrompant, Mrs Turrill entra d'un pas leste, s'essuyant les mains à son tablier.

— Me voici. Pardonnez mon retard.

Elle jeta un regard méfiant à la visiteuse avant de se tourner vers Hannah.

— Puis-je vous apporter des rafraîchissements, lady Mayfield ?

Hannah sentit les mots « lady Mayfield » la transpercer comme deux flèches. Et, l'espace d'un instant, se demanda quel effet cela faisait à la vraie lady Mayfield d'entendre son titre usurpé par une autre.

Elle hésita à répondre, mais Marianna ne montra pas la même réticence. Un sourire félin se dessinant sur ses lèvres, elle observa tour à tour Hannah et la gouvernante.

— Oui, je pense que des rafraîchissements seraient fort appréciables. Merci, Mrs…

Interdite, la domestique regarda Hannah.

— Turrill, murmura-t-elle.

— Mrs Turrill. Hannah, ma chère amie, voulez-vous bien me présenter ?

Prise de nausée, Hannah s'exécuta. Montrant Marianna d'une main molle, elle annonça :

— Mrs Turrill, je vous présente lady Mayfield. La femme de sir John.

Anxieuse de la réaction de la gouvernante, elle la regarda à la dérobée. Bouche bée, cette dernière contemplait la nouvelle venue, les yeux écarquillés par la surprise. Puis elle jeta un coup d'œil hésitant à Hannah qui, avec une moue penaude, confirma la nouvelle d'un hochement de tête.

Un long moment, toutes trois restèrent muettes, figées. Seul, dans la pièce, le « tic-tac » de l'horloge troublait le silence écrasant. Finalement, Marianna lança :

— Les rafraîchissements, Mrs Turrill.
— Oh, oui !

À l'instant où la gouvernante pivotait sur ses talons, le « toc toc » familier du docteur Parrish retentit sur la porte. Hannah sentit son cœur se serrer. *Pauvre docteur Parrish.* Elle haïssait la perspective de lui faire de la peine. Hélas, c'était inévitable, désormais. Cela l'avait peut-être toujours été.

S'adressant à elle, la gouvernante demanda :

— Dois-je le faire entrer ?
— Oui.

Elle poussa un soupir résigné. Tout était fini maintenant. Le regard interrogateur, Marianna s'enquit :

— Qui est-ce ?
— Notre voisin, le docteur Parrish.

Son visage s'animant encore, Marianna s'exclama :

— Oh, oui, je vous en prie, invitez-le à entrer. La fête ne fait que commencer.

*Ou l'enterrement*, songea Hannah, la mort dans l'âme.

Droite comme un «I», elle écouta résonner dans le vestibule les talons de Mrs Turrill, qui se hâtait vers la porte. Elle perçut le bruit du loquet qui se soulevait, le grincement de la porte qui tournait sur ses gonds. Et soudain, avec un sentiment d'horreur indicible, elle reconnut la voix de Mrs Parrish. Le médecin était accompagné de son épouse.

*Oh, non!* gémit-elle intérieurement. *Pas elle. Pas maintenant!*

L'air agitée, Mrs Turrill fit pénétrer les Parrish au salon. Devant leurs mines indécises, Hannah s'affola. Qu'avait bien pu leur glisser la gouvernante, en catimini? Mais ils semblaient seulement curieux. Le pire était encore à venir. Elle allait être obligée de leur annoncer la nouvelle elle-même.

L'heure suivante se passa dans la confusion et la douleur : des visages qui avaient été pleins de compassion devinrent intransigeants, des regards d'un froid glacial furent lancés, des froncements de sourcils exprimant la stupeur et la désillusion remplacèrent les sourires de ses souvenirs. Elle était parvenue à décevoir tous ses anciens amis.

Bien entendu, Mrs Parrish fut la première à la condamner. N'avait-elle pas toujours dit qu'il y avait quelque chose d'étrange chez cette présumée «lady»? Elle envoya Ben chercher Edgar et, à son arrivée, se délecta de dévoiler la vérité à son fils. Puis elle chargea le jeune homme déçu d'aller alerter le juge de la présence d'un imposteur parmi eux.

Mais le plus durement affecté fut le docteur. Muet de stupeur, plié en deux par le chagrin, il donnait l'impression d'avoir reçu, de son meilleur ami, le coup de grâce.

Face à pareille image de sa trahison, Hannah ne tenta même pas de se défendre.

Lorsque Edgar revint, il déclara que le juge de paix, lord Shirwell, était actuellement occupé par des relations en visite chez lui, mais qu'il entendrait leur cas d'ici à deux jours.

Hannah était accablée. Si seulement sir John ou Mr Lowden avaient été présents. Mais elle devait affronter seule les conséquences de cette tromperie. Pas complètement seule, néanmoins. Mrs Turrill, elle, ne l'avait pas abandonnée. Mais Dieu l'avait-il oubliée ?

Mrs Parrish prit les rênes de la situation, flattant Marianna de manière servile, l'invitant à s'installer chez eux, à la Grange, lui demandant s'ils ne devraient pas enfermer Miss Rogers à clé dans sa chambre pour lui épargner la tentation de fuir.

Marianna déclina l'invitation avec gratitude, insistant sur le fait qu'elle souhaitait habiter enfin chez elle. Un valet posté comme sentinelle, à l'extérieur, ne suffirait-il pas à surveiller Hannah ? Après tout, Mrs Turrill et elle resteraient à proximité pour s'assurer que l'usurpatrice ne s'éloigne pas.

Finalement, les dispositions furent prises, le garde fut mis en place et il fut décidé de partir tôt le matin, le surlendemain, pour aller trouver le magistrat. Puis Mrs Parrish ramena chez eux son mari toujours silencieux, l'air anéanti.

Hébétée, Hannah monta jusqu'à la chambre de Daniel. Elle trouva Becky, recroquevillée dans le fauteuil, près du berceau.

La jeune fille avait entendu des bribes de la conversation au rez-de-chaussée.

Réveillé, le bébé gazouillait tout en mordillant son petit poing. Hannah le prit dans ses bras et le serra sur son cœur, tout en caressant son crâne duveteux. Les larmes, qu'elle refoulait depuis si longtemps, se mirent enfin à ruisseler sur ses joues. C'est alors qu'elle sentit la main chaude de Mrs Turrill sur son bras.

— Qu'allez-vous faire, ma chère ? Qu'allez-vous dire ?

— Je ne sais pas. Que puis-je dire ? Peut-être devrais-je prendre Danny et partir. Dès ce soir !

— Si vous vous enfuyez, tout le monde va vous croire coupable.

— Je suis coupable.

— Pas de tout ce dont elle vous accuse. Même pas de la moitié.

Alarmée, Becky demanda :

— Que se passe-t-il, Miss Han... euh, madame ?

— Tout va bien, Becky, tu peux m'appeler Miss Hannah, maintenant. Tout le monde est au courant. Il n'y a plus de secret.

— Sommes-nous dans le pétrin ?

— Pas toi. Mais moi, si.

Elle espérait du moins que les ennuis seraient épargnés à Becky. Il faudrait qu'elle trouve un moyen de s'en assurer.

— Et Danny ? s'inquiéta la jeune fille.

Hannah ferma les paupières. Qu'allait-il advenir de Danny ? Elle ne savait pas très bien ce qui la terrifiait le plus : être séparée de son fils ou voir Marianna essayer de se l'approprier pour en faire le sien.

— Et si je le cachais ? suggéra Becky, les yeux agrandis par l'effroi. J'ai vu Ben, devant la maison. Mais il ne m'arrêterait pas. Je sais qu'il m'aime bien. Je pourrais élever Danny comme mon fils, s'ils vous emmènent.

— Becky ! la rabroua Mrs Turrill. Ne dis pas de telles bêtises !

S'adoucissant, la gouvernante poursuivit :

— Je sais que cela partait d'une très bonne intention, mon ange. Mais Miss Hannah est la mère de Danny, et c'est ainsi.

Hannah se tourna vers Mrs Turrill.

— Mais s'ils m'envoient en prison... Ou... pire ?

Dans un geste plein de tendresse, la gouvernante posa une main sur son bras et répondit :

— Je suis sûre que cela n'ira pas aussi loin. Dans le pire des cas, je m'occuperai de Danny moi-même. Et Becky m'aidera. Vous ne devez pas vous inquiéter pour son avenir.

Se rappelant soudain le fidéicommis offert par sir John, Hannah hocha la tête.

— Quel que soit mon sort, je veux que vous me promettiez d'informer sir John de l'endroit où se trouvera Danny. Il vous aidera.

— Vous avez ma parole.

Un peu plus tard, convoquée par Marianna, elle descendit à la chambre qui avait été la sienne ces dernières semaines. Elle y trouva sa valise et un second bagage ouvert, presque terminé. Tandis qu'elle patientait sur le seuil, Marianna insista pour que la femme de chambre vide les deux valises. Elle voulait s'assurer que son employée n'emportait rien lui appartenant.

Consternée, Hannah attendit. Elle n'avait pas pris beaucoup de possessions de son ancienne maîtresse, et certainement aucun de ses plus beaux effets, mais elle avait emballé de la lingerie de rechange, une chemise de nuit, un spencer, et quelques robes toutes simples.

Soulevant l'une des robes et la chemise de nuit au ruban rose, Marianna déclara :

— Ces vêtements m'appartiennent.

L'air ahurie, Kitty demanda :

— Miss Rogers ne peut pas emporter une chemise de nuit, ni même une robe de rechange, madame ?

Si le courage de la jeune fille l'impressionna, Hannah craignit fort qu'il ne lui coûte sa place. Dans l'espoir de la défendre et de justifier ses propres actions par la même occasion, elle avança :

— J'ai perdu toutes mes affaires dans l'accident.

Après une brève hésitation, Marianna jeta la robe et la chemise dans la valise.

— Comme vous voudrez ! Si elles ont été portées, je n'en veux pas, lança-t-elle d'un ton rogue.

Les yeux scintillant d'une lueur cruelle, elle ajouta :

— Contrairement à certaines, je n'ai aucun intérêt à porter les habits d'une autre. Ni son nom. Mais je vais reprendre ma bague, poursuivit-elle en tendant une main.

— Je n'avais nulle intention de l'emporter. Elle est sur la coiffeuse, ainsi que votre œil d'amant, précisa Hannah avec un geste en direction du meuble.

Marianna prit la petite broche et la fixa prestement à sa robe.

— La miniature ne représente pas l'œil de John, vous savez. C'est celui d'Anthony. Si volage qu'il soit, il m'appartient et je lui appartiens. Il s'en souviendra bien assez vite, et il reviendra me chercher. Il revient toujours.

Elle essaya de glisser la bague à son doigt, mais l'anneau était devenu trop étroit. Plus rien ne semblait lui aller, constata Hannah.

Enfin, elle parvint à la mettre. Son expression de triomphe laissa place à un froncement de sourcils inquiet.

— Maintenant, je ne pourrai plus jamais la retirer…

Hannah fit demi-tour et, laissant Marianna se battre avec le bijou, elle quitta la pièce. La valise, refaite à la hâte, d'une main, et la mallette contenant les affaires de Danny sous un bras, elle gravit péniblement les marches jusqu'à la petite chambre adjacente à celle de son fils, laissant Marianna s'approprier la grande et élégante pièce du premier étage.

Le lendemain matin, Mrs Turrill lui monta son petit déjeuner et l'aida à s'habiller. Puis elle se hâta de redescendre s'occuper de Marianna, chez qui Ben et Kitty apportaient des brocs d'eau chaude pour le bain.

Après avoir tiré la courtepointe sur le lit étroit, Hannah s'apprêtait à aller trouver Danny quand le docteur Parrish frappa à la porte. La tête baissée, il annonça d'une voix gênée :

— Je viens juste vous retirer vos bandages.

— Oh ! Merci.

D'un pas prudent, il entra et posa sa trousse sur la coiffeuse, en évitant de la regarder.

Tout en découpant le bandage rigide, il garda ses distances, s'approchant juste assez pour remplir sa tâche aussi promptement que possible, refusant de croiser ses yeux. Disparus son amicale franchise, ses regards chaleureux, ses longues conversations passionnées.

Le cœur gros, Hannah chuchota :

— Je suis désolée, docteur Parrish. Sincèrement désolée.

Un quart de seconde, ses mains hésitèrent, puis après avoir ramassé les bandages usagés et son sac, il sortit. Lui tournant le dos, il s'arrêta sur le pas de la porte et murmura :

— Moi aussi.

Elle passa le plus clair de sa journée dans la chambre de Danny, en compagnie de Becky, dans l'espoir d'éviter Marianna. Mrs Turrill eut la bonté de leur monter leurs repas sur des plateaux.

Ce même soir, la veille du jour où elle devait voir le juge, les mains jointes, les yeux fermés, agenouillée devant son petit lit, elle priait quand le craquement de la porte de sa chambre la fit sursauter. Elle se retourna.

Sur le seuil, Marianna la contemplait avec un sourire en coin.

— Voyez la pécheresse repentante, à la veille de sa punition. Suppliant Dieu de la délivrer. Vous avez beaucoup à expier, si je ne m'abuse. Un enfant hors mariage, l'usurpation de l'identité de la femme d'un autre, le vol, l'escroquerie en essayant d'imposer votre fils comme héritier de sir John. Et ce n'est que ce que je sais. Avez-vous aussi couché avec Mr Lowden ? Et avec le docteur Parrish ? Pour les gagner à votre cause ?

— Non ! s'écria Hannah en la foudroyant du regard.

Même si son procès n'avait pas commencé, elle avait l'impression de sentir déjà la corde se resserrer autour de son cou.

Marianna croisa les bras et reprit :

— Je devine vos pensées. Vous estimez qu'il est bien hypocrite de ma part de montrer quelqu'un d'autre du doigt. Mais je ne suis pas coupable de la moitié de vos méfaits.

Accablée, Hannah cligna des yeux, soudain frappée par l'évidence. Marianna avait raison. Comment avait-elle permis aux événements de s'enchaîner ainsi ? Elle, Hannah Rogers, coupable de plus d'actes répréhensibles que la tristement célèbre Marianna Mayfield.

Les yeux pétillants d'ironie, Marianna secoua la tête.

— Vous pensez vraiment que Dieu va vous pardonner après tout ce que vous avez fait ?

— Je... je l'espère, bredouilla Hannah. Je ne m'attends pas au pardon des Parrish mais, oui, j'espère que Dieu me pardonnera. Après tout, n'a-t-il pas pardonné à un homme qui, non content d'avoir commis un adultère, avait aussi comploté de faire assassiner le mari de sa maîtresse, afin qu'il puisse l'épouser ?

Les yeux de Marianna se plissèrent d'étonnement.

— Qui vous a raconté cela ? Mr Fontaine n'a pas essayé de se débarrasser de sir John.

Un instant interdite, Hannah répliqua :

— Qu'est-ce qui vous fait supposer que je parle de Mr Fontaine ?

L'inquiétude se peignant enfin sur son visage, Marianna détourna le regard. Hannah repensa alors aux lettres impulsives écrites par Mr Fontaine. Ses menaces étaient-elles réelles ?

— Je faisais référence au roi David, précisa-t-elle. Pas à Mr Fontaine.

— Naturellement. J'avais bien compris.

Au moment de partir, elle se retourna et, ses yeux lançant des éclairs, lui enjoignit :

— Et maintenant, retournez à vos prières, Hannah !

La jeune femme essaya de soutenir le regard inflexible, mais sa honte, mêlée de culpabilité, la força à céder. La tête baissée vers le sol, elle demeura agenouillée, écoutant décroître le bruit des pas de son accusatrice.

Quelques instants plus tard, elle sentit une main sur son épaule et se raidit. En entendant la voix de Mrs Turrill, elle se rassura immédiatement :

— Levez-vous, ma chère.

Les jambes engourdies d'être restée agenouillée si longtemps, elle se laissa aider.

— Asseyez-vous, lui intima la gouvernante en l'installant sur le lit.

Hannah obtempéra. La tête toujours baissée, elle ne voyait que les jupes et les bottines de Mrs Turrill, debout devant elle. D'un doigt, cette dernière lui releva le menton.

— Et maintenant, regardez-moi. J'ai entendu ce que cette femme vous a dit, mais elle a tort, commença-t-elle avec douceur. Dieu vous pardonnera. Il est vrai que certains ne le feront pas. Et vous connaissant, ma chère, je sais que vous aurez du mal à vous pardonner vous-même. Mais Dieu vous pardonnera. Il l'a déjà fait si vous le lui avez demandé. Rares sont les cas où il n'est pas miséricordieux. Il est déjà en train de vous tendre la main.

À travers ses yeux embués de larmes, Hannah la regarda.

—Comment pouvez-vous en être si sûre?

—Parce qu'il nous l'a dit. Dans les Écritures. Ne venez-vous pas de faire référence au roi David? Et vous savez combien de fautes il avait commises. Plus graves que les vôtres, à mon avis. Pourtant, Dieu a trouvé en David son serviteur.

Avec un hochement de tête, Hannah murmura, d'une voix étranglée par les sanglots:

—Mais il a aussi laissé mourir le fils de David.

Mrs Turrill hocha la tête avec gravité.

—Oui, ma chère. Dieu ne promet pas de nous libérer des conséquences de nos péchés. Pas dans cette vie, du moins.

À cette pensée, des frissons de terreur envahirent Hannah. Elle pressa la main de la gouvernante et partit voir son fils.

# Chapitre 24

James Lowden était déçu de ne pas avoir trouvé d'éléments irréfutables prouvant que Marianna Spencer Mayfield était vivante. Pourtant, entre la coupure de journal, le rapport de son ami, et les rumeurs permanentes qui planaient au-dessus de son client, il ne pouvait écarter la possibilité – ni le pressentiment – qu'elle l'était toujours. Pas plus qu'il ne pouvait occulter la seconde partie de sa mission. Néanmoins, la perspective de réunir des preuves pour le divorce lui était odieuse.

Il partit pour Londres avec l'intention de se lancer dans cette entreprise. Là, il entendit la rumeur sur les fiançailles de Fontaine avec une héritière, mais n'apprit pas grand-chose sur lui et Marianna. Il se rendit au dernier lieu de résidence connu de Mr Fontaine, où le propriétaire lui apprit que celui-ci avait rendu son appartement pour retourner chez lui, à Bristol. Après avoir envoyé un rapport succinct à sir John, il rentra à son tour à Bristol pour y poursuivre son enquête.

Il commença par aller s'informer auprès des connaissances et des voisins de Mr Fontaine. Ils ne furent avares ni de potins ni de critiques. Hélas, hormis son propre ami, le capitaine Blanchard, personne ne consentit à témoigner avoir vu Marianna en vie. Pas plus que l'avoir surprise avec Fontaine, dans une situation compromettante.

Il se sentait partagé entre le dépit et le soulagement.

Il reçut un message de sir John, à son bureau, dans laquelle son client le priait de continuer ses recherches et l'avisait qu'il était à Bristol, seul. En lisant ce dernier mot, James ressentit un soulagement indescriptible.

Le magistrat du village, lord Shirwell, avait accepté d'accorder une audience après le départ de ses invités. Pourtant, la date de la prochaine session de la cour d'assises n'était fixée que plusieurs semaines plus tard. Le jour convenu, Mrs Turrill emmena Danny et Becky chez elle, au cottage où elle habitait avec sa sœur. Mrs Turrill avait pensé que Hannah partirait voir le juge avec Daniel, afin de lui montrer l'enfant qui était à l'origine de toute cette supercherie. Quelle meilleure justification pourrait-elle présenter ?

— Le bébé suscitera la compassion, et cela jouera en votre faveur, ma chère, avait-elle souligné.

Mais Hannah avait craint de se voir retirer Danny. Terrifiée à l'idée qu'il lui soit arraché en plein procès, qu'on l'envoie dans une maison pour enfants trouvés et qu'elle ne puisse jamais le revoir, elle avait refusé de prendre ce risque.

Elle partit pour Lynton dans la carriole du docteur, conduite par Edgar Parrish. Le médecin, Mrs Parrish et lady Mayfield suivaient dans le cabriolet, sans doute pour s'assurer qu'elle ne saute pas en route pour fuir. Comme si elle pouvait abandonner son fils! Tout le long du trajet, elle grelotta. Et ses frissons n'étaient pas seulement dus à l'humidité matinale qui la transperçait sous son châle.

*Seigneur, je vous en prie, protégez Danny!* ne cessait-elle de répéter intérieurement.

Arrivés au terme de la course, les véhicules franchirent le portail de la propriété de lord Shirwell et contournèrent le manoir pour gagner les écuries, où des palefreniers se précipitèrent à leur rencontre pour s'occuper des chevaux.

Puis Hannah fut menée jusqu'à une impressionnante bibliothèque. Le magistrat utilisait cette pièce pour traiter les affaires de la paroisse et pour ses obligations juridiques.

Lord Shirwell les attendait, assis derrière un grand bureau d'acajou. Un maigre clerc à lunettes était installé à une petite table, à proximité. Deux fauteuils avaient été placés en avant, face au bureau. L'un était destiné à Hannah, l'accusée. L'autre à lady Mayfield, sa principale accusatrice. Des chaises supplémentaires étaient alignées le long du mur, pour les témoins. Assise à côté de Marianna, Hannah revit en pensée les deux femmes prisonnières de leurs carcans. Saisie d'un sinistre pressentiment, elle frémit de terreur.

Lord Shirwell était un homme corpulent, de cinquante-cinq ans environ, au crâne dégarni. Hannah devina qu'il avait dû être bel homme dans sa jeunesse. Mais il donnait tous les signes d'une vie dissipée, d'où son physique prématurément vieilli. Après avoir inspecté la pièce du regard, il s'étonna :

— Où est sir John Mayfield ? Sa présence est requise en tant que témoin à ce procès, ainsi que pour fournir des preuves.

— Il a été prévenu par messager, Votre Honneur, expliqua Marianna. Mais nous ignorons dans combien de temps mon mari pourra être ici. Il est invalide, voyez-vous, et ne peut faire aisément d'aussi longs trajets.

L'avait-on vraiment prévenu ? s'interrogea Hannah. Qui lui avait-on dépêché ? Et la missive lui serait-elle déjà parvenue ? Elle en doutait fort.

Perplexe, lord Shirwell s'étonna :

— Dans ce cas, pourquoi une telle hâte à vouloir instruire ce procès ?

Avec un battement de cils langoureux, Marianna pressa une main sur sa poitrine voluptueuse et, de son air le plus candide, expliqua :

— Votre Honneur, nous ne voulons qu'une chose : que justice soit faite. Nous craignons qu'en retardant le procès, nous ne prenions le risque que l'accusée prenne la fuite avant l'audience.

— « L'accusée », madame, n'a pas encore été prouvée coupable, lui rappela le juge.

— Cela va de soi, Votre Honneur. Pardonnez-moi, ce n'est pas ce que j'ai voulu dire.

Elle lui décocha l'un de ses sourires charmeurs et une lueur d'appréciation s'alluma dans les yeux du magistrat. Hannah comprit que cela ne présageait rien de bon pour elle.

Après s'être éclairci la voix, lord Shirwell reprit :

— Afin que tout soit clair pour l'assistance, laissez-moi vous rappeler ce qui va se passer aujourd'hui. Il ne s'agit pas d'un procès en soi. Je vais entendre les charges contre cette personne et les évaluer. Si j'estime un procès nécessaire, je déterminerai s'il y a suffisamment de preuves pour faire emprisonner l'accusée, en attendant le procès et les poursuites judiciaires, lors de la prochaine session de la cour.

En entendant le mot « prison » Hannah sentit son dos parcouru de frissons glacés.

Se tournant vers Marianna, le juge poursuivit :

— Lady Mayfield, en tant que responsable de ces accusations, peut-être pourriez-vous commencer ?

Avec un signe d'assentiment de sa jolie tête, elle obtempéra :

— Très bien, Votre Honneur.

Elle prit une profonde inspiration qui bomba ses seins dans son décolleté. Hannah n'était pas dupe : dès qu'elle le pouvait, Marianna jouait de ses charmes.

— Comme vous le savez, Votre Honneur, il y a quelques mois, mon mari et moi-même avons pris la décision de nous installer dans cette charmante contrée. Il est propriétaire d'une maison adjacente à celle des meilleurs voisins que l'on puisse rêver, les Parrish.

Elle ponctua son compliment d'un sourire à leur intention. Si Mrs Parrish le lui rendit, le docteur, le visage de marbre, se contenta de regarder droit devant lui.

— Les dispositions ayant été prises, sir John est revenu me chercher à Bath. Nos domestiques n'avaient pas le moindre désir de nous accompagner et nous nous réjouissions de pouvoir engager des gens de la région, à notre arrivée.

*Mensonges*, fulmina Hannah. Marianna avait été bien assez contrariée de ne pouvoir amener ses propres domestiques. Mais elle savait que le signaler ne jouerait pas en sa faveur.

— Or, juste au moment de quitter Bath, cette personne, Miss Hannah Rogers, est réapparue sur le pas de notre porte. Elle avait quitté notre service environ cinq ou six mois auparavant, sans donner de préavis, sans un mot d'explication. Bien entendu, nous savons maintenant qu'elle est partie parce que sa condition commençait à se voir. Elle est partie pour accoucher de son enfant dans le plus grand secret.

Baissant la voix, Marianna parvint à prendre l'air outré.

— Dire qu'elle n'est même pas mariée! Mais je m'éloigne du sujet.

Avant de poursuivre, elle tira un mouchoir de son réticule.

— Elle n'a pas fait référence à l'enfant. Quand elle est venue me trouver pour me dire qu'elle cherchait une place, j'ai consulté mon mari et nous sommes tombés d'accord pour la reprendre à mon service. Même si ce n'était pas notre choix idéal, la charité chrétienne nous interdisait de tourner le dos à un ancien membre de notre personnel qui se trouvait dans le besoin.

Hannah sentit sa main se crisper sur l'accoudoir de son fauteuil. *Encore des mensonges…*

— Donc, Miss Rogers a voyagé avec nous, dans notre berline, du Somerset au Devon, en laissant son fils derrière elle.

Quoique, si nous avions su qu'elle abandonnait son enfant, nous ne l'aurions jamais emmenée.

Ulcérée, Hannah protesta :

— Je ne l'abandonnais pas…

— Silence, Miss Rogers ! la tança lord Shirwell. Vous aurez votre chance de parler bien assez vite.

Se tournant de nouveau vers Marianna, il lui enjoignit :

— Poursuivez, madame.

— Merci, Votre Honneur, dit-elle, l'ombre d'un sourire sur ses lèvres. Je suppose que vous avez entendu parler de notre terrible accident quand la voiture a quitté la route, et est tombée en faisant des tonneaux le long de la falaise pour aller s'écraser à moitié dans la mer. Et de la triste perte du jeune cocher. Une perte que je n'ai apprise que récemment et dont la simple pensée m'afflige profondément.

S'interrompant, elle se tamponna les yeux de son mouchoir en dentelle.

Malgré son peu d'envie de rire, Hannah ne put s'empêcher d'ironiser en son for intérieur : comme il était étrange que Marianna n'essaie pas de lui faire endosser aussi la responsabilité de l'accident et de la mort du jeune cocher !

Marianna reprit :

— Je ne sais pas exactement ce qui s'est passé aussitôt après l'accident, car j'ai perdu conscience. Il me semble me souvenir de Miss Rogers me retirant ma bague, mais elle soutient qu'elle m'a agrippée par la main pour m'empêcher d'être emportée par la marée et que, étrangement, la bague a glissé. Bien sûr, elle affirme aussi avoir totalement perdu conscience après l'accident. Alors, qui peut dire comment ma précieuse bague a fini en sa possession ? Je crois que j'ai flotté sur un bout d'épave, un morceau de la voiture, je suppose. Quand j'ai repris conscience, j'étais très loin du lieu de l'accident et complètement désorientée. J'avais dû recevoir un coup presque mortel sur la tête, car je ne me souvenais ni de mon nom, ni de la façon dont je m'étais retrouvée voguant dans le canal de Bristol. Dieu merci, le Seigneur m'a envoyé ses anges sous la forme de pêcheurs. Ils m'ont tirée dans leur barque et m'ont ranimée. Puis ils m'ont amenée jusqu'à un port du Pays de Galles où ils m'ont confiée à une aimable aubergiste. J'ai passé quelque temps chez elle, sans avoir la moindre notion de qui j'étais. Malgré mon état déplorable, la brave femme a fini par deviner qu'avec une telle robe, ma diction et mon maintien, j'étais une personne de qualité. Elle m'a suggéré de me rendre à Londres et de voir si quelqu'un m'y reconnaîtrait et m'aiderait ainsi à apprendre ma véritable identité. Voyager par diligence, seule, sans savoir ce qui m'attendait, fut très angoissant.

Voyant tous les membres de l'assistance suspendus à ses lèvres, Hannah ne put s'empêcher d'admirer la verve de Marianna. C'était vraiment une conteuse hors pair. Avait-elle répété ou inventait-elle à mesure ?

Imperturbable, lady Mayfield poursuivit :

— À Londres, des éclairs de souvenirs ont commencé à me revenir en mémoire. Puis, un beau jour, je suis tombée par hasard sur un ami de l'avoué de sir John, qui m'a reconnue. Vous n'imaginez pas quel fut mon soulagement lorsque j'ai entendu mon nom, et que j'ai retrouvé mon passé. Lorsque je me suis rappelé mon cher mari, et la vie que nous avions projetée ensemble, ici même, dans le Devon.

Sentant ses craintes redoubler, Hannah constata que Marianna était même parvenue à expliquer sa rencontre fortuite avec le capitaine Blanchard, à Londres.

— Quand je suis arrivée à Clifton House, pleine de l'espoir de rejoindre mon époux adoré, mesurez mon chagrin quand la gouvernante m'a annoncé que sir John était à Bristol mais que, si je le souhaitais, « lady Mayfield » pourrait me recevoir. Je vis alors Hannah entrer dans le salon, l'air aussi suffisant que n'importe quelle duchesse ou actrice de Drury Lane. Elle portait même l'une de mes robes, qui avait été ajustée à sa taille. Mon ancienne demoiselle de compagnie se faisait passer pour moi, pour la maîtresse des lieux et l'épouse de sir John ! Imaginez ma consternation.

Sans la quitter du regard, lord Shirwell leva la tête avec gravité.

— J'ai compris qu'initialement, le docteur Parrish, en découvrant Miss Rogers et mon mari seuls dans la berline accidentée, a tout naturellement supposé que Hannah était lady Mayfield. Comment aurait-il pu savoir que j'avais été emportée par la mer ? C'était une erreur bien naturelle. Mais, plus tard, quand elle a recouvré ses sens, pensez-vous qu'elle l'aurait corrigée ? Qu'elle aurait reconnu qu'elle était seulement Miss Rogers, une demoiselle de compagnie désargentée ? Non. Au lieu de cela, elle a continué à se faire passer pour la femme de sir John.

De nouveau, elle se tamponna les yeux.

— Le pauvre sir John, toujours inconscient, était incapable d'éclaircir la méprise. J'ignore comment elle espérait s'en tirer. Peut-être pensait-elle que si sir John trépassait et que j'étais morte, comme tous le supposaient, elle allait hériter d'une grosse somme. Ou, tout au moins, de mon douaire de veuve. Non seulement elle s'est fait passer pour moi aux yeux du personnel et des voisins si généreux, si confiants, mais, pour aggraver sa faute, elle est retournée chercher son enfant illégitime à Bath et l'a ramené, avec sa nourrice. Elle a laissé entendre à tout le monde qu'il était le fils de sir John. Et son héritier, figurez-vous ! Quelle audace ! Quelle perfidie ! J'ignore pourquoi sir John ne l'a pas démasquée quand il s'est réveillé du coma. Je peux juste présumer que sa blessure à la tête avait altéré sa mémoire et ses capacités mentales. Elle a dû profiter de sa faiblesse d'esprit.

Hannah se sentait bouillir de rage. Se rappelant la mise en garde du magistrat, elle dut se faire violence pour tenir sa langue.

— Lorsque j'ai mis Miss Rogers face à ses actes, elle a déclaré qu'elle allait partir, tout simplement. Dans l'espoir d'éviter les accusations, sans nul doute. Qui sait combien de l'argent et des possessions de mon mari elle comptait emporter avec elle ? Encore une fois, c'est la raison pour laquelle j'ai décidé qu'il était de mon devoir d'instruire l'affaire sur-le-champ, malgré l'absence de mon époux.

— C'est tout à fait compréhensible, madame. Et tout à fait judicieux, la complimenta le juge. Maintenant, si vous avez dit tout ce que vous aviez à dire, j'aimerais entendre le docteur Parrish.

Avec un sourire faussement timide, elle minauda :

— Merci, Votre Honneur. J'ai fini.

Elle fit mine de se lever mais, d'un geste, lord Shirwell lui indiqua de rester assise.

— Inutile que vous changiez de place. Le docteur Parrish pourra répondre à mes questions de là où il se trouve.

Puis, se tournant vers le médecin, il lui demanda :

— Docteur Parrish, pourriez-vous avoir l'amabilité de nous décrire les circonstances de votre rencontre avec cette femme ?

D'un geste nonchalant de la main, il désigna Hannah.

— Oui, m... Votre Honneur.

En bafouillant un peu – ce qui ne ressemblait pas à sa vivacité habituelle –, le docteur Parrish raconta comment son fils s'occupait de Clifton House en l'absence de sir John. Puis comment, après avoir aperçu les chevaux en fuite, Edgar et lui s'étaient lancés à la recherche d'un équipage en difficulté. Il décrivit les traces de roues dans la boue et conta comment, en se penchant au bord de la falaise, ils avaient découvert l'horrible spectacle d'une voiture ouverte sur les rochers, et les corps emmêlés à l'intérieur. Il confia sa surprise en trouvant les occupants vivants, même si sir John respirait à peine. Quand il avait vu la femme tenir la tête de sir John sur ses genoux, la pensée qu'elle ne puisse être lady Mayfield ne l'avait même pas effleuré. Pour lui, même blessée, inconsciente, la femme accidentée avait tout d'une lady.

Mrs Parrish ponctua sa remarque d'un reniflement de dédain sonore.

— Je vous avais bien dit que ce n'était pas une lady ! lança-t-elle à l'intention de son mari.

Lord Shirwell ignora cette intervention. Les joues rosies par l'embarras, le docteur Parrish poursuivit, comme s'il n'avait pas entendu sa grossière épouse :

— Mon fils, Edgar, a repéré une silhouette qui flottait sur l'eau. Du moins, selon sa description, une personne qui semblait porter du rouge. Je reconnais que, de loin, je ne vois pas aussi bien que lui. Nous avons demandé à lady... à Miss Rogers, pardon, si elle était accompagnée d'une domestique. Elle ne pouvait pas parler mais elle a posé une main sur son cœur et elle a hoché la tête. J'ai pensé qu'elle voulait dire que la domestique était sa propre femme de chambre, ou qu'elle était chère à son cœur, ou ce genre de chose. Non qu'elle était elle-même une domestique ou une demoiselle de compagnie.

» Après que nous fûmes parvenus à les ramener à Clifton House, elle est restée inconsciente quelque temps. Et même après s'être réveillée, elle a gardé l'esprit plutôt confus. Elle marmonnait sans cesse un nom, "Danny", et paraissait beaucoup s'inquiéter pour cette personne. Nous avons compris par la suite qu'il s'agissait de son enfant. Bien entendu, je l'appelais "Madame", tout comme le faisait Mrs Turrill, la gouvernante que nous avions engagée au nom des Mayfield. En y repensant, je me rappelle combien cela semblait la perturber, que ses sourcils froncés témoignaient de sa perplexité. Je supposais que c'était le choc de l'accident, ses blessures. Vous voyez toutes les raisons que j'avais de la prendre pour celle qu'elle n'était pas. En toute honnêteté, Votre Honneur, je me blâme de ma méprise. Car je peux vous assurer qu'elle ne m'a jamais dit qu'elle était lady Mayfield, pas plus qu'elle n'a essayé de m'en convaincre. Je m'en suis persuadé tout seul.

Avec une petite moue sceptique, lord Shirwell répliqua :

—Allons, docteur ! Même si elle n'avait pas eu les idées claires pendant quelques jours, elle aurait dû corriger la « méprise », comme vous dites, dès qu'elle a repris conscience. L'a-t-elle fait ?

Le docteur rougit de plus belle.

—Non, monsieur… Hum, Votre Honneur. Pas directement. Mais elle a tenté plus d'une fois de me le dire. Je le sais maintenant.

—Quelle mémoire vous avez, docteur ! railla Marianna avec un sourire doucereux. Vous êtes tellement bon que vous ne voyez jamais le mal chez personne.

—Je peux comprendre qu'elle ait laissé le malentendu persister pendant qu'elle se remettait, reprit le magistrat. Mais de là à vous pousser à l'aider pour qu'elle retourne chercher son enfant à Bath ? Ne me faites pas croire que vous excusez cela aussi ? Ne vous a-t-elle pas demandé, en plus, de lui louer une voiture ? N'a-t-elle pas, même, volé de l'argent dans la bourse de sir John pour payer son voyage ?

*Que le ciel me vienne en aide !* songea Hannah. Qui lui avait rapporté cela en ces termes ? Elle allait sûrement être pendue. Ou, au moins, envoyée en prison. Et alors, que deviendrait Danny ?

Le docteur Parrish foudroya sa femme du regard et, avec conviction, démentit l'information.

— Non, monsieur. C'est moi-même qui ai proposé de louer la voiture. Elle n'a jamais rien demandé. Elle avait l'intention de partir seule, par la diligence. Mais j'ai insisté. Je savais, ou je pensais, que sir John l'aurait voulu ainsi.

— Mais étant donné que sir John était inconscient, il n'a certainement pas proposé d'argent à Miss Rogers ?

— Non, monsieur. Encore une fois, c'était mon idée. Je savais qu'elle aurait besoin d'argent pour les auberges et les péages, et, quand je lui ai demandé si elle en avait suffisamment, elle m'a répondu que « non ». J'avais retiré la bourse de sir John de sa poche moi-même, et je savais précisément où elle était rangée. J'avais pu constater à quel point elle était lourde. J'en ai sorti la somme nécessaire au voyage à Bath, et la lui ai remise en personne. Elle n'a jamais réclamé davantage. Et quand sir John a enfin repris connaissance et qu'il a pu regarder à l'intérieur, il ne manquait pas un sou.

— Comme vous la défendez, docteur Parrish ! fit remarquer Marianna, toujours mielleuse. On dirait que vous avez beaucoup d'affection pour elle.

Les joues du praticien devinrent écarlates. Était-ce de l'embarras ? De la colère ? Hannah aurait été incapable de le dire. Le docteur Parrish ne l'avait jamais traitée autrement qu'avec la plus grande considération. Mais Marianna avait visiblement senti la tension entre lui et son acariâtre épouse, et décidé d'en tirer avantage. Quelle conduite éhontée de sa part que d'interrompre la procédure judiciaire comme s'il s'agissait d'une conversation dans son salon ! Pourtant, le magistrat n'objecta rien, et se contenta de la regarder avec indulgence.

— Ma... lady Mayfield, bredouilla le médecin, vous vous méprenez. Mais j'ai la certitude que Miss Rogers est une femme honnête, qui n'a agi que par souci du bien-être de son enfant. Je ne peux l'entendre calomnier sans réagir.

Lord Shirwell se redressa.

— Ne s'est-elle pas fait passer pour lady Mayfield ?

— Si, mais...

— N'a-t-elle pas fait passer son fils pour maître Mayfield ?

— Eh bien, je suppose que oui, même si...

— N'a-t-elle pas abusé de l'état de sir John pour profiter de sa maison, de son argent, de sa nourriture, et même des vêtements de sa femme ?

Les yeux de lord Shirwell lançaient des éclairs.

Fuyant les regards des membres de l'assistance, le docteur Parrish baissa les yeux.

— Si, monsieur.

— Et quelle excuse a-t-elle donnée pour n'avoir pas amené l'enfant avec elle, à Lynton, dès le départ ?

— En fait, Mrs Parrish en a donné la raison, répondit le médecin en jetant un regard à son épouse. Elle a dit qu'ils avaient dû laisser le petit à sa nourrice jusqu'à ce qu'une véritable chambre d'enfant soit installée à Clifton.

— Je n'ai jamais dit cela, docteur Parrish ! pesta Mrs Parrish, prenant visiblement la mouche.

— Si, ma chère. Mot pour mot. Peut-être avez-vous oublié ? Et nous avons tous les deux décidé que c'était un cadeau du ciel, car si ce petit garçon avait été dans cette berline...

— Mais, bien entendu, il n'aurait pu y être, car il n'était pas notre enfant, l'interrompit encore une fois Marianna. Il n'était qu'un marmot illégitime que Hannah avait décidé de faire passer pour un Mayfield. Pour l'héritage.

Le docteur Parrish secoua la tête avec désapprobation.

— Je ne peux croire qu'elle ait pu ourdir un tel projet. Je pense qu'elle voulait simplement retrouver son fils, et subvenir à ses besoins.

Sa bouche se tordant en une moue amère, Marianna rétorqua :

— Et quel meilleur moyen que d'en faire l'héritier d'un homme riche ?

— Je vous remercie, madame, intervint lord Shirwell. Mais peut-être est-il préférable que je conduise cette audience.

— Oh, oui, Votre Honneur. Je vous demande pardon. Mais évoquer la trahison et la cupidité de celle que je prenais pour une amie loyale ne fait qu'attiser ma colère.

— Bien dit, l'appuya Mrs Parrish.

Ignorant les deux femmes, le docteur Parrish reprit alors :

— Je voudrais préciser une chose encore, monsieur, si je peux me permettre. Lorsque sir John a repris connaissance et qu'il s'est retrouvé face à... hum... Miss Rogers sous le nom de lady Mayfield, il n'a émis aucune objection. Pas plus qu'il ne m'a corrigé. En fait, il s'adressait à elle comme à son épouse et, je dirai qu'il se comportait avec elle comme l'aurait fait un mari.

Le magistrat haussa des sourcils surpris.

—Êtes-vous en train de suggérer qu'ils avaient des relations conjugales ?

Une nouvelle fois, le médecin rougit.

—Non, monsieur. Je ne suggère rien de tel. Je veux simplement dire qu'il lui parlait et la taquinait comme l'aurait fait un mari. Il n'a jamais donné la moindre raison de soupçonner que Miss Rogers n'était pas lady Mayfield. Il nous a même invités à un dîner où il présidait la table, face à celle que nous pensions être sa femme. Qu'est-ce qui l'aurait poussé à agir ainsi ?

Croisant ses doigts potelés sur son bureau, lord Shirwell fit remarquer :

—Vous avez déclaré vous-même qu'il avait souffert d'une grave blessure à la tête pendant l'accident, et qu'il avait failli mourir. N'est-il pas possible que ses idées soient restées confuses, comme le suggère lady Mayfield ? Qu'il n'ait pas encore recouvré toutes ses facultés ? S'il les recouvre jamais ?

—Pardonnez-moi de m'exprimer ainsi, monsieur, mais cela me paraît une ignoble présomption, fondée sur les accusations d'une seule personne, alors que lord Mayfield n'est pas ici pour répondre de ses actes.

Le magistrat le foudroya du regard.

—Docteur Parrish ! Est-ce que je vous apprends comment panser des blessures et inciser des goitres ? Je vous conseille de me laisser gérer mes responsabilités. Me suis-je bien fait comprendre ?

—Oui, monsieur. Mais je dois ajouter que si je me fie à mon opinion médicale et personnelle, sir John a bel et bien recouvré tous ses sens. Pas immédiatement, certes, mais à la longue, il est redevenu lui-même.

Les lèvres pincées, le magistrat lança :

— Merci d'avoir donné votre avis, docteur Parrish. Bien, conclut-il alors en posant sa plume et en croisant les mains, comme s'il en avait entendu suffisamment pour décider du sort de Hannah.

C'est alors que Mrs Parrish intervint :

— J'aimerais apporter mon témoignage, déclara-t-elle.

*Oh, Seigneur, ayez pitié ! Pas elle*, pria Hannah.

Sans laisser au juge le temps de répondre, Marianna la regarda d'un air radieux.

— Oh, oui ! Mrs Parrish. Je suis certaine que vous avez beaucoup d'éléments à apporter à cette affaire. Vous avez été témoin, vous-même, de tant d'événements. Mais, bien sûr, la décision ne revient qu'à vous, Votre Honneur, précisa-t-elle en adressant un regard implorant à lord Shirwell.

— Très bien. Mais je vous demande de vous montrer brève, Mrs Parrish, si vous le voulez bien.

— Certainement, monsieur. Je voulais juste dire quelques mots. Mon mari, voyez-vous, est un homme de grand cœur, mais il ne sait pas cerner les gens. Tout particulièrement les femmes. J'ai peut-être été dupe un jour ou deux, quand elle était toujours inconsciente. Mais dès qu'elle s'est mise à bafouiller sur l'existence d'un enfant, et à ne pas répondre au titre de « Madame », j'ai commencé à soupçonner quelque chose. Elle avait des manières trop ordinaires, trop humbles, pour une vraie dame de qualité. Et, dès que j'ai posé les yeux sur cette petite maigrichonne de nourrice, un peu simple, avec qui elle est revenue, j'ai compris qu'il y avait anguille sous roche. Aucune lady qui se respecte n'aurait engagé une fille pareille pour prendre soin de son fils si précieux, à moins de ne pouvoir faire autrement.

Mrs Parrish s'interrompit un instant, avant de poursuivre :

— Puis, l'avoué de sir John est arrivé. Un homme jeune, très bien de sa personne. J'avais compris qu'il était venu pour procéder à des changements dans le testament de sir John. Peut-être pour ajouter son fils comme héritier, je ne sais pas. Mais je me demande s'il n'était pas le complice de cette femme, depuis le départ.

— C'est faux ! s'exclama Hannah, pantelante.

D'un regard furieux, le juge la fit taire.

— C'est ce que vous dites, repartit Mrs Parrish, venimeuse. Mais pouvez-vous nier votre charmant tête-à-tête dans le jardin, un matin ? Je vous ai vus. Et, de surcroît, ce n'était pas le premier homme avec qui je la surprenais, ajouta-t-elle à l'intention du juge.

Hannah secoua la tête.

— Nous ne faisions que parler. Cela n'avait aucun lien avec le testament.

— Naturellement. Vous vous comportiez en parfaite lady, ce matin-là, je peux vous le dire. Je ne comprends pas comment sir John ne vous a pas chassée, comme le Judas que vous êtes. Peut-être n'avait-il pas toute sa tête, ou peut-être lui avez-vous promis… une récompense. S'il laissait la supercherie continuer.

Le souffle coupé, Hannah protesta :

— Je n'ai jamais commis un acte aussi infâme.

— Silence, Miss Rogers ! lui intima le juge. Vous aurez votre chance d'essayer de vous défendre dans quelques minutes.

Les lèvres serrées, Hannah crispa ses mains tremblantes sur ses genoux.

Avec un sourire en coin, Mrs Parrish reprit :

— J'ai remarqué qu'au début, l'avoué ne l'aimait pas. Il se montrait même très froid avec elle. Mais elle n'a pas tardé à le rallier à sa cause. Elle utilisait probablement les mêmes stratagèmes avec les deux hommes.

Lord Shirwell prit note dans son carnet. Puis, sa plume en l'air, il leva la tête.

— Sir John n'a pas nié que l'enfant était le sien ?

— Je ne sais pas, monsieur. Mais le docteur Parrish m'a rapporté que sir John avait dit ne pas voir de ressemblance entre le garçon et lui.

Le docteur Parrish baissa de nouveau les yeux, l'air abattu.

— Et pour cause, acquiesça lord Shirwell. Merci, Mrs Parrish.

Le magistrat se mit debout, annonçant qu'il levait la séance pour une courte pause, et sortit de la pièce. Le clerc alla se dégourdir les jambes et remercier discrètement le docteur Parrish d'avoir mis au monde l'enfant de l'une de ses nièces. Marianna félicita Mrs Parrish de son témoignage et les deux femmes se mirent à bavarder, comme si elles assistaient à un thé pour une œuvre de bienfaisance. Accablée, Hannah observait la scène. Pour sa part, elle était en train de vivre la pire journée de sa vie.

Après quelques jours encore d'enquête infructueuse, James eut une idée. Par curiosité, il consulta un dossier dans lequel il trouva l'adresse de Marianna avant son mariage : l'ancienne résidence de Mr Sydney Spencer, son père, qui était mort une année ou deux auparavant. Malgré la journée grise et humide, la rue n'étant pas loin, il décida de s'y rendre à pied.

En arrivant, il évita de justesse une calèche tirée par quatre chevaux, qui s'arrêtait dans la courbe de la rue. Un valet de pied se hâta d'abaisser le marchepied et, l'abritant sous un parapluie, escorta un gentleman à l'intérieur du bâtiment. *Le nouveau propriétaire*, supposa James. Lorsque les passagers furent tous descendus, le cocher fit faire le tour de la maison à l'attelage pour gagner la remise à calèches. Conscient qu'il perdait sans doute son temps, James le suivit néanmoins. Si les gens du monde refusaient de critiquer l'un des leurs, peut-être un domestique montrerait-il moins de scrupules.

Il s'immobilisa sur le pas de la massive porte à double battant et héla le cocher.

—Bonjour. Sale temps pour conduire.

L'homme lui jeta un coup d'œil méfiant.

—J'y suis habitué.

Un palefrenier et un garçon d'écurie arrivèrent pour s'occuper des chevaux.

Plissant les yeux, James essaya de discerner la sombre bâtisse à travers la pluie fine.

— C'était bien la demeure des Spencer ?

— Oui. Mais c'est l'un de leurs parents éloignés qui en a hérité. Mr Kirby-Horner.

— Je vois. Connaissiez-vous Mr Spencer ?

— Oui. Je suis entré comme cocher à son service cinq ans avant sa mort. Mr Kirby-Horner a eu la bonté de me garder, expliqua le cocher en fermant la voiture avec des lattes, pour la nuit.

— Et quel genre d'employeur était Mr Spencer ?

Avec une grimace, l'homme répondit :

— Ne me lancez pas sur ce sujet. Ce n'est pas poli de dire du mal des morts.

— Très bien. Et connaissez-vous sa fille, Marianna ?

Le regard du domestique se fit de nouveau soupçonneux.

— Qui veut le savoir ? Qu'est-ce que cela peut vous faire ?

— Je m'appelle James Lowden. Je suis avoué, ajouta-t-il en lui tendant sa carte.

L'homme y jeta un coup d'œil mais ne fit pas un geste pour la prendre.

— Et alors ?

— Je représente mon client. Sir John Mayfield.

Soudain surpris, le cocher s'exclama :

— Sir John ? Pourquoi ne le disiez-vous pas ? Je connais sir John. J'ai été palefrenier chez lui. C'est grâce à lui que j'ai eu cette place, ici. Il savait que je voulais être cocher, mais il avait déjà quelqu'un de compétent à son service. C'était très généreux de sa part, je peux vous le dire. Même s'il était un bien meilleur employeur, vous pouvez me croire. Tim Banks, se présenta-t-il finalement en lui tendant la main.

455

James la serra et déclara :

— Dans ce cas, Mr Banks, vous pourriez peut-être aider sir John en m'aidant. J'enquête sur une affaire un peu délicate concernant lady Mayfield.

— Qu'est-ce qu'elle a encore fait ?

Après une hésitation, James demanda :

— Vous savez donc que sir John a épousé Marianna Spencer ?

— Bien sûr que je le sais. J'en étais bien désolé, vous pouvez me croire !

— Et pourquoi cela ?

Tim Banks lança un regard à la ronde pour s'assurer que le palefrenier et le garçon d'écurie étaient occupés.

— Allons, monsieur. Vous ne pouvez pas avoir votre étude à Bristol et ne pas avoir eu vent des rumeurs qui courent sur eux deux, Anthony Fontaine et elle ?

— Si, je suis au courant. Et sir John aussi, hélas. Mais je n'ai que des bribes de l'histoire, des ragots, des sous-entendus, pas de preuves concrètes. Le cocher de sir John refuse de dire où il a emmené sa maîtresse, qui ils ont rencontré. Et je n'ai pas encore trouvé un aubergiste pour témoigner que les deux amants ont passé du temps ensemble dans son établissement. J'ai besoin de preuves. D'éléments à produire dans le cadre d'un procès. Je ne suis pas en train de vous dire que sir John va accuser Mr Fontaine devant un tribunal, mais il l'envisage. C'est pourquoi je vous demande la plus grande discrétion. D'un autre côté, sans preuves…, ajouta James d'un ton amer.

Interloqué, le cocher demanda :

—Ainsi, elle est encore avec Fontaine? Après tout ce temps?
—Elle l'a été, oui. Du moins, nous le pensons.
—Tonnerre! Quel couple de vauriens!
—Certes!

L'air pensif, Mr Banks resta silencieux un instant. Puis, avec un profond soupir, il déclara :

—Je peux vous proposer mieux qu'un aubergiste, mon ami.

—Comment ça? s'étonna James.

—Je quitte mon service dans une demi-heure. Retrouvez-moi au *Lion rouge* et je vous dirai tout ce que je sais.

—Très bien. Mais j'espère que ce sera plus que des rumeurs.

Le cocher le regarda et secoua la tête, offusqué.

—« Des rumeurs »! J'étais là, croyez-moi. Un authentique témoin, ajouta-t-il en détachant bien chacune de ses paroles. Payez-moi une bière et je vous raconterai une telle histoire que vous n'en croirez pas vos oreilles.

# Chapitre 25

Dix minutes plus tard, lord Shirwell revint et reprit sa place. Il regarda Hannah et lui déclara d'un ton grave :

— Miss Rogers, vous pouvez nous donner votre version des événements. Je vous rappelle qu'il ne s'agit pas d'un procès. J'étudie les preuves d'après lesquelles je déciderai si elles sont suffisantes pour vous faire enfermer dans une maison de correction à Exeter, en attendant le procès qui se déroulera dans cette même ville, à la cour du comté. Néanmoins, je vous avertis que si vous ne dites pas la vérité, je jure personnellement de vous faire juger aussi gravement que le peut la loi. Me suis-je bien fait comprendre ?

— Oui, Votre Honneur.

Hannah tremblait de peur. Presque tout ce qui avait été dit sur son compte était vrai. À l'exception de ce qui avait motivé ses actes et de l'exagération apportée à ses stratégies. Même si elle révélait la vérité sur l'identité du père de l'enfant, personne ne la croirait, et cela se retournerait encore contre elle. On l'accuserait peut-être, alors, d'avoir menacé sir John de jouer son jeu s'il ne voulait pas qu'elle l'accuse publiquement et provoque un scandale. Seul, sir John était habilité à reconnaître Daniel comme un Mayfield. Et il n'était pas là. Si seulement il l'avait été!

Que pouvait-elle dire pour sa défense? Comme tout cela paraissait sordide et incroyable.

Lord Shirwell consulta ses notes et déclara:

— Miss Rogers, avant que vous commenciez…

D'un geste, il désigna lady Mayfield.

— Regardez cette dame et dites-moi, en toute honnêteté, si elle n'est pas lady Marianna Mayfield?

— C'est bien lady Marianna Mayfield, répondit Hannah en jetant un coup d'œil à l'intéressée.

— Et votre nom est?

— Hannah Rogers.

— Vous êtes-vous fait passer pour cette femme?

L'avait-elle fait? Elle n'avait certainement jamais voulu être Marianna. Mais lady Mayfield…?

— Ils ont cru que j'étais lady Mayfield.

— Mais vous n'avez rien fait pour les détromper.

— J'ai essayé…

— Vous avez «essayé»? Était-il si difficile d'avouer la vérité? De dire: «Excusez-moi, docteur Parrish, je ne suis que sa demoiselle de compagnie.» Êtes-vous en train d'affirmer que c'était impossible?

Penaude, Hannah baissa la tête.

—Non, Votre Honneur.

Croisant les doigts sur son bureau, lord Shirwell poursuivit :

—Votre intention était-elle de vous installer dans la place, vous et votre fils, au cas où sir John viendrait à mourir ?

—Non, Votre Honneur.

—Dans ce cas, pourquoi avez-vous agi ainsi ?

—Je n'avais pas d'autre solution pour retourner chercher mon fils à Bath.

—Mais vous l'y aviez laissé.

—Juste pour un temps. Il était retenu chez une femme qui tenait un établissement de mauvaise vie, qu'elle faisait passer pour une maternité. Je n'avais aucune idée de la véritable nature de cet endroit, lorsque j'avais confié Danny à ses soins. Très peu de temps après l'avoir mis au monde, j'ai dû trouver du travail. Ce qui est impossible avec un bébé dans les bras.

Avec un froncement de sourcils, le juge interrogea :

—Cela a-t-il un rapport avec la situation présente ?

—Oui. La directrice de l'établissement ne voulait pas me rendre Danny, à moins que je ne lui verse des sommes exorbitantes. Elle a ignoré délibérément notre accord initial, et n'a cessé d'augmenter ses tarifs. Je ne pouvais plus payer. C'est pourquoi je suis retournée chez les Mayfield, à Bath, pour demander les gages que j'avais gagnés chez eux, comme demoiselle de compagnie, mais que je n'étais jamais allée chercher. Lorsque lady Mayfield m'a priée de reprendre mon ancien rôle et de venir avec elle dans le Devon, je me suis dit que j'allais rester à son service jusqu'à ce que j'aie réussi à économiser assez d'argent pour récupérer mon fils.

—Ce n'est pas la version que donne lady Mayfield des événements. Elle assure que vous êtes venue la supplier de vous engager. Êtes-vous en train de suggérer qu'elle ment?

C'était un piège. Et comme ce piège était tentant! Si elle commençait à dénigrer son ancienne employeuse, le magistrat allait tout naturellement défendre la dame de son rang. Celui qui disait du mal de son patron ou de sa patronne finissait toujours par avoir des problèmes.

Prudemment, elle répondit:

—Je ne juge personne, Votre Honneur. Peut-être, avions-nous une conception différente de notre accord.

Les yeux brillants de contrariété, il répliqua:

—Lady Mayfield a raison. Vous êtes rusée.

Elle secoua la tête.

—Non, Votre Honneur. Je suis juste une mère qui a fait ce qu'elle devait pour sauver son fils. Ai-je commis une mauvaise action? Oui. Mais avais-je le dessein de prendre plus d'argent à sir John, pour mon fils ou pour moi? Non. Je n'ai jamais nourri ce dessein.

—C'est moi qui décide qui a commis une mauvaise action, Miss Rogers. C'est pourquoi nous sommes ici, après tout.

Il posa de nouveau les yeux sur ses notes et poursuivit:

—Si cette triste histoire est vraie, pourquoi n'avez-vous pas mis un terme à la supercherie, une fois que vous avez retrouvé votre fils? Pourquoi être revenue à Lynton?

Hannah hocha la tête. La question était logique.

— J'en ai eu l'intention, Votre Honneur. Mais Edgar Parrish était si inquiet à mon sujet. J'ai eu l'impression que, si je refusais de rentrer avec lui, ce serait lui manquer de politesse... que ce serait mal... Ils se seraient tous fait tellement de souci. En outre, j'avais le bras cassé depuis l'accident. Je pouvais difficilement trouver un autre poste avant d'être guérie. Comment aurais-je pu subvenir seule aux besoins de Danny ? Je suis donc retournée à Clifton en me disant que, dès que j'aurais récupéré l'usage de mes deux bras, j'essaierais de trouver une place ailleurs, dans le Devon.

D'un air emprunté, elle tint son bras de sa main valide, et ajouta :

— Le docteur Parrish ne m'a retiré les bandages qu'hier.

— Donc, vous ne niez même pas avoir laissé croire à ces bonnes personnes que vous étiez lady Mayfield ?

— Je ne peux le nier. Même si mes raisons...

— Vos « raisons »... ? Quelles raisons peuvent excuser la perfidie ? Le vol ? L'imposture ?

Hannah essaya de soutenir son regard flamboyant de colère, mais elle n'y parvint pas longtemps. Avec une grande véhémence, il prenait parti contre elle. À cause de Marianna. À cause de la vérité. Et il avait raison. Elle avait commis une mauvaise action. Elle s'était sciemment rendue coupable d'une imposture. Dieu regardait peut-être le cœur des accusés, mais la loi ne s'en préoccupait guère.

Lord Shirwell fit signe à son clerc de lui passer quelques documents.

— J'en ai entendu assez. Il est évident que j'ai suffisamment de preuves pour faire enfermer Miss Rogers dans une maison de correction, jusqu'à ce que la date de son procès soit fixée au tribunal du comté.

Il plongea sa plume dans l'encrier et signa le document avec un grand geste.

Sous l'effet de la stupeur, le docteur Parrish bredouilla :

— Mais Miss Rogers a un enfant. Il n'y a certainement aucune raison qui justifie de séparer une mère de son bébé pendant aussi longtemps.

— Les raisons sont plus que suffisantes, docteur Parrish, lui assena le magistrat en lui lançant un regard glacial. Et, aujourd'hui, je suis seul juge de cette affaire.

Hannah fut prise de nausée. Après tout ce qu'elle avait fait pour protéger Danny... elle allait maintenant se retrouver en prison, et il allait lui être retiré. Le tribunal permettrait-il même à Mrs Turrill de le garder ? Et si Mrs Turrill le souhaitait, pourrait-elle veiller sur Danny et subvenir à ses propres besoins ? Sans parler de ceux de Becky.

Elle était de retour à la case départ. *Les mains liées. Danny inaccessible.* Et si Becky s'enfuyait avec lui de nouveau ? Elle revit la forme de la jeune fille recroquevillée sur lui dans l'impasse de Bath et frissonna.

*Seigneur, ayez pitié ! Je mérite mon châtiment mais pas lui. Je vous en supplie, aidez-le, protégez-le.*

Les larmes ruisselaient sur ses joues.

Le magistrat s'entretint à voix basse avec son clerc, lui donnant ses instructions. Ce dernier prit alors des notes dans le registre.

Pendant qu'ils étaient occupés, Hannah regarda Marianna, espérant voir une fêlure dans sa façade glaciale.

— Pourquoi ? chuchota-t-elle. Ne vous suffisait-il pas de me renvoyer avec ma honte, tout simplement ? Pourquoi vous acharnez-vous à me détruire ?

Marianna répondit, avec sa morgue habituelle :

— Vous étiez ma demoiselle de compagnie. Vous étiez censée m'épauler, rester loyale, quoi qu'il arrivât. Que vous, entre tous, m'ayez trahie… ?

Ses yeux bruns flamboyaient de colère.

— Je ne vous ai fait aucun mal, se défendit Hannah en secouant la tête. Je ne vous ai rien pris. Rien qui vous tînt à cœur. Mais pourquoi voulez-vous tout me prendre ?

Après avoir réuni ses papiers, le magistrat repoussa son fauteuil.

— Bien entendu, les juges voudront entendre le témoignage de sir John. À supposer qu'il soit sain d'esprit, évidemment.

— Je le suis !

Hannah tourna vivement la tête. Toute l'assistance l'imita.

Quand la jeune femme vit sir John sur le pas de la porte, son cœur fit un bond dans sa poitrine. Son pardessus couvert de poussière, ses hautes bottes pleines de boue, son visage rougi et gercé par le vent, son chapeau de travers, il s'appuyait sur sa canne. Avait-il parcouru les derniers miles à cheval ?

Il lança son chapeau sur une console et rugit :

— Et si vous osez toucher à un cheveu de cette femme, ou que la pensée vous effleure seulement de la séparer de son enfant, vous serez coupable d'une grave injustice que je ne tolérerai pas.

Son regard de braise alla de lord Shirwell aux Parrish, avant de se poser sur elle, puis sur Marianna. D'une main, il désigna son épouse.

—Quels boniments lady Mayfield, revenue d'entre les morts, vous a-t-elle racontés ?

—Simplement que Miss Rogers, ici présente, s'est fait passer pour elle et vous a escroquée, répondit le juge.

Les mâchoires crispées, les narines frémissant de rage, lord Mayfield écouta le magistrat énoncer les charges qui pesaient contre Hannah.

—C'est un tissu de mensonges! fulmina-t-il. Lady Mayfield n'a fait qu'essayer de vous monter contre la vérité. Et comme vous avez été prompt à gober ses paroles mielleuses!

—Pouvez-vous nier que Hannah Rogers se soit fait passer pour votre femme ?

Une main levée, sir John s'exclama :

—Il était grand temps que quelqu'un se fasse passer pour ma femme! Marianna n'a jamais éprouvé le besoin de jouer ce rôle. Elle était bien trop occupée à retrouver tous les jours son amant. Ou, devrais-je dire, toutes les nuits ?

Le magistrat lança un coup d'œil incertain à Marianna.

—Nous ne faisons pas le procès de lady Mayfield, ici.

—Eh bien, peut-être devriez-vous !

Boitillant, sir John s'avança de quelques pas. Le docteur Parrish se leva et lui proposa son fauteuil dans lequel il s'assit pesamment, avec gratitude.

Il entreprit alors d'exposer sa version des faits.

— Quand le bon docteur, ici présent, n'a trouvé que Miss Rogers et moi dans la berline accidentée, qu'aurait-il pu conclure d'autre ? Lorsque Miss Rogers a repris conscience, après avoir souffert d'une blessure à la tête, tout le monde à Clifton la prenait pour lady Mayfield. Et la seule et unique raison pour laquelle elle n'a pas démenti cette méprise, ce fut qu'elle n'avait pas d'autre solution pour retourner à Bath chercher son bébé. Le docteur Parrish lui a remis 10 livres de ma bourse, et, oui, elle les a acceptées pour payer son voyage et la crapule qui détenait son fils. Cette femme, d'ailleurs, a depuis été emprisonnée pour pratiques illégales et dangereuses. Mais c'est une autre histoire…

Pendant que sir John parlait, Hannah remarqua que James Lowden s'introduisait discrètement au fond de la pièce. Lui aussi était échevelé, débraillé. Manifestement, les deux hommes avaient voyagé à cheval, mais séparément.

Lord Shirwell intervint, impatient :

— Oui, oui. Nous savons déjà presque tout cela. Mais n'est-il pas exact que Miss Rogers vous a contraint à désigner son fils illégitime comme votre héritier ?

— Absolument pas ! J'avais déjà pris la décision de changer mon testament avant l'accident, avec l'intention de déshériter Marianna Mayfield, mon épouse infidèle. Ce que mon avoué qui vient d'arriver pourra corroborer. Et je peux vous assurer que, depuis le voyage à Bath, pas une fois Miss Rogers ne m'a demandé un sou, pas plus qu'elle n'a accepté mon argent quand je lui ai proposé une somme qui, croyez-moi, était importante.

Ses yeux lançant des éclairs, Marianna glapit :

— Mais elle a frauduleusement fait passer son bâtard pour votre fils !

— Absolument pas ! répéta-t-il. Car je suis le père de cet enfant.

Des exclamations de surprise fusèrent dans l'assistance. Lady Mayfield regarda sir John, abasourdie, comme si elle se trouvait devant un inconnu. Mrs Parrish pressa une main sur sa bouche tandis que le docteur Parrish hochait lentement la tête d'un air entendu.

— Si quelqu'un doit être jugé, aujourd'hui, c'est moi. Ou peut-être, Marianna, mais certainement pas Miss Rogers. Car j'ai abusé d'elle lorsqu'elle était à mon service, quand nous habitions Bristol. Elle n'a rien réclamé, à l'époque. N'a demandé aucun soutien financier pour elle et le petit. En fait, elle ne m'a même pas dit qu'elle attendait un bébé. Avant que son état commence à se voir, elle s'est contentée de partir, avec l'intention d'élever l'enfant seule. Elle n'a reconnu que j'étais le père du garçon que lorsqu'elle a su que j'étais veuf, ma femme étant morte. Même s'il est évident que le garçon est indiscutablement un Mayfield.

Le docteur Parrish opina de nouveau. Et Hannah remarqua que, comme pour Marianna tout à l'heure, tous buvaient les paroles de sir John.

— Lorsque j'ai annoncé à Miss Rogers que je voulais subvenir aux besoins matériels de mon fils, elle a montré une certaine réticence à accepter. En outre, elle a refusé ma proposition de l'inclure dans mon nouveau testament.

Avec un regard d'une dureté inflexible pour Marianna, il poursuivit :

— Et, en dépit de ce que vous a raconté lady Mayfield, j'étais en pleine possession de mes facultés, et je savais pertinemment que Miss Rogers n'était pas vraiment mon épouse. En fait, dès que j'ai eu recouvré mes esprits, elle m'a tout avoué. Avant même que j'aie pu parler. Elle se serait également confiée au docteur Parrish, mais je l'en ai empêchée.

Oubliant ses notes, lord Shirwell s'étonna, sourcils froncés :

— Pourquoi diable l'aurait-elle fait ?

— Au début, je voulais la mettre à l'épreuve, expliqua sir John. Voir jusqu'où elle était prête à pousser la comédie. Je croyais, injustement, qu'elle avait comploté avec Marianna pour permettre à ma femme de s'enfuir avec son amant. En effet, voyez-vous, je n'étais pas absolument convaincu que Marianna se fût noyée. Toutefois, même si tout le monde nous croyait mariés, Miss Rogers et moi n'étions pas... intimes. Nous ne l'avions jamais été depuis la conception de notre enfant. Bien que des ragots aient propagé ce mensonge, ajouta-t-il en lançant un regard acéré à Mrs Parrish.

Il jeta un coup d'œil au visage écarlate de Hannah puis se tourna derechef vers le juge.

— Étant donné que Marianna était présumée morte et qu'elle n'avait plus de famille proche pour la pleurer, j'ai convaincu Miss Rogers de continuer à jouer le rôle. Car si elle passait pour mon épouse, son fils pourrait alors hériter légalement de ma fortune et de mes autres biens. Chaque jour qui passait, je pensais que Miss Rogers allait changer d'avis et partir. Et je sais que, plus d'une fois, la tentation a été forte. Mais elle est restée. Pas par intérêt pour elle-même, mais pour le bien de son fils. Et pour le mien, puisque je le lui avais demandé.

D'un geste, il montra sa femme.

— Que vous a raconté Marianna ? Qu'elle a été emportée au large, qu'elle est devenue amnésique, qu'elle n'a recouvré la mémoire que depuis peu, et qu'elle s'est empressée de revenir ?

Seul le docteur Parrish fit un signe d'assentiment.

— Ce ne sont que des foutaises ! reprit sir John d'un ton rogue. Elle a vu dans l'accident une occasion de me quitter et elle l'a saisie. Elle a simulé la noyade et s'est enfuie, à l'insu de tous. Elle a laissé sa demoiselle de compagnie baignant dans son sang, inconsciente, et son mari à l'article de la mort, avec une jambe cassée. Si le docteur Parrish ne m'avait pas retrouvé aussi vite, je ne serais plus de ce monde. Pendant quelque temps, Marianna s'est cachée. Puis, comme souvent par le passé, elle est allée retrouver son amant. Initialement, c'est pour cette raison que j'avais voulu déménager dans le Devon. C'était une tentative aussi vaine que désespérée de séparer ma femme de cet homme. Un projet qui a échoué de la façon la plus lamentable.

Il hocha de nouveau la tête et poursuivit :

— Et pendant que, à Londres, Marianna allait au bal, jour après jour, laborieusement, Miss Rogers aidait à me soigner, me ramenant à la vie.

L'espace d'un instant, il plongea ses yeux dans ceux de Hannah et le cœur de la jeune femme se mit à battre la chamade.

Puis, se détournant, il maugréa :

—Et maintenant, la voilà, ressuscitée des morts ! Que s'est-il passé, Marianna ? Vous n'avez plus d'argent ? Votre amant s'est lassé de vous, et vous a abandonnée ? C'est la rumeur qui court.

Une lueur de défi dans le regard, Marianna leva le menton. Mais elle ne nia pas.

—Ainsi, elle ne réapparaît que maintenant. Avec sa version hypocrite. Et elle vous leurre tous, avec sa beauté et ses habiles mensonges, ajouta-t-il en balayant l'assemblée des yeux, avant de dévisager de nouveau le magistrat. Voulez-vous entendre mon avoué ? Il a réuni des preuves montrant que Marianna vivait en secret, avec son amant, non pas souffrant d'amnésie, mais craignant de voir sa véritable identité démasquée.

Hannah s'interrogea : disait-il la vérité ou la déguisait-il ? Elle jeta un coup d'œil à James, mais la dureté de son expression ne révélait rien.

Avec une grimace, lord Shirwell répondit :

—Encore une fois, ce ne sera pas nécessaire. Ce n'est pas le procès de votre épouse. Pas plus que ces accusations contre elle n'ont un rapport avec l'affaire qui nous occupe. Il s'agit des méfaits commis par Hannah Rogers.

—Bien sûr qu'elles ont un rapport, protesta sir John. Car lady Mayfield, ici présente, prétend être la femme meurtrie, alors que rien ne pourrait être plus faux.

—À supposer que vous disiez vrai, je considère que cela ne change rien au fait que Hannah Rogers est coupable d'une usurpation d'identité. Elle ne cherche même pas à le nier.

Oubliant sa canne, sir John se leva et se redressa de toute sa taille.

— Si vous insistez pour poursuivre cette farce, si vous essayez de punir Miss Rogers d'un châtiment, le plus minime qui soit, je la vengerai en personne, même si je dois aller jusqu'au Parlement plaider ma cause. Pour toutes les erreurs que j'ai commises, je ne pourrai jamais me pardonner, non plus que je ne pardonnerai à aucun d'entre vous, s'il arrive quoi que ce soit à cette femme exceptionnelle ou à son fils, à cause de mon comportement stupide et de mon orgueil.

Il fusilla le magistrat d'un regard féroce.

— Vous m'entendez, Votre Honneur? Vous allez libérer cette femme.

— Mais… des méfaits ont été commis, bredouilla le magistrat. Des lois ont été enfreintes.

— Oui, des méfaits ont été commis, mais pas par Hannah Rogers. Elle m'a aidé, secouru, soutenu. Elle ne m'a fait aucun tort. Vous comprenez? Quelle est cette farce de procès, où un homme soi-disant escroqué doit défendre la personne injustement accusée?

— Elle a fait du tort à lady Mayfield. Elle a essayé de prendre sa place légitime. Elle a…

— « Légitime »! tempêta sir John. Depuis notre voyage de noces, cette femme a fait tout ce qui était en son pouvoir pour me déshonorer, et déshonorer nos serments de mariage. Elle n'a cessé de me tromper avec son amant, sans la moindre discrétion, sans aucune considération pour mes sentiments, ni ma réputation. Et ceux qui sont au courant de leur liaison ne manquent pas. Elle a déserté sa place légitime et, à mes yeux, elle a perdu tout droit de la revendiquer. Qu'importe ce que stipule la loi. Et maintenant allez-vous relâcher Miss Rogers ou dois-je le faire par la force et vous accuser de procès sommaire?

Un long moment, les deux hommes s'affrontèrent du regard. Hannah craignait que sir John ne soit allé trop loin. Lord Shirwell semblait tellement tenir à prouver sa supériorité et son pouvoir. Mais il finit par déchirer le document et tendre les morceaux à son clerc.

— Très bien, Miss Rogers. À partir des preuves apportées par sir John, je déclare un non-lieu. Vous êtes libre.

— Le ciel soit loué, murmura le docteur Parrish.

Le visage de marbre, lady Mayfield resta assise. Mrs Parrish la regardait comme un enfant regarde un jouet de pacotille cassé.

Les jambes en coton, Hannah se leva.

L'air crispé, sir John se tourna alors vers Marianna et persifla:

— Voulez-vous rentrer à la maison, ma chère femme?

Un sourire amer flottant sur les lèvres, elle répondit:

— Pour le moment.

Titubant presque, Hannah quitta la première le bureau du magistrat. Seule. Prise de malaise, elle tremblait de tous ses membres. Malgré son immense soulagement de se voir libre, tous les mensonges sordides qu'elle avait entendus lui donnaient la nausée. Les mensonges de Marianna. Ses propres mensonges. Et même les mensonges par omission de sir John.

Elle se sentait salie jusqu'au plus profond de son être. Elle n'avait plus qu'un désir, prendre Danny dans ses bras et partir dans un endroit propre, lumineux, paisible, authentique. Et peut-être prendre un long bain.

À la vue de Mrs Turrill qui attendait sur un banc, à côté de la porte, elle s'arrêta net. Quand la gouvernante se leva, elle dut se faire violence pour ne pas se jeter dans ses bras.

— Je croyais que vous ne deviez pas venir, dit-elle dans un souffle.

— Il fallait que je vienne. Ne vous inquiétez pas, Danny est en sûreté, chez moi, avec ma sœur. Je voulais être ici, quel que soit le verdict. Cela ne vous contrarie pas, j'espère ?

Hannah secoua la tête.

— Au contraire, j'en suis heureuse.

— J'ai tout entendu jusqu'au dernier mot, ma belle, ajouta la gouvernante avec un sourire radieux. Vous n'imaginez pas à quel point je suis soulagée !

— Moi aussi, bredouilla Hannah, au bord des larmes.

Mrs Turrill passa un bras autour de ses épaules et, ensemble, elles sortirent dans la cour.

— Dieu merci, c'est fini ! Qu'allez-vous faire, maintenant, ma chère petite ?

— Je ne sais pas. Mrs Turrill, poursuivit-elle en la regardant, pourquoi êtes-vous si bonne avec moi, après tout ce que j'ai fait ? Alors que je vous ai trompée, vous et tout le monde.

— Oh, pas tout le monde. Sir John savait. Quoi que dise lady Mayfield, il n'a jamais été votre victime. Et j'avais mes soupçons. Mais je lisais dans votre cœur. Même si vous êtes allée aussi loin, je savais que vous ne pensiez qu'à votre fils. Et peut-être à un certain gentleman, la taquina-t-elle, ses yeux noirs pétillants.

Hannah secoua la tête.

—Pour le moment, je ne veux entendre parler ni de l'un ni de l'autre.

—N'oubliez pas la façon dont ils se sont tous les deux précipités à votre secours, aujourd'hui.

Les joues de nouveau en feu, Hannah baissa la tête.

—Je n'oublie pas.

—Et maintenant, reprit la gouvernante en lui tapotant la main, vous allez venir avec moi et boire un bon thé. Nous allons bavarder et tout arranger, vous voulez bien ? Becky était terrifiée quand vous avez été emmenée. Pauvre petite, elle croyait qu'elle serait la suivante. Je peux vous garantir qu'elle va être folle de joie de vous revoir.

Hannah hésita.

—Venez, ma chère, insista Mrs Turrill. Vous avez entendu la justice. Vous êtes libre. Tout cela n'est plus qu'un mauvais souvenir.

—Vraiment ?

—Eh bien, c'est à vous d'en décider, ne pensez-vous pas ?

En entendant la porte s'ouvrir, Hannah jeta un regard inquiet derrière elle et vit James Lowden sortir. L'expression intense, la bouche crispée, il la regarda droit dans les yeux. Quelque chose dans son attitude la perturba. Si elle était incapable d'en analyser la raison, elle savait que quelque chose n'allait pas. Le premier, il se détourna.

Sans s'approcher d'elle, il traversa l'allée et fit signe au palefrenier d'amener les calèches.

Sir John et Marianna sortirent à leur tour, suivis des trois membres de la famille Parrish, qui semblaient bien penauds.

Quand il l'aperçut en compagnie de Mrs Parrish, sir John vint vers elle en s'aidant de sa canne.

— Miss Rogers! Où allez-vous?

Derrière eux, les conversations s'arrêtèrent, et Hannah sentit tous les yeux se tourner vers elle.

— Chez Mrs Turrill. Pour le moment.

Il ouvrit la bouche, parut se raviser et se contenta de lui adresser un signe de tête laconique. Puis, tenant toujours sa canne, il croisa les mains derrière son dos, comme si elles étaient liées. Et certes, elles l'étaient.

D'une voix étranglée, elle avança:

— Lady Mayfield et vous... rentrez à Clifton?

Il cilla.

— Oui. D'abord à Clifton, puis à Bristol. Je vais m'efforcer de lui pardonner. De faire mon devoir, mais je ne prétends pas que ce sera facile. Surtout après aujourd'hui.

Hannah sentit les larmes lui picoter les paupières.

— Vous agissez en homme d'honneur, chuchota-t-elle.

— Je l'espère, dit-il avec une moue amère. Mais si vous avez besoin de quoi que ce soit...

Avec douceur, elle l'interrompit:

— Je vous suis reconnaissante de m'avoir défendue avec une telle galanterie. Vraiment. Mais cela s'arrête là. Il est temps que je me débrouille seule.

Elle s'attendait à moitié à ce qu'il lui demande : « *Seule ou avec James ?* » mais il n'en fit rien. Il jeta un regard furtif à l'avoué qui les observait de loin.

Mrs Turrill s'interposa :

— Elle sera entre de bonnes mains, sir John. Danny aussi. Surtout, ne vous inquiétez de rien.

Avec un nouveau hochement de tête affligé, il dit :

— Merci, Mrs Turrill.

Quelques minutes plus tard, Hannah marchait en compagnie de son ancienne gouvernante en direction du cottage jaune, au pied de Lynmouth Hill. Mrs Turrill lui expliqua que c'était la maison de leurs parents, et que sa sœur et elle en avaient hérité. Quand elles ne travaillaient pas comme gouvernantes, elles y habitaient ensemble.

Une fois arrivée, Hannah salua chaleureusement Martha Parrish et la remercia de son hospitalité. Affable, Miss Parrish était néanmoins un peu plus réservée que sa sœur.

Installées dans le salon, devant des tasses de thé, elles dorlotèrent Danny tour à tour, après avoir promis à Becky que tout était arrangé.

Pourtant, malgré ses paroles rassurantes, Hannah n'était pas aussi confiante qu'elle le prétendait.

# Chapitre 26

James Lowden contempla Hannah s'éloigner avec la gouvernante. Les voir ensemble le laissa songeur. À l'époque où Hannah Rogers était « lady Mayfield », il l'avait crue beaucoup plus élevée que lui dans l'échelle sociale. Puis, comme fille de pasteur, elle était redescendue à son niveau. Et aujourd'hui ? Elle se retrouvait en compagnie d'une gouvernante. Peut-être était-elle même tombée encore plus bas, une femme déchue, presque une criminelle ? Il devrait peut-être se sentir soulagé d'être séparé d'elle, et profiter de l'étonnant revirement de situation pour prendre un nouveau départ. Une voix intérieure lui soufflait que ce serait le plus sage.

D'un autre côté, il mourait d'envie de se lancer à sa poursuite, sans se soucier de ceux qui regarderaient. Et la supplier de l'épouser, de le laisser subvenir à ses besoins, prendre soin d'elle. Le remords l'envahit. Tandis que sir John prenait la défense de Hannah avec autant de générosité que d'efficacité pour, finalement, obtenir sa remise en liberté, il était resté assis, silencieux. Pourtant, n'était-ce pas lui, l'homme de loi ? Pourtant, il n'avait pas prononcé un mot.

Encore maintenant, il hésitait à parler. À dévoiler l'information qu'il avait recueillie à Bristol. Il était parti avec l'objectif de mettre au jour des preuves de la vie dissolue et de la liaison de Marianna Mayfield, mais il avait découvert plus encore. Était-il obligé de divulguer ce qu'il avait appris ? Il en avait eu l'intention. Il avait même amené un témoin pour corroborer sa stupéfiante déclaration. Il savait, sinon, que personne ne le croirait.

Mais, en entendant le plaidoyer passionné de sir John en faveur de Hannah et la gratitude évidente qu'elle lui avait témoignée par la suite, il avait presque regretté d'avoir pris avec autant de hâte la décision d'amener ce témoin.

Il était trop tard, à présent. Il espérait simplement ne pas passer son existence à regretter ce qu'il s'apprêtait à faire.

Il regarda s'éloigner le coupé des Mayfield et la carriole des Parrish, emmenant leurs passagers, tous d'humeur sombre, puis se dirigea vers les écuries de lord Shirwell, où l'attendaient son cheval... et son témoin.

Lorsqu'il arriva à Clifton House, un peu plus tard, il confia sa monture à Ben et pria son invité de patienter quelques instants au-dehors.

Puis, la mort dans l'âme, il entra d'un pas lourd dans le manoir.

Il trouva sir John dans le salon. Debout, les deux mains posées sur le manteau de la cheminée, ce dernier contemplait les cendres, dans l'âtre froid. Lady Mayfield qui se trouvait près de la console, une carafe à la main, se figea en le voyant entrer.

— Mr Lowden, je suppose ? Comme c'est aimable à vous de vous joindre à nous. Oui, je remarque une certaine ressemblance avec votre père, maintenant que je vous vois de plus près. Puis-je vous offrir quelque chose à boire ? proposa-t-elle en se servant une généreuse rasade de madère.

— Non, merci.

— Vous dînez avec nous, j'espère ? Si nous avons toujours une cuisinière, bien sûr, ajouta-t-elle avec un vague sourire.

Il s'était demandé comment les Mayfield réagiraient en sa présence : par des reproches, des dialogues rageurs ? Lui joueraient-ils la comédie d'une vie domestique civile et guindée ?

Les deux perspectives lui étaient insupportables. Si tenté qu'il soit de garder le silence, le moment était venu de mettre un terme définitif à cette imposture.

— Sir John, avez-vous vraiment l'intention de vivre avec cette femme ? lança-t-il.

Il regarda Marianna à la dérobée. Elle s'était installée dans un fauteuil et, les yeux plongés dans son verre, semblait y chercher des réponses.

— C'est vous qui m'avez conseillé de ne pas divorcer, lui rétorqua sir John d'une voix morne. À moins que... Avez-vous trouvé les preuves dont nous aurions besoin ?

— Pas exactement. Mais j'ai découvert quelque chose qui a un rapport avec votre situation.

Les yeux plissés par la curiosité, sir John interrogea :

— De quoi s'agit-il ?

— Comme vous et moi en avons déjà discuté, il est quasiment impossible de divorcer. Cela provoque un scandale et, d'ordinaire, on ne peut l'envisager. Mais il n'y a rien d'ordinaire dans votre cas. En effet, aux yeux de la loi, vous n'avez jamais été marié à Marianna Spencer.

Celle-ci leva brusquement la tête.

— Comment ? s'exclama sir John, le regard noir.

James expliqua :

— Vous étiez au courant, depuis trop longtemps, hélas, de la liaison de Marianna avec Anthony Fontaine. Mais Fontaine n'est pas juste son amant. Il est son mari.

— Oh ! Mais… vous divaguez, monsieur ! laissa échapper Marianna.

Ignorant sa réaction, lord Mayfield gronda :

— Que voulez-vous dire ?

D'un coup d'œil, James remarqua l'expression menaçante de Marianna mais, sans en tenir compte, il poursuivit, comme si elle n'était pas dans la pièce :

— Avant de vous épouser, Miss Spencer s'était enfuie pour se marier avec Anthony Fontaine. Son père a retrouvé ce couple d'insoumis en Écosse, quelques jours plus tard et, sachant que demander l'annulation entraînerait un scandale et la déchéance de sa fille, il a grassement payé Anthony Fontaine pour qu'il ne souffle mot de leur union et qu'il n'objecte rien au mariage de sa fille avec vous. Un mariage qui devait apporter à Marianna non seulement les avantages d'un titre et d'une position sociale, mais également la fortune. Et une fortune dont ils pourraient profiter tous les trois.

—C'est grotesque, se moqua Marianna.

Ne lui prêtant aucune attention, sir John déclara :

—Après tout ce que j'ai enduré aujourd'hui… Vous devez plaisanter.

—Je suis très sérieux, monsieur.

—Mais c'est impossible. Je n'ai jamais entendu parler de ce mariage en Écosse. Et pourquoi Fontaine aurait-il accepté ce plan ?

—Je suppose que Marianna lui aura promis que votre mariage resterait platonique et ne les empêcherait aucunement de continuer d'être ensemble.

Accablé, sir John se passa une main dans les cheveux.

—Pouvez-vous le prouver ?

Avec un rire de triomphe, Marianna lança :

—Bien sûr que non ! Il ne peut pas le prouver.

—Si. En fait, je le peux. J'ai le témoignage du cocher qui les a conduits à Gretna Green, un acte de mariage, et…

—Ces preuves n'existent pas, protesta Marianna.

James se tourna vers elle.

—Parce que vous croyez que le cocher les a brûlées ? Eh bien, détrompez-vous. Il a prétendu l'avoir fait. Mais il a brûlé une vieille facture.

Soudain raidie dans son fauteuil, le teint livide, Marianna le regarda sans ciller.

—Quel que soit le document que vous avez en votre possession, il ne peut s'agir que d'un faux.

—Oh, je pense que vous le trouverez bien réel, ironisa James. Tout comme le feront un juge et un jury.

Il reporta son attention sur son employeur. Sir John scruta son visage.

—Depuis combien de temps le savez-vous ?

Avec un profond soupir, James répondit :

—Je l'ai appris juste avant de recevoir votre lettre me convoquant ici.

—Mais vous n'avez pas estimé bon d'y faire allusion pendant l'audience ?

—Pas vraiment, non. Si votre mariage doit être annulé, c'est à une cour ecclésiastique d'en décider. En outre, j'ignorais si vous souhaitiez que cela se sache. Et…

Les prunelles de son client flamboyèrent.

—Et… vous aviez des raisons personnelles de ne pas le révéler.

—Oui. Je ne peux nier qu'un moment, cela m'a retenu.

Croisant les bras, sir John s'étonna :

—Alors pourquoi me le dire maintenant ?

—Parce que, en toute conscience, je devais le faire. Et que, quelque décision que prenne Mrs Rogers, je ne voudrais pas qu'elle la… regrette parce qu'elle aurait ignoré une partie des faits.

Les défiant du menton, Marianna affirma :

—Je n'ai rien fait d'illégal. C'est mon père qui a tout manigancé.

—Je ne suis pas d'accord, rétorqua James en secouant la tête. Je pense que vous êtes coupable de tout ce que vous avez voulu faire endosser à Miss Rogers. Et pire. Car vous vous êtes mariée une seconde fois, sachant que vous étiez déjà unie à un autre homme. Par conséquent, à la fraude vient s'ajouter la bigamie.

Un pas furtif se fit entendre dans le couloir.

— N'êtes-vous pas de mon avis, Mr Fontaine ? poursuivit James d'un air innocent.

Anthony Fontaine apparut dans l'embrasure de la porte du salon et s'appuya au chambranle.

— Certainement, je le suis.

— Comment osez-vous entrer chez moi ? fulmina sir John en se redressant de toute sa hauteur.

Ses yeux lançant des éclairs, Fontaine répondit à brûle-pourpoint :

— Comment avez-vous osé épouser ma femme ?

Levant les mains en signe de reddition, sir John poussa un soupir accablé.

— Cette journée peut-elle encore empirer ?

Il décocha un regard sombre à Marianna puis se tourna de nouveau vers Fontaine.

— Je ne me suis jamais douté qu'elle était mariée avec vous, si c'est bien la vérité. Alors que vous, vous avez toujours su que Marianna était ma femme, et vous n'avez jamais contesté ni nos fiançailles ni notre mariage. Pourquoi le faire maintenant ?

— Par vengeance, je suppose, déclara Fontaine en croisant les bras. Je me suis dit que ce qui vaut pour l'un vaut pour l'autre. Quand Marianna a appris que je courtisais une héritière, elle lui a envoyé une lettre anonyme pour lui apprendre que j'étais déjà marié. La jeune fille a repris sa parole et son argent.

Il secoua la tête d'un air consterné et, avec un petit claquement de langue, poursuivit:

— Quand je pense à quel point je me suis montré compréhensif concernant Marianna et son chevalier!

— « Compréhensif »! ricana l'intéressée. Vous avez été le premier à accepter quand papa a suggéré son projet. Je n'aurais jamais marché dans la combine si vous ne m'en aviez pas persuadée. Combien j'ai attendu de vous voir vous opposer à mon père, de vous entendre lui dire que vous ne consentiriez jamais à me partager avec un autre. Si vous m'aviez soutenue, je lui aurais tenu tête. Mais vous n'avez jamais pu résister à l'appât de l'argent.

Avec un haussement d'épaules, Fontaine lui décocha un sourire suffisant.

— Je ne peux le nier. Il semble que cela fasse partie de mon charme.

James secoua la tête avec dégoût. Pour commencer, Anthony Fontaine s'était montré réticent à l'idée de l'accompagner dans le Devon. Mais il l'avait convaincu, en lui signalant qu'il avait en sa possession sa lettre de menace à sir John. Son regard alla du dandy au sourire narquois à la femme adultère pleine de vanité. Quel couple parfaitement assorti ils faisaient! Pour la première fois, il éprouva une sincère compassion pour son client et se félicita d'avoir enfin découvert la vérité…

James avait attendu dans la salle enfumée du *Lion rouge*. Un feu brûlait dans la cheminée mal ventilée et, parmi la clientèle uniquement masculine, les conversations allaient bon train. Le cocher, Tim Banks, était arrivé à l'heure convenue. James lui avait commandé une bière et tous deux avaient trouvé une table dans un coin tranquille.

Après avoir bu une longue gorgée, Banks avait commencé :

— Voyez-vous, j'étais là, le soir où Mr Spencer s'est rendu compte que sa fille avait pris la poudre d'escampette. Nous n'avons pas mis longtemps à comprendre et nous avons attelé les chevaux les plus rapides à la berline. Je tenais les rênes et Joe, le palefrenier, était assis à côté de moi. Nous entendions le vieux jurer, proférant des menaces, et nous avons deviné ce qui se passait. Marianna, sa fille si gâtée, s'était enfuie pour se marier avec son soupirant, en ignorant les ordres de son père de cesser de le voir, pour épouser l'homme qu'il avait choisi pour elle.

— Sir John ?

— Oui. Donc, avec Mr Spencer et sa tante, une vieille demoiselle qui l'accompagnait, nous avons quitté la ville en trombe, en direction de l'Écosse. Nous avons roulé jour et nuit, nous arrêtant juste pour changer les chevaux. Joe et moi nous relayions pour laisser l'autre essayer de dormir, sans être projeté à terre.

Quand, finalement, nous avons franchi la frontière et que nous sommes arrivés à Gretna Green, nous avons fait halte chez le forgeron. Mr Spencer et sa tante lui ont demandé s'il connaissait un homme qui célébrait les mariages. J'étais censé attendre à côté de la berline, mais j'y ai laissé Joe et suis allé écouter à la porte du forgeron. J'étais curieux. Après tout, n'avais-je pas conduit à tombeau ouvert, et à peine dormi pendant deux jours, pour que Mr Spencer règle ce qu'il était déterminé à régler?

Le cocher prit une nouvelle gorgée de bière, et poursuivit :

— Le pasteur a été convoqué et il n'a pas tardé à arriver. Du moins, il se faisait appeler pasteur, mais je n'avais jamais vu un pasteur comme lui. Vous savez qu'en Écosse n'importe quel adulte peut se décréter pasteur pour célébrer un mariage? Ni bans ni certificat ne sont nécessaires. Juste deux témoins. À première vue, il avait une belle petite affaire. Il y avait même une chambre dans l'auberge voisine qu'il appelait la « chambre nuptiale », où les couples pouvaient aller consommer leur union dès qu'elle avait été prononcée, pour décourager les pères furieux d'essayer de les dissoudre. Mr Spencer a demandé à l'homme s'il gardait un registre des mariages qu'il célébrait, ou s'il envoyait des notifications à l'officier civil de l'État. L'homme a répondu qu'il avait ses propres archives, mais qu'il ne se sentait pas obligé de prévenir la paroisse, étant donné qu'un si grand nombre des jeunes couples qu'il mariait vivaient loin de là. Il a ajouté que, moyennant 1 shilling, il fournissait un certificat de mariage à tous ceux qui le voulaient.

Le cocher hocha lentement la tête.

— Mr Spencer a alors raconté au pasteur la plus triste des histoires que j'aie jamais entendue. Mon maître avait pris une voix si affligée que je l'ai à peine reconnue. L'homme voudrait-il accepter de sauver la réputation, voire la vie, de sa fille unique? Elle et le jeune homme avaient compris la folie de leur geste. Et, pleins de remords, repentis, les deux jeunes gens n'avaient même pas consommé leur mariage après avoir prononcé leurs serments. Le pasteur aurait-il la bonté de le comprendre et d'effacer leurs noms du registre ? Une tache d'encre et le tour serait joué. Un don à sa « paroisse » lui serait-il utile ? L'entendre me rendait malade. D'autant plus que nous n'avions toujours pas trouvé Marianna. Et même si Mr Spencer parvenait à faire disparaître leurs noms du registre, il ne pouvait effacer le fait que sa fille et son soupirant avaient été seuls, d'abord dans la berline, puis dans une auberge, pendant deux ou trois jours. Et nuits.

Banks secoua de nouveau la tête d'un air affligé.

— Le pasteur a accepté en raison de son « grand cœur ». Et de la bourse dodue de Mr Spencer. Puis nous sommes allés à l'auberge. Quand nous sommes arrivés, Mr Spencer m'a ordonné de le suivre, et il est entré, un tromblon à la main, au cas où Mr Fontaine aurait manifesté violemment son opposition. Nous avons trouvé les heureux mariés, installés sous un nom d'emprunt. L'image même du bonheur conjugal, dirais-je. Mr Spencer s'est mis à hurler. Marianna aussi, en brandissant le certificat de mariage sous le nez de son père. Il le lui a arraché des mains, l'a roulé en boule et l'a jeté par la fenêtre. Puis, se ravisant, il m'a envoyé le chercher, pour que je m'en débarrasse de manière plus définitive. Je suis descendu en courant et j'ai ramassé le papier froissé. Quand je suis remonté, Mr Spencer m'a dit de le lancer dans la cheminée. Puis il m'a ordonné d'attendre au-dehors. De là, j'ai entendu les cris devenir des voix enjôleuses, même si je distinguais mal leurs paroles.

Banks s'interrompit et contempla les poutres du plafond comme pour sonder sa mémoire.

—Une heure plus tard, Marianna est sortie de l'auberge, habillée, le visage pâle, et elle est montée dans la berline avec son père et sa tante. Du pas de la porte, Mr Fontaine la regardait. Malgré ce départ, il paraissait étrangement calme. Ce qui m'a fait supposer que Mr Spencer lui avait promis une grosse somme d'argent pour oublier ce qui s'était passé. Plus tard, j'ai appris que Mr Spencer avait généreusement payé sa tante pour qu'elle colporte une histoire selon laquelle elle avait accompagné Marianna dans une excursion, afin d'expliquer son absence.

Avec une grimace, il reprit :

—Il nous a donné de l'argent, à Joe et à moi aussi. Des primes pour nous dédommager du long voyage et pour s'assurer notre discrétion. Nous devions emporter dans la tombe les «événements malheureux» des jours précédents. Je sais que Joe a obéi. Il a une femme et cinq enfants, et ne pouvait se permettre de perdre sa place.

—Et vous ?

—J'ai honte de dire que je n'ai pas parlé non plus. Si j'avais su que Mr Spencer avait l'intention de la marier si vite à sir John, je serais sans doute allé le voir pour lui révéler ce que je savais. Mais je n'ai appris le mariage qu'après coup. Et je me suis dit qu'à ce moment-là, sir John ne serait plus très heureux de cette nouvelle, que cela ruinerait sa réputation et celle de sa femme. Mais j'aurais dû le faire. Maintenant que Mr Spencer est mort, je n'ai plus besoin de me taire. Surtout si je peux aider sir John.

— Pourriez-vous me communiquer le nom et l'adresse du « pasteur » écossais ?

Le cocher secoua la tête.

— Je peux même faire mieux que ça. Je peux vous donner l'acte de mariage.

Tim Banks tira de sa poche un papier plié en deux. Il était encore un peu fripé d'avoir été roulé en boule, mais intact.

— Je l'ai toujours gardé. J'ai raconté que je l'avais brûlé mais, en fait, je l'ai mis dans ma poche. Je ne sais pas pourquoi. Je n'avais pas de plan particulier. J'ai juste pensé à cet instant-là que ce serait plus malin. Et, maintenant que je vous parle, il faut croire que c'était le cas.

James avait peine à croire à sa chance. Pourtant, il n'éprouvait aucun sentiment de triomphe. Juste du regret, du dégoût. Il commençait presque à regretter sa visite à l'ancienne maison des Spencer.

Refoulant sa détresse, il porta une main à sa veste.

— Permettez-moi de vous donner quelque chose pour votre aide.

Le cocher leva une main, la paume ouverte, en signe de refus.

— Non merci, monsieur. Je ne me suis jamais senti bien fier d'avoir accepté l'argent de Mr Spencer pour garder le silence. Aussi, cette fois, je ne prendrai pas un sou.

James s'était alors lancé à la recherche d'Anthony Fontaine, pour se faire confirmer toute l'histoire. Puis il s'était présenté chez sir John à Bristol. Là, le majordome lui avait annoncé que lord Mayfield était parti en hâte pour le Devon. Il lui avait tendu une lettre décachetée. Manifestement, le vieux et fidèle domestique l'avait lue. Les pattes de mouche, écrites d'une main hâtive, expliquaient l'urgence.

*Messager envoyé par docteur Parrish. Miss R. en terrible difficulté. Accusée d'imposture par M.S.M. Convoquée devant Shirwell, J.P. Audience le 12. Venez dès que possible. Elle aura besoin d'un bon avocat. Et de nos prières.*

James avait quitté Bristol sans attendre. Mais il craignait que, pour lui, ce ne soit déjà trop tard.

Debout dans le salon de Clifton, James ne lisait aucun triomphe, non plus, sur le visage de sir John. S'inquiétant des prochaines instructions de son client, il pria pour qu'il ne lui demande pas d'intenter un procès pour bigamie. Quelle que soit la décision de lord Mayfield, il était prêt à dire « adieu » au Devon pour toujours. Si seulement Hannah acceptait de le suivre et de ne jamais y revenir non plus.

Le soir de l'audience, une fois Becky et Danny endormis, Hannah et Mrs Turrill conversèrent tard dans la nuit.

— Vous êtes très bonne, Mrs Turrill, la remercia-t-elle. Mais je ne peux rester très longtemps. Pas quand tout le monde ici sait ce que j'ai fait, et me soupçonne d'être coupable de plus encore, tout au moins en ce qui concerne sir John et Mr Lowden. Si j'étais seule en cause, cela me serait parfaitement égal, mais je ne veux pas que Danny grandisse dans un climat de scandale. Nous devons trouver un nouvel endroit et prendre un nouveau départ.

Avec douceur, Mrs Turrill lui fit remarquer :

— Mais pensez à ce que vous avez provoqué en fuyant la vérité, ma belle. À la culpabilité qui vous a minée. Pourquoi ne pas demeurer et affronter votre passé ? Faire rayonner la vérité sur la noirceur de ces longs mois ?

Avec un profond soupir de lassitude, Hannah murmura :

— Jusqu'où devrai-je remonter dans mon passé ? Jusqu'à mon père ? Lui apprendre que je suis vivante ? Que j'ai un enfant et qui en est le père ?

— Oh ! ma chère petite ! s'exclama Mrs Turrill, ses yeux empreints de tristesse. Ne voudrait-il pas savoir ?

— Cela lui briserait le cœur.

— Plus que vous croire morte et perdue pour lui à jamais ?

D'un air désolée, elle ajouta :

— En êtes-vous certaine ? Rappelez-vous : qui dissimule ses péchés ne peut prospérer, énonça-t-elle, paraphrasant le proverbe. Mais qui les avoue et y renonce trouve la clémence.

« *La clémence* »... Ô combien Hannah en rêvait. De celle de Dieu. De celle de son père.

— J'ai peur de l'affronter, reprit la jeune femme. Je ne sais pas s'il se montrera clément. Et je l'ai suffisamment fait souffrir, je ne veux plus lui faire de mal.

Pressant sa main avec tendresse, la gouvernante lui dit :

— Pensez combien vous aimez Danny. Imaginez-le adulte. Ne lui pardonneriez-vous pas s'il commettait quelque grave erreur ? Le souhaiteriez-vous mort ? Et même si vous étiez déçue, si vous souffriez de ses fautes, ne voudriez-vous pas savoir qu'il va bien ? Qu'il est revenu dans le droit chemin ? Qu'il vous aime toujours ?

Les larmes lui brouillant la vue, Hannah hocha de nouveau la tête et répondit d'une voix étranglée :

— Oui. Mais mon père est un ecclésiastique.

Approchant son visage du sien, Mrs Turrill, l'air solennelle, la regarda droit dans les yeux.

— Oui. Mais l'ecclésiastique est aussi votre père.

# Chapitre 27

Hannah quitta le Devon sans reparler à James, ni revoir sir John. Elle avait décidé que Mrs Turrill avait raison. Il était temps de rentrer chez elle, et de faire la paix avec le passé et avec son père. De tout avouer et d'espérer sa clémence.

Elle voyagea par la diligence jusqu'à Bristol. Une ville dans laquelle elle avait douté revenir un jour. Mrs Turrill ayant insisté pour qu'elle ne parte pas seule avec Danny, Becky était du voyage. Mais la gouvernante avait promis à la jeune fille qu'elle pourrait revenir quand elle le voudrait et lui avait même mis l'argent du voyage au creux de la main, pour sceller son serment.

À leur arrivée à Bristol, Hannah commença par trouver une chambre dans une pension respectable, où elle laissa ses bagages. Après avoir changé Danny et l'avoir fait déjeuner, elles gagnèrent l'étal où Freddie travaillait avec son père. Hannah portait Danny, Becky traînant le pas derrière elle.

Le nez en l'air, elle était absorbée par la vue des hauts bâtiments de cette cité qui lui était inconnue.

— Hannah! la héla Fred en l'apercevant.

Il sauta de sa charrette, oubliant ses rênes et ses chevaux, et bondit vers elle comme l'enfant qu'il était toujours. Elle fut soulagée de le voir. Il aurait pu être en route pour Bath.

— Comme c'est bon de te revoir! s'exclama-t-il, rayonnant.

— Toi aussi, Freddie.

Il semblait avoir oublié qu'ils s'étaient séparés en mauvais termes quand il était venu à Clifton. Il avait toujours été d'une nature chaleureuse.

Posant les mains sur ses genoux, il se baissa pour regarder le bébé dans les bras de Hannah.

— C'est le petit Daniel! Fichtre! Comme il a grandi.

D'un geste, la jeune femme désigna sa compagne.

— Je te présente Becky Brown, la nourrice de Danny. Becky, voici mon cher et vieil ami, Fred Bonner.

— Bonjour, mademoiselle, la salua Fred en portant une main à sa casquette.

Becky esquissa une timide révérence.

— Monsieur.

Après l'avoir installée avec Danny sur une chaise, à quelques mètres de distance, il revint vers Hannah et, de ses yeux noirs, intenses, la scruta.

— Comment vas-tu? Hannah? C'est bien Hannah, maintenant, j'espère?

— Oui.

Elle hésita avant de répondre. Comment allait-elle ? C'était une question compliquée, étant donné que Marianna était revenue dans l'existence de sir John et que James Lowden était sorti de sa propre vie. Mais la vérité était trop longue à raconter. Cela attendrait une autre occasion.

Aussi, elle sourit et répondit :

— Je vais… bien. Et toi ? Ta charrette est superbe. Tu l'as repeinte ?

S'éloignant de son regard trop curieux, elle s'avança vers l'attelage.

— Oui, je l'ai repeinte, acquiesça-t-il en ramassant les rênes et en fixant le frein.

— Et ton trajet ? Les affaires sont-elles bonnes ?

— Très. Enfin, plutôt bonnes. Han…

— Oh, je ne faisais aucune allusion, s'empressa-t-elle de dire. Sincèrement. Je me demandais juste si… J'espérais que tout se passait bien pour toi.

Il baissa les yeux.

— Hannah, je sais bien qu'il est inutile de me faire des idées. Même si mon offre tient toujours. Alors, dis-moi, que veux-tu ? Pourquoi es-tu venue me voir ?

— Cher Freddie, murmura-t-elle d'une voix altérée. Je voulais te prévenir que j'étais revenue. Et te demander des nouvelles de mon père. Comment va-t-il ?

*Que sait-il ?* ajouta-t-elle pour elle-même.

— Il a l'air d'aller bien. Évidemment, il paraît triste. Mais il est en bonne santé, si c'est ce que tu veux dire. Il m'a raconté que l'avoué de Mayfield était allé le voir, lui aussi.

— Puis-je te demander ce que tu as dit à mon père ?

Avec un haussement d'épaules résigné, Freddie répondit :

— Je ne lui ai rien dit depuis que je t'ai vue dans le Devon. Tu m'avais prié de ne pas en parler.

— Je sais. Mais je pense qu'il est temps, maintenant, que j'affronte la vérité. Que j'avoue tout. Et j'ai peur, Freddie.

— Tu peux !

— Freddie ! s'exclama-t-elle d'un ton de reproche.

— Je suis désolé, Han, mais c'est la vérité. Tu t'es fourrée dans un sacré pétrin.

Elle se mordit la lèvre inférieure et s'enquit, hésitante :

— Je suppose que tu ne pourras pas m'aider ?

— Tu refuses mon aide.

— Je veux dire, préparer le terrain. Lui expliquer que le journal s'est trompé, que je suis toujours vivante. Et... que j'ai un enfant. Et que je suis à Bristol, s'il veut me voir. Je suis descendue à la pension de Mrs Hurst, dans Little King Street.

— Je ne sais pas, Han.

Elle se rappela les paroles de Mrs Turrill : « *Rares sont les cas où il n'est pas miséricordieux. Il est déjà en train de vous tendre la main.* »

Silencieusement, Hannah pria : *Seigneur, pouvez-vous m'aider ?*

Elle regarda Fred et, soudain, se redressa, forte d'une nouvelle détermination.

— Tu as raison. Je vais aller le voir moi-même.

Il haussa les sourcils.

— Maintenant ?

À cette pensée, elle fut saisie de peur.

— Peut-être pas. Pas tout de suite, mais très bientôt.

*Quand j'en aurai trouvé le courage*, songea-t-elle. Si seulement elle avait pensé à en faire quelques réserves, de ce courage.

— Merci, Freddie, ajouta-t-elle en lui serrant le bras.

— Tu n'as pas à me remercier.

— Tu te trompes. Tu m'as donné exactement ce dont j'avais besoin.

Ce même dimanche, Hannah attendit devant l'église où son père officiait comme vicaire sous-payé. Il n'avait pas les relations nécessaires pour percevoir un bon traitement de recteur ou de pasteur. Il avait toujours insisté sur le fait que cette existence modeste lui convenait. Même si cela avait entraîné l'entrée de ses fils, jeunes, dans la Marine, et, pour sa fille, la recherche d'une place rémunérée pour gagner sa vie.

De l'extérieur du bâtiment ancien en pierres grises, elle entendit le ronronnement de la voix de son père qui faisait son sermon. Suivi par les voix nasillardes de la congrégation des fidèles d'un certain âge qui entonnait une hymne solennelle.

Elle n'avait l'intention ni d'entrer, ni d'interrompre le service. Elle allait patienter jusqu'à ce qu'elle puisse le saluer seul, en privé. Mais le sachant occupé à l'intérieur, elle se sentit libre de déambuler dans le cimetière et de se réapproprier les lieux. Elle y avait passé tellement d'heures, enfant.

Elle aperçut l'if noueux dans le coin, et s'avança pour se recueillir sur la tombe de sa mère. Arrivée à quelques mètres de distance, elle s'arrêta soudain, tendant le cou, ses pieds comme enracinés dans le sol couvert de mousse.

Il y avait une nouvelle tombe à côté de celle de sa mère. Elle étouffa un cri d'effroi. Sur la pierre tombale, s'étalait son nom.

S'avançant, elle s'écroula à genoux devant la modeste sépulture.

À la mémoire de
Hannah Rogers
Fille tant aimée
1796-1819

Les larmes jaillirent de ses yeux. Avait-il vraiment fait cela ? Son père, avec ses bas élimés, ses chaussures usées, ses soupes légères, avait-il vraiment dépensé une telle somme ? En mémoire de sa vie et de sa mort, alors qu'il n'avait même pas un corps à enterrer ? Jamais, au grand jamais, elle ne l'aurait imaginé. Son père, qui ne brûlait qu'une bougie de suif pour écrire ou rédiger ses sermons, et ce, uniquement quand la fenêtre n'offrait pas assez de lumière à ses yeux dont la vue déclinait. Il avait dépensé autant d'argent pour elle ?

À la vue de la pierre tombale, les regrets la submergèrent. Son frugal petit déjeuner pesa sur son estomac. L'épitaphe « fille tant aimée », au lieu de renforcer son courage, semblait lui couper les ailes. En se rendant compte qu'elle avait toujours été vivante, il allait doublement déplorer d'avoir dépensé autant d'argent sur ce cénotaphe. Vivante, et entachée de mensonges, par-dessus le marché. Comme sa déception serait grande d'avoir honoré son souvenir comme celui d'une «fille tant aimée», lorsqu'il aurait appris ses innombrables péchés.

De sa main gantée, elle caressa les lettres gravées.

Cette Hannah Rogers, chérie, irréprochable, était morte. Elle était morte plus d'un an auparavant. Et rien ne pourrait plus la ressusciter.

Hannah regagna la pension sans avoir vu son père. Après sa visite au cimetière, elle se sentait incapable de lui faire face. Elle décida de lui écrire et de lui demander de venir la voir, s'il le souhaitait.

La pensée d'une lettre lui rappela que sir John avait ordonné à Mr Lowden de le tenir informé de l'endroit où elle se trouverait. Elle envoya donc un message à son étude, en donnant l'adresse de la pension.

Puis elle attendit. Plusieurs jours. Au fil des heures qui passaient, sa tension se faisait plus vive, ses craintes devinrent plus grandes. Elle avait écrit au pasteur pour lui dire qu'ils étaient séparés depuis trop longtemps. Elle voulait le revoir et lui proposait une rencontre. Mais souhaitait-il la revoir, après la manière dont elle l'avait quitté? Elle l'ignorait.

Mrs Turrill lui avait recommandé un rendez-vous dans un endroit neutre. Loin de son territoire habituel. Aussi attendait-elle dans le salon privé de la pension, qu'elle avait loué pour l'occasion moyennant 1 demi-couronne supplémentaire. L'heure suggérée pour le rendez-vous passa. Le thé refroidit. Les sandwichs au concombre se ramollirent. Elle en vint à perdre confiance. Et courage.

Se tordant les mains, elle arpenta la pièce. Répétant ce qu'elle allait dire. Dans leur chambre, à l'étage, Danny et Becky faisaient un somme. Elle voulait commencer par voir le pasteur, seule. Elle tenait à garder leurs retrouvailles privées. Mais viendrait-il jamais ?

Une nouvelle demi-heure s'écoula. Sentant ses larmes prêtes à jaillir, elle les repoussa, refusant de s'y abandonner. Danny et elle s'en sortaient très bien tout seuls. Elle se rappela qu'ils étaient là l'un pour l'autre. Qu'ils avaient des amis, Mrs Turrill, Becky, Fred. Ils n'avaient pas besoin de…

Quand on frappa, elle resta pétrifiée. Les battements de son cœur lui semblaient plus forts que les coups sur la porte. Elle entendit la démarche pesante de la logeuse qui se dirigeait vers l'entrée. Puis des voix étouffées et des pas traversant le vestibule. À mesure qu'ils se rapprochaient, son pouls s'accélérait. Un petit coup à la porte du salon, le grincement des gonds, les pas qui entraient. Prenant une profonde inspiration, Hannah essuya ses paumes moites à son mouchoir et se retourna.

Il était venu.

Mrs Hurst s'inclina solennellement et referma la porte derrière le visiteur. En le voyant, Hannah sentit son cœur se serrer. Il se tenait debout, raide, sans manteau ni chapeau. Mrs Hurst avait dû faire un effort et les lui prendre. *Si elle avait pu, par la même occasion, le débarrasser de son expression grave…*

Hannah se souvint de respirer. De se redresser de toute sa hauteur. De prier.

—Bonjour. Merci d'être venu. Voulez-vous vous asseoir ?

Le pasteur la dévisagea mais ne bougea pas.

Les nerfs en pelote, elle montra le plateau.

— Puis-je vous offrir une tasse de thé ?

— Non merci, déclina-t-il en secouant la tête.

Au son de sa voix, un flot de souvenirs revint à la mémoire de Hannah. Son père semblait plus âgé, plus mince, même, qu'elle se le rappelait.

Étrangement, elle fut soulagée de ne pas être obligée de servir le thé pour lequel elle avait payé. Elle était sûre que ses mains auraient tremblé.

Elle décida de ne pas oser l'appeler « papa » comme elle en avait coutume et, s'éclaircissant la voix, elle commença :

— Père, je vous ai demandé de venir ici car j'ai besoin de conseils.

Une réserve pleine de méfiance se peignit sur son visage.

— Ah ? s'étonna-t-il. Vous n'avez pourtant pas jugé bon de me consulter, par le passé.

— En effet. Cela n'a été que l'une de mes nombreuses erreurs. Mais, maintenant, j'ai besoin de vos lumières.

Il croisa les bras sur son torse mince.

— Je vous écoute.

— J'ai de nombreuses décisions à prendre. Des décisions qui vont affecter mon avenir et celui de mon fils. Oui, j'ai un fils, maintenant.

Il fit un signe d'assentiment.

— Fred me l'a appris, il y a quelques jours. Avant même que je reçoive votre lettre. Il est venu m'annoncer que vous étiez vivante. Pourquoi ne me l'avez-vous pas dit vous-même ?

Ainsi, ce cher Fred avait finalement pris l'initiative de divulguer la nouvelle.

— Parce que je savais que ma déchéance allait jeter une ombre sur votre réputation. Peut-être même vous coûter votre vicairie. Ne vous inquiétez pas. Je ne suis pas venue vous demander de l'argent ni de l'aide. Juste des conseils et… peut-être, votre pardon. Je n'ai aucun désir d'être un fardeau, ni financier, ni de quelque sorte que ce soit. Mais je rêve de votre pardon.

Tout le long de son discours, maintes fois répété, le pasteur avait gardé la tête baissée sur ses mains. Il leva alors les yeux vers elle.

— Vous avez supposé que ma réputation m'importait plus que le bien-être de ma fille ?

— Eh bien, vous ne pouviez faire autrement que de vous en soucier, et je ne vous en blâme pas.

— Vous avez pensé que je ne vous pardonnerais pas ?

— Le feriez-vous ? Je suis tellement désolée, papa. Pour tout.

Voilà. Elle l'avait dit.

De nouveau, il baissa le regard sur ses mains.

— Savez-vous à quel point je me suis inquiété ? À quel point la nouvelle de votre mort m'a anéanti ? J'aurais renoncé à cent vicairies pour vous avoir en vie.

Hannah sentit son cœur voler en éclats. Ses yeux se remplir de larmes.

— Puis vous avez appris que j'étais vivante ?

— J'étais soulagé et néanmoins en colère. Pourquoi n'êtes-vous pas venue me parler en personne ? Me raconter ce qui se passait ? J'aurais pu vous aider.

—Je vous demande pardon, papa. Mais je vous connais bien. Vous ne m'auriez pas absoute aisément en apprenant que j'étais enceinte. Vous ne m'auriez pas pardonné la honte dont je vous éclaboussais. En toute honnêteté, j'ai estimé qu'il était préférable pour vous que je meure.

Il la regarda, interdit.

—Faut-il que vous soyez encore novice dans l'état de mère! Oui, vous avez raison. J'aurais été profondément déçu, choqué, embarrassé. Je vous aurais sans doute demandé de partir quelque part, pour avoir votre bébé en secret. Mais je n'aurais jamais, au grand jamais souhaité vous savoir morte.

—Je suis tellement désolée, chuchota-t-elle.

—Moi aussi, murmura-t-il d'une voix grave.

Cette voix qu'elle avait si souvent entendue quand il priait pour un enfant mourant, ou l'un de ses vieux paroissiens préférés.

Il fit un pas en avant et elle remarqua que ses yeux brillaient de larmes.

—Eh oui, je vous pardonne.

Il tendit un bras, lui prit la main et elle la serra. Un long moment, ils restèrent ainsi, en silence, les yeux humides. Puis, avec un geste du menton, il lança:

—Bien. Puis-je enfin rencontrer mon petit-fils, maintenant?

# Chapitre 28

Le lendemain, son père la surprit en lui faisant porter certaines de ses plus jolies toilettes laissées à la cure quand elle était partie travailler comme demoiselle de compagnie. Elle savoura le plaisir de mettre de nouveau ses propres vêtements.

Becky l'aida à passer une très jolie robe de promenade en batiste, bordée de dentelle blanche. Elle portait un spencer de velours bordeaux par-dessus et un chapeau assorti dont le bord retourné était doublé de satin plissé blanc. Elle noua les rubans sous son menton, remercia la nourrice, embrassa Danny et quitta la pièce. Son réticule se balançant à son poignet, elle commença à descendre les marches, avec l'intention de faire quelques courses.

Au rez-de-chaussée, la porte de la pension s'ouvrit, et James Lowden entra. Envahie par un tourbillon d'émotions contradictoires, Hannah s'arrêta sur le palier du milieu de l'escalier. Elle jeta un coup d'œil anxieux à la ronde, soulagée de ne pas voir Mrs Hurst qui avait des règles très strictes sur les visites de gentlemen. Sa propriétaire n'avait-elle pas laissé entendre que c'était l'après-midi où elle jouait au whist chez une amie ? Hannah espérait que si.

— Mr Lowden ?

Il leva brusquement la tête et l'aperçut, sur le palier. Son regard la parcourut de la tête aux pieds. Puis, la dévisageant, il murmura :

— Vous avez l'air... en forme.

Mais ses yeux lui disaient qu'elle était belle.

— Merci.

Elle était contente d'arborer une robe seyante et d'avoir dissimulé ses taches de rousseur sous un nuage de poudre. Très beau, lui aussi, James avait fière allure dans son habit, sa cravate d'un blanc neigeux et son gilet. Sans la quitter du regard, il retira son chapeau.

Un peu empruntée, elle descendit l'escalier. Puis, oubliant ses courses, elle suggéra :

— Peut-être aimeriez-vous entrer dans le salon, Mr Lowden ? Nous pourrons y parler.

D'un geste, il lui indiqua de passer devant lui. Une fois à l'intérieur, il posa son couvre-chef sur la console et, avec un regard entendu, referma la porte derrière eux.

Le cœur battant la chamade, Hannah ôta son chapeau. Après la froideur de leurs adieux, après qu'elle l'eut repoussé, son compliment et son regard brûlant étaient un soulagement. Elle était heureuse de voir que, après cette audience si injurieuse,

James pouvait encore lui parler avec gentillesse. Un quart de seconde, elle se sentit déloyale. Puis elle se rappela que, malgré l'affection de longue date que lui inspirait sir John, elle n'avait plus aucune chance avec lui, maintenant que Marianna était revenue. Que cela lui plaise ou non, il était un homme marié, et elle l'avait elle-même poussé à ne pas demander le divorce.

D'un pas lent, James s'avança vers elle. Il la dévorait des yeux. Le souffle court, elle soutint son regard. Se pourrait-il qu'ils aient un avenir ensemble ? James pourrait-il l'aider à guérir son cœur ?

Les pupilles de l'avoué se dilatèrent, leur noir éclipsant presque le vert de ses iris. Les narines palpitantes, il murmura en un long soupir :

— Hannah.

— Je suis… ici, bafouilla-t-elle, attendant qu'il l'embrasse.

D'une main, il effleura sa joue.

— Hannah chérie, souffla-t-il.

Mais il ne bougea pas.

Pourquoi hésitait-il ? Elle ne comprenait pas. Laissant retomber sa main, il se racla la gorge.

— Avant que nous fissions ou… disions quoi que ce soit, je dois vous raconter quelque chose.

Mais en respirant l'odeur de son eau de toilette, en regardant les sillons creusés dans ses joues, elle entendit à peine ses objections. Elle ne voulait pas parler. Elle voulait oublier. Toutes ses peurs, toutes ses humiliations des dernières semaines. Tous ses sentiments contradictoires pour un homme qui ne serait jamais à elle.

— Chut! lui dit-elle en pressant un doigt sur sa bouche, avant de suivre l'un de ces sillons si tentants.

Aussitôt, James combla le vide entre eux et pressa sa bouche sur la sienne. Il l'attira dans ses bras et l'étreignit à l'étouffer. Inclinant la tête de côté, il approfondit son baiser. Un baiser ardent, passionné, intense. Il posa ses mains sur sa taille, l'attirant plus près de lui.

S'arrachant à son baiser, il laissa glisser ses lèvres sur sa joue, son cou, son oreille.

— Épousez-moi, chuchota-t-il.

Un frisson la parcourut. Elle réprima un soupir. Soudain, la pensée de sir John lui traversa l'esprit et son cœur se serra.

— James, attendez!

Elle le repoussa.

— Je suis désolée. J'ai pensé que… peut-être, mais…

Elle secoua la tête.

— Je ne peux pas. Pas maintenant. Il s'est passé trop de choses.

— Je sais, dit-il d'une voix altérée, essayant de reprendre son souffle. Pardonnez-moi, je me suis emballé.

Il la libéra, fit un pas en arrière et laissa échapper un soupir saccadé.

— Je suis venu ici, bien déterminé à garder mes distances. Tout au moins, jusqu'à ce que je vous aie fait part de ce que j'ai à vous dire.

Elle leva vers lui un regard empreint d'inquiétude.

— De quoi s'agit-il?

L'air soudain tourmenté, il commença :

— J'ai appris que sir John n'avait jamais été marié légalement à Marianna Spencer.

— Comment ?

Perplexe, Hannah fronça les sourcils. Elle avait dû mal comprendre.

— Vous vous rappelez que sir John m'a chargé de trouver des preuves capables d'incriminer Anthony Fontaine ? Cela concernait leur liaison.

Elle fit un signe d'assentiment.

— Au lieu de cela, quand je suis rentré à Bristol, j'ai découvert que Marianna s'était enfuie pour se marier avec Anthony Fontaine, avant d'épouser sir John.

Déconcertée, Hannah s'écria :

— Vous ne parlez pas sérieusement ?

— Si. Hélas. Son père voulait qu'elle épouse sir John. Outragé, Mr Spencer a refusé de reconnaître le mariage en Écosse comme légal. Aussi l'a-t-il dissimulé. Il a payé le pasteur, le cocher, tout le monde, pour garder le silence. Pour faire comme si ce ne s'était jamais produit.

— Et Mr Fontaine ?

— Il était tout à fait d'accord pour faire partie du complot. Manifestement, Marianna et lui n'ont jamais eu l'intention de mettre un terme à leur relation.

— Je n'arrive pas à y croire. Comme c'était risqué !

— Oui. Un pari qui pouvait finir par lui coûter cher. Savez-vous que la bigamie peut être punie de pendaison ?

— Cela n'ira sûrement pas aussi loin.

—Je suis de votre avis, mais c'est une possibilité.

Comme si ses poumons s'étaient soudain vidés de leur oxygène, Hannah suffoquait. Vacillant sur ses jambes, elle s'assit dans un fauteuil. Le brasier qui, quelques minutes auparavant, la consumait semblait avoir été éteint par une douche glacée.

Elle ferma les yeux et susurra :

—Oh… sir John !

—Oui, même moi, je suis désolé pour lui, renchérit James en se frottant la nuque.

—Que va-t-il faire ?

—Il cherche à faire annuler le mariage pour escroquerie.

—Va-t-il y parvenir ?

Les lèvres serrées en une ligne amère, James se détourna.

—Si Fontaine et le cocher sont tous les deux d'accord pour témoigner, je pense que c'est gagné d'avance.

Observant son profil, elle perçut sa tension à la crispation de ses mâchoires, à ses yeux fuyants, et murmura, pensive :

—Je ne suis pas étonnée que vous n'ayez pas eu envie de me le raconter.

—J'ai bien failli ne pas le faire.

D'une main levée, elle le rassura :

—Je le sais. Je ne vous blâme en rien. Je suis même surprise que vous me l'ayez confié, ajouta-t-elle avec un petit rire triste.

—Je reconnais que j'ai été tenté d'attendre. De, peut-être même, vous suggérer de nous enfuir pour nous marier, nous aussi, avant que vous ne l'appreniez par quelqu'un d'autre. Mais je…

—Vous êtes bien trop homme d'honneur pour cela, conclut-elle à sa place.

—Le suis-je ? Quoi qu'il advienne, je suis toujours tenté de vous demander en mariage. Mais d'abord, je vais vous laisser le temps d'assimiler la nouvelle. Puis-je vous rendre de nouveau visite ?

—Oui. Cela va de soi.

Mais, longtemps après que James eut quitté la maison, Hannah resta assise dans son fauteuil. Revivant des scènes du passé à la lumière de cette nouvelle révélation.

Elle se souvenait de petites phrases prononcées par lady Mayfield, de petites phrases qu'elle avait, à l'époque, attribuées à la déception que son union avec sir John causait à Marianna. Des phrases comme : « *J'aimerais qu'Anthony agisse. Qu'il mette un terme à la mascarade qu'est ce mariage, une fois pour toutes.* »

L'idée ne lui avait jamais traversé l'esprit que les noces de Marianna étaient une mascarade et, pis, une escroquerie. Elle ne s'étonnait plus que Fontaine ait été anéanti par la nouvelle de la « mort » de Marianna. Elle était sa femme.

D'autres bribes de leurs conversations lui revenaient. Les taquineries. Les allusions. Marianna demandant, coquette, à Anthony : « *Et comment va Mrs Fontaine, ce soir ?* » et les réponses à double sens de son partenaire, qui faisaient toujours sentir à Hannah qu'elle était exclue de quelque blague privée : « *C'est à vous de me le dire.* » Ou bien : « *Ma chère épouse est à la maison et a l'intention de se retirer tôt.* »

Tous deux avaient malicieusement fait référence à Mrs Fontaine devant elle et elle n'avait jamais rien deviné. Qui aurait pu imaginer une chose aussi sordide ?

Le lendemain, Hannah arpenta sa petite chambre, faisant les cent pas pour calmer Danny qui se montrait particulièrement difficile. Becky avait déjà essayé, et avait renoncé. Mrs Hurst ne voyait pas d'un bon œil les bébés qui pleuraient. Hannah se demanda si elle n'aurait pas dû accepter la proposition de son père, de revenir chez lui, mais elle n'était pas prête. Pas encore. En outre, elle ne tenait pas à exhiber son enfant illégitime devant les paroissiens.

Quand elle entendit frapper à la porte, elle se raidit. Se préparant à une réprimande, elle se hâta d'aller ouvrir.

— Bonjour, Mrs Hurst. Je suis désolée mais Danny...

— Un gentleman vous demande, l'interrompit sa logeuse.

Son cœur fit un bond dans sa poitrine. Se pouvait-il que ce fût sir John ? Elle s'empressa de se rabrouer. Décidément, elle était trop bête !

Soudain silencieux, un poing dans la bouche, Danny observait Mrs Hurst, des larmes perlant à ses longs cils.

— Voici sa carte, reprit sa propriétaire. C'est un avoué. Vous n'avez pas d'ennuis, j'espère ?

Hannah jeta un coup d'œil au bristol. C'était celui de James Lowden.

— Non, répondit-elle, essayant d'ignorer sa déception.

Devant l'air soupçonneux de Mrs Hurst, elle expliqua :

— Mr Lowden est l'avoué de sir John Mayfield. Mon… ancien employeur.

— Mayfield ? N'est-ce pas le nom de la femme dans les journaux ce matin ?

— Je… ne sais pas, murmura Hannah, distraite.

Daniel l'avait trop accaparée pour lui laisser le loisir de lire les nouvelles. Puis, avec un soupir, elle annonça :

— Bien. Je vais descendre et m'entretenir avec Mr Lowden dans le salon, si vous me le permettez, Mrs Hurst.

— Ça, vous n'allez pas le recevoir dans votre chambre, pour sûr ! Je tiens un établissement respectable, moi.

— Oui, je le sais, approuva Hannah, affable. Et je vous en suis très reconnaissante.

Remettant Danny à Becky, elle sortit de la pièce et, sa main agrippant la rampe de l'escalier, descendit au salon.

À son entrée, James se retourna pour la saluer.

— Miss Rogers.

— Mr Lowden, dit-elle avec un sourire.

Mais il ne se dérida pas.

— Est-ce Daniel que j'ai entendu ? Il n'a pas l'air très content.

— J'ai bien peur que ce ne soient de nouveau ses coliques.

— Ah ! murmura James, visiblement distrait.

Hannah ferma la porte du salon, puis se tourna vers lui mais, d'une main, il l'arrêta.

— Je crains de ne pas être ici en visite amicale.

À la fois surprise et curieusement soulagée, elle attendit.

— Vraiment ?

— Je suis ici en tant qu'avoué de lord Mayfield. J'ai reçu une lettre de sa part. Une lettre dans laquelle il avait inclus une missive qui vous était destinée. Comme il n'a pas votre adresse, il m'a prié de vous la transmettre.

Sur ces mots, il tira de sa poche un rectangle plié, et le lui tendit.

Elle le prit, jeta un regard au cachet et le trouva intact. Son manège n'ayant pas échappé à James, il ironisa :

— Non, je ne l'ai pas lue.

À travers ses cils baissés, elle le regarda à la dérobée.

— Mais vous voulez que je vous révèle ce qu'elle contient.

Un instant, il la contempla sans bouger.

— Je n'ai pas dit cela.

— C'était inutile. Si vous n'étiez pas curieux, vous auriez pu me la faire porter par un messager.

— Ce n'est pas la raison pour laquelle je suis venu en personne.

Elle s'attendait à surprendre un sourire sur ses lèvres, une lueur charmeuse dans ses iris. Mais il restait grave et zélé.

Baissant soudain les yeux, il toussota et annonça :

— Pardonnez-moi. J'ai encore un devoir à remplir.

Tout en persistant à fuir son regard, il tira une petite bourse en cuir d'une autre poche.

— La pension pour Daniel. Sir John insiste pour être autorisé à l'entretenir, du moins tant que vous ne serez pas mariée, et même après si votre… mari est… d'accord, bafouilla-t-il. Il me prie de vous indiquer qu'en acceptant l'argent pour Daniel, vous n'avez aucune dette envers lui.

Elle contempla James et eut l'impression de voir un garde de la reine, le menton levé, les lèvres serrées, regardant droit devant lui, en assurant son devoir solennel.

— Oh, James…

De nouveau, il l'arrêta d'une main.

— Miss Rogers. Je suis obligé de vous le demander. Avez-vous des questions ou des requêtes à formuler à mon employeur ? Des nouvelles de la santé de votre fils ou des éléments nécessaires à son entretien, que vous aimeriez que je lui transmette ?

Sentant les larmes lui monter aux yeux, Hannah répondit :

— Juste une requête, Mr Lowden.

Un éclair d'incertitude passa dans son regard inflexible.

— Oui ?

— Dites-moi ce que je dois faire, plaida-t-elle d'une voix tremblante.

Son émotion palpable, il déglutit, puis, sa dureté revenue, rétorqua :

— Je crains que ce ne soit impossible.

Puis, il prit congé, et la laissa lire la missive en privé.

*Chère Miss Rogers,*

*Lorsque vous lirez cette lettre, vous aurez sans nul doute appris la triste histoire du mariage de Marianna Spencer et d'Anthony Fontaine lors de leur fuite en Écosse, avant ma propre union avec Miss Spencer. Je voulais vous informer, avant que vous l'appreniez par la presse que j'ai demandé une annulation du mariage pour escroquerie. Je sais que vous condamnez le divorce mais, au vu des circonstances, j'espère que vous m'absoudrez. Mon avoué m'assure que mon accusation aboutira. Je redoute le procès, le scandale, les ragots infâmes, mais je veux que l'affaire soit réglée aussi vite et aussi discrètement que possible. Je n'ai aucun désir de confondre Marianna publiquement, pas plus que de la punir, et je sais déjà qu'elle accueillera avec bonheur d'être officiellement libérée de moi.*

*Je veux vous donner toute assurance que j'engage cette action pour moi-même, sans attente ni espoir que nous pourrons ou même pourrions avoir un avenir commun. Je ne souhaite pas vous voir vous décider sous l'effet de la culpabilité, ou de la reconnaissance. Vous êtes libre. Et, avec un peu de chance, je le serai aussi bientôt.*

*Je vous demande pardon d'impliquer Mr Lowden dans ce processus, mais je n'ai pas votre adresse. Je l'ai prié de vous faire parvenir cette lettre comme il le jugera bon. Par la poste ou par messager, j'espère, pour éviter tout malaise entre vous.*

*Je souhaite également vous réitérer ma volonté de subvenir aux besoins de Daniel, au moins jusqu'à votre mariage, et au-delà si votre mari est consentant. Encore une fois, vous ne devez pas croire que c'est une ruse de ma part pour vous acheter. Vous ne devez vous sentir redevable en rien envers moi. Je souhaite seulement que Danny et vous-même ne manquiez de rien pendant que vous décidez de votre avenir.*

*J'espère, et je prie quotidiennement pour cela, que vous vous soyez réconciliée avec votre père. Si je peux faire quoi que ce soit pour vous aider à ce sujet, je vous en prie, informez-m'en. Je ne veux ni préjuger ni interférer, mais s'il vous reprochait quoi que ce soit, je serais heureux de lui parler pour vous, et d'accepter la responsabilité de votre situation, même si je ne peux que me féliciter de l'existence de Danny. J'accepterai volontiers de porter le blâme, en vous attribuant tout le mérite pour cet adorable enfant en pleine santé, et l'homme bon et honorable que, grâce à votre influence et votre éducation, il deviendra sans nul doute.*

*Que Dieu vous bénisse et vous accorde une vie longue et heureuse.*

*Votre dévoué,*
*sir John Mayfield, chevalier commandeur de l'ordre du Bain.*

Hannah s'écroula dans le canapé pour relire la lettre. Elle avait l'impression que lord Mayfield la poussait à choisir James. Un homme plus jeune qui n'était pas abîmé par un passé sordide. Mais elle-même avait son propre passé sordide à prendre en compte. Même si elle pensait que Dieu lui avait pardonné, elle ne se sentait pas, pour autant, libérée des conséquences : la disgrâce, les ragots, l'exclusion de la société respectable.

Si elle n'avait été qu'abnégation, elle aurait renoncé aux deux hommes.

Mais elle n'était pas qu'abnégation.

# Chapitre 29

Le pasteur Rogers invita Hannah et Danny à dîner, permettant ainsi à Becky d'avoir une soirée de congé bien méritée. Hannah lui proposa de l'argent, au cas où la jeune fille aurait souhaité sortir. Mais elle préférait rester pelotonnée dans son lit, avec un livre et une boîte de bonbons. Hannah fut heureuse de les lui procurer.

Comme il était étrange d'entrer dans son ancienne maison en invitée. Après l'avoir saluée d'un sourire un peu emprunté et lui avoir suggéré d'aller voir dans sa chambre si elle avait besoin de quoi que ce soit, son père emmena Danny dans son bureau.

Lentement, elle fit le tour de la pièce, avec l'impression de visiter un musée de sa jeunesse. Rien n'avait bougé depuis qu'elle avait déménagé chez les Mayfield, quelques années auparavant. Elle feuilleta un journal intime qu'elle avait oublié depuis longtemps et y trouva une lettre de Fred, à l'encre pâlie. Certes, elle avait perdu le jeune Fred, son soupirant.

Mais elle était reconnaissante de l'avoir aujourd'hui comme ami. Elle tria ensuite ses vêtements de bébé, que ses parents avaient gardés, et décida d'en prendre certains pour Danny. Une chemise de nuit, un manteau, un bonnet de laine et une couverture moelleuse. Elle trouva aussi une broche qui avait appartenu à sa mère – des petites jacinthes peintes sur un fond d'ivoire –, et pensa qu'elle ferait un joli cadeau pour Mrs Turrill. Elle se rappelait la gouvernante lui disant que les jacinthes étaient ses fleurs préférées. Enfin, elle choisit quelques ouvrages pour Becky, et, pour elle, une magnifique Bible reliée en cuir.

Quand elle regagna le bureau de son père, elle s'arrêta sur le seuil. Devant le spectacle de son fils sur les genoux du pasteur, elle sentit son cœur se gonfler de joie. Tout en priant, le grand-père regardait son petit-fils et prenait des expressions comiques qui auraient grandement surpris ses paroissiens. La domestique avait préparé un dîner simple : une soupe de poireaux et du poulet. Endossant le rôle de maîtresse de maison, Hannah servit le potage, le souvenir de sa mère demeurant très présent.

La servante admira Danny, le qualifiant de beau garçon. Mais son coup d'œil furtif à son annulaire nu n'échappa pas à Hannah.

Le lendemain, à la pension, Mrs Hurst revint frapper à la porte de sa chambre. Hannah avait une nouvelle visite.

— Cet avoué est revenu, annonça la logeuse avec un froncement de sourcils contrarié. Vous êtes bien certaine de ne pas avoir d'ennuis ?

—Absolument certaine, Mrs Hurst, la rassura-t-elle.

Grâce au ciel, c'était fini !

Laissant un Danny satisfait aux soins de Becky, elle descendit voir James, se demandant si, cette fois-ci, sa visite était une visite d'affaires ou d'amitié.

Debout dans le salon, James tordait nerveusement le bord de son chapeau entre ses mains. Dès qu'elle eut franchi le seuil, il lança :

—Vous connaissez la nouvelle ?

Surprise, elle cligna des yeux.

—Quelle nouvelle ?

—Au sujet de Marianna ?

D'un doigt, elle lui fit signe d'attendre et alla refermer la porte. Elle savait que les oreilles de Mrs Hurst traînaient toujours un peu.

—Dites-moi.

—Elle a été accusée de bigamie.

Interloquée, Hannah le dévisagea. Comment était-ce possible ?

—Non… Je ne peux croire que sir John l'ait exposée ainsi, publiquement. Dans sa lettre, il m'affirmait tout le contraire.

À cette pensée, elle éprouva une immense déception.

—Sir John n'y est pour rien. C'est Mr Fontaine qui s'est présenté en plaignant, comme la « partie lésée », dont la femme avait épousé un autre homme.

Hannah secoua lentement la tête.

—Je n'en crois pas mes oreilles. Marianna doit être furieuse. Sir John a-t-il témoigné ?

James hocha la tête

—Il a été convoqué par le juge. Donc, oui, il l'a fait. Mais à contrecœur.

L'évidence lui sauta aux yeux : ainsi, sir John était à Bristol et il n'était pas venu les voir, elle et Danny. Avec un sentiment soudain de lassitude, elle s'écroula dans un fauteuil.

—Marianna s'en est tirée à bon compte, étant donné l'accusation, poursuivit James. Elle a réussi à faire porter tout le blâme par son père. Son père qui, comme par hasard, est mort. Elle ne sera ni pendue, ni même emprisonnée.

—Dieu merci, intervint Hannah.

—Elle a juste été condamnée au pilori de Redcliffe Hill, pendant trois heures.

—Le pilori ? Marianna ? s'exclama-t-elle, abasourdie.

—Oui. Je pensais que vous seriez contente.

Hannah secoua la tête. Elle ne ressentait rien de tel. La connaissait-il si mal ?

—Contente ? Jamais de la vie. Pauvre Marianna.

—« Pauvre Marianna ! » Après ce qu'elle a essayé de vous faire !

—Je sais, mais...

Elle ne finit pas sa phrase. L'image de Marianna, si belle, si pomponnée, assise à même le sol, les chevilles prisonnières du carcan, dans l'une de ses plus belles robes... Seule. Cible du mépris, de l'humiliation.

James déroula sa montre de gousset.

—En fait, elle doit se trouver en ce moment même dans le carcan.

Refermant la montre avec un bruit sec, il demanda avec prudence :

— Vous savez ce que cela signifie ?

Hannah se leva d'un bond.

— Cela signifie que je dois aller la voir.

— Comment ? Non, je veux dire, ce que cela signifie pour sir John.

Mais Hannah ne pensait pas à sir John, elle pensait à Marianna.

— Pourrez-vous, s'il vous plaît, dire à Becky que je rentrerai quand je pourrai ?

Sur ces mots elle sortit de la pièce en trombe et se précipita dans la rue. Elle entendit vaguement James lui crier d'arrêter ou, tout au moins, d'attendre la calèche, mais elle l'ignora. Elle longea Queen's Square en courant, traversa le pont et gravit d'un pas vif Redcliff Hill. Essoufflée, elle avait un point de côté.

Elle dépassa St Mary et son cimetière, caché derrière la plus touffue des haies. Juste devant, elle avisa le carcan : un double carcan mais une occupante seulement. Lady Mayfield – ou était-ce Mrs Fontaine – était assise sur le sol boueux, les chevilles attachées, ses petits pieds chaussés de mules éraflées. Le regard fixé droit devant elle, elle ignorait les badauds et les passants, qui faisaient hâter le pas à leurs enfants.

Une petite foule commença à se rassembler, à la huer, à se moquer. Fusillant les gens du regard, Marianna leur lançait des invectives que Hannah était trop loin pour entendre, ce qui était sans doute préférable.

Alors qu'elle approchait, un garçon d'une dizaine d'années, une pomme pourrie à la main, fit mine de viser la condamnée. L'apercevant, Marianna se couvrit le visage de ses mains.

S'élançant, Hannah attrapa le garçon par le bras.

— Non! Rappelle-toi, « Que celui qui n'a jamais péché jette la première pierre. »

— Ce n'est pas une pierre, mademoiselle, c'est une pomme.

Le regard sévère, elle lui ordonna :

— Ne la lance pas!

Puis, relevant le bas de ses jupes, elle s'avança sur la pointe des pieds sur le bourbier laissé par la pluie de la veille. Marianna ne l'avait pas encore vue mais Hannah arrivait assez près d'elle pour percevoir ses sanglots silencieux.

Elle contourna les carcans et donna un coup de pied dans l'un d'entre eux, par erreur. Le bruit fit sursauter Marianna qui ouvrit brusquement les yeux. Ses bras se tendirent pour se protéger d'un projectile ou d'un coup.

L'espace d'un moment, elle la dévisagea d'un air acerbe, son regard noir. Pensant qu'elle allait la repousser, Hannah regarda son ancienne maîtresse avec anxiété.

— Vous êtes venue exulter? persifla Marianna.

— Non, répondit-elle.

— Alors, pourquoi êtes-vous ici?

Rassemblant ses jupes d'un côté, Hannah s'assit sur le sol près d'elle.

— Pour vous soutenir. Pour traverser cette épreuve avec vous, parce que je suis votre demoiselle de compagnie.

—Je vois! railla la prisonnière en une piètre tentative de moquerie.

Ignorant l'humidité qui transperçait sa robe, Hannah contempla la foule de badauds, son regard défiant chacun d'eux de lancer un projectile dans leur direction. Priant pour que personne ne le fasse.

Puis, jetant un coup d'œil de côté, elle surprit la moue pleine d'amertume de Marianna.

—Je devrais vous dire de partir, commença celle-ci, les lèvres tremblantes, les yeux pleins de larmes. Que je n'ai pas besoin de vous. Mais je suis trop faible. Je ne peux supporter cela seule.

Lentement, Hannah hocha la tête.

—Ce ne sera pas nécessaire. Je suis là.

James, qui arrivait à petites foulées, remarqua Anthony Fontaine, appuyé contre un arbre, à quelque distance du carcan. Au moment où il passait devant lui, Fontaine l'arrêta, posant une main sur son bras.

—Laissez-les.

—Votre attitude m'étonne, Fontaine, gronda-t-il. De vous, c'est abject.

—Elle aurait pu être pendue, envoyée en prison. Ce n'est rien, en comparaison.

—Pour une femme comme Marianna Spencer? s'insurgea James.

D'un ton dégagé, Fontaine répliqua:

—Ce sera bon pour elle d'être un peu rabaissée. Elle a une trop haute opinion d'elle-même.

Un moment, James resta là où il était, déchiré entre son désir de se précipiter et de soutenir Hannah, et celui de ne pas vouloir être surpris à prendre parti. Cela n'aiderait pas sa réputation. Il regarda de nouveau Fontaine.

— Qu'allez-vous faire maintenant ?

— Je vogue pour l'Amérique dans trois jours.

— « L'Amérique » ? s'étonna l'avoué en tournant vivement la tête.

— Oui. Je suis prêt pour un nouveau départ.

— Vous allez laisser Marianna ?

— Seigneur ! Jamais de la vie. Elle m'accompagne.

De plus en plus surpris, James demanda :

— Vraiment ?

— Oui. Après tout, nous sommes mariés.

— Et elle est d'accord pour partir ?

— Pas encore. Mais je la connais bien. Elle croit m'avoir perdu. Soudain, je redeviens très séduisant. Elle va venir avec moi, conclut-il, sûr de lui.

Après avoir observé un instant son profil implacable, James s'enquit :

— Vous regrettez ? D'avoir accepté de faire partie de ce complot ?

Le regard toujours braqué sur le carcan, Fontaine réfléchit.

— Je voulais l'argent et je savais qu'elle n'aimait pas sir John. Je ne pensais pas que cela me gênerait autant.

Avec un profond soupir, il ajouta :

— Mais je me trompais.

James contempla derechef le carcan. De loin, Hannah croisa son regard. L'air solennelle, elle hocha la tête, puis reporta son attention sur Marianna.

James attendit une minute encore puis, tournant les talons, rentra à son étude.

Plus tard, après la libération de Marianna, Hannah regagna la pension, se lava et se changea. Après s'être assurée que Danny et Becky ne manquaient de rien, elle ressortit. James avait fait allusion à la convocation de sir John comme témoin. Elle supposait ou, tout au moins, espérait, qu'il se trouve toujours à Bristol. Pour gagner en confiance, elle avait mis sa jolie robe de promenade. Accepterait-il de la recevoir? Si oui, serait-ce avec empressement ou avec réticence?

Elle se dirigea vers la maison de Great George Street, la résidence de lord Mayfield. Un endroit qu'elle avait occupé comme demoiselle de compagnie de Marianna, avant le déménagement à Bath. Le lieu où Danny avait été conçu.

Prise d'une soudaine appréhension, elle forma des vœux pour ne pas se voir accueillie par le méprisant Mr Ward, aux regards lascifs. Elle était toujours aussi reconnaissante d'avoir évité les mains baladeuses du secrétaire, par le passé.

Les paumes moites dans ses gants, elle monta les marches du perron en murmurant une prière silencieuse: *Que votre volonté soit faite…*

Elle sonna. À son grand soulagement, ce fut Hopkins, le majordome, qui lui ouvrit.

—Bonjour, Hopkins.

Haussant ses sourcils poivre et sel, il s'exclama :

— Miss Rogers ! Quelle surprise !

— Je n'en doute pas… J'espérais pouvoir m'entretenir brièvement avec sir John. Reçoit-il des visiteurs ?

— Non, mademoiselle. Je crains fort que non. Depuis son retour, il est traqué par les journalistes. Il est parti dès la fin du procès.

— Puis-je vous demander où il est allé ?

Hésitant, il répondit :

— Je ne peux vous communiquer sa destination, mademoiselle.

Blessée de se sentir repoussée, elle insista :

— Il vous a prié de ne pas me le dire ?

— Non, mademoiselle. Pas à vous spécifiquement. Il ne voulait pas que je le dévoile à ces journalistes.

— Je vois. Pouvez-vous seulement m'indiquer s'il est retourné dans le Devon ? Je vous promets de garder le secret.

Il jeta un coup d'œil prudent à droite et à gauche, puis, son vieux regard soudain pétillant de malice, chuchota :

— Bien, mais vous ne l'avez pas entendu de ma bouche. Oui, c'est bien un vent de sud-ouest qui y souffle.

Quand Hannah rejoignit la pension, elle régla sa note à Mrs Hurst, puis monta à sa chambre pour finir ses derniers bagages. Afin d'« aérer la pièce, après toutes ces couches », selon les paroles de la logeuse, elle laissa la porte ouverte et entrouvrit la fenêtre.

Impatiente de faire le voyage, Becky fredonnait tout en habillant Danny de son petit manteau et du bonnet en laine, pour le protéger du vent humide. Ils iraient saluer rapidement son père. De là, ils n'auraient qu'une courte distance à franchir pour gagner le relais de poste.

Alors qu'elle enfilait ses gants, elle sentit sa nuque parcourue de picotements. En sursautant, elle se retourna.

James Lowden se tenait sur le seuil de la chambre. Elle avait oublié que la porte était ouverte derrière elle.

—James, vous m'avez fait peur, le rabroua-t-elle en portant une main à son cœur. Vous n'êtes pas censé monter jusqu'ici. Ma propriétaire a des règles très strictes en ce qui concerne les visites de gentlemen.

Elle parvint à esquisser un sourire tremblotant. Mais l'expression du visiteur demeurait impassible.

—Vous faites vos bagages ?
—Oui.

Il pinça les lèvres puis, se tournant vers Becky, lui intima :

—Pourriez-vous descendre avec Danny et attendre au salon pendant que je m'entretiens avec Miss Rogers ?

—Très bien, monsieur, obtempéra Becky avec une petite révérence.

Daniel dans les bras, elle quitta la pièce. La crainte de la voir s'enfuir avec son fils n'effleurait plus Hannah. La jeune fille était bien trop impatiente de retrouver le Devon et sa chère Mrs Turrill.

Une fois le bruit de ses pas évanoui, James demanda :

—Avez-vous pris la décision de déménager chez votre père ?

—Non.

Il tressaillit. Les poings crispés, les narines frémissantes, il prit une profonde inspiration et, scrutant le visage de Hannah à travers ses yeux plissés, avança :

— Vous retournez à Clifton ?

— Pas à Clifton House mais, oui, je retourne à Lynton.

— Pour voir sir John ?

— Pour voir Mrs Turrill, précisa-t-elle.

D'un geste distrait, elle ajouta un mouchoir à son réticule et poursuivit :

— Elle a offert à Becky d'habiter chez elle, et je lui ai promis de la raccompagner là-bas dès que j'aurais terminé ici.

— Et… vous avez terminé ?

Se figeant, elle le dévisagea. Puis, prenant une profonde inspiration, elle murmura :

— Je crois que oui.

Avec un rictus douloureux, il hasarda :

— Vous seriez partie sans même m'en aviser ? Je ne vois pas pourquoi je suis surpris. Vous avez déjà agi ainsi par le passé et j'aurais dû savoir que vous recommenceriez.

Le regard voilé d'une mélancolie soudaine, elle secoua la tête.

— Sir John ne voudra sans doute pas entendre parler de moi. Maintenant qu'il est libéré de moi, de Marianna, de tout cet abominable scandale. Il est probable qu'une fois Becky arrivée à bon port, je reviendrai, les mains vides.

— J'en doute fort.

— Je ne sais pas. Mais si j'ai la moindre chance avec sir John, je dois la tenter.

— Non, vous n'êtes pas obligée.

— James, je vous en prie…

Elle lui tendit une main, puis se ravisa. Peut-être ferait-elle mieux de ne pas le toucher. De ne pas jouer avec le feu. Sous les cendres, les braises étaient à peine éteintes.

— Je vous ai vu, au pilori, reprit-elle. J'ai vu votre expression. La distance que vous affichiez. Et j'ai compris. Vous devez à tout prix éviter le scandale et c'est ce que je représente. Un enfant illégitime, l'imposture, la bigamie.

— Vous n'aviez rien à voir avec tout cela.

— Je le sais. Mais il existe un lien entre moi et toute l'affaire. Vous voulez développer votre clientèle. Quoi de plus naturel ? Je ne peux vous aider dans cette entreprise. Je ne pourrais que vous faire du tort. Si vous m'épousiez, je verrais au fil du temps votre amour pâlir pour se transformer en regret d'abord, puis en ressentiment.

La frustration, le chagrin peut-être se peignirent sur les traits de James. Pourtant, il ne nia pas.

— Mais, Hannah, je veux être avec vous, protesta-t-il. Je ne supporterais pas de ne plus jamais vous toucher…, ajouta-t-il en faisant glisser ses mains le long des bras de la jeune femme.

Inclinant la tête, il déposa une pluie de baisers sur son épaule dénudée et elle sentit une myriade de délicieux frissons la traverser.

— Ne partez pas encore. Donnez-moi une chance. Donnez-nous une chance.

L'espace d'un instant, elle l'envisagea. Puis le visage fourbe de Marianna s'imposa à son esprit et son estomac se noua.

Avec un soupir à fendre l'âme, elle recula d'un pas.

—Non, James, je ne le ferai pas.

Le regard flamboyant de colère, il secoua la tête.

—Avouez-moi la vérité, Hannah. Vous ne me repoussez pas uniquement par inquiétude pour mon étude, ni même pour Daniel. La véritable raison est que vous préférez sir John. Est-ce que je me trompe ?

Elle laissa son silence répondre pour elle. S'il était vrai qu'elle était séduite par James, elle aimait sir John. Et elle l'aimait depuis longtemps.

Soudain très agité, il passa une main dans ses cheveux.

—Alors, comment suis-je censé réagir ? En persévérant dans le stoïcisme et en essayant de prétendre qu'il n'y a rien entre nous ? En continuant à travailler pour sir John comme avoué, comme si je ne mourais pas d'envie de vous prendre dans mes bras, à chaque instant ?

Elle le regarda sans ciller et, avec un nouveau soupir, répliqua :

—Alors, dans ce cas, il est peut-être temps pour sir John d'engager un nouvel avoué.

# Chapitre 30

De la route, Clifton évoquait un tableau champêtre. Une bâtisse à tourelles, en pierre de taille, nichée dans les alisiers, un parc semé de massifs bordés de buis, et une tonnelle couverte de pampres de vigne. Ou peut-être, plutôt, une nature morte, car tout était figé, silencieux. Pas de Mrs Turrill agitant gaiement la main sur le pas d'une porte. Pas de docteur Parrish lançant un joyeux salut, de la Grange voisine. Pas de sir John assis dans son fauteuil, derrière la fenêtre du premier étage.

Hannah s'approcha de la maison mais ne vit personne. Où étaient-ils tous ?

Mrs Turrill n'avait pas pu lui préciser si sir John habitait toujours Clifton House, car elle n'y travaillait plus. Elle avait refusé d'y retourner après le procès de Marianna, puis les Mayfield étaient partis pour Bristol. Elle avait entendu dire que sir John était récemment revenu dans la région, mais elle ignorait s'il comptait rester, et combien de temps.

Hannah murmura une prière silencieuse : *Pourvu qu'il n'ait pas fait de rechute.* Était-ce la raison pour laquelle il n'était pas venu la voir, lors de son séjour à Bristol ? Ou, pis, avait-il changé d'avis à son sujet ? Après tout, il n'était plus obligé de se contenter d'une femme prête à prendre la place de Marianna. Il était libre, désormais, d'épouser une dame élégante et raffinée. Bien plus qu'elle ne pourrait jamais l'être, pensa-t-elle.

Néanmoins, elle était heureuse de revoir les lieux. La dernière fois qu'elle avait vu Clifton, elle était sous surveillance, puis on l'avait emmenée comme une criminelle. Sa visite, ce jour-là, serait un meilleur souvenir pour ensoleiller les jours de solitude qui l'attendaient.

Un moment, elle s'attarda à l'entrée du jardin, faisant des adieux silencieux au manoir et à son propriétaire. Dans quelques minutes, elle irait retrouver Mrs Turrill. Becky et Danny étaient avec elle, et les deux femmes devaient se raconter tout ce qui s'était passé dans leurs vies depuis leur dernière rencontre. Mais elle voulait s'accorder encore une minute pour se souvenir…

Elle ferma les yeux et elle le revit. Sir John la tenant par la main. L'attirant sur ses genoux pour l'embrasser. Recommençant à marcher pour la première fois. Lui disant : « *Vous êtes belle, Hannah. Telle que vous êtes.* » Berçant Danny dans ses bras. Venant à son secours. La laissant partir…

Le bruit des sabots d'un cheval interrompit le fil de sa rêverie. Alarmée, elle se cacha derrière une haie de troènes.

Si c'était Edgar Parrish ou, peut-être, un nouveau locataire, elle craignait de passer pour une intruse.

Sir John Mayfield surgit sur la colline, au petit galop. Sa posture impeccable faisait ressortir sa haute taille. Les bords de son chapeau dissimulaient son front, les pans de son pardessus volaient au vent. Il avait fière allure, avec ses hautes bottes à revers, les pieds dans les étriers, ses cuisses musclées plaquées contre les flancs de sa monture. Sa main gantée tenant les rênes en un geste décontracté, il avait l'air fort, plein d'assurance. Le sir John Mayfield du passé.

À sa vue, Hannah retint son souffle. La première surprise passée, elle le suivit d'un regard admiratif.

Lorsqu'il approcha de l'écurie, elle crut que Ben ou un nouveau palefrenier sortirait à sa rencontre. Personne n'apparut. Un instant, elle pensa se précipiter pour l'aider, mais se ravisa. Il ne voudrait pas de témoin de sa faiblesse. Et surtout pas elle.

Pourtant, quand il s'arrêta, sans attendre que l'on vienne l'aider, il fit passer sa jambe par-dessus l'encolure de sa monture et descendit sans aucune difficulté apparente. Reprenant les rênes, il tapota le cou du cheval. Ben apparut alors, un sourire aux lèvres, et prit le relais.

Hannah décida d'attendre pour le saluer. Elle allait profiter de la relative tranquillité du jardin, puisqu'il allait le traverser pour rentrer. Cependant, il ne prit pas la direction de la maison mais, s'emparant d'une canne posée contre le mur de l'écurie, il s'éloigna d'un pas vif. Elle craignit un instant qu'il ne soit parti délibérément de ce côté, pour l'éviter. Mais il ne l'avait même pas aperçue. Serait-il content de la voir ? Elle aurait bien voulu le savoir.

Elle le suivit. La démarche déterminée, il se dirigeait à grandes enjambées vers Cliff Road. *Juste ciel! Il a recouvré toute sa vigueur*, pensa Hannah.

Incapable de tenir le rythme de ses longues jambes et de son pas rapide, elle finit par crier:

—Sir John!

Surpris, il tourna la tête et, à sa vue, parut hésiter. Constatant qu'aucun sourire de bienvenue n'éclairait son visage, elle sentit son cœur se serrer. Il ne profita pas non plus de ses forces recouvrées pour s'élancer vers elle. En fait, il la regardait d'un air presque… méfiant. La trouvait-il présomptueuse d'être venue sans y avoir été invitée?

Toute son assurance l'abandonnant, elle hésita à son tour, incertaine. Comment allait-elle s'y prendre?

S'appliquant à maîtriser sa respiration pour se calmer, elle s'avança lentement.

—Bonjour, parvint-elle à dire.

Il lui adressa un léger hochement de tête.

—Miss Rogers.

Comme il se montrait formel! Après tout ce qu'ils avaient traversé ensemble!

De ses deux mains, il prit appui sur le pommeau de sa canne, devant lui et, l'œil inquisiteur, déclara:

—Je ne m'attendais pas à vous voir ici. Vous êtes venue voir Mrs Turrill, je suppose?

—Oui. Je lui ai ramené Becky. La chère femme l'a invitée à vivre avec elle au cottage.

Il hocha la tête.

—Comment va Danny ? Il se porte bien, je crois ?
—En ce moment, il fait la sieste chez Mrs Turrill.
—Ah. Bien.

Elle jeta un coup d'œil en direction de l'écurie.

—Je vous ai vu arriver. Vous êtes complètement rétabli, ajouta-t-elle en hochant la tête avec admiration. Il est incroyable de voir à quel point vous avez récupéré vos forces.

—J'y ai travaillé, admit-il. Et maintenant, si vous voulez bien m'excuser, je vais poursuivre ma promenade…

Blessée par son indifférence, elle refusa de se décourager. Sans lui laisser le temps de s'éloigner, elle lança :

—Vous avez l'air en grande forme. Je suis heureuse de le constater, précisa-t-elle en sentant ses joues devenir écarlates.

Haussant les sourcils, il répliqua, narquois :

—Vous me flattez, Miss Rogers ? Voilà qui ne vous ressemble pas.

Soudain, elle comprit. Elle venait de reconnaître la carapace d'indifférence qu'il s'était composée quand il l'avait crue coupable d'avoir aidé Marianna à organiser sa fuite. C'était sa manière de se protéger.

—Et maintenant, je vais vous saluer et vous souhaiter une bonne journée, conclut-il en portant sa main au bord de son chapeau.

Il pivota vivement sur ses talons et s'éloigna. Soit il voulait vraiment de l'exercice. Soit il souhaitait garder ses distances avec elle.

Hâtant le pas pour le rattraper, Hannah persista :

—Je me demande si vous avez jamais compris qui j'étais, sir John. Après tout, vous n'avez connu de moi que la demoiselle de compagnie et l'usurpatrice, la menteuse.

—Au contraire, il fut un temps où j'ai cru très bien vous connaître, rétorqua-t-il.

Cette entrevue n'avait rien à voir avec les retrouvailles romantiques qu'elle avait imaginées. Qu'elle avait rêvées. Il fallait qu'elle trouve un moyen de changer le cours de cette conversation. Et le plus vite serait le mieux.

—Auriez-vous la bonté de ralentir le pas, pour que je puisse vous suivre?

—Vous êtes jeune. Vous pouvez soutenir mon rythme.

Ils avaient atteint Cliff Road quand elle parvint à le dépasser. Ou peut-être, la prenant en pitié, avait-il un peu ralenti.

Elle traversa la route et, saisie par la vue, contempla le canal de Bristol. Ballottée par les bourrasques qui soufflaient du large et manquaient à chaque instant de lui arracher son chapeau, elle tourna les yeux vers Lynton, à l'ouest, puis vers Countisbury, à l'est, pour s'orienter. Elle parcourut plusieurs mètres vers l'est et pointa un doigt vers le vide.

—Regardez, c'est ici que la berline s'est écrasée.

Il la suivit et, à contrecœur, regarda vers le bas, comme s'il s'attendait à une atroce vision ou, peut-être, à voir un fantôme. Mais seuls une roue et un banc au velours moisi marquaient l'emplacement de l'accident.

L'air pensif, il murmura:

—C'est là que mon ancienne vie s'est terminée et que la nouvelle a commencé.

—La mienne aussi, chuchota-t-elle dans le vent qui emporta ses paroles.

Le regard toujours perdu au loin, sur la mer, sir John poursuivit :

— Mr Lowden n'est pas ici, si vous le cherchez. Il travaille à son étude, à Bristol.

Il prit bien soin de fuir ses yeux, comme pour ne pas constater sa déception.

— Je sais, acquiesça-t-elle. Je ne le cherche pas.

Il la dévisagea à la dérobée.

— Mais vous l'avez vu, hasarda-t-il.

— Oui.

Elle prit une profonde inspiration et ajouta :

— Je crains même de l'avoir congédié.

Il se tourna enfin et, interdit, la dévisagea.

— « Congédié » ?

— Oui. Vous sera-t-il très difficile d'engager un nouvel avoué ?

Manifestement pris au dépourvu, il cligna plusieurs fois des yeux.

— Non. Mais puis-je vous demander pourquoi vous l'avez congédié ?

Elle fut soulagée de remarquer qu'il ne lui demandait pas de quel droit elle avait donné congé à son avoué.

— Avez-vous besoin de me demander pourquoi ?

Une lueur indéfinissable dans ses yeux bleu-gris, il avança :

— Vous avez estimé qu'il serait gênant de l'épouser s'il était toujours mon avoué ?

— Je n'ai nulle intention d'épouser votre avoué, répondit-elle en secouant la tête.

— Non ?

537

—Non. En revanche, je suis certaine qu'il serait gênant d'être mariée avec vous s'il était toujours votre avoué.

*Quelle impudence!* se rabroua-t-elle, sentant ses joues et son cou en feu. Allait-il la repousser, là, en cet instant ?

Avec un sourire amer, il questionna :

—Vous auriez peur de vous détourner du droit chemin ?

—Pas du tout, répliqua-t-elle aussitôt. Mais il serait douloureux pour lui d'être témoin de notre bonheur.

Il se figea, comme s'il retenait son souffle.

—Parce que nous allons connaître le bonheur, ensemble ?

—Je l'espère de tout mon cœur.

La scrutant, il reprit :

—Je vous ai déjà dit que je subviendrais aux soins et à l'éducation de Danny. Vous n'avez pas à m'épouser. James Lowden est un homme plus jeune, beau de surcroît, et il est évident qu'il est amoureux de vous.

Elle soutint son regard et fit un pas vers lui.

—Oui, sir John, tout cela est exact.

S'interrompant, elle baissa les yeux.

—Mais il n'est pas celui que je veux…

À peine avait-elle prononcé ces paroles qu'il l'enlaça d'un bras et l'attira contre lui.

—Qu'essayez-vous de faire ? s'enquit-il, la voix rauque.

Elle sentit son haleine tiède caresser sa tempe.

—J'essaie de… de vous convaincre.

Il recula de quelques centimètres pour contempler son visage. Puis, d'un geste, il repoussa une mèche de sa joue et la plaça derrière son oreille.

—Me convaincre de quoi, Miss Rogers?

Une lueur de défi scintillait dans ses prunelles, comme pour l'inciter à prononcer les mots qu'il voulait tant entendre.

—Que je vous aime, chuchota-t-elle avec douceur mais fermeté, en posant une main sur son cœur.

—Et si je n'étais pas rétabli? Si j'étais toujours cloué à ma chaise roulante?

D'une caresse délicate, elle dessina les contours de son visage de ses doigts.

—J'étais déjà votre femme, alors. Avant le retour de Marianna. Avant même que vous puissiez marcher. Je vous admire, sir John, que vous soyez assis ou debout.

Un long moment, les yeux baissés vers sa figure, il se contenta de l'observer. Puis, un sourire malicieux aux lèvres, il plaisanta:

—Miss future lady Mayfield.

—Peut-être.

—«Lady sibylline», voilà comment je vais vous appeler, suggéra-t-il avec un petit rire.

Soudain pensive, elle le regarda à la dérobée.

—Je connais des tas d'autres noms affectueux que je préférerais.

Son bras se resserra autour de sa taille. Il prit son visage au creux de sa main libre, le couvrant de caresses légères comme des plumes.

—Dois-je vous appeler... chère amie? Amante désirée?... Ou épouse adorée?

Une joie mêlée d'espoir gonflant sa poitrine, le cœur de Hannah se mit à battre à coups redoublés. Souriante, elle acquiesça :

—Oui, bien sûr. Tous ces noms me conviennent.

—Certes, ils décrivent parfaitement mes sentiments.

Sir John se pencha et, prenant sa tête au creux de ses mains, l'inclina délicatement en arrière. Ses lèvres frôlèrent les siennes, puis se firent plus fermes. Les lèvres de Hannah s'ouvrirent pour l'accueillir et il approfondit son baiser, fondant sa bouche dans la sienne, son corps dans le sien, jusqu'à ce que, les jambes en coton, elle sentît tout son être s'alanguir.

Comment avait-elle jamais pu douter de ses sentiments pour cet homme? Qu'elle avait été bête! Bête et aveugle. Sir John était beau, passionné. Un homme d'honneur, généreux. Et il aimait son fils. Leur fils.

*Ainsi, c'est à cela que ressemble l'amour*, songea-t-elle.

Elle découvrit que cela la comblait de bonheur.

Il s'arracha à leur baiser et promena ses lèvres chaudes sur sa joue, sa tempe, son oreille. Puis, d'une voix rauque, il lui demanda à brûle-pourpoint :

—Voulez-vous que nous allions voir le pasteur, mon amour?

—Oui, approuva-t-elle dans un souffle. Dès que possible.

## Note de l'auteure

J'ai écrit la première ébauche de ce roman avant même de visiter Lynton et Lynmouth, villages jumeaux du nord du Devon, en Angleterre. J'ai choisi cet endroit pour sa situation sur la côte, au cœur du parc national d'Exmoor, et pour ses falaises abruptes le long du canal de Bristol. En 2014, j'ai eu le privilège de me rendre dans cette contrée avec mon amie de toujours, Sara Ring, et j'ai trouvé ses paysages, ses villages et ses habitants encore plus charmants que je ne l'avais imaginé. Sara et moi avons randonné sur les rives de la rivière Lyn, dans la splendide vallée des Roches, et avons emprunté la séculaire route des diligences qui longe périlleusement la falaise de la baie de Woody. Ensemble, nous avons cherché l'endroit idéal pour imaginer une berline basculant dans la mer. Les bourrasques plaquaient nos cheveux sur nos visages, nous arrachaient nos capuches, et nous empêchent presque de nous entendre sur la vidéo tournée par Sara. Elle a également pris de nombreuses et très belles photos de la région (ainsi qu'une photo de moi, les chevilles emprisonnées dans un carcan, comme celui que je décris dans le roman). Merci, Sara. Visitez mon site *www.julieklassen.com* pour en voir un échantillon.

Tous mes remerciements à Dick Croft et aux autres personnes si obligeantes qui se sont portées volontaires pour nous servir de guides à Arlington Court et au National Trust, le musée de la voiture du Devon. C'est là que j'ai appris la différence entre un landau, une calèche, une berline de voyage, un attelage de ville, un demi-tonneau, un dog-cart (petite voiture découverte à deux roues très élevées, tirée par un cheval, munie d'un panier pour les chiens de chasse), un gig, un cabriolet, et autres. Comme il est fascinant d'examiner tant de voitures du passé d'aussi près, d'admirer ces intérieurs capitonnés, aux finitions opulentes, et de les imaginer en route pour de bouleversants voyages.

Quelques lignes ne manqueront pas d'évoquer Jane et Mr Rochester aux lecteurs passionnés. Je reconnais humblement l'influence de Charlotte Brontë dans *Jane Eyre*, l'un de mes romans de prédilection depuis la sixième.

Ma gratitude la plus chaleureuse aux deux Wendy de ma vie éditoriale. Wendy McCurdy de Berkeley Publishing Group/Penguin Random House, et mon agent, Wendy Lawton, de Books and Such Literary, pour leur enthousiasme concernant ce livre. Tout comme à mes amis de Bethany House Publishers qui ont eu la bienveillance de me donner leur approbation pour m'essayer à l'écriture chez deux éditeurs. Votre confiance et votre appui m'ont été inestimables.

Toute ma reconnaissance à Michelle Griep, critique et auteure de grand talent, pour – encore une fois ! – ses avis et remarques si utiles.

Comme toujours, merci et toute mon affection à ma très chère amie et première lectrice, Cari Weber, qui a participé à l'élaboration des deux premiers jets de ce roman et qui apporte

tant à ma vie. Et à mon mari et à mes fils adorés. Sans vous, je serais perdue.
Enfin, un merci du fond du cœur à vous, mes lecteurs. Le soutien de chacun d'entre vous m'est infiniment précieux.

Achevé d'imprimer par Druckerei C.H.Beck
à Nördlingen (Allemagne)
en juillet 2017
pour le compte de France Loisirs,
Paris

N° d'éditeur : 89649
Dépôt légal : avril 2017
Imprimé en Allemagne